Manfred Overmann

Der Tag danach

Paul Kriegers schmerzvoller Weg als Hymne auf das Leben

Klage nicht so sehr über einen kleinen Schmerz; das Schicksal könnte ihn durch einen größeren heilen.

(Friedrich Hebbel)

Manfred Overmann

DER TAG DANACH

Paul Kriegers schmerzvoller Weg als Hymne
auf das Leben

Edition Noëma

Bibliografische Information der Deutschen Nationalbibliothek
Die Deutsche Nationalbibliothek verzeichnet diese Publikation in der
Deutschen Nationalbibliografie; detaillierte bibliografische Daten sind im
Internet über http://dnb.d-nb.de abrufbar.

Bibliographic information published by the Deutsche Nationalbibliothek
Die Deutsche Nationalbibliothek lists this publication in the Deutsche Nationalbibliografie; detailed
bibliographic data are available in the Internet at http://dnb.d-nb.de.

ISBN-13: 978-3-8382-1572-3

Edition Noëma

© *ibidem*-Verlag, Stuttgart 2021

Alle Rechte vorbehalten

Printed in the EU

Der Mensch ist zu einer beschränkten Lage geboren; einfache, nahe, bestimmte Zwecke vermag er einzusehen (...) sobald er aber ins Weite kommt, weiß er weder, was er will, noch was er soll.

(Goethe, Wilhelm Meisters Lehrjahre, 1795/96, 6. Buch, Bekenntnisse einer schönen Seele)

Inhalt

Nach langem Schweigen

Da sind wir wieder! Wir? Ja! Ich und insbesondere Sie, lieber Leser. Sie haben sich durch das Erwerben dieses Buches entschieden, wieder in Pauls Leben einzudringen – als Leser, Reisender und vertrauter Freund. Und er hat sich entschieden, durch die Beschwörung der schwarzen Buchstabengestalten wieder das bunte Leben des Textoversums in seiner permanenten Emanation zu beflügeln.

In engster Verbundenheit, Symbiose gar, schreiben und lesen wir gemeinsam am Spinnrad der Zeit die nächste Folge der skurrilen Lebensgeschichte von Paul Krieger, jenem *gescheiterten Gesamtschullehrer* aus dem Siegerland, *der dann Professor werden wollte* und an der Pädagogischen Hochschule in Ludwigsburg in der Sprache Molières und Voltaires versuchte, die Studierenden in die Kunst des Lehramtsberufs einzuweisen, während er selber mit seinem Kollegen Michel in den Gärten der literarischen Ästhetik, und nicht nur dort, lustwandelte und als Dozent und Botschafter der Frankophonie ferne Länder erforschte und bereiste, um die Welt durch den gelebten interkulturellen Dialog etwas friedlicher, demokratischer und humaner zu gestalten.

Durch sein langes Schweigen hatten wir schon vermutet, dass Krieger vielleicht das Zeitliche gesegnet hätte, war er doch aus der Heilanstalt in Davos auf dem *Zauberberg* entlassen worden, wo Dr. Krokowski, Spezialist für Seelenzergliederung, versuchte, *die kranke Vernunft des entarteten Tieres Mensch zu therapieren.* Nach Jahren der Therapie wurde Paul von seinen psychischen Ängsten und Zwangsvorstellungen befreit, um dann bei seiner Rückkehr zu seiner geliebten Frau Sophie in Siegen mit einer noch fataleren körperlichen Diagnose konfrontiert zu werden: Krebs.

Krieger scheint jedoch überlebt zu haben, zumindest teilweise, denn er klopft wieder an. Er krebst vor sich hin, tastend, kriechend. Er müht sich ab, allerdings nur mit geringem Erfolg. Er denkt nach, sinniert, fasst einen Gedanken, verwirft ihn erneut, schreibt einen Satz, einen Absatz, löscht ihn dann abermals, um schließlich verzweifelt zu kapitulieren. Dann bäumt er sich von neuem auf und sucht nach Wörtern, die sich zu Sätzen ergänzen sollen. Aber beim ersten Komma scheitert er. Der Satz ist zu lang. Die Sicht zu nebulös. Die Konzentration zu schwach.

Er legt sich erneut hin, um seine Kräfte zu sammeln. Aber alle seine Kräfte, die er wie die Luft zum Atmen braucht, benötigt er jetzt zum Anziehen, zum Frühstücken, für Arztbesuche. Seine Worte lassen sich in diesem Spannungsverhältnis nicht mehr zu Sätzen, Satzgefügen, Absätzen oder sogar Kapiteln zusammenfügen. Krieger ist erschöpft. Er krebst am Existenzminimum, nicht des Geldes, sondern seiner Vitalkräfte, seiner Energie, während sein roter Lebenssaft wie Wasser im feinen Sand zu versickern droht.

Zukunftsplanung kennt er nicht mehr. Er lebt nur noch im *hic et nunc,* in der unmittelbaren Gegenwart. In der Verzweiflung, der Starre, der Bewegungslosigkeit. Der Sensenmann schneidet ihm ins Fleisch, greift nach ihm. Aber Paul will leben, zumindest überleben. Sein Denken liegt in fleischlichen Fesseln. Es ist eingesperrt, eingekerkert in der Finsternis seines geschundenen Selbst und sucht nach dem Licht der Sonne, nach Anmut und Würde einer schönen Seele. Krieger sucht nach dem unschuldigen Lächeln spielender Kinder, nach ihrem Ausdruck von Freude, ihrer Begeisterung, der Explosion von Energie.

Seine Lebenskraft konsumiert sich jedoch wie die lodernde Flamme, die bald auf dem Aschehaufen erlischt. Paul Krieger schnaubt, hechelt, schnauft, pustet, keucht, japst, röchelt, ringt nach Luft zum Atmen, haucht die Lebensflamme aus – exhaliert. Aber Krieger stirbt nicht. Krieger ist ein Kämpfer.

Deshalb braucht er Papier, um im Verbrennen wieder zu schreiben, um wieder ein wenig zu leben, um durch das Leben ein wenig weniger zu sterben. Deshalb klopft er wieder an, er, Paul Krieger. Bei Ihnen, lieber Leser. Lesen Sie, denn Lesen bedeutet Leben, und zu guter Letzt haben Sie nur dieses Leben. Hoffentlich besitzen sie viele Bücher, endlose Regale, eine Bibliothek mit Heerscharen von Freunden, denn dann sind Sie unsterblich.

Öffnen Sie den Buchdeckel. Es hat geklopft. Die kleinen schwarzen Geister streben nach Welt, um sich zu entfalten. Sie sind Ihr Lebenselixier. Ihre Luft zum Atmen. Inhalieren Sie tief. Sie sind Ihre Blutzellen. Saugen Sie den Lebenssaft gierig auf. Verlassen Sie die kleine Welt der Menschen und begeben sich in die große Welt des lesenden Seins!

Und wie geht die Geschichte von Paul Krieger nun weiter? Wissen Sie es nicht? Wollen Sie es wirklich wissen? Wir wissen es jedenfalls nicht, aber wir wollen ihn gemeinsam fragen, wie es ihm in den letzten Monaten und Jahren ergangen ist, mit seinem Krebs, ohne seinen Krebs, trotz seines Krebses. Da kommt er gerade einher. Fragen wir ihn also und geben ihm das Wort!

Paul Krieger ist wieder da

Aber wie sieht er denn aus? Abgemagert ist er, abgezehrt, gebrechlich. Gramgebeugt. Sein Teint ist matt, fahl, blass und farblos. Sein Gesicht wirkt hohlwangig und kraftlos. Sein Blick ist trüb, diffus, irritiert, leer. Krieger scheint in sich versunken, verloren, nach innen gekehrt, distanziert, eingeschlossen in sich selbst, unzugänglich, außerhalb der Welt. Er wirkt geradezu morbid, mumifiziert, um den gänzlichen Verfall seines Körpers zu verhindern, aber dennoch erscheint er wie eine wandelnde Leiche, die nach ihrem Grab sucht, in welchem sie Erlösung finden könnte.

Dieser Schatten von einem Mann, der ehemals als strahlender Dozent mit seinem Esprit und Witz unter den Studenten die Freude am Lernen zur obersten didaktischen Maxime erhob und diesen Lebenseifer in seinen Seminaren umzusetzen versuchte, er, Paul Krieger, der einstmals die jungen Leute durch seinen unkonventionellen Diskurs faszinierte und positiv perturbierte, geht heute gebeugt, trübsinnig und resigniert. Seine dereinst funkelnden Augen sind erloschen. Seine magische Aura hat sich aufgelöst. Seine verzaubernden Worte scheinen verhallt.

Paul beeindruckt nur noch durch seine Unbedeutsamkeit. Er ist eine Bagatelle, eine Lappalie, er existiert nur noch marginal, am Rande. Am Rande der Familie, am Rande der Gesellschaft, der Lebenden, der Welt – des Textoversums. Er könnte jeden Moment unversehens über die Buchseite hinausfallen, abrupt von der Erdscheibe rutschen.

Paul macht einen Rückzieher aus dem Leben. Er, der große *Krieger* im Kampf für Frieden und Humanität, streckt die Waffen, wirft die Flinte ins Korn, hisst die weiße Fahne, räumt das Schlachtfeld, schmeißt das Leben als Bettel hin. Paul wird nicht mehr wahrgenommen. Er verschwindet langsam und unauffällig aus dem Sein.

Aber unsere Geschichte, für die Sie bezahlt haben, so werden Sie einwenden, lieber Leser, kann noch nicht beendet sein. Protestieren Sie, lassen Sie sich das nicht gefallen. Die folgenden Seiten, für welche Sie einen stolzen Tribut bezahlt haben, dürfen nicht leer bleiben. Sie haben ein Recht auf die Druckerschwärze und ein Mindestmaß an Ordnung unter den Buchstabengestalten. Gehen Sie auf die Barrikaden! Streiken Sie! Bestehen Sie auf Ihre Rechte als Bücherkäufer und Leser! Halten Sie Ihre flatternden Spruchbänder in die Lüfte und schreien Ihre Wahlsprüche aus dem Halse!

- Bücher dürfen nicht nur aus leeren Seiten bestehen!
- Buchstaben müssen die Seiten füllen und sollen geordnet sein!
- Wörter sollen in ihrer Anordnung der Grammatikalität gehorchen!
- Die Seiten in einem Buch dürfen nicht lose umherliegen!
- Alle Seiten müssen mit dem Buchdeckel fest verklebt sein!
- Die Seiten müssen nummeriert und in der richtigen Reihenfolge gebunden sein!
- Es dürfen keine Seiten fehlen!
- Es gibt einen Titel und einen Autor!
- Es gibt Ideen und einen Inhalt!

Wer trägt denn hier die Verantwortung, verdammt noch mal?! Etwa der Leser?! Wo ist der Sinn?!

Schauen Sie, lieber Leser! Er, Paul Krieger, bäumt sich wieder auf, gleichwohl als Schattengestalt, und seine trockenen Lippen öffnen sich, als wollten sie, gleichwohl unter unendlicher Anstrengung, Worte formulieren. *Denn am Anfang war das Wort* und nicht das Geschwätz. *Alles ist durch das Wort geworden.* Und ohne das Wort gibt es keinen Sein und keinen Tod, keinen Gott und keinen Teufel. Nicht einmal das Nichts kann sprachlos vorgestellt werden. Ohne Worte keine Geschichte und kein Roman. Ohne Worte kein Leben des leidenden Lehrers Krieger, der auszog, um Professor zu werden und das Multiversum der Literatur zu erforschen. Hören wir also, welche Schallwellen sein Odem in Bewegung setzt, welche

Laute sich zur Bedeutung formen. Hören wir, was Paul Krieger uns zu berichten hat.

Eigentlich wollte ich mich bei Ihnen schon seit langem melden und Ihnen schreiben, lieber Leser, aber meine Absicht wurde durch eine Behinderung verhindert, die nicht explizit in meinem Schwerbehindertenausweis steht. Ich hätte mich zwar, wie einst versprochen und wie von einem guten Freund zu erwarten, zumindest postalisch an Sie wenden können, um ein Minimum an Kontakt und innigster Verbundenheit aufrechtzuerhalten, aber mein Wille, ach, war zu schwach, um sich durchzusetzen.

Der Grund: Schmerz, der schlimmste Diktator, den man sich vorstellen kann, zumal wenn er chronisch und damit omnipräsent ist. Er bestimmt dann alles, und man kriecht wie ein Wurm auf dem Boden und bittet um ein wenig Freiheit, um wieder ein wenig der sein zu können, der man mal war – vielleicht einmal war, meinte einmal gewesen zu sein. Man weiß es gar nicht mehr. Die Kraft fehlt, sich die Zeit vorzustellen, während derer man schmerzfrei war. Aber dieser Zustand war weder eine Errungenschaft noch ein Wert an sich.

Für jeden gesunden Menschen ist die Schmerzfreiheit innerhalb seines Kokons der normale körperliche Alltagszustand. Aus diesem Grunde ist für uns die Schmerzfreiheit gar kein bewusstes höchstes Gut, welches uns einen Zugewinn an Lust verschaffte. Ich aber sage Euch: Selig sind die, welche keine Schmerzen empfinden und selig sollen diejenigen sein, *die da Leid tragen, denn sie sollen getröstet werden.* Ich aber sage Euch, liebe Leser: Genießt jede Sekunde, Minute, Stunde, jeden Tag, jede Woche, jeden Monat und jedes Jahr, in dem Euch gewährt ist, schmerzfrei zu leben, denn dieses größte Geschenk der Mutter Natur, welches Ihr jeden Tag erfahren dürft, wird nicht allen Lebewesen beschert und ist deshalb das höchste Gut.

Die anderen gehören zu den Verurteilten, den Verdammten, deren Verletzungen niemals heilen wollen, weil ihre Wunden jeden Tag wie von einem bösartigen Dämon wieder aufgerissen werden, so dass der Stich des Schmerzes und die lechzenden Zungen des brennenden Feuers immer wieder neue Schockwellen der Verzweiflung auslösen.

Sie wissen gar nicht mehr, wie sie vorher, vor dem Anfang der Zeit und vor der Entstehung des Raums und der Körper empfunden haben. Dieses vermeintliche Leben ist ausgelöscht und kann selbst in der Erinnerung nicht mehr rekonstruiert werden. Der schmerzende Körper bewegt sich in unendlich langsamen, quälenden Bahnen, so dass die Tortur in ewiger Agonie niemals zu enden vermag. Ob der Tod wohl das Ende des Schmerzes einleiten könnte? Warum leben wir noch? Worin besteht der Sinn eines solchen Lebens? Warum dauert es noch so lange an? Warum beenden wir es nicht?

Und wie geht es mir heute? Was empfinde ich heute? Um 12.00 Uhr ist mein Tag zu Ende, denn die Schmerzen erlauben dann keine Tätigkeiten oder Gedanken mehr, die noch authentisch wären, selbständig, verlässlich, glaubwürdig. Keiner verbürgt sich mehr dafür, dass die Ideen oder Handlungen genuin, unschuldig, originär oder unverfälscht wären. Wir schauen keine Ideen mehr, sondern nur noch Abbilder und sind selber Schatten unseres einzigen Selbst, die in Ketten gefangen die Geister für das Göttliche halten und den Irrtum für die Wahrheit.

Mehr als *zwei Seelen wohnen, ach! In meiner Brust*, denn das tragische Schicksal schwankt nicht mehr zwischen dem Erkenntnisdrang der erhabenen Rationalität und den Stürmen der körperlichen Freuden und Sinnlichkeit, zwischen den hellen und dunklen Mächten, sondern wird von einem Dämon bestimmt, der viele Gesichter hat, aber alle sind verzerrt wie Fratzen.

Zwar habe ich einmal studiert *Philosophie mit heißem Bemühen*, aber alle Studien der Medizin konnten mir bislang nicht helfen, um den Gordischen Knoten des Schmerzes zu durchtrennen, und als Atheist glaube ich weder an den erlösenden und barmherzigen Gott, noch glaube ich an die Unterstützung des Teufels durch seine schwarze Magie.

Meine Schmerztherapeutin meinte einmal verzweifelt, dass es nicht verwunderlich wäre, wenn in meinem Fall keine herkömmlichen Schmerzmittel oder sogar Opiate hülfen, da ich an nichts glaubte. Wo sind wir denn hier, erwiderte ich. Ist die Medizin etwa eine Zauberwissenschaft?

Sie haben mir in den letzten Jahren gefehlt, lieber Leser: als treuer Gefährte und ergebener Begleiter, als Ansprechpartner und Busenfreund in allen Situationen des Lebens, als Vertrauensperson, als Intimus bei besonders delikaten und brisanten Fragen und lebensverändernden Entscheidungen, aber auch als herzerwärmender Trostspender in Zeiten der Einsamkeit, als Balsam für die geschundene Seele, als unterstützender Helfer und Samariter auf allen Stationen des Kreuzweges durch die Ärztekammern des Schmerzes, als überzeugter Gegner des Suizids, als besinnliche Meditation im fühlenden Denken, als Sinnstifter im gebärenden Schreiben.

Der Weg war mir versperrt. Stacheldraht überall, Minenfelder. Der Schmerz ist ein Diktator. Ein wilder Wolf, der mit seinen Schneidezähnen Fleischstücke aus seiner Beute reißt, Knochen, Sehnen und Muskelstränge schneidend durchtrennt. Er spielt mit seinem Raubtiergebiss auf unserem Knochenxylophon Klavier. Er gibt den Ton an und dirigiert die Kakophonie der Schmerzleidenden. Er ist der Souverän.

Aber wir leben doch in einem freien und demokratischen Land, so mögen Sie einwenden. Nein, diese Gesetze gelten für einen Schmerzpatienten nicht. Der Schmerz kennt die Gewaltenteilung von Montesquieu nicht, den *Geist der Gesetze*.

Der Schmerz ist ein Tyrann. Er unterscheidet nicht zwischen der richterlichen, gesetzgebenden und vollziehenden Gewalt. Er erlässt die Gesetze, richtet und exekutiert.

Der Schmerz ist ein Diktator. Das englische *Bill of rights*. Bürgerkrieg. Der Monarch herrscht nicht mehr nach göttlichem Recht und muss sich der Verfassung unterwerfen – der Schmerz nicht.

Der Schmerz ist ein Despot. Die *Virginia Declaration of Rights*. Die amerikanische Unabhängigkeitserklärung. Schneidet die Nabelschnur durch und trennt Euch vom Königreich Großbritannien. Werft die Ketten ab. Trennt Euch von den Despoten. Den Kolonialmächten. Trennt Euch vom Schmerz als Insel der Verdammten. Aber wo steht das Heer der wütenden Soldaten? Wo ist die Kommandozentrale, die wir zerstören wollen? Wo ist das Schmerzzentrum? Appelle, Aufrufe zur Befreiung! Wir stellen ein Ultimatum. Jedoch Georges Washington, Abraham Lincoln – unbekannt.

Der Schmerz ist ein heimtückischer Führer. *La Déclaration des Droits de l'Homme et du Citoyen*, die französische Erklärung der Menschenrechte gilt für einen Schmerzpatienten nicht. Sie ist eine reine Utopie. Ich mache von meinem Widerstandsrecht gegen die despotische Obrigkeit des Schmerzes Gebrauch. John Locke garantiert mir ein Recht auf Leben, Freiheit, Eigentum und das Streben nach Glück. Der Schmerz ignoriert alle und alles. Er ist omnipräsent und omnipotent. Leben, ja, aber unter welchen Bedingungen? Freiheit, ja, aber nicht Schmerzfreiheit. Eigentum ja, meines Körpers, aber er entscheidet, welche Signale er sendet, und zwar unabhängig von meinem willentlichen Bewusstsein. Streben nach Glück, ja. Glück bedeutet Schmerzfreiheit.

Der Schmerz ist ein Tyrann. Ein Diktator. Ein Despot. Ein Führer. Er ist mein neuer Gott, den ich nicht leugnen kann. Der Schmerz zerrt an mir wie ein schwarzes Loch beim Sternenmahl, und ich kann seinem Sog keine positive Energie entgegensetzen, so dass die *Alchimie des Schmerzes* mich mit Baudelaire auf den *himmlisch heitren Auen* nur noch mit Grauen lässt *Verwesung* und *prunkvolle Sarkophage* schauen.

Seit meiner Operation hat sich mein Leben auf unwiderrufliche Weise verändert, und zwar so weit, dass selbst Sie, lieber Leser, ein Buch lesen, welches ich nie schreiben wollte. Ich habe den Kompass meines Lebensweges verloren und navigiere bei hohem Wellengang im Sturm der Gefühle nur noch auf Sicht. Selbst die Sonne und die Sterne bieten mir keine Navigationshilfe mehr, so dass ich dem Gott der Meere, Poseidon, auf meiner Schmerzodyssee ausgesetzt bin und seinen Zorn fürchte, obwohl ich seinen Sohn Polyphem nicht geblendet habe. Jedoch kann ich nicht mehr mit zwei geöffneten Augen in die Zukunft schauen.

Ich bin nicht mehr frei von Qualen. Die Operation wurde zum seismischen Auslöser eines Tsunamis des Schmerzes, zur Beulenpest von Florenz, zum Erdbeben von Lissabon, zur Spanischen Grippe, zur schweinischen Grippe-Pandemie, zur Coronapandemie eines martirisierten Körpers, in dem es brodelt, schneidet, brennt und zerrt. Wer hat meinen Brunnen vergiftet? Wer hat das eruptierte Magna bis zum Ausbruch gereizt? Wer hat mir die Viren des Leids injiziert?

Wenn vor der Zeitrechnung der Entstehung des Schmerzes, im letzten realen oder fiktiven Jahr 2017 vor der Operation in meinem Leben noch alles geregelt war, stimmt plötzlich gar nichts mehr. Lockdown. Ich und mein Schmerz sitzen fest. Wir sitzen in der Falle. Der Leviathan übernimmt die Macht im Bürgerkrieg des körperlichen Schmerzes zwischen den guten und den bösen Mächten. Er ist der neue Souverän, und meine Prostataloge wird zum Bombenkrater von Idlib. Warum diese Kriegserklärung der revoltierenden Zellen gegen die Organe der Vernunft und des ausgeglichenen Friedens? Niemand weiß es, aber es ist ein Krieg aller gegen alle, und niemand weiß, wie dieses Elend beendet werden kann.

Der Schmerz ist ein Tyrann. Ein Diktator. Ein Despot. Stacheldraht überall. Minenfelder. Durch den chronischen Schmerz wird der freie Wille, sofern es ihn geben sollte, aufgegeben, und das malträtierte Bewusstsein folgt, einer Marionette gleich, dem steinigen und dornenreichen Weg ins Jammertal der Tränen. Hier sieht man keine lächelnden Lippen mehr, sondern nur noch verzerrte Gesichter, welche die Zähne zusammenbeißen, um nicht mehr schreien zu müssen und im Tod Erleichterung zu finden.

Für mich gibt es diese letzte Alternative jedoch nicht, weil ich noch viele Bücher lesen und gleicherweise schreiben will, denn das bin ich mir und Ihnen schuldig. Warum? Weil mein Schicksal es so will, und seinem Schicksal entkommt niemand. Jedoch kennt es niemand im Voraus, und man hat es erst in seiner Gänze erfahren, wenn die letzte Stunde geschlagen hat. In der Zwischenzeit, das heißt im Verlauf des Lebens, nehmen wir irrtümlicherweise immer an, dass wir möglicherweise einen anderen Weg beschreiten und einen anderen Traum träumen könnten. Das ist aber nur Einbildung und Illusion, eine falsche Idee von Freiheit, die unserem Leben Bedeutung, Substanz und Sinn geben soll. Nur welchen Sinn soll ein Leben mit Schmerz haben? Und in letzter Instanz ist der freie Mensch *summa summarum* sogar noch für alles verantwortlich. Selber schuld, wenn dein Weg in eine Sackgasse führt und du Schmerzen hast.

Deshalb rate ich dir: Halte die schmerzfreien, geselligen, lustigen Menschen nicht davon ab, ein sorgenfreies und fröhliches Leben zu führen. Zeige deinen Schmerz nicht. Verberge ihn. Mache deinen Schmerz nicht zur *res publica*, zur öffentlichen Sache. Beiße die Zähne zusammen. Gehe nicht auf den Markt, um deinen Schmerz zu verhandeln. Keiner gibt dir Recht. Keiner will ihn mit dir teilen. Keiner will ihn dir abnehmen. Selber schuld. Dumm gelaufen.

Sobald die anderen dein schmerzverzerrtes Gesicht, deine nach innen gerichteten Augen, deine unruhigen Lippen und deine unsichere Stimme wahrnehmen, offenbart sich dein Schmerz als Stigma, als Mahnmal, als Kainsmal, obwohl du Abel nicht auf dem Felde erschlagen hast und keine gerechte Strafe verdienst. *Stamm Kains, was heult dein Eingeweide/ Vor Hunger wie ein Hund?/ (...) Stamm Kains, auf deinen wirren Wegen/ Lieg' Kampf und Todesqual.* (Baudelaire, Abel und Kain)

Wenn dein Schmerz nach außen dringt, zu den anderen, wirst du stigmatisiert, gebrandmarkt, du wirst zum Außenseiter, zum Ausgestoßenen, zum Geächteten. Man zeigt mit Fingern auf dich. Da kommt er wieder, der Outsider. Seht ihr ihn? Es ist Kain, der uns beschuldigt, schmerzfrei zu sein und sein eigenes Schicksal nicht annimmt. *Stamm Kains, in Schmutz und Schlamm versinke,/ Verende wie ein Tier.*

Während die großräumige Kartierung des Universums durch die Astrophysiker mit Lichtgeschwindigkeit voranschreitet, die

Computer ihre Kapazitäten nach dem mooreschen Gesetz alle zwölf Monate verdoppeln, liegt die Erkenntnis der Komplexität der schmerzverursachenden Gesetze, welche die kleine Welt zusammenhält, noch Lichtjahre von uns entfernt.

Der Körper ist keine Maschine und der Schmerz kein Glockenläuten am Ende eines biologischen Klingelzugs. Descartes hat sich geirrt. La Mettrie und die französischen Materialisten in gleicher Weise. Sogar der heulende Hund verspürt Schmerz. Der Körper ist kein rein mechanischer Automat. Die radikale Trennung von Geist und Körper macht keinen Sinn mehr. Jedoch versuchen selbst heute noch verzweifelte, schmerzfreie Schmerztherapeuten Glückspillen zu verschreiben, welche die Schmerzimpulse in chronische Lustanwandlungen verwandeln sollen. Bei einer akuten Schmerzattacke mag das gelingen. Nicht aber bei einem chronisch schmerzinfizierten Patienten. Der Körper ist kein rein mechanisches Räderwerk.

Psychosoziale und emotionale Impulse beeinflussen unser Verhalten über das Gehirn genauso wie ein eingeklemmter Finger, und soziale Misserfolge, Stress und Frustration wirken schmerzverstärkend oder sogar schmerzauslösend. Die Neurowissenschaftler und Hirnforscher mobilisieren nicht genügend graue Substanz, um den Zusammenhang zwischen Schmerz und Bewusstsein aufzuklären, und unsere Schaltzentrale bleibt trotz der bildgebenden Verfahren in ihrer Funktionsweise ein weitgehend unerklärtes Universum.

Die Wissenschaft hat in den letzten 300 Jahren zwar die meisten einzelnen Probleme unserer kleinen Welt gelöst, aber dabei die Komplexität der Systeme nicht beachtet. Unserer *Un*vernunft denkt zu linear, ohne netzwerkartige Dependenzen in ihrer nichtlinearen Dynamik sichtbar zu machen. Deshalb gelingt es ihr nicht, kollektive Intelligenz zu gestalten. Durch den Klimawandel und das *Klimaterium* kommen jetzt ganze Systeme irreversibel ins Rutschen, nur weil wir uns alle in zu großen Scharen um zu große Lagerfeuer versammeln und dabei stark schwitzen.

Bei mir war der Kipppunkt als Auslöser der beginnenden Tragödie so groß wie eine Nuss, ein Georg *Nüsslein* mit großer Maske, das geknackt werden sollte und dann alles ins Rollen brachte: eine anscheinend gut verlaufene Prostatektomie zur Entfernung einiger hungriger Krebszellen. Mein gesamtes System begann jedoch einige Monate später durch Schmerzattacken zu rebellieren, ohne dass ein direkter Zusammenhang zur Operation hergestellt werden konnte. Die Pole begannen zu schmelzen, und die Menschen hörten auf zu atmen, obwohl ich mir ein Elektroauto gekauft und die Nuss umweltfreundlich entsorgt hatte. Für die Ärzte war mein System zu komplex, um Ursache und Wirkung in einen logischen Zusammenhang zu bringen, zumal letztendlich mein Kopf dazugehörte. Hätte man diesen entfernt, wäre der Schmerz wahrscheinlich wie ein Tropfen Blut im Sande verronnen. Aber die Guillotine wurde auch in Frankreich 1977 zum letzten Mal erfolgreich genutzt. Seitdem ist sie rostig und stumpf geworden, und ich möchte mir zusätzlich zu meinen chronischen Schmerzen nicht noch eine Blutvergiftung einhandeln.

Ich versuche mich an die Pharmaindustrie zu wenden, damit diese Forschungsreihen im Rahmen einer ganzheitlicheren Medizin ins Leben ruft. Trotz meiner flehenden Appelle und vergossenen Tränen zeigen sich diese milliardenschweren Konzerne jedoch nicht bereit, mit lakto-vegetarischen Yogis brahmanischen Glaubens aus Indien, Voodoo-Medizinern aus Afrika oder Nadelstechern aus China zu kooperieren, um komplexere Modelle gegen den Schmerz zu erforschen, die über die bunten Pillen hinausgehen, weil diese Forschungen sich nicht unmittelbar in klingende Münzen umsetzen lassen.

Vielleicht werden zukünftig noch eher Gehirnsonden mit Tiefensimulation durch digitale Impulsgeber das Rennen machen, solange kein Gen, Molekül oder Elementarteilchen zur Aufklärung der Schmerzodyssee gefunden wird. Aber der Schmerz lässt sich nicht lokalisieren und messen wie der Blutdruck, der einen Aderlass fordert. Deshalb verlange ich in der Zwischenzeit zur Erleichterung meiner Pein Chloroform, Lachgas und Äther. Denn ich halte die Presswehen nicht mehr aus. Setzt mir eine Periduralanästhesie.

Aber was können Sie, könnt Ihr dafür, dass Paul leidet? Waren wir bereits per du? Oder siezen wir uns noch, lieber Leser? Der

Schmerz kennt diese formelle Unterscheidung nicht. Er ist privat. Intim. Persönlich. Halt schlecht gelaufen für ihn, für Paul, für dich. Außerdem war er immer ein wenig merkwürdig, ein Sonderling, oder? Findet Ihr nicht? Falls er wirklich so große Schmerzen hätte, ginge er nicht auf den Markt. Ich habe ihn sogar auf der Post gesehen! Und ich bei einem Spaziergang im Wald! Und ich beim Bäcker. So schlimm kann es also beim besten Willen nicht sein. Im Falle, dass es mir schlecht geht, bleibe ich zu Hause. Und er? Er läuft noch immer umher. Erst gestern noch sah ich ihn beim Einkaufen. Er hatte sogar eine gute Flasche Saint-Emilion Grand Cru in seinem Einkaufstrolley. Ob es bei ihm wohl was zu feiern gibt? Welchen Grund könnte ein Schmerzpatient dafür haben? Merkwürdig. Autofahren kann er anscheinend auch noch. Er hat sich sogar die neue Mercedes A-Klasse gekauft. Angeber! So schlimm kann sein Schmerz tatsächlich nicht sein, denn sonst würde man ihn nirgendwo mehr zu Gesicht bekommen. Alles nicht so schlimm. Wichtigtuer! Simulant!

Warum bleibt er nicht im Bett? Warum schluckt er nicht wie andere vernünftige Patienten Tabletten? Wenn ich Kopfschmerzen habe, nehme ich ein Paracetamol und – weggepustet sind sie! Er kann doch zwei oder drei davon nehmen, sogar ohne Verordnung eines Arztes! Wahrscheinlich hat er Angst vor Medikamenten. Weichei! Oder er steht nur auf natürliche Heilverfahren und Homöopathie. Globuli. Akkupunktur. Wahrscheinlich macht er sich schon beim Anblick der Nadeln in die Hose! Klugscheißer! Immer viel Wind machen! Wenn seine Schmerzen wirklich so schlimm wären, nähme er Opiate. Dann hätten zumindest wir wieder etwas zu lachen, wenn er in aller Öffentlichkeit auf seinem Trip ausflippte. Oder Antidepressiva? Dann würde er nicht mehr ein so grimmiges Gesicht ziehen und endlich wieder lächeln.

Jedenfalls soll er uns nicht unsere kostbare Zeit rauben. Wenn er sich beschweren will, soll er in den Wald gehen. Und überhaupt: Über Schmerzen braucht er mir nichts zu erzählen! Mein Opa war noch im Krieg! Und wenn ich meine jährliche Migräne bekomme, falle ich sogar für 24 Stunden ins Koma, aber niemandem zur Last!

Und ich habe manchmal furchtbaren Muskelkater, wenn ich am Wochenende einen Marathon laufe! Und ich Knieschmerzen, wenn ich drei Wochen in den Dolomiten wandere! Und ich hatte einmal furchtbare Zahnschmerzen! Solche Schmerzen kann er sich gar nicht vorstellen! Trotzdem musste ich in der vollen Praxis noch zehn Minuten Wartezeit in Kauf nehmen, bevor der Zahnarzt meine Kariesattacke behandelt hat – und ganz ohne Betäubung! Ich bin doch kein Weichei! Und ich hatte letzte Woche eine Genickstarre! Gut, dass ich noch am selben Tag beim Kinesitherapeuten einen Termin bekommen habe! Ich weiß gar nicht, wie ich sonst am Abend den Weg in die Kneipe gefunden hätte, da ich meinen Kopf nicht mehr drehen konnte! Mich sieht man bei *richtigen* Schmerzen jedenfalls nicht in der Öffentlichkeit!

Warum läuft dieser Depp noch immer umher? Sollte man ihn nicht wegen Erregung öffentlichen Ärgernisses einsperren lassen? Sucht er unser Mitleid? Warum provoziert er uns durch seine Anwesenheit? Ich möchte mich jedenfalls nicht mehr mit ihm treffen, denn das ständige Reden über seinen Schmerz verdirbt einem die gute Laune, den Appetit, den Spaß am bunten Leben! Er kann dir den ganzen Nachmittag versauen, insbesondere wenn er dir gegenüber sitzt und seine merkwürdigen Grimassen schneidet! Nein, das möchten wir nicht mehr! Wir laden ihn nicht mehr ein! Wir laden ihn aus! Verbannen ihn! Der ist uns zu anstrengend, zu negativ, zu pessimistisch! Er verdunkelt unser Vertrauen in die Menschen! Nimmt uns unsere Zukunftshoffnungen! Den Glauben an das Gute! Unseren uneingeschränkten Optimismus! Nein, solche Menschen muss man meiden, denn andernfalls wird man selber noch griesgrämig und stürzt in einen Abgrund von Zweifeln! Man muss wissen, was man will! Man darf sich die Wahrheit nicht ausreden lassen!

Also Paul: Immer schön lächeln, wenn du zufällig jemanden triffst. Dann macht man dir Komplimente darüber, wie gut du aussiehst, selbst wenn du zehn Kilo abgenommen hast und bleich bist wie ein Gespenst. Verschweige deinen Schmerz, deinen Makel, dein Kainsmal. Mach dich vom Acker! Sobald du ihnen den Rücken kehrst, ziehen sie ohnehin über dich her und zerreißen dich in der Luft. Gerede. Verleumdung. Verunglimpfung. Böswillige Unterstellungen. Blödes Gelaber. Gequake. Getratsche. Mach dir nichts draus!

Aber wehe, wenn sie dir begegnen und dir nicht ausweichen können. Dann verlieren sie kostbare, das heißt schmerzfreie Lebenszeit, weil sie vorgeben müssen, sich ernsthaft nach deiner Gesundheit erkundigen zu wollen, während sie in Wirklichkeit nur so schnell wie möglich wieder verschwinden möchten.

Paul, hör einfach nicht hin! Hör ihnen nicht zu und deinem Schmerz auch nicht! Verschließe deine Ohren! Gieße Wachs hinein und höre nicht auf den Sirenengesang, der dich, gefesselt am Mast und Odysseus gleich, ruft, um dich ins Unglück zu stürzen! Der Schmerz fordert dich auf, zwischen Skylla und Charybdis zu wählen. Auf der einen Seite fühlst du dich angezogen von dem schönen Oberkörper einer jungen Frau, merkst aber nicht, dass ihr Unterleib aus sechs wilden Hunden besteht, die alles zerreißen, was ihre Fangarme ergreifen, sobald du dich ihr und ihnen näherst. Sie reißen dir die Gedärme aus dem Körper, und ihre spitzen Stoßzähne zerfleischen deine Eingeweide. Mit ihren wilden Bissen suchen sie nach deiner Prostata, ohne dieses beste Filetstück jedoch zu finden, welches sie noch wilder und blutrünstiger macht.

Das zweite Ungeheuer, Charybdis, saugt dein Meer aus Tränen dreimal am Tag auf und spuckt dich dann brüllend wieder aus, so dass deine Schmerzen an den Felsen der Meeresenge wie Granaten zerplatzen und ihre scharfen Splitter sich in dein Fleisch bohren.

Aber du überlebst. Das ist dein Schicksal. Und wenn du es geschafft hast, die Meeresenge zu durchqueren, erwartet dich mit Schrecken ein tobender Wasserfall und zwingt dich zur Umkehr, wo die beiden Monster dich wieder erwarten. Wie gerne würdest du mit Sisyphus tauschen, um in Ruhe den Felsen den Berg hinaufzurollen. Er ist stark und hat keine Schmerzen. Er strengt sich an, gibt sich Mühe und findet dadurch sein Glück. Er nimmt sein Schicksal an.

Wo ist überhaupt der plausible Grund, der Beleg, der Beweis für deinen Schmerz? Du hast kein amputiertes Bein, keine gebrochenen Knochen, keine klaffenden Wunden vorzuweisen. Man glaubt dir nicht. Du bist ein Simulant. Ein Einfaltspinsel. Du warst schon immer gesellschaftlich fragil. Anders. Nicht angepasst. Auffällig. Kein Wunder also. Und jetzt drängst du dich mit deinen chronischen Schmerzen in den Vordergrund. Angeber! Prahlhans! Wir glauben dir nicht! Und wieder bist du alleine. Der Außenseiter. Der gescheiterte Lehrer. Der Möchte-gern-Professor.

Paul. Mensch. Bleib im Sattel! Wir Leser mögen dich doch, auch wenn niemand es dir sagt. Vielleicht bist du kleiner Mensch zu groß für diese Welt. Zu kritisch. Zu intelligent. Zu anders. Auf dem Zauberberg. Hinter den sieben Bergen. Bei den sieben Zwergen. Wer hat von meinem Tellerchen gegessen? Der Tölpelprofessor? War er wieder da? Ist er dir wieder im Traum erschienen? Hat er dir wieder Schmerzen zugefügt? Dir Gift auf dein Tellerchen gestreut? Säure in dein Tässchen gegossen? Nadeln in dein Kopfkissen gesteckt, damit du von ihm *albträumst*? Paul, *schmerz mal runter*. Wir lieben dich. Wir lesen dich.

Danke für Euer Gebet, das ich nicht höre. An das ich nicht glaube. Aber ich mag Euch. Nur die Gewürze stimmen nicht. Schnell. Einen Schluck Wein. Der Schmerz lässt nach. Es dämmert. Das Leben. Es schreibt. Es schreibt voran. Es atmet. Es lebt. Es wird geboren in Schmerz. Das Leben.

Der Dämon sitzt mir im Nacken und bestimmt, was ich mache, was ich will, was ich denke. Und wer bestimmt bei Ihnen, lieber Leser, was Sie jetzt tun? Warum lesen Sie mein Buch? Legen Sie es schnell weg. Tragen Sie eine Maske, bevor der Schmerzvirus Sie infiziert! Solche Geschichten liest man nicht. Man muss sich vor ihnen schützen. Diese Dinge passieren nur den anderen. Warum lesen Sie noch weiter? Nur weil Sie den Eintrittspreis bereits bezahlt haben? Weil Sie sich für mein tragisches Schicksal interessieren? Haben Sie Mitleid mit mir? Schämen Sie sich nicht, dass Sie sich am Leid eines anderen ergötzen, ohne ihm zu helfen?

Ich sage Ihnen: Es gibt schönere Geschichten. Ein schöneres Leben. Gehen Sie zurück in Ihr eigenes Leben. Warum mischen Sie sich hier ein? In unserer Wegwerfgesellschaft ist jeder Mensch frei, etwas zu kaufen oder nicht zu kaufen. Werfen Sie das Buch weg! Oder ist Ihre Papiermülltonne schon voll? Warum sind Sie immer noch hier? Nutzen Sie Ihre Freiheit und gehen ins Schwimmbad! Oder können Sie nicht schwimmen? Haben Sie Angst, in dieser Plastikwelt zu ertrinken? Öffnen Sie eine Flasche Wein und plaudern mit dem Weltgeist! Hegel. Und genießen Sie Ihre Schmerzfreiheit!

Das Leben ist zu kurz, um Schmerzen zu haben, Schmerzen zuzufügen. Sich über Schmerzen zu lamentieren. Schließen Sie Frieden. Mit Ihrem Chef. Ihren Kollegen. Ihren Feinden. Operieren Sie in Ruhe, aber lassen Sie sich nicht operieren. Der Prostatakrebs schadet keiner Frau, vielleicht Ihrem Mann. Dann sind Sie ihn los. Es gibt andere. Gesunde. Mit Prostata.

So, das wäre gesagt. Das wäre geklärt! Und was planen Sie für morgen? Wie, das wissen Sie noch nicht? Seien Sie selbständig und entscheiden sich frei, was Sie machen und wollen! Jetzt! Unmittelbar! Überlegen Sie nicht zu lange. Es gibt immer Gründe dafür und dagegen. Gute und schlechte Gründe. Lassen Sie sich nicht von anderen tyrannisieren! Hören Sie nicht auf die zahlreichen Meinungen Ihrer Bücher in den Regalen! Treffen Sie selber Ihre Entscheidungen! Sie sind frei! Sie leben in keiner Diktatur! Sie sind vogelfrei, aber nicht rechtlos und geächtet. Sie können wählen! Wählen Sie nicht den Schmerz!

Und was machen Sie nächste Woche, nächsten Monat, nächstes Jahr? Entscheiden Sie sich schnell, bevor sich ein anderer einmischt, sie zufällig oder willentlich trifft. Sie einlädt. Sich in Sie verliebt. Sie in ein Arbeitsverhältnis drängt, das Sie frei und bereitwillig annehmen. Beeilen Sie sich, bevor Sie fallen, krank werden, taub und blind von dem Elend, bevor Sie sterben! Danach ist es zu spät! Das Leben ist zu kurz, um nicht hier und jetzt gelebt zu werden!

Nun aber einmal ehrlich unter uns. Unter vier Augen. In aller Intimität. Ich hoffe wirklich, dass Sie, lieber Leser, keine Schmerzen haben, zumal wir befreundet sind und ich für Sie mitempfinde. Aber ich weiß darüber hinaus und gebe zu bedenken: Es trifft nicht immer nur die anderen. Paul Krieger. Fremde. Unbekannte. Die Bücher. Es trifft auch Ihre Nachbarn, entfernten Verwandten. Also warum nicht Sie? Warum nicht ich? Wer will freiwillig fallen und sich verletzten? Wer will freiwillig in einen Unfall verwickelt werden? Wer will freiwillig krank werden? Ich muss mein Schicksal annehmen. Wir müssen unser Schicksal annehmen – in Freiheit. Ich will mich nicht mehr gegen Tatsachen auflehnen. Mit dem Kopf gegen die Wand laufen. Schmerztherapeuten nennen das Akzeptanz. Aber ist das akzeptabel? Den Schmerz annehmen? Und ist es gut so, weil es nicht anders sein kann? Das Leben ist zu kurz, um nicht hier und jetzt gelebt zu werden.

Lesen Sie Seneca: *De brevitate vitae. Von der Kürze des Lebens.* Lesen Sie Horaz' Ode an Leukonoë und genießen Sie den Tag, die Kostbarkeit des Augenblicks und die guten Gedanken. Das Buch. *Carpe diem.* Pflücken Sie jeden Tag die reifen Früchte und Blumen der Natur. Das Leben ist nicht kurz, nur vergeuden Sie Ihre kostbare Zeit nicht mit unwichtigen Dingen. Mit Fragen ohne Antworten. Mit Revolten gegen Dinge, die Sie nicht ändern können. Laufen Sie nicht ständig gegen die Wand! Genießen Sie den heutigen Tag und warten nicht auf den kommenden! Nehmen Sie Ihr Los an, wie es fällt und lehnen den Zweifel ab! Wir wissen nicht, ob wir alt wie Methusalem werden! Genießen Sie den Tag! Lassen Sie Ihr einmaliges Leben nicht ungelebt! Schauen Sie nicht auf das vermeintliche Glück der anderen oder klagen über Ihr Schicksal: *Carpe diem!* Das Leben ist zu kurz, um nicht hier und jetzt gelebt zu werden!

*****

Was faselt Krieger da? So kann es nicht weitergehen! Das ist keine Geschichte! Sie werden sich als Leser beschweren. Sie wollen Klarheit, Kontinuität in der Handlung, Spannung, Freude, Sex und Spiele in der römischen Unterhaltungsarena, politische Gladiatorenkämpfe, Korruption, Lüge, Liebe, Beziehungskrisen, Hoffnung,

Romantik, Dekadenz – nur nicht die Wahrheit! Diese wird aber in aller Offenheit und Aufrichtigkeit folgen. Dafür haben Sie bezahlt! Seien Sie ehrlich! Lesen Sie und entziehen Sie sich nicht der Wahrheit! Sie tragen nämlich die Verantwortung! Für das, was Sie lesen!

Auf der Bühne der Weißkittel

Lieber Leser: Sie erinnern sich noch, dass ich mich nach meiner Rückkehr vom Zauberberg einer Krebsoperation unterziehen musste. Und ich bin Ihnen als guter Freund schuldig zu berichten, wie die tragischen Geschehnisse von einer harmlosen Blutuntersuchung bis zu meinem jetzigen Überlebenskampf verlaufen sind.

Die neue Bühne ist eine Arztpraxis, jener Wirtschaftsbetrieb, der dem Kunden kein Bier, wohl aber reinen Wein einschenkt, indem man Tacheles redet, also die Wahrheit im Klartextformat mit verständlichen Worten bezeichnet. Der Arzt hat studiert, ist ein gebildeter Akademiker und weiß fast alles. Er weiß mehr als wir. Er weiß mehr als der Durchschnitt der Menschen. Er besitzt deshalb großes Ansehen in der Öffentlichkeit, und selbst seine Frau wird mit Frau Doktor angesprochen. Die zweite Persönlichkeit, zumindest in jedem Dorf, ist der Pfarrer. Er hat ebenfalls studiert und darüber hinaus eine direkte Verbindung zum *lieben Gott*. Er entscheidet, was gut und was schlecht ist. So sind die Dinge. Und diese Wahrheiten sind in Granit gemeißelt.

Heute muss ich als kritischer Denker indes feststellen: So waren die Dinge einmal, und keine Wahrheit ist mehr in Granit gemeißelt. Es gibt nicht nur eine Wahrheit, sondern so viele Wahrheiten wie es Ärzte und Pfarrer gibt – und dann existieren darüber hinaus noch die anderen Menschen, nämlich wir. Aber wenn jeder seine eigene Wahrheit hat, gibt es gar keine allgemeine Wahrheit mehr. Das darf doch wohl nicht wahr sein, oder?

Darüber hinaus darf ich als Geisteswissenschaftler und Hermeneutiker anmerken, dass es keinen *Klartext* gibt und auch keine allen Menschen in gleichem Maße verständlichen Worte. Verstehen bedeutet immer auch Missverstehen, so erinnere ich mich an die Worte von Wilhelm von Humboldt, die während meiner Studienzeit in Köln von einem Dozenten in einem Seminar *Zur Erziehung des Menschengeschlechts* zitiert wurden. Leider lässt die Erziehung des Menschengeschlechts noch immer auf sich warten. Der Mensch scheint gegen eine vernünftige und harmonische Erziehung zu einer *Schönen Seele* resistent zu sein, und das gilt nicht nur für seelenlose Atheisten, sondern insbesondere für alle Fanatiker, deren Unvernunft durch einen vermeintlichen Klartext zu infernalen Handlungen angestiftet wird. Wir scheinen noch Lichtjahre davon entfernt zu sein, *durch schöne Worte zum schönen Denken und schließlich zum schönen Handeln* zu gelangen, *um die sittliche Vervollkommnung des Menschen voranzutreiben.*

Doch zurück in die Praxis und zu Hippokrates von Kos, der die griechischen Gesundheitsgottheiten Apollon, Asklepios, Hygieia und Panakeia als Zeugen berief, als er den Eid verkündete, sich dem Nutzen der Patienten zu verschreiben, um sie vor Schädigung und Unrecht zu bewahren und versprach, ihnen selbst bei Verlangen keine tödlichen Mittel zu verabreichen sowie sich eine ärztliche Schweigerpflicht aufzuerlegen.

Jedoch selbst ein schweigender Arzt spricht keinen Klartext, und das allgemeine Missverstehen wird in einigen Fällen noch durch unverständliche Fachbegriffe maximiert. Manche bösen Zungen behaupten sogar, dass selbst bei Ärzten nur mit Wasser gekocht wird, und wenn sie auch kein Blatt vor den Mund nehmen, so reden sie dennoch oft nur um den heißen Brei, an dem sich der Patient manchmal die Finger verbrennt. Zudem ist der Arzt oft gefährlicher als die Krankheit.

Genau aus diesem Grunde müssen Sie, lieber Leser, und ich dann entscheiden, wie wir uns gegenüber der vermeintlichen Wahrheit dieses Medikus' und Halbgotts in weißem Klartext verhalten wollen. In jedem Fall müssen wir die Kohlen aus dem Feuer holen, indem wir zum Beispiel in einem nicht wenig aufwendigen Kraftakt einen zweiten ärztlichen Rat heranziehen und bei einer dritten Konsultation einen Schiedsspruch verlangen, der jedoch auch nicht rechtsbindend ist und unsere Unsicherheiten und Ängste noch verstärkt.

Daraufhin können wir andere Ärzte, die noch länger studiert haben und noch weiser und weißer sind, sogenannte Fachärzte und Krankenhausärzte, mit an den Verhandlungstisch bitten, um uns in einem diagnostischen Marathon noch mehr Unklarheit zu verschaffen, während der Wald vor lauter Bäumen immer undurchsichtiger wird und man in der Zwischenzeit Krankheiten gefunden hat, unter denen Sie und ich noch nie gelitten haben. Aber ein guter Arzt findet auf der Bühne der Gebrechen und Leiden immer ein kleines Übel, während der im Wartezimmer lesende Patient vor sich dahinsiecht. Dafür hat er studiert, und dafür wird er bezahlt. Bei fehlender Unklarheit überweist er Sie an einen Seelendoktor, einen Psychologen, natürlich nur, insofern Sie kein Atheist sind wie ich. In diesem Falle greifen Sie lieber nach einem utopischen Roman, in dem man in der Lage ist, Sie zu heilen!

Trotz meiner widersprüchlichen Erfahrungen mit den Göttern in Weiß und vieler enttäuschender Untersuchungen, die mich aus purer Verzweiflung so manches Mal zu Häme und Spott bewegen, danke ich allen guten Ärzten, und insbesondere meinem Hausarzt, Dr. Christ, die sich engagiert und selbstlos für mich einsetzen, als sei ich ein Mitglied ihrer Familie, damit ich mein Leben wieder schmerzfreier gestalten kann. Mehr noch als die Tat oder das Ergebnis veredelt die gute Gesinnung einer schönen Seele die Würde und die Anmut eines Menschen, der sich uneigennützig in den Dienst der Menschheit stellt.

In dieser wahrhaft bunten Gesellschaft der Weißkittel spiele jedoch ich, Paul Krieger, die erste Geige und als erfahrener Schauspieler die Hauptrolle, auch wenn mein Leben für den Arzt nur ein Nebenschauplatz ist. Und Sie gehören als Leser natürlich in gleichem Sinne zu den Patienten. Warum? Weil Sie von dem Virus des Viellesers infiziert sind und sich als Bücherwurm und Leseratte durch Tonnen von mit Druckerschwärze vergiftetem Papier fressen, um sich als Leseneurotiker von Ihren Ängsten, Phobien und depressiven Verstimmungen ablenken zu lassen. Ihre gut ausgestattete Bibliothek ist der schreiende Beweis dafür, dass Sie sich aus dem Alltagsleben immer mehr zurückziehen. Wahrscheinlich werden Sie Ihrer Probleme nicht mehr Herr und ziehen die Lektüre Ihrer Bücher einem Aufenthalt in einer Klinik, beispielsweise auf dem Zauberberg, vor.

Schade, denn dort hätten wir uns schon vor Jahren persönlich und in der guten Gesellschaft von Hans Castorps aus Hamburg und dem Humanisten und Literaten Lodovico Settembrini kennenlernen können. Wenn es Ihnen jedoch in Ihrer neurotischen Neigung beliebt, die Lektüre meines Buches *Vom Zauberberg. Paul Kriegers skurrile Reise von der Schule über die Hochschule in die Welt* dem realen Aufenthalt im glücklichen Jammertal der vernünftigen Kranken im Sanatorium von Davos vorzuziehen, *jenem mystischen Ort zwischen der Erde und dem Olymp,* so steht Ihnen diese Wahl natürlich *frei.* Gleichwohl können Sie meine und Ihre Geschichte natürlich auch in diesem Buch, das Sie gerade lesen und verzweifelt zu deuten versuchen, weiter verfolgen, *und zu Risiken und Nebenwirkungen fragen Sie Ihren Arzt oder Apotheker.* Dessen ungeachtet erhalten Sie von mir nur einmal eine Rechnung als bittere Pille für die schönen Worte, und bei Diagnose und Therapie entscheiden Sie immer mit, denn ich rede immer Klartext, selbst wenn ich nur selten verstanden werde, denn *dies ist eine wahre Geschichte, mit allen Lügen, die dazugehören.*

Meine Geschichte verläuft nicht geradlinig. Der Weg hat viele Abzweigungen und ist oft holprig und nierensteinig. Die Verkehrsschilder sind schmutzig, teilweise rostig und verfallen. Das Ziel ist angegeben, aber die Ferne rückt nicht näher. Nebel zieht auf. Das Herz schlägt schneller. Furcht vor der Finsternis breitet sich aus. Wartet der Tod bereits an der nächsten Kreuzung? Die Ampelanlagen sind ausgefallen. Manche wähnen sich auf einer Vorfahrtsstraße. Aber wohin? Geradeaus. Aber in welche Richtung? Es kommt zu ersten Kollisionen. Schreie. Feuer bricht aus. Ich reibe mir die Augen und navigiere auf Sicht. Bedrohliche dunkle Wolken geben ihre Wassermassen frei. Blitze stechen durch die Nacht. Donnernde Unholde toben vor Wut. Ein regelloses Durcheinander entsteht. Unordnung auf den Wegen. In den Gassen. In den Häusern erlischt das Licht. Chaos. Das Leben.

Nicht immer bestimmt das Denken mein Sein. Gefühle mischen sich überall ein: Triebe sprießen nach ehernen Gesetzen aus dem Samen hervor und geben ihre Gesetzmäßigkeit nicht zu erkennen. Wünsche erwecken unbewusst meine Sehnsüchte, auch wenn der Wächter des Schlafes mir als Zensor immer wieder die klare Sicht verstellt. Die Libido erweckt ein unstillbares Verlangen nach einem Objekt der Begierde, welches sich mir nicht zu erkennen geben will. Überall regieren unwillkürliche Reflexe mit. Es entstehen Schwingungen, Stöße, Erschütterungen – Traumata. Das Leben. Eine Geschichte. Meine Geschichte. Das Leben konstruiert immer eine Geschichte. Meine Geschichte. Ihre Geschichte.

Angefangen hat alles damit, dass ich häufiger pinkeln musste als der Durchschnitt der Männer, Biertrinker einmal ausgeschlossen, und dass mein Harndrang oft plötzlich auftrat und mir dann nicht mehr allzu viel Zeit ließ, um eine Toilette aufzusuchen.

Um das Problem sinnvoll anzugehen, überlegte ich zunächst, ob ich nicht die edlen Weinreben und den daraus gewonnenen Saft gegen ein Hopfengetränk eintauschen sollte, welches bei großzügigem Konsum einen offensichtlichen und natürlichen Erklärungsgrund für den vermehrten Harndrang geliefert hätte. Nach einer kurzen Experimentierphase wurde mir aber schnell bewusst, dass es mittelfristig kein Gewinn war, den Harndrang durch das Biertrinken zu erklären, insbesondere wenn man mit seinem Fass oder seinem Kasten Bier auf der Toilette in Isolationshaft blieb, weil der Hin- und Rückweg in die Gesellschaft der Freunde in diesem Fall zu weit war und ich nicht zu den Sprintern gehörte.

Deshalb beschloss ich den entgegengesetzten Weg zu beschreiten und weniger zu trinken, dafür aber hochprozentiger. Aber auch dieser Schuss ging im wahrsten Sinne des Wortes nach hinten los, denn ein mir bis dahin nicht bekannter Nierenstein vergrößerte sich in kürzester Zeit zu einer ansehnlichen Größe und führte mich dadurch auf einen weiteren steinigen Weg.

Zwei Versuche, den Mühlenstein durch eine extrakorporale Stoßwellenlithotripsie ohne Anwendung von Dynamit zu zertrümmern, scheiterten leider kläglich. Als Mahnmal blieben einige bunte Hämatome zurück, die zwar kaum schmerzten, aber interessante Muster hinterließen, die von einer Tätowierung hätten stammen können, allerdings zu einem exorbitanten Preis.

Der Urologe, den ich aufgesucht hatte, wohlgemerkt, ohne ihn über meine Alkoholprobleme und den damit verbundenen imperativen Harndrang zu unterrichten, riet mir daraufhin abzuwarten, um einige Monate später durch eine erneute Ultraschalluntersuchung das Wachstum des Steins zu überprüfen.

Abwarten. Das war gut. Es verhinderte eine definitive Entscheidung. Mir fiel ein kardiologischer Stein vom Herzen, weil eine chirurgisch-urologische Intervention zunächst nicht ins Blickfeld rückte. Wenn diese Friedensverhandlungen auch nur von vorübergehender Dauer sein sollten, weil der Stein schließlich nicht im Herzen, sondern in der Niere angesiedelt war, so war ich die Weißkittel aus dem Krankenhaus zunächst einmal los. Sie sollten mir keine weiteren Steine in den Weg legen.

Abwarten. Das war gut. Es verhinderte eine definitive Entscheidung, und ich konnte mich weiterhin der Illusion hingeben, nicht krank zu sein. Krankheit ist die Abwesenheit von Gesundheit, und während die Gesundheit Leben bedeutet, impliziert Krankheit die Gefahr, dieses vorzeitig zu verlieren. Zunächst wird man nur schwächer, ein Kräfteverlust, den der gesunde Mensch im Allgemeinen, ausgenommen seiner Alterswehwehchen, nicht kennt.

Aber wie sollte ich, Paul Krieger, *nomen est omen*, aus dem Geschlecht der Titanen, Sohn der Gaia und des Uranos, den Überlebenskampf erfolgreich bewältigen, wenn mich meine Kräfte verließen? Mein Leben ist immer ein Kampf gewesen, aber ich habe nie die Absicht gehegt, das Feld ohne Widerstand kampflos zu räumen. Ich bin immer stark und gesund gewesen, wenn auch eher mental als körperlich, voller Energie und Zuversicht. Mein Wille, so glaubte ich zumindest, hatte das Kommando. Aber auf dem Schlachtfeld der Kranken kannte ich mich nicht aus. Das war nicht meine Welt. Dort standen nicht meine Truppen. Es gab nur Gegner, unzählige, eine bedrohliche Phalanx, und ich stand alleine da. Ich, Krieger, als Einzelkämpfer. Meine Gegner reihten sich in einer gepanzerten Formation aneinander, hielten lange Lanzen bereit und schritten auf mich zu.

Ich musste gesund bleiben, um wie ein Krieger erbitterten Widerstand zu leisten. Um zu leben. Nun griffen mich an meiner nierenschwachen Flanke auch noch die Weißkittel an. Es war ein Hinterhalt. Eine Verschwörung gegen die Gesundheit. Aus ihren Fratzen starrten Röntgenaugen auf meinen Körper und ätzten Löcher in mein Fleisch. Die topographische Lage war unübersichtlich. Aber mit modernster Technik setzten die Weißkittel ein starkes Magnetfeld und Radiowellen ein, um meinen Körper in gestochen scharfe Schichtaufnahmen zu zerlegen. Es tumorte auf dem Schlachtfeld, als ein spitzes Projektil mich in einen dämmernden Schlaf versetzte, während dessen ich Hypnos und Somnus begegnete, die mich bis an die Pforten des Tartaros begleiteten, wo ich Thanatos, noch halb in der Welt der Sterblichen und bereits halb in der Welt der Toten, antraf.

Als er sich anschickte, mir mein Schicksal zu offenbaren, wachte ich auf und bemerkte, dass ich mich wie ein Kleinkind von oben bis unten nass gepinkelt hatte. Der Eindruck der Nässe erweckte in mir das Bild meines Vaters, der in hohem Alter die Nächte wie ein Kleinkind in Windeln verbracht hatte. Aber war ich wirklich wach oder schlief ich noch und träumte, wach und nass geworden zu sein? Um mich in der vermeintlichen Wirklichkeit zu orientieren, tastete ich nach meinem Glied und war hocherfreut, als es sich mir in Reih und Glied präsentierte: Es war steif und trocken. Letzteres bezog sich auf den Urin und nicht auf einen trockenen Orgasmus, von dem ich bislang noch nichts gehört hatte.

Also alles in Ordnung. Die Büchse der Pandora war noch nicht geöffnet. Krankheit, Tod, Laster und Übel sollten mir noch für eine geraume Zeit erspart bleiben. Außerdem hatte nicht ich, sondern Prometheus das göttliche Feuer entwendet und nicht ich, sondern Epimetheus die von Hephaistos auf Weisung des Zeus aus Lehm geformte Pandora geheiratet, während ich, Paul Krieger – *Hier sitz ich, forme Menschen / Nach meinem Bilde, / Ein Geschlecht das mir gleich sei* (Goethe, Prometheus, Vers 50 – 52) – Sophie geehelicht hatte. Und meine vor Schönheit, Tugendhaftigkeit und Klugheit strahlende Frau hatte als Feinschmeckerin noch nie nach einer Büchse gegriffen!

Gab es also noch Hoffnung für mich in der Büchse? Oder war die Hoffnung das größte Übel, weil sie die Qualen der Menschen nur verlängerte? Oder können wir uns Sisyphus als glücklichen Menschen vorstellen? Müssen wir das Sosein des Lebens annehmen, um über die Revolte gegen die Sinnlosigkeit zu Akzeptanz, Glück und sogar zur Freiheit zu gelangen?

Also sprach Zarathustra, im Untertitel ein Buch wie meines, *Ein Buch für Alle und Keinen,* ein Buch für Sie, liebe Leser und kein Buch für Sie, nehmet den Tod Gottes als Chance für die Geburt des Übermenschen. Nutzet Euern Untergang als Kennzeichen für den höheren Menschen. Seiet schöpferisch und selbstzweckhaft in Eurer Vollendung. Seiet Vernichter und Neuerer. Bejahet die dionysische Schöpfungsenergie und den Willen zur Macht, das schöpferische Werden der Selbsterneuerung. Bildet einen Ring der Wiederkunft und wertet alle Werte um!

Ich war noch umnachtet und verstört. Ein Albtraum? Alle guten Geister schienen mich verlassen zu haben. Aber galt diese Feststellung auch für die bösen Geister, den Fürsten der Finsternis und den Beelzebub? Handelte es sich um eine weitere mephistophelische Tücke? Ich erwachte wieder – und wieder. Auf welcher Wahrnehmungsebene befand ich mich tatsächlich? Träumte ich gerade Zhuangzis Schmetterlingstraum?

Einst träumte Zhuangzi, dass er ein Schmetterling wurde, der beschwingt umherflatterte. Er hatte Freude an sich und folgte allen seinen Regungen.

Dabei wusste er nicht, dass er Zhuang Zhou war. Plötzlich wurde er wach; da war er Zhuang Zhou – ganz eindeutig nur dieser. Nun weiß man nicht, ob es Zhuang Zhou war, der geträumt hat, er sei ein Schmetterling geworden, oder ob es ein Schmetterling war, der geträumt hat, er sei Zhuang geworden.

Wer ist denn nun wer? Wer ist der Träumende? Wer ist Paul Krieger? Wer erzählt gerade die Geschichte? Wer ist der Erzähler? Wer ist der Autor? Wer sind Sie? Wer ist der Erwachende? Gibt es eine Wirklichkeit? Ist diese Wirklichkeit ein Traum? Folgt nicht an jedem Tag ein neues Erwachen – aus der Wirklichkeit oder dem Traum? Meine Geschichte, Ihre Geschichte, unsere Geschichte.

Eine Kostprobe beim Hausarzt

Da ich zu meinem Hausarzt ein weniger morbides und sogar positiv zugewandtes Verhältnis unterhielt als zu den Weißkitteln auf dem Zauberberg, beschloss ich Dr. Christ über mein Drangsal, welches trotz der imperativen Forderung nur ein geringes Rinnsal nach sich zog, ins Vertrauen zu ziehen, in der Hoffnung, dass er durch seine geringeren Fachkenntnisse vielleicht nichts finden würde.

Jeder von uns freut sich, wenn ein Arzt nichts findet: keine Bakterien oder Bazillen, kugelförmige Kokken, zylinderförmige Stäbchen, wendelförmig mit Stilen oder Anhängen, in Ketten oder Röhren aneinandergereiht, und auch keine Viren in ihren fliegenden Kapseln. Jeder von uns freut sich, wenn ein Arzt uns bestätigt, dass wir gesund sind, unbeschädigt, wohlauf und munter, gut auf dem *Damm*, unversehrt. Wir wollen alle hören, dass wir kerngesund sind und voll im Saft stehen. Und im schlimmsten Fall gibt es für unsere tatsächlichen oder eingebildeten Symptome ein einfaches Hausmittel, ein nicht zu bitteres Säftchen oder einige bunte Pastillen, welche bei regelmäßiger Einnahme bereits nach wenigen Tagen das Übel an der Wurzel ausmerzen. Jeder von uns weiß aber auch, dass wir nur so lange gesund sind, bis wir einen Arzt aufsuchen.

Mein Hausarzt sollte mir jedenfalls bestätigen, so hoffte ich in meinem Selbstbetrug, dass mein vermehrter Harndrang auf das Bier, den Alkohol oder von mir aus auch auf eine zu starke Libido zurückzuführen waren, zumal wir in Bezug auf meinen Gesundheitszustand bislang immer in höchstem Einvernehmen festgestellt hatten, dass ich im besten Saft meines Alters stand, eine Aussage, welche auf ihn selber weniger zutraf. Aber er ging nie zum Arzt und versuchte stattdessen mögliche bakterielle oder virale Angreifer durch eine chronische Rauchvergiftung abzuwehren. Er war

Kettenraucher. Deshalb gab es in seiner Praxis auch keine Rauchmelder, dafür aber überall Feuerlöscher. Manchmal benutzte Dr. Christ diese zu einer eher unkonventionellen Behandlung von akuten Fieberattacken. Der Patient trug bei dieser alternativmedizinischen Methode zum eigenen Schutze immer eine Tauchermaske.

Wenn *Blut ein ganz besonderer Saft ist,* wie Mephisto es gegenüber Faust äußert, als dieser den Teufelspakt mit seinem Blut unterschreibt, so bin ich der Überzeugung, dass dieses besondere Wesensmerkmal auch für unseren Urin gilt. Schließlich liefert er dem Kenner und Genießer als flüssiges Ausscheidungsprodukt unseres Körpers wichtige visuelle, taktile, gustatorische und olfaktorische Indizien, die bei der Spurensuche schon so manchen kriminellen Feind überführt haben. Dieser kann in der Folge dann als Erreger körperlichen Ärgernisses ohne Gerichtsverhandlung durch Antibiotika außer Gefecht gesetzt werden, eine sicherlich radikale, aber meistens effiziente Methode.

Des Weiteren wissen wir alle, mit welchem Lustgewinn das Wasserlassen verbunden ist, insbesondere wenn wir lange genug auf den Höhepunkt bei dem Leeren einer vollen Blase warten. Zögern Sie diesen genussvollen Moment daher wie einen vulkanisch brodelnden Orgasmus möglichst lange hinaus. Die befreiende Wirkung der Katharsis wird nur umso lustbetonter sein.

Da mein persönliches Problem jedoch darin bestand, dass diese Begierde und Appetenz einer lustvollen Blasenentleerung mittlerweile auch bei einer nur halb gefüllten Blase auftraten, verwandelte sich die seelische Reinigung von den emotionalen Trieben bei der sich nicht einstellenden Erleichterung in eine Tortur, da eine fast leere Blase nicht mehr erleichtert werden kann und die Lust als andauernder Begleiter den Schmerz nach sich zieht. Haben Sie, lieber Leser, es schon einmal erlebt, eine leere Blase entleeren zu wollen, während der quälende Druck gar nicht nachlässt? Danach ist dann immer noch davor. Wie furchtbar, werden Sie ausrufen und sich weigern, eine solche Situation vorstellen und nachempfinden zu wollen.

Ganz so schlimm war es bei mir jedoch nicht, nur dass ich eben den stillen Ort regelmäßiger aufsuchte als Sie, oder? Wie oft gehen Sie jeden Tag auf Toilette? Wie, das wissen Sie nicht einmal? Dann beginnen Sie zu zählen, aufzuschreiben und ein statistisches Tagebuch zu führen. Falls Sie dann schlussfolgern können, dass Sie nur zweimal pro Tag pinkeln, urinieren oder austreten müssen, um sich durch das Wasserlassen zu erleichtern, dürfen Sie sich wirklich nicht zu früh freuen, denn dann leiden Sie zwar nicht an einer Schrumpfblase oder an Pollakisurie, nämlich einer übermäßig frequenten Blasenentleerung mit der möglichen Folge einer Drang-Inkontinenz, sondern an einer Megazystis, d.h. einer durch eine auffällig große Blase bedingte Harnabflussstörung mit der möglichen Folge einer Nierenschädigung. Oder Sie leiden an Polyurie, einer krankhaft vergrößerten Urinausscheidungsmenge.

Nun werden Sie sich oder mich fragen wollen, was man dagegen unternehmen kann, und ich antworte Ihnen mit klaren und deutlichen Worten: Hören Sie auf zu zählen oder hören Sie auf zu trinken! Trinker haben ohnehin, wie Sie vermutlich wissen, eine geringere Lebenserwartung. *Und zu Risiken und Nebenwirkungen fragen Sie Ihren Arzt oder Apotheker.*

Wenn Sie hingegen meinen, nunmehr am Ende Ihrer möglichen Qualen zu sein, muss ich Sie leider Gottes oder auch ohne sein Leiden enttäuschen, insbesondere wenn Sie nachts schon einmal auf Toilette mussten. Wie furchtbar! Entsetzlich! Grässlich! Abominabel! Und wie unbedacht, gedankenlos! Welch ein Leichtsinn! Warum nehmen Sie ein solches Risiko auf sich? Sind Sie lebensmüde oder sogar suizidgefährdet? Machen Sie das nie mehr. Bleiben Sie lieber die ganze Nacht über wach und kämpfen Sie tapfer gegen den Harndrang, denn wenn Sie diesem imperativen Harndrang nachgeben, verlieren Sie nicht nur eine Schlacht, sondern vielleicht sogar Ihr Leben. Ich mahne Sie zur Disziplin und denke, dass ein Erwachsener den Toilettengang durchaus einmal sechs Stunden zurückhalten kann. Wir sind doch keine Kleinkinder! Wir sind doch nicht im Kindergarten hier! Sie können doch sogar schon lesen! Also bemühen Sie sich, strengen Sie sich an, lassen

Sie sich nicht so gehen, denn anderenfalls leiden Sie unter Nykturie. Diese ist zwar keine eigenständige chronische Erkrankung, verweist jedoch symptomatisch auf andere körperliche Störungen, Makel, Blessuren, Defizite oder Läsionen. Und selbst wenn diese nicht oder noch nicht sichtbar, spürbar oder tastbar sind, wirken sie bereits im Verborgenen und weiten ihr unheilvolles Netzwerk bis in jede kleinste Zelle aus. Und dann geht es nur noch bergab mit Ihnen, vielleicht sogar bis ins Tal oder noch tiefer, in das Totenreich, den Hades, die Hölle. Dann sind Sie nur noch ein Schatten Ihrer selbst, mitten im Inferno einer ewigen Pein. Und dann weinen Sie ein Meer voller Tränen, um sich zu erleichtern, weil Sie denken, dass derjenige, der viel weint, vielleicht weniger pinkelt!

Ich denke jedoch, dass Sie sich irren. Andererseits haben Sie ein Recht auf eine fundierte wissenschaftliche Antwort auf all diese Fragen, die Sie sich noch nie gestellt haben. Deswegen überweise ich Sie für heute ausnahmsweise einmal an einen Urologen, denn jeder Urologe freut sich schon jetzt auf Ihren Besuch. Und jeder Psychologe ohnehin.

Merken Sie nicht, wie wichtig das Thema plötzlich geworden ist? Sie können an gar nichts anderes mehr denken, selbst nicht, wenn Sie gerade auf Toilette sind. Ist Ihre Blase jetzt wirklich leer, oder enthält sie noch Restharn? Drücken Sie! Pressen Sie, denn anderenfalls müssen Sie gleich erneut auf Toilette. Natürlich ist das nicht Ihre Schuld. Aber wenn der Urologe nichts findet? An wen wenden Sie sich dann? Die Toilette, der einst stille Ort, wird zu Ihrem Lebensmittelpunkt und der Gedankensturm in Ihrem Kopf, der damit verbunden ist, lässt keine Windstille erwarten. Pinkeln oder nicht pinkeln, das ist hier die Frage. Pinkeln oder nicht pinkeln, das ist Ihre Tragödie, auch wenn Sie kein Freund von William Shakespeare sind.

Mein Hausarzt hörte mir in der Zwischenzeit aufmerksam und interessiert, wenngleich ein wenig schalkhaft, zu. Dieser erfahrene Mann gehobenen Alters hatte offenbar schon alles gehört und alles erlebt, so dass seine Meinungsbildung nach eigenen Gesetzen verlief. Seine persönliche Erfahrung war der Maßstab. Er irrte nie – zumindest nicht, wenn der Patient überlebte.

Nach einem langen Monolog, in dem ich meine Probleme schilderte und Dr. Christ durch sein körperlich immer unruhigeres Verhalten anzeigte, dass er im Begriff war, die Geduld zu verlieren, bat er mich zunächst, ohne selber nur ein einziges Wort zu verlieren, mich auf Toilette zu begeben, um mit einer Urinprobe zurückzukommen. Anschließend setzte er sich in Form eines Rituals, welches er als eigenständige empirische Methode über viele Jahre mit Raffinement entwickelt und verfeinert hatte, daran, den Urin zu analysieren und zu begutachten. Für ihn war Urin nämlich ein ganz besonderer Saft, eine Art Natursekt und nicht nur ein Ausscheidungsprodukt. Deshalb sollte ich ihm die Urinprobe auch in einem absolut transparenten und keimfreien Weinglas präsentieren, worüber ich nicht wenig befremdet war.

Bei meiner Rückkehr beäugte er den Trank zuvörderst mit scharfem Blick, dem Blick eines sachverständigen Kenners, dem kein Detail entgeht. Er kannte sich aus in der breiten Farbskala des Urins, die von farblos bis bräunlich reichte, wobei blassgelb auf einen gesunden Teint verwies. Als Kurzsichtiger nahm er seine Brille ab, um bei der Suche nach Bakterien eine lupenreinere Sicht zu gewinnen. Er bewegte das Glas in alle Richtungen, wobei er sich bemühte, keinen Tropfen dieses kostbaren Saftes zu vergießen. Sein Gesichtsausdruck wirkte sehr konzentriert. Seine Augen zeigten sich in besonderem Maße beweglich, als würde er den genauen Anweisungen eines Augenarztes folgen, der die Sehkraft überprüft. Sie bewegten sich mal in kreisenden, dann eher in elliptischen, dann wiederum in parabolischen und hyperbolischen Umlaufbahnnen, dann schoss seine Pupille plötzlich in die Höhe und stürzte wieder herab, verdrehte sich in den äußersten linken, dann rechten Winkel des Augapfels, so dass ich schon befürchtete, dass ein Sehloch entstehen könnte, weil die Pupille aus dem Orbit geschleudert worden wäre. Jedoch fixierte er anschließend wieder wie ein Fixstern bestimmte schwebende Partikel im Urin, um sie genau zu bestimmen. Ob er wohl Keime erspäht hatte, so fragte ich mich? Was erblickte er tatsächlich bei seiner Urinschau mit dem Augenmikroskop?

Schließlich konnte ich beobachten, wie sich seine Nüstern zu weiten begannen, um geradezu lüstern die ausströmenden Duftstoffe des Urins zu inhalieren. Der Geruchssinn von Dr. Christ hätte es mit jedem professionellen Sommelier aufnehmen können. Tatsächlich schien er sich an dem Duft und den Aromen meines Urins geradezu zu berauschen, deren *Nase* auf einen Grand Cru hinzuweisen schien.

Zum guten Schluss tauchte er während seiner weiteren Degustation seine lange Leguanzunge mit unendlicher Langsamkeit tief ins Glas und kostete einige deliziöse Tropfen dieses delikaten Saftes. Dann ergriff er mit Schweißperlen auf der Stirn wie in Trance geraten das Glas und leerte es mit nur einem tiefen Schluck, woraufhin ihn der lukullische Hochgenuss dieser Geschmacksexplosion fast in die Ohnmacht stürzte.

Obwohl mir diese Gebärden im ersten Moment ein wenig esoterisch erschienen, so waren sie nach genauerer Reflexion doch der lebende Beweis für den außerordentlichen Einsatz, durch den Dr. Christ wie Jesus am Kreuz mit seinen Patienten litt. Ja, diese Beschreibung seiner Menschlichkeit trifft den Nagel auf den Kopf, und ich glaubte an ihn, an diesen Messias der alternativen Medizin aus Pergamon, als wäre er Galenos in Person.

Dr. Christ gehörte zu den höheren Menschen, den Denkend-Empfindenden, die unsäglich mehr sehen und hören als die niederen Erdenbewohner. Durch sein schaffendes Hinsehen, Kosten und Riechen wuchs er ständig über sich hinaus. Seine schöpferische Kraft, seine *vis creativa*, entsprang seinem natürlichen Drang der Entäußerung. Er produzierte nicht nur etwas Neues, nämlich eine höhere Medizin, sondern brachte sich selber gleichermaßen im Ganzen hervor. Ein Humanist, der ein Freund Settembrinis hätte sein können und ein Kollege von Dr. Krokowski.

Ein wenig verunsichert durch dieses grandiose Spektakel, hätte ich es fast versäumt, Herrn Dr. Christ, nachdem er wieder aus seinem komatischen Zustand erwacht war, nach dem Ergebnis seiner ganzheitlichen Untersuchung zu fragen. Schließlich war ich nicht nur Zuschauer, sondern das besondere Objekt seiner Recherchen. „Alles in bester Ordnung. Kein Grund zur Beunruhigung. Die Gewässer sind klar und keimfrei, die Wasserläufe daher durchlässig und nicht verstopft."

Ich war erleichtert – und ging auf Toilette. Kein Tropfen, trotz *Sturm und Drang*. Wahrscheinlich war es die Aufregung, die meine Blase reizte und zu den Leiden des jungen Werthers führten. Was meinst Du dazu, Lotte? Oder möchtest Du erst Albert fragen? Verordnest Du mir Mäßigung? Soll ich unseren stillen Ort für einige Tage nicht mehr aufsuchen? Ihn vier Tage lang bis Weihnachten meiden? Mein Drang jedoch ist allzu stark und steigt mir in das Rückenmark, so dass ich lassen muss von mir, die Gier nach Dir und auch das Bier.

PSA – Ratgeber für ungebildete Männer mit Prostata

Obwohl mein Urin ein *Grand Cru* war und den hohen Ansprüchen des Sommeliers entsprach, bestand Dr. Christ auf einer Analyse meines PSA-Wertes, und sei es nur, um das Risiko einer möglichen Fehldiagnose zu minimieren. Für diesen Vertrag verlangte er von mir, wie Mephistopheles einst von Faust, nur ein paar Tropfen Blut, denn neben Urin sei auch *Blut ist ein ganz besonderer Saft.* „Kommen Sie morgen früh um 7.30 Uhr in die Praxis, damit meine Hilfskraft Ihnen ein paar Röhrchen von diesem kostbaren Lebenselixier abzapfen kann. Wir schicken die Proben dann zur Analyse in ein Labor und rufen Sie an, falls die Ergebnisse beunruhigend sein sollten."

Wissen Sie, lieber Leser, was ein PSA-Wert ist? Immer dieser Ärger mit den Abkürzungen. Vielleicht bezeichnet er die *praktischen Standards für Autisten*? Oder *Pubertät, Sex, Analverkehr*? Oder *pinkeln, aufatmen, Sackgasse*? *Polizist sucht Anarchisten*? *Psychopath sodomisiert Amme*? Oder einfach nur *Paulus segnet Abel*? *Persönlich sublimierte Autonomie*? *Predigt, Sonntag, Andacht*? *Priester sind Atheisten*? Aber warum? Weil Sie nicht glauben, dass es Gott nicht gibt?

Jetzt sind Sie dran! Bitte nicht nachdenken, damit es lustig oder zumindest absurd wird. Als Französischdozent oder Leser mit ein bisschen Allgemeinbildung und Interesse am Wirtschaftsgeschehen hat man es bei einer solchen Fragestellung natürlich bedeutend leichter. Ich jedenfalls weiß, dass PSA für *Peugeot Société Anonyme* steht, d.h. für den französischen Automobilhersteller Peugeot als Aktiengesellschaft, zu welcher weiterhin die Marken Citroën, DS, Opel und Vauxhall gehören. Peugeot ist der zweitgrößte Automobilhersteller Europas nach VW. Und was die Abkürzung VW als massenmotorisiertes Volksauto bedeutet, werden Sie doch seit 1937 wissen, oder? Lupo, Fox-up! Im *Jet*ta-Zeitalter spielt der Werwolf-

Lupo mit den afrikanischen *Varianten* der *Touaregs Polo* auf dem *Golf*platz und hört dabei Blues von Carlos *Santana*, während die *Passat*winde oder der heiße *Scirocco* die *Beetle*s und *Käfer* bei einem Ausflug mit Phaeton im Sonnenwagen seines Vaters Helios begleiten.

Oder lesen Sie dieses Buch gerade in einer fremdsprachlichen Übersetzung und sind kein Deutscher? Das entschuldigt Sie aber nicht für Ihre Wissenslücke. Wenn Sie Immigrant oder Asylsuchender sind, wird man Ihnen die Aufenthaltsgenehmigung entziehen, wenn Sie diese einfachsten zivilrechtlichen Fragen nicht beantworten können. VW. *Von wegen Asylrecht! Verhängnisvolle Warteliste!* Andererseits frage ich mich mittlerweile, ob Dr. Christ tatsächlich einen Peugeot fährt und warum er mit mir über den *PSA*-Wert seines Fahrzeugs reden sollte? Wo führte diese Blutspur hin? War er in einen kriminellen Akt, in einen Mord verwickelt? Handelte er mit Blutkonserven? Mit PSA-Aktien an der Börse?

Nein, wir täuschen uns alle. Aber jeder, der sich täuscht und bemerkt, dass er sich täuscht, kommt auf der Suche nach der Wahrheit, die es nicht gibt, einen Schritt weiter, denn die Wahrheit liegt bei Gott, den es nicht gibt, allein. In der Zwischenzeit geht aber unserem *Käfer* bei der ewigen Suche nach der Wahrheit, die wir niemals finden werden, der Sprit aus, und ich schwöre einen Amtseid, so wahr mir Gott helfe: Zum Teufel mit VW, *verlorene Wahrheit*, lieber PSA, *P*inkeln und *S*aufen bis zur *A*mnesie!

PSA – Welcher fatale Abgrund sich dahinter verbergen kann. Nur drei Buchstaben und dennoch eine Formel, die über Leben und Tod eines Mannes entscheiden kann. Insbesondere als Frau sollten Sie wissen, was die Männer meistens ignorieren oder verdrängen. PSA. Denn mit einem toten Mann möchten Sie doch auch nicht zusammenleben. Oder wollten Sie sich Ihres Mannes ohnehin entledigen? Dann schweigen Sie. PSA. Wenn Sie indessen unter dem guten Vorbild von Dr. Christ von dem roten Saft Ihres Mannes eine Kostprobe nähmen, könnten Sie vielleicht ein Defizit in seiner Zusammensetzung herausschmecken, Vampir oder nicht.

Das Ergebnis der von meinem Hausarzt veranlassten Blutabnahme ließ nicht lange auf sich warten und offenbarte eine negative Verstimmung in meinen Körpersäften, und zwar in der Form, dass das hauseigene Protein meiner Prostata in vermehrter Menge auftrat und somit das prostataspezifische Antigen, den sogenannten PSA-Wert, als besorgniserregend ansteigend diagnostizierte. Wie Sie wahrscheinlich wissen, erhöhen bei einer Erkrankung nicht nur Organe wie Leber und Nieren organspezifisch den Eiweiß-Wert im Blut, sondern überdies jene Prostata, über welche die meisten Männer so wenig wissen, dass sie erst im Falle einer Erkrankung über die Existenz jenes Organs in ihrem Körper Kenntnis nehmen, es sei denn sie haben vorher am Stammtisch oder bei einem privaten Männergespräch unter vorgehaltener Hand davon gehört, dass ein Nachbar, Bekannter oder Freund an der Prostata operiert wurde oder operiert werden müsse, nachdem sein PSA-Wert in den letzten Jahren zwar langsam, aber kontinuierlich angestiegen ist und schließlich Krebs diagnostiziert wurde.

Als Biologen kennen wir Edelkrebse, Sumpfkrebse, Dohlenkrebse, Steinkrebse, Signalkrebse, Zwergflusskrebse und Marmorkrebse, aber als Nicht-Biologen kennen wir Krebse nur als Delikatessen, und zwar in Form von Krabben, Garnelen, Langusten oder Hummer. Aber nicht jeder Mann mit Prostatakrebs trinkt gerne Bier oder ist ein professioneller Gourmet. Während die meisten Krebse Schalentiere sind, ist die Prostata des Mannes von einer Raumkapsel umgeben, die durch eine Massage stark erregt werden kann, aber meistens nicht in siedendem Wasser landet.

Gut, dass dieses Schicksal der Schalentiere den meisten Männern nicht widerfährt. Auf der anderen Seite kann das wild wuchernde Wachstum der Prostata einen langsamen Tod nach sich ziehen, der sich im Allgemeinen jedoch nicht in einem edlen Restaurant vollzieht. Ich möchte Ihnen allerdings auf keinen Fall den Appetit verderben, wenn Ihnen das siedende Wasser auch schon auf der Zunge zusammenlaufen mag.

Der Bildungsstand des gemeinen Mannes in Bezug auf seine Prostata, das unbekannte Organ, geht meistens mit dem Albtraum einher, dass Prostatakrebs zwangsweise mit Impotenz oder zumindest fatalen Erektionsstörungen einhergeht. Was Impotenz bedeutet, meinen alle Männer zu wissen: Es ist der Verlust der Potenz und damit der Macht bzw. der Allmacht des vollkommenen Mannes über das schwache Geschlecht, aber auch über sein Geschlecht. Es handelt sich um das Unvermögen, sich seines eigenen Verstandes sowie seines eigenen Geschlechts ohne die Hilfe eines anderen zu bedienen, d.h. das Unvermögen, nicht mehr mit jeder Frau schlafen zu können oder mit jedem Mann. Aber braucht meine aufgeklärte Frau tatsächlich meine Prostata, um Lust und Befriedigung erfüllend genießen zu können? Sapere aude! Habe den Mut, dich deines eigenen Geschlechts zu bedienen!

Mein PSA-Wert betrug 3,9. Ein Jahr später 4,3. Wieder ein Jahr später 4,8. Der Wert 4,8 war eigentlich nicht mehr als der durchschnittliche Alkoholgehalt eines Biers. Trotzdem riet mir Dr. Christ dazu, einen Urologen aufzusuchen, der als Facharzt nicht nur über höhere Sachkompetenz, sondern zugleich über bessere Instrumente verfüge. Daher wehte also der Wind. Dort spielte also die Musik. Der Sommelier führte das Pferd am Saum zum Schlachthof und lieferte es ans Messer des Chirurgen. Jedenfalls schenkte er mir reinen Wein ein und redete nicht mehr um den heißen Brei herum. Auf in die Urologie! Schon der bloße Gedanke an den Weg dorthin bereitete mir Unbehagen und schlug mir auf die Nieren.

Nachdem der PSA-Wert, *Prost-Sünde-Alkohol*, bei dem Harn-Leiter der Urologie, Dr. Mann, nicht Thomas, sondern Heinrich, auf 5,2 angestiegen war, wie mir sein *Blauer Engel* mit einem Lächeln à la Marlene Dietrich verkündete, schlugen alle meine Sinne Alarm. Ich schaute nicht mehr dumm durch die Harn-*Röhre*, sondern wurde mit einem Schlag aufgeklärt. Es wurde ernst um Paul Krieger. Man rückte mir auf die Pelle. Und zwar mit Messern und Zangen. Ich hörte die Knochen schon brechen. Obwohl meine Prostatakapsel noch nicht entkorkt war, sah ich schon vor meinem imaginären Auge wie mir die Geschlechtsorgane um die Ohren flogen. Jedoch wusste ich in meinem *Alter*, dass das Mitleid des Henkers nach Ernst *Jünger* im sicheren Hieb liegt.

Dr. Mann stimmte in seinem abgedunkelten Büro einen pathetischen Ton an, als er mir erklärte, dass mein PSA-Wert, *Penis-Samenbläschen-Anomalie*, möglicherweise auf Prostatakrebs hinwies. Um in dieser Angelegenheit mehr Sicherheit zu erlangen, müsse eine Biopsie vorgenommen werden. Bio ist gut. Gesund. Nachhaltig. Nicht giftig, dachte ich. Die Früchte kann man mit der Schale essen und die Prostata in der Kapsel lassen. Keine Antibiotika.

Was ein Biotop war, wusste ich auch: ein kleiner Lebensraum für Organismen, für eine Lebensgemeinschaft, das heißt für Pflanzen, Tiere – und Menschen. Solange es noch Leben auf der Erde gibt, ist sie ein Biotop. Ohne den Menschen bliebe dieser Lebensraum wohl länger erhalten.

Was den Begriff der Biopsie anbelangte, zumal er auf mich angewendet werden sollte, war ich mir in seiner Bedeutung weniger sicher, enthielt er doch zu viele Unwägbarkeiten und Ambivalenzen, weshalb mich Dr. Mann darüber aufklärte. Bei einer Biopsie handele es sich um eine Gewebeentnahme aus einem verdächtigen Gebiet, in dem sich einzelne terroristische Zellen unkontrolliert teilen, um einen bösartigen, feindlichen Verbund zu erstellen, der umliegende Grenzen überschreitet und andere Völker infiltriert, um sie von innen heraus zu zerstören: kurzum ein Tumor, d.h. in meinem Falle ein Prostatakarzinom. Der Feind bleibt meistens unsichtbar, und wenn er zuschlägt, ist es meistens zu spät, um die Verteidigungsreihen in Stellung zu bringen. Diese feindlichen Zellverbände haften nicht immer aneinander, trennen sich von ihren Garnisonen und bewegen sich aggressiv durch das Gefäß – und Lymphsystem, um unbemerkt in anderen Zitadellen wieder aufzutauchen. Oftmals entwickelten sie zusätzlich Tochtergeschwulste, die nicht immer aus feinem Hause stammen und sich in düsteren Gassen feilbieten.

Um die Proliferation dieser Wucherer zu verhindern, wollte Dr. Mann sich persönlich in dieses feindselige Gebiet begeben, um heimlich zehn bis zwölf mögliche Spione in Form von Gewebeproben zu überprüfen. Dabei sollte das gesamte Gebiet, gleichmäßig auf die Prostata-Ebene verteilt, systematisch abgedeckt werden.

Die außerordentliche und gefährliche Operation würde mit einer dünnen Nadel durchgeführt, mit welcher jedem Spion ambulant und unter lokaler Betäubung über den Enddarm einige Zellen entnommen würden, die anschließend vom Geheimdienst pathologisch untersucht würden. Ein negativer Befund, so der Harn-Leiter der Urologie, bedeute in den meisten Fällen Entwarnung.

Gut. Mehr wollte ich gar nicht wissen. Entwarnung. Der Gesang der Sirenen verstummte. Kein Rumor, kein Tumor. Kein Gerede. Klarheit. Fakten. Wahrheit. In allen Instanzen gewonnen. Freispruch. Alles gut.

Wir vereinbarten einen Termin, der schon drei Wochen später die Befreiung aus dem Bann der Ungewissheit herbeiführen sollte. Morgens um 7 Uhr traf ich in den Krankenanstalten ein. Ich bekam eine Beruhigungspille und zwei Stunden später bereits die Narkosespritze. Als die Stanzmaschine angeworfen wurde, befand ich mich bereits in einer anderen, schöneren Welt der Träume, wo es keine lärmenden Fabriken und keinen Schmerz gab. Vor meiner Wiederauferstehung war ich noch ein wenig benommen, erkannte aber bereits meine Frau Sophie, die mich mit ihrem *verwegenen* VW-Wagen abholte. Ich durfte kein PSA-Auto fahren, obwohl ich nichts getrunken hatte. Am nächsten Tag erhielt ich bereits die Ergebnisse.

Nichts gefunden. Keine feindlichen Absichten. Keine Verbannung. Gefahr gebannt. Nicht in die Charité. Zu Hause bleiben. Bei der Geliebten – Frau. Das Leben ging weiter. Ich jubelte bereits innerlich, als Herr Dr. Mann mich wieder auf den Boden der Tatsachen zurückholte.

Der Freispruch sei leider nur auf Bewährung, weil die Biopsie keine hundertprozentige Sicherheit garantiere. Theoretisch könnten sich die Krebszellen in Gebieten befinden, wo nicht gestanzt wurde, zum Beispiel direkt bei den Nachbarn. Der Feind sei schwer zu enttarnen und häufig nicht von den Freunden zu unterscheiden. Der PSA-Wert müsse daher weiterhin regelmäßig überprüft werden, um einen möglicherweise erneuten Anstieg oder feindlichen Überfall unmittelbar zu konterkarieren.

Ein halbes Jahr später war mein PSA-Wert auf 6,1 angestiegen. Also doch Krebs? Herr Dr. Mann schlug vor, eine zweite Prostatastanzbiopsie vorzunehmen, allerdings dieses Mal erst im Anschluss an eine vorher erfolgte Magnetresonanztomographie (MRT) der Prostata, bei welcher man tumorverdächtige Läsionen genau erkennen könne. Diese Dokumentation sei für nachfolgende Untersuchungen und eine Therapieplanung entscheidend und diene als eine Art *Landkarte* und Operationsplan der Prostata. Anschließend könnte man dann in diesen suspekten Arealen wieder Gewebeproben entnehmen.

Tatsächlich zeigte das MRT einige Positionen, in denen der Feind seinen Hinterhalt aufgebaut hatte und an denen man üblicherweise nicht stanzte. Aus diesem Grunde war das erste Ergebnis negativ gewesen. Meine Prostata war zwar durchlöchert worden, aber leider immer an der falschen Stelle. Nun wollte man dem Feind aber mit einem bildgebenden Verfahren auf den Leib rücken. Es wurde entschieden, dieses Mal satellitengesteuerte Stanzen an die Front zu schicken. Und tatsächlich: Jeder Schuss war ein Treffer. Der Feind war lokalisiert, aber noch nicht außer Gefecht gesetzt.

Bericht über Ihre ambulante Behandlung vom 10.07.17

Diagnose: Gleason 3+4 Prostatakarzinom, PSA-Wert-Erhöhung 7,82ng/ml

Anamnese: Bereits im November 2014 erfolgte bei einem PSA-Wert von 4,2 ng/ml die Entnahme von Dodekanten-PE's ohne Hinweis für eine Malignität (…) In der zwischenzeitig durchgeführten MRT-Untersuchung fand sich eine PIRADS III-Läsion der Region 3a/4a sowie eine PIRADS II-Läsion in der Region 7p.

Am 12. Juli erfolgte bei einem PSA-Wert von 7,82 ng/ml an einer circa 35 Gramm messenden Drüse die Entnahme von Target-PE's, sowie Dodekanten-PE's. Entnahme von 12 Stanzproben. In sechs Proben finden wir einen Tumoranteil von 80%, ein Gleason 3+4-Prostatakazinom, darüber hinaus in der Probe neun ebenfalls ein Gleason 3+4 Prostatakarzinom, der Tumoranteil hier 20%. Es findet sich insofern ein bilaterales Karzinom. Die Haupttumorlast liegt im rechtsseitigen Target.

Im MSKCC-Risikokalkulator findet sich für Ihr Alter (Ausgangs-PSA-Wert und Gleason-Grad) folgende statistische Wahrscheinlichkeit: Lymphknotenmetastasierung 3%, extrakapsuläre Ausdehnung 57%, die Wahrscheinlichkeit einer organbegrenzten Erkrankung 41%. Die Möglichkeiten der *Nerve-sparing* radikalen Prostatovesikulektomie wurden mit Ihnen besprochen.

Unter dem Messer eines Chirurgen

Eine größere Operation schien unvermeidbar. In allen zwölf Stanzen hatte man Krebszellen gefunden. Auf meine Frage, warum man bei der ersten Biopsie blind umhergeschossen und nicht direkt ein bildgebendes Verfahren als Grundlage genommen hätte, erhielt ich die Antwort, dass ein solches Vorgehen zu hohe Kosten generiere. Einen solchen Luxus könne sich nur Saudi-Arabien leisten, wo man bereits ab einem PSA-Wert von 3,0 ein MRT durchführe und auch niemand mit billigen Peugeot-Modellen durch die Straßen fahre.

Die monate- oder sogar jahrelangen Ängste der Patienten spielten bei diesem rein wirtschaftlichen Kalkül keine Rolle, und jeder, der frühzeitig starb, entlastete die Kassen, insbesondere wenn er bereits Rentner war. Verständlich, bei 7,7 Milliarden Menschen auf der Erde. In anderen Ländern weiß man gar nicht, dass Prostatakrebs existiert. Deshalb stirbt natürlich niemand offiziell daran. Also machen wir uns nicht in die Hose!

Zudem wächst die Weltbevölkerung jedes Jahr annähernd um die Einwohnerzahl Deutschlands, nämlich um 83 Millionen, während nur circa 60 Millionen Menschen definitiv den Motor abstellen, andere Tiere, die wir täglich ermorden, nicht eingerechnet. Wäre der Vergleich nicht weltweit, so würden in Deutschland immerhin noch 23 Millionen Menschen überleben und endlich jeder von uns zwei Autos besitzen. Bei selbstgesteuerten Fahrzeugen könnten wir sogar auf die fehlerhaft denkenden Fahrer verzichten oder immer gleichzeitig mit dem Ersatzwagen neben uns herfahren. Wahrscheinlich wird das intelligente Auto bald auf jeden Fahrer und Beifahrer verzichten können. Dann kämen bei einem Verkehrsunfall natürlich keine Passagiere mehr ums Leben. Aber welchen Sinn hätte unser Leben noch, wenn wir das Steuer aus der Hand gäben? Ich fahre Auto, also bin ich.

Nach der Operation *Desert Storm* im Zweiten Golfkrieg (1991), legitimiert durch die Resolution 678 des UN-Sicherheitsrates, der Operation *Enduring Freedom* (2001) als Krieg gegen den Terrorismus, der Operation *Iraqi freedom* (2003) zur Entmachtung Saddam Husseins und der Operation *Inherent Resolve* (2014) als Allianz gegen den Islamischen Staat in Syrien, stand nun die große internationale Operation *Paul Krieger* (2017) bevor. Dieses Mal operierte nicht einer der amerikanischen Staatspräsidenten oder militärischen Laien, sondern der Harn-Leiter der Urologie, der seinen Dr. Mann zu stehen wusste und mich bereitwillig über seinen strategischen Plan aufklärte.

Es handelte sich um ein internationales Team, legitimiert durch eine international anerkannte *MRT*-Resolution *mit rechtlichem Tötungsauftrag* der feindlichen Zellen wie im Irak oder in Afghanistan. Als radikaler Kriegsdienstverweigerer stand es nicht gut um mich, Paul Krieger, zumal mein scharfer Verstand gegen Populationen von *Trump*eln nur wenig ausrichten könnte. Ich bin ein Nicht-*Trump*el und denke. Also lüge ich als *Fake* in einer alternativen Realität. Fahren wir schnell weg hier. Nur wenn ich *trump*le, darf ich sein. Alles andere ist Schein.

Dr. Mann war ein Vertreter der Reinschnitt-Methode: aufschneiden, raus-schneiden, zuschneiden, zunähen. Sein Assistenzarzt hatte den Ruf, wie eine Nähmaschine zu nähen: sauber, regelmäßig und mit kleinen feinen Stichen. Ein gutes und aufeinander eingespieltes Team. Zudem arbeiteten sie nur unter Vollnarkose, was den Patienten anbelangte. Das war schonender und weniger schmerzvoll, wenn man versehentlich mal danebenschnitt oder sauber mit dem chirurgischen Messer das falsche Organ vom Knochen löste. Herr Noch-nicht-Doktor Spende nähte das Organ dann wieder an, sofern der Patient nicht Organspender war.

Meine Prostata, obwohl nicht größer als eine Walnuss und kunstvoll gestanzt, kam nicht mehr wie aus dem Ei geschält daher und zeigte einige Abnutzungsmerkmale. Ich darf gestehen, dass ich sie in meinem ersten Leben wirklich fast jeden Tag nutzte und meine Frau, Sophie, genauso verrückt nach ihr war wie nach

Tschaikowsky Nussknacker-Suite. Außerdem liebte sie russisches Roulette, nein Ballett.

Der warme Saft, den sie, die Walnuss, wie auch die Sekrete aus den Samenblasen beim Samenerguss den aus den Hoden durch die Samenleiter aufsteigenden Spermien beimischte, beförderte immer ihre, Sophies, Vitalität sowie diejenige der Spermien und beschleunigte ihre befruchtende Zielstrebigkeit. Bei der Ejakulation wurde das gesamte Gebräu dann, unterstützt durch die muskuläre Kontraktion der Prostata, durch den Harn-Leiter hinausgeschleudert. Nein, im ersten Leben war Paul Krieger kein lahmer Sack. Deshalb nahm Sophie bewusst die große Antibabypille, und deshalb blieb selbstverständlich der Sack dran und zu, während die Prostata behutsam herausgerissen wurde.

Da die Harnröhre, von der Blase aus durch die Prostata verlaufend, in den Penis mündet, musste der Harn-Leiter der Urologie, Dr. Mann, die Harnröhre zweimal durchtrennen, einmal oben und einmal unten, einmal im Himmel und einmal in der Hölle. Danach wurde meine Blase ein wenig heruntergezogen und wieder mit der Harnröhre vernäht. So erzählte mir Dr. Mann. Also liebe Männer: keine Angst, der Penis wird nicht hereingezogen und um den Durchmesser der Prostata, circa 4 cm, verkürzt, sondern die Blase, die ein Muskel ist, gedehnt, um den freigewordenen Raum zu überbrücken. Sie brauchen also nicht nachzumessen. Was tatsächlich geschah, weiß ich nicht. Es gibt kein YouTube Video darüber.

Übrigens ist beziehungsweise war die radikale Prostatektomie, RPT – *rubbelt die Prostata tot* und *rettet den Penis Turbo* –, d.h. die komplette Entfernung der Prostata, bis zur Operation Wüstensturm Paul Krieger die Standard-Behandlung des lokal begrenzten Prostatakarzinoms als Intervention mit kurativer Absicht. Ich will Ihnen nicht auf die Nerven gehen, aber zwei wichtige Nerven möchte ich noch erwähnen, und zwar die beiden Nervenstränge, die rechts und links neben der Prostata verlaufen und bei der Operation möglichst nicht beschädigt werden sollten, weil sie für die Weiterleitung der sexuellen Impulse vom Kopf bis zum Penis verantwortlich sind. Eine Schädigung dieser Nerven könnte zu einer mangelnden Erektionsfähigkeit eines Ihrer Körpermit*glied*er und zur Impotenz Ihrer Partnerin führen.

Anscheinend definieren die meisten Männer sich mehr durch die Potenz ihres *Glied*s, als durch die Kraft ihres Verstandes, der sie als Mit*glied* einer aufgeklärten Gesellschaft zu politischer Verantwortung verpflichten sollte. Während die *Glied*maßen beim Menschen normalerweise paarig vorkommen, so etwa Arme und Beine, steht der arme Penis immer ganz allein da. Durch diese bedauerlichen Umstände entwickelt er eine Aufmerksamkeitsphobie, die ihn ständig dazu veranlasst, sich als Mittelpunkt hervorzuheben, um insbesondere das Gefallen der weiblichen Mit*glied*er der Gesellschaft zu erregen, die mit ihm spielen sollen. Der *schillernde* Spieltrieb soll die verlorene Einheit des Mannes wiederherstellen, indem die sinnliche Neigung des stofflichen *Glied*s wieder pflichtgemäß in seine moralisch-sportliche Form gebracht wird.

Für diese Männer ist es dann wichtiger, diese für die Potenz verantwortlichen Nervenbündel zu erhalten, als mit relativer Sicherheit alle Krebszellen zu eliminieren. Dass diese Nervenbündel einem toten Mann zukünftig nicht mehr zu einer letzten Erektion verhelfen, nehmen die meisten Männer dann in Kauf und verabschieden sich anschließend mit oder ohne *Glied* als Mit*glied* unserer Gesellschaft.

Während der Operation hatte sich bei mir im Schnellschnitt zur weiteren Untersuchung des außerhalb des Orbits der Prostatakapsel befindlichen Gewebes unglücklicherweise ein Nervenbündel als mit Krebszellen befallen erwiesen und musste bedauerlicherweise entfernt werden. Meine Mit*glied*schaft in der Gesellschaft blieb trotzdem erhalten.

Merkwürdigerweise funktionierte mein lieber Freund im Anschluss an die Operation trotzdem einwandfrei, indem er sich weiterhin bereitwillig aufrichtete, wenn man es von ihm verlangte, selbst wenn er ein wenig humpelte und sein Gegenüber nicht mehr so geradlinig anschaute wie vorher. Fernerhin blieb der Orgasmus wegen der entfernten Samenblase, der Prost-ATA und einigen anderen Leitungen, die abgeklemmt worden waren, trocken, und mein kleiner Freund zeigte in der sexuellen Interaktion manchmal eine etwas längere Leitung. Insgesamt war diese Veränderung jedoch eher praktisch und eine saubere Angelegenheit. Die Bettwäsche musste nicht mehr so häufig gewechselt werden, und ein guter Prosecco konnte anderenorts bereits im Ersten *Akt* versprüht werden. Die Trockenheit bezog sich daher nicht auf die Unfähigkeit, weiterhin Sekt oder Champagner zu versprühen.

Herr Dr. Mann, zu dem ich volles Vertrauen hatte, war ein exzellenter Chirurg und hatte bereits mehr als 750 Walnüsse geknackt, ohne dass einer der Träger *verschieden* war. Nein, sie waren alle gleich. Nur war seine Methode nicht mehr die modernste, was ich bereits einen Tag nach meiner Operation durch eine Radiosendung erfuhr, als ich gerade aus meiner Vollnarkose aufgewacht war.

Der Sprecher einer medizinischen Sendung erwähnte futuristisch erscheinende alternative Verfahren bei der radikalen Entfernung der Prostata, auf die mich in meinem Dorf zu Beginn des 21. Jahrhunderts allerdings niemand mit Nachdruck aufmerksam gemacht hatte.

Von der da-Vinci-Methode haben Sie vielleicht schon gehört, insbesondere wenn Sie wie ich in Siegen wohnen. Es ist nämlich ein Restaurant, das in der Hinter*n*-straße 15 vor dem Eingang zur Prostata liegt und nicht nur Pizza für Nicht-Italiener anbietet. Es gibt dort eine beeindruckende organische Speisekarte, und auf Wunsch künstliche Zusatzstoffe, Aromen und Geschmacksverstärker sowie Getränke und eine Rechnung.

Falls Sie Siegen schon einmal verlassen haben, kennen Sie vielleicht sogar Leonardo. Diese italienische Form des Vornamens stammt aus dem Lateinischen, aber *bin ich denn dein Leo*?

Falls Sie cinephil und Kinogänger sind, kennen Sie sicherlich auch Leonardo DiCaprio, sofern Sie nicht schon 1912 mit Rose auf der Titanic beim Eisessen untergegangen sind.

Und sollten Sie gebildet, eingebildet oder zumindest abgebildet und eingerahmt sein, ist Leonardo da Vinci wahrscheinlich Ihr Favorit. Was er als Anatom demontierte und sezierte, konnte er als

Mechaniker, Ingenieur, Bildhauer und Architekt wieder zusammensetzen. Er war Universalgelehrter und vielleicht sogar noch mehr, nämlich Homosexueller. Wenn hier ein Zusammenhang besteht, wird es niemanden verwundern, dass es so wenige Intellektuelle auf dieser Welt gibt, die in vielen Ländern sogar heute noch verfolgt werden, weil man neidisch auf sie ist. Den Rest können Sie sich mit Leonardos Pinsel selber ausmalen. Und nun lade ich Sie selbstredend noch mit Leonardo zum Abendmahl ein, falls Sie so viel Platz in Ihrer Küche haben.

In Bezug auf die Prost-*ATA* handelt es sich bei der da Vinci-Methode um ein minimal-invasives Roboter-assistiertes Verfahren aus der Zeit der Renaissance, während dessen der Operateur, an einer Spielkonsole sitzend und auf bewegte dreidimensionale Kamerabilder starrend, die Roboterarme mit den mikrochirurgischen Instrumenten dazu benutzt, die Prost-*ATA* zu entfernen. Abrupte Bewegungen oder zittrige Finger werden durch das System reguliert, so dass selbst Alkoholiker weiter operieren können und man auf berauschte Ärzte nicht verzichten muss, solange Sie nicht im Koma liegen. In diesem Falle würde man auf eine Vollnarkose verzichten.

Die Vorteile dieser Methode liegen offen, aber steril auf der Hand: Sie sterben nicht, weil man die übergroße Narbe nicht mehr zunähen kann. Sie sterben nicht, weil Ihr gesamtes Blut ausgelaufen ist. Sie sterben nicht, weil sie zu viele Schmerzmittel genommen haben. Sie sterben nicht an Inkontinenz. Sie sterben nicht an Impotenz, weil die beiden Nervenstränge im toten Winkel liegen und daher inklusiver enthaltener Krebszellen erhalten bleiben. Im Grundsatz. Im Prinzip. Dieselben Ausnahmen wie bei der klassischen Operation bestätigen die Regel: Impotenz, Inkontinenz, Tod durch Narkose. Und wenn Sie eine Frau sind, fragen Sie zu Risiken und Nebenwirkungen Ihren Arzt oder Apotheker, insbesondere wenn die Nerven über die Stränge schlagen. Außerdem fehlen dem Roboter die Sensibilität der chirurgischen Finger sowie die Tränen des trauernden Arztes. Also, ob Pizza oder Aufschnitt, beides eine Frage des Geschmacks.

In Hamburg in der Elbphilharmonie gibt es noch eine bessere Methode, um den Hahn wieder auf- oder abzudrehen und den Patienten trotzdem überleben zu lassen. In der ALTA Klinik hat der Roboter, der den Chirurgen manipuliert, durch die Glasfassade eine direkte Sicht auf das krankhafte Gewebe in der Prost-*ATA*, welches über Ultraschallwellen verkocht und abgetragen wird. Ein gutes kulinarisches Rezept. Der Vorgang wird mit freier Sicht durch die Harnröhre vorgenommen, nachdem Sie vorher noch einmal gepinkelt haben, damit der Arzt während der Operation nicht durch einen Kurzschluss über den Roboter unter Strom gesetzt wird und verstirbt. Kein Schneiden, kein Stechen, kein Nähen, kein Häkeln. Da schauen Sie dumm in die Röhre, oder? Am nächsten Tag geht man oder Frau wieder nach Hause, oder manchmal auch nicht. Alle Funktionen der Prost-*ATA* bleiben erhalten: die Potenz, die Inkontinenz und Insolvenz. Prost! Wir stoßen an und feiern. Prost! *ATA*! Scheuermittel. Bin ich denn bescheuert? So etwas muss jeder in seinem *Haushalt* haben. Das ist kein *Hinterhalt*, sondern ein Mittel der ersten Wahl. Das Organ ist wieder sauber, generalüberholt und funktioniert. Da gehe ich das nächste Mal bestimmt hin. Ich bin doch keine doofe Nuss! Schluss!

Bei mir war die Operation bestens verlaufen, und ich habe die Stunden der narkotischen Tiefenentspannung gar nicht gezählt, während Herr Dr. Mann und sein Team eine hochkonzentrierte Präzisionsarbeit leisteten. Auf ein paar Minuten oder Tage kam es mir nicht an, sofern ich wieder aufwachte, welches tatsächlich im gleichen Jahr noch geschah. Kaum aus den Tiefen der Nacht aufgetaucht und den unterirdischen Gefilden des Hades entkommen, um mich wieder den Göttern des Olymp zuzuwenden, fühlte ich mich unverletzt, fröhlich und anspruchslos heiter. Möglicherweise wirkten die Schmerzmittel noch nach. Jedenfalls hörten sie nicht auf zu wirken, denn es stellte sich niemals ein Gefühl ein, welches ich als Schmerz hätte bezeichnen können.

Meine strahlende Muse und liebe Frau Sophie hatte mich wachgeküsst, denn ich hatte zweifelsfrei nicht denselben Fehler begangen wie Orpheus, der sich bei der Befreiung seiner geliebten Eurydike aus dem Hades durch die Macht seines Gesangs auf dem Rückweg aus mangelnder Geduld nach ihr umgeschaut hatte, woraufhin sie wieder verschwand.

Nein, Sophie stand tatsächlich strahlend, bildhübsch und von Herzen froh vor mir. Endlich war die dumme Nuss weg, nein, was denken Sie denn, nicht ihr Mann Paul, sondern seine durchlöcherte Nuss, die Prost-ATA. Was blieb, war mein Hohlkopf als Archetyp des *animal non rationale*. Aber wer sollte das, außer Sophie, schon merken? Selbst Ärzte kochen nur mit Wasser, und die meisten anderen Menschen haben sich ohnehin bereits um den Verstand geredet und erscheinen nur noch als klug, wenn sie schweigen.

Nach meiner Operation durfte ich noch sechs Tage auf Kosten der Krankenkasse Urlaub machen. Ich genoss es, bedient zu werden, noch einmal Thomas Manns Roman *Der Zauberberg* zu lesen und mich jeden Morgen mit Herrn Dr. Mann auf intellektuelle Weise über die schönen Dinge des Lebens zu unterhalten, etwa die gesunden Menschen, von denen es in der Klinik außer einiger Ärzte, kranken Schwestern und gesunden Pflegern nicht viele gab.

Bereits nach wenigen Stunden konnte ich wieder mein Bett verlassen und *läufig sein*. Ich genoss es, den ganzen Tag über lesen, schreiben, plaudern, essen, trinken und beischlafen zu können. Letzteres allerdings nur in meinen Wachträumen. Ich erfreute mich des vollen Seins, welches dem Nichts entronnen war, ohne über Gott, den es nicht gab, oder die Welt, die gerade mal wieder etwas schlechter geworden war, nachzudenken, was für eine hohle Nuss natürlich keine Herausforderung darstellte.

Zugegebenermaßen hatte ich seit meiner Operation noch einen Kater beziehungsweise Katheter. Dieser bot aber eher Vor- als Nachteile, weil ich literweise Flüssigkeiten in mich hineinkippen konnte, ohne die Toilette aufsuchen zu müssen, da die gesamte Urinmenge in einen gigantischen Urinbeutel lief, der an eine 15.000 Liter umfassende unterirdische Zisterne angeschlossen war. Ich kalkulierte daher, dass ich bei einer durchschnittlichen Urinmenge von 1,5 bis zwei Liter pro Tag mein Leben lang keine Toilette, kein

Klosett, kein Klo, kein Null-Null, kein WC oder irgendeinen unschuldigen Baum mehr aufsuchen musste, um meine Blase zu entleeren, ein Paradies für jeden, der einmal chronischer Dauerpinkler war.

Zudem berechnen Sie einmal selber die verlorene Zeit, die man bei jeder Blasenentleerung oder Blasenspiegelung verliert, und die von nun an in den Genuss des Lebens investiert werden kann. Vielleicht wollen sie dann aus lebensphilosophisch-prophylaktischen Gründen auch Ihre Prostata entfernen oder als Frau zumindest einen Katheter legen lassen? Zu Hause steigen Sie dann aus ökologischen Gründen von der Ölheizung auf Solarthermie oder Wärmepumpe um und benutzen die nicht mehr benötigten Tanks als Urinspeicher. Vielleicht können Sie den warmen Urin sogar für Ihre Fußbodenheizung nutzen? Dr. Mann, der nicht nur als Harn-Leiter und Chirurg eine gebildete Koryphäe war, weil er Thomas Mann gelesen hatte, sondern auch erfolgreiche Geschäftsmodelle initiierte, stand gerade vor einem Vertragsabschluss mit den Energieriesen, welche intendierten, die gigantischen erneuerbaren Welturinmengen ökologisch zu nutzen. Auf diese natürliche Art und Weise könnte sich jeder Bürger dann einen Platz an der Sonne erpinkeln.

Nachdem ich vor der Operation jahrelang von einem harnenden, urinierenden, miktierenden Schicksal gebeutelt worden war, das ständig Lulu machen, pieseln und pullern wollte, wobei es eine Stange Wasser in die Ecke stellte, hätte ich am liebsten diesen befreienden Urinbeutel mein Leben lang behalten oder gegen meinen Geldbeutel eingetauscht, denn Geld macht nicht glücklich, ein pinkelndes oder nicht pinkelndes Dasein hingegen sehr wohl.

Nach gut einer Woche war der Kater jedoch weg und ich wieder bei meiner Miezekatze mit ihren Samtpfoten, die mich ihrerseits nun auf meine Funktionsfähigkeit überprüfen wollte. Das ging mir im jetzigen Augenblick allerdings etwas zu schnell, da ich gerade erst mit heißer Nadel gestrickt worden war. Die Narben dampften noch ein wenig, und die Genitalien versuchten wieder ihre alten Positionen einzunehmen. Daher entschied ich mich kurzfristig für eine thailändische Rehabilitationsmaßnahme, um Sophie später nicht zu enttäuschen.

Falls Sie sich nun, lieber Leser, im falschen Buch wähnen oder eine zu lange Katheterleitung haben, dürfen Sie gerne das nächste Kapitel überspringen: *Was Sie schon immer über Sex wissen wollten, aber bisher nicht zu fragen wagten*, ein Kopfkino, nicht von Woody Allen.

Operationsbericht vom 17.11.2017

Name: Krieger, Paul
Alter: 60
Station: Bayern 04
Operateur: Chefarzt und Harnleiter der Urologie, Dr. Mann
Assistent: Ober- und Unterarzt Dr. Pille und Dr. Billig

Diagnose: Stanzbioptisch gesichertes intermediate risk-Prostatakazinom recto-digital, (Gleason 3 + 4, pT1 c), fraglicher Stein in der mittleren Kelchgruppe links, Z.n. Stoßwellenlithotripsie
Therapie: Radikale Prostato-Vesikulektomie in mikrochirurgischer Technik, bilateral nerve-sparing.

Intraoperative Schnellschnittuntersuchung (…) Nachresektion im Bereich der rechten Samenblasenspitze (…) Einbringen eines Darmrohres (…) Die Ostien in ausreichend Abstand vom Blasenhals entfernt. Kein Blasentumor. Anschließend auf dem geraden Tisch mediane Unterbauchlaparotomie auf der Länge von 9 cm (…) Abschieben des Fettes. Durchstechungsnaht im Blasenhalsbereich (…) Inzision. Luxieren des Katheters (…) Durchtrennen der hinteren Zirkumferenz. Durchtrennen des Recto urethralis. Blutstillung. Es erfolgt ein selektives Durchstechen des Plexus Santorini (…) Durchtrennen des Recto urethralis. Durchtrennen der Denonvilliers-Faszie (…) Unter kompletter Präservation des Blasenhalses gelingt es die Prostatabasis vom Blasenhals abzupräparieren (…) Durchtrennen des Ductus (…) Die Samenblasenarterien über Clipligaturen abgesetzt (…) Knüpfen der Campenni-Nähte (…) Schichtweiser Wundverschluss (…) Haut mit resorbierbarem Nahtmaterial.

Kopfkino

Michel, nicht mein französischer Lektorenkollege, dessen intelligente und witzige Freundschaft mir schon nach ein paar Tagen Krankenhausaufenthalt fehlte, sondern Michel Houellebecq, hatte mir eine Adresse vermittelt, die seinen Erfahrungen nach Glück und sexuelle Erfüllung in Aussicht stellte. Ich war *Platt* – darüber, dass er selber wieder so in *-form* war, nachdem er von seiner sextouristischen Reise aus Thailand zurückgekehrt war. Bei mir gestaltete sich die Ausgangssituation allerdings ganz anders, da ich Kultur und Kunst bislang immer höher eingeschätzt hatte als Peepshows, Unterhaltungssendungen im Fernsehen und Prostituierte. Überdies habe ich mich nie für eine 27-jährige Französin namens Valérie interessiert, sondern für eine viel jüngere, attraktivere und intelligentere Französin, namens Sophie. Eine Frau muss nicht notwendigerweise dumm sein, um eine Künstlerin der erotischen Spiele zu sein, im Gegenteil, der Verstand kann selbstredend ein guter Lehrmeister auf der Spielwiese der Lust sein. Und warum eine *ménage à trois* anstreben, wenn die meisten Ehepaare schon mit sich selbst und ihrem Partner oder ihrer Partnerin problemüberladen und überfordert sind.

Ein weiterer beziehungsmäßiger Unterschied zwischen mir und Michel war folgender: Sophie wurde nicht wie Valérie als Leiterin des moralisch abgründigen *Eldorador Aphrodite Clubs* durch einen islamistischen Terroranschlag umgebracht und mein Vater nicht von einem Muslim erschlagen. Zudem habe ich nicht nur vier Monate in psychiatrischen Anstalten verbracht, sondern im Gegenteil viele Jahre unter gebildeten Menschen und kranken Ärzten auf dem Zauberberg gelebt. Und schließlich warte ich nicht wie Michel auf den Tod, sondern auf *das Leben, denn wie es auch sei, es ist gut*, oder haben Sie einen besseren Vorschlag als Goethe? Ich interessiere mich jedenfalls mehr für die Frage, was die Welt im Innersten zusammenhält oder das Problem, warum die Welt zerfällt, als für Sex als Ware in einer postmodernen Gesellschaft der *Elementarteilchen*. Aber unter Umständen existiert auch in diesem Kontext eine zwangsläufige Verbindung.

Was meinen Sie? Haben Sie auch einen Freund oder eine Freundin mit dem Namen Michel oder Michelle? Vielleicht im Geheimen? In Ihren Tag- oder Nachtträumen? Haben Sie im Urlaub noch nie Sex gehabt? Auch die eigene Frau hat manchmal einen hohen Preis, insbesondere wenn sie verschwenderisch ist, hoch im Kurs steht oder an der Geldbörse gehandelt wird.

Mein Film beginnt wie immer im Kopf, denn selbst wenn er zugegebenermaßen hohl ist, ist die Aktivität meines Gehirns, Eros oder Amor gleich, bei dem Gedanken an die fleischliche Beiwohnung einer Göttin der Schönheit höher als zu jedem anderen Zeitpunkt. Darum fällt es mir so schwer, gleichzeitig noch zu denken, aber wozu auch? Ohne Kopf läuft vieles leichter, sofern man nicht gänzlich kopflos ist. Deshalb kann uns manchmal eine leichte Berührung, eine flüchtige Fantasie, ein erotisches Bild oder der Anblick einer formvollendeten Frau treffen wie ein Schlag mit dem Schwert auf die Scheitelmitte, denn hier sitzt der genitale sensorische Oberbefehlshaber der erogenen Legionen, Maximus Decimus Meridius – der Gladiator.

Er befehligt nicht nur die limbischen Urvölker aus den weiten Steppen des berittenen, grauen Hippocampus und der Mandelkerngebiete, sondern alle geographischen Teile des emotionalen Universums. Er bestimmt darüber, wie der Kreislauf des Lebens verlaufen soll, das Herz der Welt tickt und der atmosphärische Blutdruck mit seinen Hochs und Tiefs unsere körperliche und seelische Stimmung festlegt. Er verursacht Wirbelstürme der Begierde, Dopamin-Tornados wie im Kokainrausch oder Hitzewallungen wie bei einem kalifornischen Waldbrand ohne Berücksichtigung des Klima*teriums*. Er sitzt im Auge des Zyklopen und schmiedet für Zeus die orgastischen Donnerkeile und Blitze, welche die Menschen beim Tanz um den *Ei*sprung bis zur Ohnmacht elektrisieren.

Er ist der wahre Gott der Schwellenländer und Schwellkörper, der Tigerstaaten im *Trank* der Lust.

Die liebreizende Gestalt, die ich erblickte, zog meinen Blick magisch an und verschlug mir den Atem. Wie von einem Magnet angezogen wölbten meine Augäpfel sich aus ihrer Höhlung hervor, um das bestaunte Objekt wie mit einer Lupe zu vergrößern und seine Authentizität zu überprüfen. Konnte eine solche Schönheit im Steinbruch der Realität existieren, oder musste sie notwendigerweise die imaginäre Konstruktion eines begehrenden Willens sein, der sich selber betrog, um seine Lust zu steigern? Ich rieb mir die Augen, um auszuschließen, dass es sich um ein Trugbild handelte. Nein, die Reinheit der Form war so vollkommen, dass man gar keinen stofflichen Körper dahinter vermuten konnte. War das Geschaute nur eine Idee beziehungsweise nur ein der Möglichkeit nach seiender Körper? Schwungvoll gerundet, fein, anmutig und gleichzeitig fest und stramm, begehrlich.

Genau in diesem Moment der meditativen Klarheit und spirituellen Präsenz empfinde und realisiere ich unmittelbar, was meine Hände von mir verlangen werden. Sie möchten diese Form berühren, sie ergreifen, sie umfassen, an ihr entlanggleiten, sie einölen und zu noch größerem Glanz erheben. Sie möchten perlendes Wasser auf ihr fühlen, gleitende Nässe, dampfende Wärme. Meine Atmung beschleunigt sich bereits, obwohl ich mich erst am Anfang meiner intimen Begutachtung befinde: die formvollendete Wade einer Frau. Zwar ein Detail nur, das aber unbedingt auf die Existenz von noch weiteren *Elementarteilchen* verweist, die ich wie betäubt und willenlos mikroskopisch inspizieren muss.

Die faszinierende Frau, die zu dieser prachtvollen Wade gehört, liegt in Bauchlage auf einem *östlichen Divan* in exklusivem Echtleder. Ihre endlos langen Beine sind ausgestreckt, während sich die feinen Füße auf den Zehenspitzen abdrücken und die Beinmuskeln anspannen, als wollte sie sich im nächsten Moment umdrehen oder wie eine Katze aufspringen. Alles blieb aber still. Der weitgehend entblößte Körper wird ab der Kniekehle aufwärtssteigend halbseitig von einem leichten, hellgrauen Leinenbettlaken bedeckt, wobei die linke freiliegende Pobacke eine gewölbte Linie abzeichnet, dessen Grenze mein Blick gerne überschreiten würde, um diese üppige Hügellandschaft genauer in Augenschein zu nehmen.

Das dünne Laken reicht bis an die nackten Schultern heran, während die Nackenpartie von langen, lockigen, kastanienfarbenen Haaren bedeckt ist. Die schlanken Arme liegen leicht angewinkelt auf dem Bett, wobei die Handflächen sich mit ihren schlanken Fingern in das Kopfkissen graben.

Der aufmerksame Betrachter, ich, Paul Krieger-Cupido, vernimmt mit einer gewissen Exzitation ein kaum wahrnehmbares, leidendes Stöhnen, einzelne Seufzer sowie leichte Zuckungen, die diesen imposanten Körper durchlaufen. In meiner kontemplativen Betrachtung leicht verunsichert, stellte ich mir die Frage, ob ich mich in der Gegenwart der babylonischen Göttin des weiblichen Eros und Mätresse der Götter, Nanaja befand? Oder war es Qadesch, die ägyptische Göttin der heiligen Ekstase und des sexuellen Vergnügens? Oder war es nur eine meiner liebsten Freundinnen, Aphrodite, Venus, Hedone oder Voluptas?

Schlief diese Frau, träumte sie, war ich womöglich im Begriff, sie zu wecken? Oder schlief ich selber und träumte von der Frau? Oder träumte die Frau von mir, der von der Frau träumte, und ich träumte gar nicht, sondern es wurde nur von mir geträumt, dass ich träumte, während ich gar nicht träumte? Wer auch immer träumte oder nicht träumte, für mich war nur wichtig, dass diese begehrenswerte Frau unzweifelhaft existierte, ob in der Realität oder als konstruierte Wirklichkeit, das war mir völlig egal. Und dasselbe sollte in gleichem Sinne für mich gelten.

Ein solches Ereignis, dass sich mir eine solch sinnlich exzeptionelle Frau unerwarteterweise und in ihrer schönsten Nacktheit feilbot, hatte ich noch nie erlebt, und ich hätte mir einen solch unübertrefflichen Augenschmaus selbst in den kühnsten Träumen nicht vorstellen können. Diese göttliche Vertreterin der schönsten Idee des weiblichen Geschlechts war ein Faktum und keine *Fake* als gefälschtes Bild oder lügnerische Anbiederung meines hohlen Gehirns.

Deshalb verhielt ich mich ruhig. Gab keinen Laut von mir. Wartete ab. Ich musste mich in Geduld üben, um den Fortgang des Geschehens nicht zu perturbieren. Der Frau war warm. Sie transpirierte und zog langsam die Decke von ihrem überhitzten Körper, um vielleicht einen kühlenden Luftzug zu erhaschen. Dabei traten zunächst zwei pralle Pobacken zutage, welche leicht angehoben wurden, weil die junge Frau ihre rechte Hand durch die zusammengepressten Beine unter die Schamhaare schob. Das leichte Stöhnen wurde lauter und rhythmischer, die Seufzer stärker und anhaltender. Der ganze Körper geriet in eine langsame Bewegung. Die Pobacken bogen sich empor und vergrößerten ihr Volumen. Dann senkten sie sich wieder. Dieser Vorgang wiederholte sich viele Male mit unendlicher Langsamkeit. Ein berauschendes Spektakel, bei dem ich im sinnlichen Ringen nicht nur Zuschauer bleiben wollte und nach Lage der Dinge gerne teilgenommen hätte. Ich verspürte ein starkes Verlangen, diesen Körper von vorne zu inspizieren, um mich selber auf den Venushügel der Aphrodite zu begeben und die dargebotene Fülle zu ertasten.

Als ich begann, mir die Drehung des Körpers vorzustellen, bemerkte ich, dass er sich tatsächlich zu wenden begann. Zwei üppige, runde Busen präsentierten sich auf einem überaus schlanken Oberkörper und schienen ein wenig überdimensioniert. Während die eine Hand zwischen den Beinen in den Schamhaaren immer aktiver wurde, wanderte die andere zu den runden Busen empor und begann abwechselnd die kräftigen Brustwarzen zu reiben und den splendiden Busen zu massieren, der sich daraufhin, fester werdend, dehnte und aufblähte.

Bewegte die Frau sich selber oder waren ihre Bewegungen nur die Folge meiner lüsternen Vorstellungen? Mein Wille schien die Macht über sie gewonnen zu haben. War ich nicht mehr nur Beobachter, sondern Akteur in diesem Spiel? Das wollte ich ausprobieren. Ich stellte mir daher vor, dass sich der gesamte Oberkörper aufrichtete und die grazilen Arme mich durch eine Geste einlüden, das lustvolle Spiel gemeinsam im Einvernehmen zu gestalten. Und tatsächlich folgte die von mir vorgestellte Geste, so dass ich die Gewissheit erlangte, dass dieser verführerische Lockvogel der Begierde mir gehorchte wie eine von einem Joystick ferngeleitete Puppe: notabene der oftmals unerfüllte Traum und die Obsession eines jeden Mannes, ebenso wie der Lolitakomplex. Aber wenn ich jetzt nicht wach würde, war es reale Wirklichkeit, und die Reise zum Höhepunkt könnte beginnen. Ich wurde nicht wach.

Ich war erregt. Schweiß perlte auf meiner Stirn. Alle Muskeln zogen sich zusammen. Vorsichtig näherte ich mich dieser Frau, um sie sanft von der geschwungenen Hüfte aufwärtssteigend zu stimulieren. Dabei legte ich mich, jedes unerwünschte Geräusch vermeidend, neben sie und fuhr ihr langsam über den Bauch, bevor ich am Me*h*rbusen angelangte und über den Warzenhof die Mamillen mit den Fingerspitzen zu innervieren begann. Sie ergriff schließlich meine Hand, damit ich die kreisenden Bewegungen intensivierte, wobei sie in noch stärkere Erregung geriet. Während sie ihre Augen geschlossen hielt, prüften meine Scheinwerfer gierig die erogenen Rezeptoren ihres aufstrebenden Körpers, um jede einzelne Zelle in Wallung zu bringen.

In meinem Dudelsack als Babyzimmer der Spermien braute sich bereits ein Tsunami zusammen. Welchen Plan hatte die Biologie für mich vorgesehen? Eine Armee von Spermatozoiden traf mit anderen Soldaten, die aus allen Gängen und Kanälen des Landes herbeiströmten und eine Rüstung aus Flimmerhärchen trugen, zusammen und setzte sich über die Nebenhoden-Ebene in Bewegung. Der Weg zum Zielort des befreienden Gewaltmarsches war jedoch lang und gefahrenreich wie der verführerische, wohlproportionierte Körper dieser verlockend betörenden Frau. Die ersten Legionen, die aus vielen Kohorten und Manipeln bestanden, trafen erst nach 14 Tagen Fußmarsch ein, nachdem sie den Samenleiter-Pass zur Steilküste unterhalb des Blasengebirges erklommen hatten.

In der Zwischenzeit stand der ekstatische Körper dieser in allen Nervenfasern innervierten Frau vor dem Zusammenbruch durch Erschöpfung, weil alle Antriebe dieser elysischen Königin seit Tagen auf eine maximale Luststeigerung zusteuerten. Dieses Crescendo der Erregung konnte sogar eine Leistungssportlerin der

Lust nicht ins Unendliche fortsetzen, denn es folgte meinem maliziösen Plan, der den Orgasmus immer genau vor dem Höhepunkt ausschaltete.

Gleichzeitig stellte sich auch bei mir die *vaginale* Vermutung ein, dass sich der euphorische Gipfelsturm und die damit verbundene feuerwerksartige Explosion nicht mehr lange zurückhalten ließen. Deshalb entschloss ich mich, vorsichtig in die Venusspalte einzudringen, ohne das glühende Feuer durch einen *Ejaculatio praecox*, das heißt einen frühzeitigen Samenerguss, zu löschen. Bei dieser unendlich langsamen Präzisionsarbeit bemerkte ich, wie die Schamlippen glühten, und die divine Vulva saugte mein seit Tagen stark erigiertes Glied so stark an, dass fast mein gesamter Hoden mit in die feuchte Höhle gezogen wurde. Nun begann der Kampf auf Leben und Tod bis zum *point of no return*. Der Kurvenverlauf des erogenen Seismographen zeigte auf der Richterskala die Amplitude 9,5 an. Das Epizentrum der Lust stand vor einem Ausbruch.

Meine Samenhorden waren bereits seit Tagen am verabredeten Sammelplatz in der Prostata-Hochebene eingetroffen, wo sie sich nun mit den drüsischen Soldaten aus der Bläschen-Region vereinigten. Alle Truppen vermischten sich hier *sekret*haft und diskret, bevor sie siegesbewusst und mit Jubelschreien durch den Spritzkanal in die Harnröhre eindrangen, um dann mit Blitz und Donner unter dem Oberbefehl des *Dutcus ejaculatorius* beim Kampf um das Ei in die unbekannten Gefilde vorzustoßen. Es konnte sich nur noch um wenige Minuten handeln, bevor mein Gehirn explodierte.

Hier, genau an diesem Ort, im orbitofrontalen Cortex, spielte die durch den faszinierenden weiblichen Körper ausgelöste Musik, und die Orgel der 18 Variationen der Leidenschaft im Ballett der Erregung drehte sich immer schneller bis zum lustvollen Höhepunkt der Ida Rubinstein im Bolero von Maurice Ravel nach einer 17 Minuten andauernden wollüstigen Reise auf den Mount Everest der Sinnlichkeit. Das lange, progressive Crescendo der erotischen Rührtrommel steigerte die Choreografie der Begierde in ihrer Intensität bis zu einem unausweichlichen Gipfelpunkt der triebenthemmten Körper im Rhythmus der Basstrommeln, Becken und Tamtams, während Posaunen und Saxophone unter ständiger Veränderung der Tonhöhe bis zum Kulminationspunkt laute Glissandis spielten.

Noch 11 Minuten: Mein Herzschlag beginnt zu rasen, und mein Pulsschlag hämmert in meinen gedehnten Adern wie ein Presslufthammer. Die Schweißdrüsen werfen ihren Turbo an und evaporieren wie bei einem ausbrechenden Vulkan Lavaströme von heißen Flüssigkeiten, welche sich durch die Furchen des Körpers ihren Weg suchen.

Noch 9 Minuten: Eine Oxytocin-Spritze. Der Blutdruck steigt bedrohlich an und verursacht in meinem Schädel, der wie ein Dampfkochtopf ohne Ventil zu explodieren droht, ein Schwindelgefühl, welches meine Sicht immer mehr trübt. Ich versuche durch das schnelle Schlagen, dann wieder durch das Pressen der Augenlider, bei Bewusstsein zu bleiben. Meine Pupillen erweitern sich.

Noch 5 Minuten: Alle Blutgefäße ziehen sich zwecks Beschleunigung der Umlaufgeschwindigkeit zusammen, und der Kreislauf dreht auf wie ein Achtzylinder.

Noch 3 Minuten: *Serotonin* – Houellebecq sei gegrüßt – schießt in mein Rückenmark. Alle Muskeln verkrampfen. Das sympathische Nervennetz schlägt Großalarm. Sperma zum Sammelplatz!

0: Meine mit einem Zuckerguss ummandelte Amygdala leuchtet auf wie ein gesamtes Rotlichtviertel bei einem kollektiven Orgasmus. Krampfartige Zuckungen durchlaufen anfallartig meinen Körper. Nach zehn bis zwanzig Sekunden ist jedoch alles vorbei, und Ida Rubinstein bleibt nach einem letzten Aufbäumen unter schmerzverzerrten Tönen wie leblos unter mir liegen und scheint zu exspirieren.

Nach dem orgastisch fulminanten *Crescendo* in Ravels Bolero also jetzo Joseph Haydns *Decrescendo* als Erschlaffen aller bespielten Schwellkörper in der Abschiedssinfonie vor dem sexuellen Stillstand in fis-Moll Hob. I:45. Am Ende des Finalsatzes stellen die vorher noch stark erregten Musiker im Adagio nach und nach das sexuelle Liebesspiel ein und legen ihre Blas- und Streichelinstrumente beiseite, bis schließlich sogar die beiden letzten fidelen Violinen die Kohabitation beenden, indem sie das letzte Mal mit Amors Bogen, *Con legno stratto*, über alle vier Körpersaiten ihrer Gespielin streicheln, nachdem sie diese wenige Minuten vorher noch mit dem *Col legno*, der hölzernen Bogenstange, gezüchtigt, *battuto*, sowie mit den Fingern in den Himmel gezupft, *pizzicato*, haben.

Meine Sackpfeife ist ausgedörrt. Es gibt nur noch zwei Spermatozoiden, die als Reservisten überlebt haben, weil sie nicht an die Front gezogen sind. Sie sind Homosexuelle und wollen gar keine Eizelle heiraten. Sie sind Intellektuelle und wissen, dass es schon genügend kranke Hohlköpfe auf dieser Welt gibt, die sich besser nicht reproduzieren sollten.

Das Spiel auf der Fidel ist beendet, der überspannte Bogen erschlafft und der *Col legno* erschöpft. Die Instrumente des orchestralen Spiels räumen die Bühne der erogenen Zonen, die abschwellen, und warten geduldig auf die neuen Befehle des *genitalen* Cortex, denn das Lustzentrum bleibt immer in Alarmbereitschaft und wartet auf eine neue Orchesterprobe.

Die Stille ist unterdessen unheimlich. Sie ist wie ein kleiner Tod. Eine unendliche Pause. Eine absolute Entspannung. Eine fast *Ewige Ruhe*. War alles nur ein *Fake*, die Inszenierung meines Gehirns? War mein erigiertes Glied letztlich ein Hochstapler, weil es seit meiner Prostata Operation nur noch heiße Luft versprühte, wenngleich diese den ekstatischen Wahn nicht minderte? Ida und ich waren autonom und ohne Kondom. Ohne Prostata ist der Koitus eine saubere Sache. Der *Coitus interruptus* ist vorbei. Den Rückwärtsgang der Spermien brauchen wir nicht mehr einzuschalten. Auf dass der Tod uns *scheide*.

Aber zum Teufel, wer war um Himmels willen diese Ida Rubinstein? Dieser diamantglänzende Rubin? Dieses Juwel? Diese Frage wollte mir nicht aus dem Kopf gehen, und ich war nicht davon begeistert, das Kino verlassen zu sollen. War sie nur eine brillante Vorstellung? Eine Projektion meiner sexuellen Fantasie? Oder war es Sophie ohne Adamskostüm im Garten Eden? Denn beim hellwachen Beischlaf mit Sophie geriet ich manchmal in eine solche Trance, die einem Drogentrip ähnelte und die beteiligten Personen vermischte. Nur dauerte die Ekstase nicht so lange. Jedoch konnte ich diese lebendige Droge immer wieder nehmen: Täglich, stündlich, in jeder Minute hatte ich Verlangen nach ihr, nach Ida, nach *Sophia*, der *Philosophie*, nach der Liebe zur Weisheit.

Der Tölpelprofessor mit dem Clownsgesicht

Während der Operation war ich in einen komatischen Schlaf gefallen, in welchem ich onirische Bilder und reale Halluzinationen erlebte, die mich an die Grenze jener traumähnlichen Erlebniswelt brachten, die ich Jahre vorher schon bei meiner Therapie auf dem Zauberberg erlebt hatte, wo mich der Tölpelprofessor albtraumhaft heimsuchte. Sie erinnern sich sicherlich noch, lieber Leser, an Ihre erste Begegnung mit dieser Karikatur eines Gelehrten, der mit dem Gehirn einer Amöbe in großen Hörsälen Reden hielt und mehr durch seine Rolex am Handgelenk als durch seine Rhetorik glänzte. Seine Seele war wie ein Schwarzes Loch, das alles Licht absorbierte und jede strahlende Idee auf der Stelle auslöschte. Die Sieben-Tage-Inzidenz seines Intelligenzquotienten lag beängstigend niedrig, und die Wahrscheinlichkeit, dass er seine Studenten mit dem Virus der Dummheit infizierte, stieg durch die Tatsache, dass man den Aerosolen seines dummen Geredes schutzlos ausgesetzt war, wenn er den Studierenden ohne Mund-Nasen-Schutz gegenübertrat. Aggressiver noch als sein Odem, waren jedoch die schmerzhaft-tönenden Schallwellen des Unsinns, welche durch die verzweifelten Kontraktionen seiner Sprachorgane ausgelöst wurden und gegen welche die Studenten sich durch Wachs in den Ohren zu schützen versuchten.

Haben Sie diese geistige Pygmäe, die als Beitrag zur Wissenschaft nur Wikipedia-Artikel verfasst, bereits vergessen? Vielleicht haben Sie mein letztes Buch *Vom Zauberberg* nicht gelesen? Letzteres ist, unter uns gesagt, natürlich nur eine rhetorische Frage.

Ich lag auf dem festlich gedeckten Operationstisch, die Messer waren geschärft, und alle Instrumente wie Scheren, Zangen, Pinzetten, Skalpelle, Führungsdrähte, Klammergeräte, Clip-Applikatoren, Saugkanülen oder Stanzen warteten wie die Musiker in einem

Sinfonieorchester auf ihren Einsatz. Dr. Mann, der Chefarzt und Harn-Leiter der Urologie, spielte die erste Geige und dirigierte mit dem Skalpell in der Hand die anderen Weißkittel, die mich in einem schützenden Halbkreis umgaben.

Der Anästhesist fehlte wegen eines Migräneanfalls, gegen den kein Schmerzmittel half, sowie der Oberarzt, dem man als Protestant beim katholischen Abendmahl den Zutritt verweigert hatte. Erstaunt war ich darüber, dass ein Bischof zur Mannschaft gehörte. Beabsichtigte er für mich zu beten, oder wollte er nur einen weiteren Missbrauchsskandal verhindern? Aber ich war doch kein kleiner Junge mehr und kein Mit*glied* ihrer Kongregation. Würde ich nach der Operation eine Entschädigungssumme von 50.000 Euro erhalten, weil der Bischof sich an meinem Dödel, Piephahn, Lümmel, Piepmatz, Schniedel, Pillermann, Schwengel, meinem Prachtexemplar und Zauberstab vergriffen hatte? Ich begriff gar nichts. Wie würde die Bischofskonferenz in meinem Falle entscheiden? Würde der Kölner Kardinal Woelki auch meine Missbrauchsakte später vor der Öffentlichkeit zurückhalten? Jesses! Jesses *Maria 2.0* und Joseph!

Ein weiterer für meine Operation *abgeordneter* Nebenverdiener aus der Partei der Christlichen Dermatologen-Urologen und Christlichen Strahlen-Urologie war Dr. Georg Nüsslein, der seine doofe, wenig *löbelig*e Prostata-Nuss hinter einer überdimensionierten 660.000 Euro teuren Operationsmaske verdeckte. Wahrscheinlich hoffte er, aus dem Verkauf meiner noch funktionsfähigen Organe einen zusätzlichen Profit zu beziehen. Leider konnte ich meinen Fliehkräften durch das bereits offene Loch in meinem Bauch und die damit verbundene Trägheit in meinem Körper nicht mehr nachkommen.

Die Zunft der Näher und Näherinnen war vollständig angetreten, und zwar mit Herz und *ohne* Seele. Falls während der Operation Leitungen gekürzt oder enger gemacht, Druckknöpfe angenäht, Nähte geschlossen oder Löcher gestopft werden sollten, wollte man das nicht versäumen, und zu guter Letzt musste wie gewöhnlich noch ein neuer Reißverschluss eingesetzt werden, um bei eventuellen postoperativen Komplikationen schnellstmöglich nachjustieren zu können. Der Nussknacker-Tanz konnte beginnen. Die Instrumente waren gestimmt.

Unterdessen begann das Konzert mit einer starken Dissonanz. Ich hörte aus dem Orchestergraben meiner Bauchhöhle den Tölpel-professor mit leiser Stimme nach mir rufen. Ich sollte meinen Sana-toriumsaufenthalt in Davos unmittelbar unterbrechen, um mich mit seiner Exzellenz, Magnifizenz – mit diesen honorigen Worten sprach der gehirnamputierte Narzisst immer von sich selbst – zwecks Planung der Orientierungswoche für die Erstsemesterstu-denten zu beraten. Als einzigartige Amöbe wäre er mit dieser ein-maligen, komplexen Situation völlig überfordert. Er stände bereits vor einem Erschöpfungsanfall, noch bevor das Semester überhaupt begonnen hätte, und Lesen müsste er für seine Vorlesungen natür-lich auch noch bei einem Privatdozenten lernen. Die Angelegenheit sei dringend, schwierig zu managen und von höchster Brisanz. Meine sofortige Anwesenheit wäre daher unabdingbar. Wo auch immer ich mich befände, ich sollte mich unmittelbar auf den Weg machen.

War das nicht Mobbing, jemanden wie eine Pizza vom Operati-onstisch weg in eine Teamsitzung zu bestellen, selbst wenn Ama-zon die Lieferung garantierte? Konnte dieser Tölpel anhand der DHL Sendenummer nicht den Ort der Zwischenlagerung – 9.55 Uhr auf den Operationstisch gepackt – verfolgen, an dem ich mich gerade befand? Musste er mich bei meiner Ankunft nicht postwen-dend mit dem Retourenschein in den Operationsblock zurücksen-den, weil die bestellte Ware mitten im Unterbauch ein Loch auf-wies? Hatte ich wieder einen dieser *zauberbergischen* Albträume? Nein, tatsächlich, er rief nach mir, obwohl ich flach und entspannt wie eine Leiche auf dem gedeckten Operationstisch lag und mein Schicksal erwartete.

*****

Paul, wo bist du, so flüsterte er mir ins Ohr. Es ist schon 5 Minuten vor 10 Uhr. Paul, wo bist du, hörst du mich nicht?

Ich hörte ohne zu hören. Ich sah ohne zu sehen. Ich fühlte ohne zu fühlen. Ich schmeckte ohne zu schmecken. Ich roch ohne zu riechen. In Vollnarkose war das recht schwierig. Non cogito, ergo non sum. Selbst Descartes blieb mir nicht treu. Ich dachte nicht, also war ich nicht. Endstation. Krankenstation. Ladestation. Schellte da gerade das Telefon? Mein Handy? Station? Bahnhof. Gleis 5. Der Zug in Richtung Prostata hat heute leider 5 Minuten Verspätung.

Dr. Mann schlitzte mir gerade mit seinem Skalpell den Bauch auf, um mir im nächsten Moment die Prostata aus dem Körper zu schneiden.

Voltaire protestierte zwar gegen diese unmenschliche Maßnahme und verteidigte Paul Calas vehement, weil er ungerechtfertigterweise angeklagt worden war, seinen Sohn, den man im Hause erhängt vorfand, erwürgt zu haben, nur weil dieser zum Katholizismus übertreten wollte. Voltaires Bemühungen blieben bedauerlicherweise ohne den erhofften Erfolg. Wahrlich ich sage Euch, dieses war nicht die beste aller möglichen Welten, wenn Sie bedenken, dass das Erdbeben von Lissabon über 100.000 Tote hinterließ, darunter viele unschuldige Kinder und *Krieger*, aber alle Tölpelprofessoren und andere nicht denkende Lebewesen blieben wie durch ein Wunder verschont. Gott schützte die Behinderten im Geiste, wozu die Gotteslästerer und Blasphemiker nicht gehörten.

*****

Paul, wo bleibst du, so der Flüsterton in meinem Ohr. Paul, wo bist du? Es ist schon 4 Minuten vor 10 Uhr.

Ich begann ein leichtes Ohrensausen zu empfinden, welches sich durch ein Rauschen und Knacken bemerkbar machte. Hatte Herr Dr. Mann gerade die Nuss geknackt, oder waren es Knochen, die zerbrachen?

Der Harn-Leiter schritt auf seinem blutigen Weg in die untere Bauchhöhle zügig voran und durchtrennte alle Bahnen, die nicht freiwillig vor dem scharfen Skalpell zurückwichen. An einigen Stellen benutzte er die weitaus dickere Machete, die im Allgemeinen beim Schlagen von Zuckerrohr verwendet wird, aber in der Chirurgie ihren Einsatz findet, um Diabetes zu vermeiden.

Der Tölpelprofessor, Herr Prof. Dr. Dr. Frank Reich, Spezialist für französische Küche und nachsitzender Präsident der Gesellschaft für die interkulturelle Verständigung der Amöben, bohrte sich wieder in mein Bewusstsein, aber ich hatte dieses Mal Émile Zola auf meiner Seite, der am 13. Januar 1898 in einem offenen Brief der Tageszeitung *L'Aurore* meine Verteidigung ergriff und die falschen Anschuldigungen des Professors mir gegenüber wegen angeblichen Landesverrats denunzierte und damit die Republik wie mit einem Beil spaltete.

Émile Zola, *J'accuse*. Ich klage an, und zwar den antisemitischen Tölpelprofessor Dr. Frank Reich wegen Machtmissbrauchs und Mobbings gegenüber dem französischen Hauptmann Alfred Dreyfus und dem Juden Paul Krieger, international anerkannter linksliberaler Intellektueller, Romanist und Verteidiger der säkularen Republik.

Émile Zola, *J'accuse*. Ich klage an, und zwar den antisemitischen Tölpelprofessor Dr. Frank Reich wegen eines Verbrechens gegen die Menschenrechte in dem Justizskandal um die Paul Krieger-Affäre.

*****

Paul, was machst du? Paul, wo bist du? Paul, wo bleibst du? Es ist schon 3 Minuten vor 10 Uhr.

Ich begann, einen leicht stechenden Druck im Herzen zu empfinden, ohne an eine hübsche Frau gedacht zu haben. Gleichzeitig wurde meine Atmung flacher, und in die Lunge strömte Wasser ein. *Erste Phase: kardiale Dekompensation.*

Dr. Mann blieb gelassen. Er hatte schon viele Leichen operiert. Trotz der sich anbahnenden Herzinsuffizienz schnitt Herr Dr.

Mann weiter. Das Blut, welches ursprünglich nur ein kleines Rinnsal gebildet hatte, lief nun in Bächen, Flüssen und Strömen zusammen und begann die untere Bauchhöhle wie ein Baggerloch zu füllen.

Émile Zola, *J'accuse*. Ich klage an, und zwar den antisemitischen Tölpelprofessor Dr. Frank Reich, Parteimitglied der nationalistisch-klerikalen Rechten, weil er den unschuldigen Juden Paul Dreyfus zu lebenslanger Haft auf der Tölpel*insel* – zum *Teufel*! – verurteilt hat, wo nur Amöben leben.

*****

Paul, sei pünktlich, wir fangen gleich an. Paul, wo bist du? Paul, wo bleibst du? Paul, was machst du? Es ist schon 2 Minuten vor 10 Uhr.

Ich, beziehungsweise meine Ohren, fingen an, aus dem letzten Loch zu pfeifen. *Zweite Phase: Renale Dekompensation.* Kumulation harnpflichtiger Substanzen. Nieren-Insuffizienz.

Dr. Mann blieb gelassen. Er hatte schon viele Leichen viviseziert. Mit blutiger Hand durchtrennte er alle Muskeln, Sehnen, Nervenstränge, Venen- und Arterienbahnen, entfernte hinderliche Organe wie Blase und Nieren, um schließlich die Prostata sauber herauszutrennen.

Émile Zola, *J'accuse*. Ich klage an, und zwar den antisemitischen Tölpelprofessor Dr. Frank Reich, weil er den Juden und Spion des Deutschen Reichs Paul Krieger über hunderte von Kilometern zu unsinnigen Prozessen anreisen lässt, deren Verhandlung nur eine halbe Stunde andauert, während er selber gar nicht erscheint, weil er den Weg zum Tribunal nicht findet.

*****

Paul, beeile dich, du kommst zu spät. Paul, wo bist du? Paul, wo bleibst du? Paul, was machst du? Paul, sei pünktlich, wir fangen gleich an. Es ist schon eine Minute vor 10 Uhr.

Ich hielt die Kakophonie in meinen Ohren nicht mehr aus. *Dritte Phase: Neurologische Dekompensation.* Meine Gehirnareale zersetzen sich. *Tinnitus* Flavius Vespasianus. Jerusalem und sein Tempel sind zerstört. Der Jüdische Krieg gegen Alfred Dreyfus ist beendet. Mein Ohr ist ab. Mein Joch ist beendet. Van Gogh.

Dr. Mann blieb gelassen. Er hatte schon viele Leichen operiert, viviseziert und *lebend* seziert. Ich röchelte und schnappte nach Luft. Ich drohte im *Roten Meer* zu ersaufen. Dr. Mann warf die Herz-Lungenmaschine an.

Émile Zola, *J'accuse*. Ich klage an, und zwar den antisemitischen Tölpelprofessor Dr. Frank Reich, weil er dem Elsässer Paul Krieger verbietet, an internationalen Konferenzen teilzunehmen, während er selber sein Dorf nie verlassen hat und gar nicht weiß, wo Frankreich liegt und welche Sprache man dort spricht.

*****

Paul, wo bist du? Paul, wo bleibst du? Paul, was machst du? Paul, sei pünktlich, wir fangen gleich an! Paul, beeile dich, du kommst zu spät! Es ist 10 Uhr! Wir beginnen jetzt mit der Abteilungssitzung!

Ich höre, sehe, fühle, schmecke, rieche den Tölpelprofessor nicht mehr. Meine Sinnesorgane stellen ihre Tätigkeit ein. *Vierte Phase: Vaskuläre Dekompensation.* Die Organe werden nicht mehr ausreichend durchflutet und durchblutet. Die örtliche Gefäßregulation kommt zum Erliegen.

Dr. Mann: Es ist vollbracht! Blutüberströmt, aber triumphierend halten Herr Dr. Mann die Prostata und der Tölpelprofessor die Tagesordnungspunkte in den Händen wie erfolgreiche Kopfgeldjäger das Skalpell ihrer Opfer.

War mein Lebenswerk damit beendet? Hatte ich meine Aufgabe auf dieser Erde nach sechs Jahrzehnten bereits erfüllt und konnte nun zu meinem verstorbenen Vater *unser* zurückkehren? – Wer soll meine Lebensgeschichte zu Ende schreiben? Diese letzte Gerichtsverhandlung veröffentlichen? Ich will und darf Sie nicht enttäuschen. Ich will weiterhin mit Ihnen kommunizieren, um Sie das glückliche Leben zu lehren. Um Sie auf dem Kreuzweg durch diese beschwerliche Lektüre von Ihren Sünden zu befreien. Sie durch eine Verhaltens-Lesetherapie zu heilen.

Am Ende der Operation stellte ich einen Asylantrag auf Rückkehr ins weltliche Leben, der mir auf Bewährung gewährt wurde. Mein Mindesthaltbarkeitsdatum war *da oben* noch nicht abgelaufen. Weder das russische Gift noch die *Fake News*, weder der Tölpelprofessor noch seine Coronaviren, haben mich bislang umgebracht. Ein Korruptions-Gegner stirbt nicht so schnell, selbst wenn man ihn gelegentlich kreuzigt. Ich landete noch nicht mit den zwölf Millionen Tonnen Lebensmittel, die jährlich in Deutschland weggeworfen werden, in der Mülltonne. Gut, dass meine äußere Schale noch keine Verfallserscheinungen aufwies, wenn in dem Hohlkopf und in den Innereien meines Körpers auch bereits einiges verschimmelt und verfault war, welches fressgierige Käfer anlockte.

Ich fühlte mich wie Gregor Samsa, der sich *eines Morgens nach unruhigen Träumen* plötzlich *in seinem Bett* in ein *Ungeziefer verwandelt* vorfindet und von seiner Umwelt immer mehr ausgegrenzt wird, bis die Kommunikation völlig versagt und sich alle von ihm abwenden. Wie ein harter *Panzer* bildete mein schmerzverzerrtes Gesicht manchmal eine unüberwindbare Grenze zu den normalen, gesunden Menschen.

Was ist mit mir geschehen, dachte ich? *Wie wäre es, wenn ich noch ein wenig weiter schliefe und alle Narrheiten vergäße?* Immer wieder schaukelte ich in die *Rückenlage*, um noch einen Moment im Bett zu verweilen. Aber dann begann ich *einen noch nie gefühlten, leichten, dumpfen Schmerz* zu *fühlen* und *glitt wieder in* meine *frühere Lage zurück. Ach Gott, dachte* ich, *was für einen anstrengenden Beruf habe ich gewählt! Dies frühzeitige Aufstehen macht einen ganz blödsinnig. Der Mensch muß seinen Schlaf haben.*

Glücklicherweise war ich als Hochschuldozent jedoch weder Handelsreisender, noch war mein Vater hoch verschuldet. Außerdem empfand ich gegenüber meinem Arbeitgeber keine Bitterkeit. Nur dem Tölpelprofessor hätte ich gerne meine Meinung gesagt, weil er wie der Prokurist und Gregors Vorgesetzter während meiner Prostataoperation im Operationssaal aufgetaucht war, um sich nach meinem *unentschuldigten Fernbleiben* von der Hochschule zu erkundigen und darauf bestanden hatte, dass ich am nächsten Tag an einer wichtigen Abteilungssitzung teilnehmen sollte. Als ich ihm erklärte, was er schon seit Monaten wusste, nämlich dass ich gerade an Krebs operiert worden war, wurde er wütend, warf mit Äpfeln nach mir und schrie mich an. Allerdings stieß er nur unverständliche Tierlaute aus und krabbelte anschließend über den Fußboden, die Wände und die Zimmerdecke entlang bis zum Zimmerausgang. Ich empfand nur *Ekel und Abscheu* vor diesem entmenschlichten Wesen, das sich durch die Demütigung und Erniedrigung anderer selbst aus dem Sumpf der Minderwertigkeitskomplexe erheben wollte, um sich in sein eigenes verzerrtes Spiegelbild zu verlieben. Noch auf dem Flur des Krankenhauses wurde ES von einem Nashorn überrannt, wahrscheinlich weil es weder Kafka noch Ionesco kannte. Eine solch solide Unkenntnis der Grundlagenliteratur konnte sogar einen Tölpelprofessor in Lebensgefahr bringen, auch wenn er selber es aufgrund seiner kenntnisreichen Unkenntnis nicht bemerkte. Seine Schwester Grete musste sich deshalb später ihres verletzten Bruders annehmen. Aber Ungeziefer vergeht nicht. Im Gegenteil, es erfährt eine ständige Wiedergeburt, bis es alles und alle infiziert hat.

Als ich aus der Narkose erwachte, erfuhr ich von meiner Frau Sophie, dass der Tölpelprofessor, Dr. Frank Reich, von dem ich ihr und Dr. Krokowski, dem Seelenzergliederer, immer während meines Sanatoriumaufenthalts in Davos wegen meines psychotischen Traumas berichtet hatte, auch sie heimgesucht und dabei behauptet hätte, mein neuer Chef am Arbeitsplatz zu sein, wo doch jeder wusste, dass sein *Leer*stuhl nur den Stuhlgang anfeuerte und als Forschungsergebnis einen Haufen Kot produzierte. Da sie, Sophie, bedauerlicherweise vergessen hatte, meine Arbeitsunfähigkeitsbescheinigung von Dr. Mann, dem Harn-Leiter aus dem Krankenhaus, rechtzeitig an die Personalabteilung der Hochschule zu senden, wäre er, der neue Abteilungsleiter, nun verpflichtet gewesen nachzufragen, warum ihr Mann, Dr. Paul Krieger, nicht auf der Arbeit erschienen sei. Er fordere daher mangels Attests die unverzüglche Rückkehr ihres Mannes vom Operationstisch an den Arbeitsplatz, mit oder ohne Narkose.

Der Tölpelprofessor, der sich Sophie mit Anzug, Krawatte und Namen per Videokonferenz vorgestellt hatte, war, wie *wir* und die aufmerksamen Leser wissen, immer nur eine Projektion der krankhaften Fantasie ihres Mannes gewesen, der unter Verfolgungswahn und Angstzuständen litt und deswegen über Jahre auf dem Zauberberg behandelt worden war. Umso überraschter musste Sophie gewesen sein, dass eben genau dieser sogenannte Prof. Dr. Frank Reich nun auch sie auf merkwürdigste Weise kontaktiert hatte. Nach Mitternacht sei er ihr in der Gestalt und mit dem Gesicht eines Clowns erschienen, nur dass diese Figur nicht so intelligent und nicht so gesellschaftskritisch aufgetreten sei wie ein professioneller Hofnarr, ganz im Gegenteil.

Wollte er nun, nachdem ich von Dr. Krokowski auf dem Zauberberg als geheilt entlassen worden war, wieder in mein Leben eindringen, und zwar auf die niederträchtigste Art, indem er nicht als kranke Idee, sondern als eine Art realer Mensch, aus Fleisch und Blut, wenngleich ohne Gehirn, in dem Garten meines Privatlebens zu scharren und zu picken anfing, um zum guten Schluss noch im Rahmen des Brutparasitismus sein Ei in ein fremdes Nest zu legen? Zum Kuckuck nochmal! Das ging mir jetzt wirklich zu weit! Ich werde mit Ihnen bald ein ernsthaftes Hühnchen zu rupfen haben, und zwar ohne Professor und Doktor honoris causa als Sekundanten! Und dieser Kugel, von Karl Maria von Weber aus Blei gegossen, werden Sie dann nicht entkommen, denn in dieser Kugel habe ich das Kreuz der Treffsicherheit eingeritzt, als ich in Davos auf einer Mitternachtsmesse ohne zu schießen auf die erhobene Hostie des Priesters gezielt habe. Herr Dr. Krokowski meinte damals, dass ich mich nur auf diese Art und Weise von Ihnen befreien könnte. Und er wird Recht haben.

Von der Berichterstattung meiner Frau über diesen videosexuellen Angriff auf ihre Virginität war ich wie betäubt, und alle motorischen Areale waren wie gelähmt. Mein Verstand stürzte ab wie ein Computer. Wie konnte diese geistige Missgeburt es gewagt haben, meine holde Gattin während meines Aufenthalts im Krankenhaus mit seiner ekligen Fratze, seiner kratzigen Stimme und seinem stinkenden Atem, der durch den Computerbildschirm hindurch unser ganzes Haus infizierte, zu inkommodieren und ihr virtuell beizuschlafen? Und schlimmer noch, mir unterstellen, dass ich unentschuldigt gefehlt hätte wie ein Grundschüler, der die Schule schwänzen würde. Hatte dieses amnestische Monstrum von der Größe einer Zecke vergessen, dass ich meine Abwesenheit von der Hochschule und die Information über meine anstehende radikale Prostatektomie schon Monate vorher vom Zauberberg aus postalisch und per Einschreiben mit der Hochschule und Frau Prof.'in Dr. Dr. h.c. Ohrendorf abgesprochen hatte? Konnte er so viele Informationen nicht in seiner einzigen Gehirnzelle abspeichern?

Dieser Videocall aus der Anfangszeit des Kosmos, der bei Sophie als schwache Mikrowellenhintergrundstrahlung mit der eisigen Temperatur von minus 270 Grad zwischen Tag- und Nachttraum auf den Monitor gebeamt worden war, hatte meine liebste Frau, Auserwählte, Gespielin, Hetäre und Kurtisane natürlich völlig irritiert und aus der Fassung gebracht, weil der Angriff aus dem All gegen jegliche Regel der terrestrischen Kriegsführung ohne vorherige Warnung geschehen war und deshalb wie eine Bombe in ihr Bewusstsein eingeschlagen war, zumal Sophie genau wusste, dass meine Vorgesetzte, die Marquise Maria von Ohrendorf, eine international anerkannte Persönlichkeit von Rang und Würde, die inoffiziell im barocken Residenzschloss in Ludwigsburg residierte, tatsächlich aber im Olymp der romanistischen Götter eine Gastprofessur innehatte, noch einige Jahre vorzulesen hatte, bevor sie emeritiert und von ihrer Lehrtätigkeit entbunden würde, obgleich ihre letzte Geburt ihre eigene war.

Diese Tatsache konnte ich nur bestätigen, obwohl ich nicht genau wusste, wie viel Zeit ich im Operationssaal verbracht hatte. Meine Frau schien jedoch nicht älter geworden zu sein, im Gegenteil, sie sah so attraktiv und juvenil aus, dass die Zeit eher zurückgelaufen war. Ein kurzes Telefonat mit meinem Kollegen Michel brachte schnelle Aufklärung. Der Tölpelprofessor existierte nicht und die Marquise zeigte sich von bester Gesundheit und Laune.

Zunächst galt es, meine Frau in ihrem Angstzustand zu beruhigen. In Davos hatte ich Atemtechniken erlernt, die bei Panikattacken wahre Wunder bewirken konnten. Nachdem Sophie also unzählige Male rhythmisch tief durchgeatmet hatte und mittlerweile durch diese zu große Dosis an Sauerstoff hyperventilierte, stülpte ich ihr einen Müllbeutel über den Kopf, den ich natürlich vorher in der großen Biotonne geleert hatte, woraufhin Sophie zur Ruhe kam. Beinahe zur Ewigen Ruhe, denn ich hatte vergessen, sie von dem Müllbeutel über dem Kopf wieder zu befreien.

Nun war es an der Zeit, eine Erklärung für die merkwürdige Begegnung Sophies mit den Urängsten vor der Hintergrundstrahlung aus dem Kosmos zu finden. Womöglich handelte es sich um die Transposition meiner Ängste auf meine Frau, *Hagia Sophia*. Ich rief ihr daher in Erinnerung, dass ich ihr immer in unserer brieflichen Korrespondenz aus Davos über diesen angsteinflößenden Clown berichtet hatte, welche Lehrer und Dozenten überfiel und ermordete, aber diese Kreatur sei *Es* nicht wert, dass weiter über sie geredet würde, weil Stephen King und Dr. Krokowski diesen Fall bereits literarisch und psychologisch gelöst hatten, wenngleich die Verschmelzung mit dem Tölpelprofessor vielleicht ein anderes hybrides Monster hervorgebracht haben könnte. Wir müssten also vernünftigerweise davon ausgehen, dass der ihr erschienene Clown ein Alptraum war, welches Sophie jedoch vehement verneinte, denn *Es* handelte sich weder um die Gestalt aus dem Roman von Stephen King noch um diesen weltbekannten Clown Hans Schnier, den wir beide persönlich kannten und der sich im Gegensatz zum Tölpelprofessor von allen Institutionen der Heuchelei losgesagt hatte, während *ihr* Clown – Sophie sprach bereits so persönlich von ihm, als gehörte er zur Familie – nur ein schlechter Nachahmer, vielleicht ein Doppelgänger ohne eigene Identität war. Darüber hinaus wisse ich aus eigener Erfahrung auf dem Zauberberg sehr wohl, wovon sie spreche.

Der Clown, von dem sie sprach, war kontrapunktisch zu Hans Schnier, aber ähnlich wie der Tölpelprofessor kein kritischer Denker, der sich von der bürgerlichen Moral zu befreien versuchte, sondern ein Scheinheiliger, ein Biedermann, ein Mitläufer, ein Opportunist, Hypokrit, Lügner, schlechthin ein Tartüff *par excellence*, aber nicht salonfähig genug, um in einer Farce oder sogar Komödie Molieres aufzutreten. Das damalige Publikum hätte ihn gesteinigt, so meinte Sophie, die mich, an meinem Krankenbett stehend, fragte, wie es zu Beginn des 21. Jahrhunderts in unserer Wissensgesellschaft möglich sein könne, dass ein solcher Clown Professor geworden wäre.

*Böll*ert der Heinrich wieder, dass die Köpfe rollen, werden Sie sich fragen, lieber Leser. Nein, antworte ich, Paul Krieger, Freund von François-Marie Arouet, genannt Voltaire, und Émile Édouard Charles Antoine Zola, Ihnen, die Hohlköpfe wurden schon kopflos guillotiniert und brauchen nicht mehr zu rollen, oder? Die Französische Revolution ist vorbei und wurde in Deutschland durch eine *Ästhetische Erziehung des Menschengeschlechts* ersetzt, so *schillert*'s mir. Trotzdem bleiben diese Köpfe noch so lange gefährlich, wie sie ihre leeren Phrasen dreschen, oder was meinen Sie?

Also ab damit, mit dem Kopf, Herr Professor, wenn sie nicht einmal in der Lage sind als Harlekin mit Schellen und Narrenkappe in der Commedia dell'arte aufzutreten. Schauen Sie sich doch einmal an, mit Ihrer Flickenkostümierung, der Hörnerkappe und Ihrer schwarzen Halbmaske. Nein, Sie sind wirklich keine lustige Figur, nein, Sie sind eher ein Ritter von der traurigen Gestalt. Sie schaffen ja nicht einmal den Harlekinsprung *Eccomi!*, ohne dabei unbeabsichtigterweise auszurutschen. Sie können auch keine Purzelbäume auf dem Marktplatz schlagen. Sie sind kein subversiver Genius des Lebens, keine Spaßnummer zwischen Himmel und Hölle, kein Rettungsanker der betrogenen Gesellschaft. Sie sind nur eine erbärmliche Maske, hinter der sich noch eine viel erbärmlichere Fratze verbirgt, die traurige Grimassen schneidet. Jeder dumme August ist klüger als Sie.

Was wollte dieser frustrierte Titelnarzisst Prof. Dr. Dr. honoris causa von mir und Sophie? War er nicht schon seit Jahren neidisch auf mich, weil er zwar die Macht der Erscheinung besaß, nicht aber den Verstand, um überhaupt zu sein? Was wollte dieser Kretin von mir auf dem Operationstisch? Und warum stieg er nun sogar meiner Frau nach? Waren Wahnvorstellungen übertragbar? Hatte ich Sophie angesteckt? War der Tölpelprofessor der ewig Andere, der in mir selber steckte? Mein Alter Ego? War er der Homunkulus aus der Prostata? Der Mensch gewordene Sohn? Der Leibhaftige? Heiliger, Prophet oder Teufel?

Moment, Moment! Pause. Klappe. Schnitt. Bevor hier alles durcheinanderläuft. Clown. Tölpelprofessor. Sanatorium. Hagia Sophia. Frau Ohrendorf. Tinnitus. Zola und Voltaire. Krieger ohne Feind, aber mit Tölpel. Dekompensation. Harn-Leiter. Vater unser. Thomas Mann. Messer. Skalpell. Heinrich Böll. Operation Wüstensturm. Golfkrieg. Trump. Terrorismus. Islamischer Staat. Prost-ATA. Non cogito, ergo non sum.

Wer denkt denn hier überhaupt noch? Seid ihr alle verrückt geworden? Wer redet denn hier überhaupt? Wer träumt? Wer träumt nicht? Wer ist erfunden? Wer erfindet wen? Fiktion? Authentizität? Wer existiert überhaupt? Alles *Fake News*! Warum unternimmt der Protagonist nichts gegen dieses Chaos? Wer ist der Protagonist? Paul? Ich? Krieger oder Frieden? Tolstoi. Und was wird hier erzählt? Was erlauben die sich alle? Wir werden uns beim Autor, den Autoren des Autors, dem selbstfahrenden Auto beschweren! Das ist nicht leicht. Haben sie überhaupt etwas zu sagen? Und wer ist der Autor? Wie kann er so etwas tolerieren? Warum interveniert er nicht? Bricht nicht alles ab? Drückt nicht die Prostata-Taste? Wo leben diese Personen überhaupt? Bei welchem Einwohnermeldeamt sind sie registriert? Was steht in ihren Pässen? Welches ist ihre Lohnsteuernummer? Ohne diese Angaben kein Einlass in dieses Buch!

Titel: Prof. Dr. Dr. h.c.
Name: Reich
Vorname: Frank
Geburtsdatum: 31. Februar 1965
Geburtsort: Davos, Kanton Graubünden
Straße: Bahnhofstrasse 4 A
PLZ: 7270
Land: Schweiz
Staatsangehörigkeit: Schweizer
Telefon: +41814137916
Datum: 27.09.2020
Unterschrift: xxx

Wem habe ich hier das Wort erteilt? Haben Sie sich, lieber Leser, liebe Leserin, unaufgefordert in unser Gespräch eingemischt? Was erzählen Sie denn da? Das kann ich nicht akzeptieren. Mit ihren Problemen müssen Sie leider alleine zurechtkommen oder sich an ihren Psychologen oder Apotheker wenden. Bei Herrn Doktor Krokowski betragen die Anmeldefristen bis zum Beginn einer Therapie allerdings mindestens 12 bis 18 Monate. So lange müssen Sie sich also noch gedulden. Wenn Sie in der Zwischenzeit verrückt oder vernünftig werden, ist das Ihr Problem, aber Sie können auf keinen Fall einfach unaufgefordert in mein Buch eindringen, in meine Geschichte und die friedlichsten Menschen mit Ihren absurden Vorstellungen verrückt machen. Nein, ich bitte Sie höflichst, aber eindringlich, unsere Welt wieder zu verlassen. Sie haben in diesem Film leider nur ein Ticket für die Außenansicht erworben. Mehr können Sie für diesen Preis nicht verlangen, wenn Sie bedenken, was Sie für eine Stunde bei einem Psychologen bezahlen müssen oder für eine gesamte Therapie einschließlich Gehirnscanning.

Also gehen Sie bitte wieder nach Hause, auf welchem Planeten das auch immer sein mag, und verwirren nicht meine Romanfiguren. Was Sie träumen oder vorstellen, geht uns nichts an. Wir sind in unserer eigenen Welt mit unseren eigenen Problemen. Gehen Sie, oder ich lasse sie vom Autor oder Türsteher über den Seitenrand hinauswerfen, bevor Sie noch vom Autor überfahren werden. Gehen Sie, aber schnell, denn sonst klappe ich den *Deckel* zu, und es ist vorbei mit Ihnen. Dann pinkeln Sie nie mehr!

Den Tölpelprofessor, der uns mittlerweile alle derangiert, werden Sie bei uns nicht finden, denn in einer hehren, noblen Welt wie der unseren auf dem heiligen Olymp gibt es solche Figuren nicht. Diese niederen Menschen gibt es nur in einer Welt der Trumps, wobei jeder hofft, dass *Es* sich um eine erfundene Karikatur handelt oder dass diese Animation mit ihrer gelben Haartolle nur die digitale Konstruktion einer Spielkonsole ist. Wer ihn tötet, gewinnt. Wer verliert, wird nach Amerika ausgewiesen oder darf nach Russland ins Exil. Wer sich weigert, kommt nach Xinjiang ins Umerziehungslager der Uiguren oder wird von Erdogan neben tausend syrischen Rebellen in den expansionistischen, imperialen Krieg nach Aserbaidschan gegen das von islamischen Staaten umzingelte christlich geprägte Armenien geschickt, wo das Osmanische Reich und das Zaristische Russland Stellvertreterkriege wie in Libyen und Syrien führen und Öl ins Feuer gießen. *Es* ist der reine Wahnsinn!

Zurück an den Arbeitsplatz: Politisches Ge*trump*el und Aberglaube

Nach dieser, mein Gott wirklich furchtbaren Operation begann Gott sei Dank oder auch dank sei Dr. Mann dem Herren – warum eigentlich keine Frau – wieder das Sommersemester, und ich konnte mich endlich wieder mit größter Leidenschaft meiner beruflichen Tätigkeit widmen. Als Wissenschaftler wollte ich neue frankophone Länder in ihren geschichtlichen, sprachlichen und kulturellen Zusammenhängen erkunden und als Dozent für französische Didaktik, Literatur und Landeskunde meine StudentInnen nach der Devise Rousseaus unterrichten: Vermitteln sie den Kindern Freude am Lernen, und jede Methode wird richtig sein, selbst für Emile – und die Detektive.

Die Freude, die ich seit Jahren in meinen Seminaren vermittelte und auch selbst empfand, war eine Freude am Leben, denn wie es auch ist, das Leben, es ist gut, zumindest wenn man annimmt, dass es kein zweites, besseres Leben als die *Italienische Reise* gibt, kein Paradies mit als Jungfrauen verkleideten Engeln, oder dass mit dem Tod alles zu Ende geht und uns nur noch das permanent expandierende Nichts erwartet. Warum hätte man also sterben wollen, solange es ein *Land* gab, *wo die Zitronen blühen*, denn wie das Leben auch war, es war immer mehr wert, gelebt, als nicht gelebt zu werden, und zwar unabhängig davon, ob man Lolita oder *Mignon* begegnete.

Als Nicht-Alkoholiker, aber Workaholiker, war mir die Freude am lebendigen Lernen und die Suche nach Erkenntnis immer das höchste Gut gewesen, wobei weniger das Ergebnis als der abenteuerliche Weg zählte, auf dem sich sowohl korrupte pseudointellektuelle Tölpelprofessoren in den Gewändern von Brotgelehrten als auch *schillern*de philosophische Köpfe befanden. Bei meinen wissenschaftlichen Recherchen stand bei jedem neuen Thema, jedem Artikel und jedem Büchlein, das ich schrieb, am Anfang immer der Unwissende, der wegen seiner unendlichen Neugierde sein Unwissen reduzieren möchte und bei diesem Prozess Lust und Begeisterung empfindet, die Lust und das Wohlgefallen am Lernen. Deshalb sind die Suchenden glücklicher als die vermeintlich Wissenden, die keinerlei Anstrengung mehr unternehmen und durch keinerlei neue Sinnfindung mehr bereichert werden. Der eifrige Schüler ist glücklicher als derjenige, der schon alles weiß, ohne das Wesentliche zu wissen, nämlich dass er nichts weiß.

Aber das weiß ja bereits jedes fragende Kind! Nicht die Antwort, sondern die sich daraus ergebende neue Frage bedeutet Glück und Fortschritt, wenngleich sie dem Erzieher oftmals Kopfzerbrechen bereiten mag. Und in diesem bedeutenden Prozess des humanisierenden Werdens spielte ich als ganzheitlicher Lehrer eine wichtige Rolle. Ich war Hebamme und Geburtshelfer zugleich, und zwar unabhängig davon, ob Mädchen oder Junge. Ich produzierte keine fertigen Lernkonserven oder vermittelte dozierend Stoffe, die niemanden interessierten, sondern provozierte durch Perturbationen und Paradoxien Neugierde, welche die Lernenden anregten, sich selber auf den Weg zu machen, sich selber ins Abenteuer des Lebens zu wagen. Sapere aude! Und mein Kompagnon in diesem Hochschulunternehmen war Michel, ein wenig Faust und ein wenig Mephistopheles, ein wenig Makrokosmus und ein wenig Magie. Jedoch eines war Michel nicht, nämlich ein Wagner in Schlafrock und Nachtmütze, ein *trockener Schleicher* und ärmlicher Narr, *ein schellenlauter Thor.*

Wenn ihr's nicht fühlt, ihr werdet's nicht erjagen,/ Wenn es nicht aus der Seele dringt,/ Und mit urkräftigem Behagen/ Die Herzen aller Hörer zwingt./ Sitzt ihr nur immer! leimt zusammen,/ Braut ein Ragout von andrer Schmaus,/ Und blas't die kümmerlichen Flammen/ Aus eurem Aschenhäufchen 'raus!/ Bewund'rung von Kindern und Affen,/ Wenn euch darnach der Gaumen steht;/ Doch werdet ihr nie Herz zu Herzen schaffen,/ Wenn es euch nicht von Herzen geht. (Goethe, Faust, Vers 534-545)

Michel, mein französischer Lektorenkollege und Intimfreund, mit dem ich mein Büro sowie tausende von Büchern teilte, welche unser Textoversum bevölkerten, wartete schon ungeduldig auf meine Rückkehr an den Arbeitsplatz. Er war der strahlendste Leuchtturm unter den Gebildeten, während der Tölpelprofessor nicht einmal an der Grundschule die Aufnahmeprüfung bestanden hätte und wegen seiner Unmoral sogar in der Hölle abgelehnt worden wäre, denn sogar an diesem Ort galt es in der Hierarchie des Bösen eine Grenze zu respektieren, welche der Tölpelprofessor unterschritt. Den Weg zum Himmel fand er ebenso wenig, denn er verwechselte ständig oben und unten.

Michel freute sich genauso wie ich auf unseren witzigen Meinungsaustausch und unseren herzlichen Umgang, auf die Perspektive, sich mit mir über die neuesten literarischen Werke auszutauschen, und weil er, mit seiner Bücherbulimie allein gelassen, auf seinen tage-, nächte-, wochen- und monatelangen Lesereisen drohte, durch den Mangel an Nahrungsaufnahme in ein literarisches Koma zu fallen, zumal dieser Leptosom, obwohl von schönem Antlitz, auf seine Reisen keinerlei körperliche Reserven mitnahm, und sollte die Reisebegleiterin eine reizvolle Protagonistin sein, so konnte es passieren, dass Michel nicht mehr den Weg zurück in den Alltag fand, hätte ihn niemand daran erinnert, dass es tatsächlich noch real existierende StudentInnen zur *Erziehung des Menschengeschlechts* zu bilden galt. In diesem Falle war ich sein Merkzettel für die Realität, sofern er mich nicht auf seine Reise mitgenommen oder ich mich selber gerade mal wieder im Textoversum verirrt hatte.

Salut Michel, *me revoilà*, so grüßte ich meinen Kollegen und Freund am ersten Arbeitstag im Büro, während wir uns beide gleichzeitig in die Arme fielen und herzlich drückten. Das tat gut. Ein Freund, dem man alles erzählen konnte, mit dem man Leid und Freude teilte und gleichzeitig über Gott oder Nicht-Gott und die

Welt oder Nicht-Welt philosophieren konnte, denn Michel war kultiviert und gebildet, einer der letzten Gelehrten, der kein Brotgelehrter war. Ein solcher Freund war fast genauso wertvoll wie die eigene Frau, die Freundin und die Kinder.

Ich hoffe, lieber Leser, dass Sie ebenso wie ich einen solchen Freund oder eine solche Freundin haben. Denken Sie einmal genau nach. Bedanken Sie sich dafür, dass er beziehungsweise sie immer für Sie da ist. Vielleicht schenken Sie ihm oder ihr dieses Buch, mit einer ganz persönlichen Widmung und diskutieren mit ihm oder ihr über das Leben und Leiden von Paul Krieger. Natürlich können Sie mich auch persönlich ansprechen oder Ihre Fragen per Briefpost oder Mail direkt an mich richten. Oder schreiben Sie ein Buch, eine Kurzgeschichte, ein Tagebuch oder einfach nur ein Gedicht. Natürlich ist das keine Pflicht, aber ich bin darauf erpicht, zu erfahren, was Sie denken, sonst kann ich Sie nicht lenken, das gebe ich zu bedenken.

Ich sah Michel direkt in seine tiefbraunen Augen und erklärte ihm voller Emotionen, wie glücklich ich darüber war, ihn endlich wiederzusehen, um unsere Gespräche und unsere gemeinsame Arbeit wieder aufzunehmen: Du hast mir sehr gefehlt, lieber Freund, und ich habe dir vieles zu berichten. Wie du schon weißt, bin ich dem Tod noch einmal von der Schippe gesprungen und habe alle Krebse besiegt. Die Ärzte, insbesondere Dr. Mann, haben, soweit ich ihnen glauben und vertrauen kann, saubere Arbeit geleistet und die Näher den *Aufschnitt* wieder verschlossen. Nichtsdestoweniger weiß ich nicht, ob nicht irgendwo im letzten Winkel meines Körpers noch eine winzige amöbenhafte terroristische Tölpelzelle in Form eines genmanipulierten Saat*ans*guts angelegt ist, die weiterhin im Verborgenen ihre giftigen Keime entwickelt, um in einigen Monaten oder Jahren vielleicht den Samen des tölpelhaft Bösen als Frank Reich oder Franzosenkraut aus dem Boden sprießen zu lassen und dadurch alle anderen vitalen Kräfte vernichtet. Diese einzige Tölpelzelle könnte dann eine Aussaat streuen, die sich wie ein Flechtengewächs aus den Napoleonischen Kriegen verbreitet und statt Frieden und Humanität, Tod und Teufel bringt.

Deshalb haben alle Pfaffen mit Schwarzrock während meines Klinikaufenthaltes für mich gebetet, welches die Spatzen wahrscheinlich schon von den Dächern gepfiffen haben. Vielleicht hat die Welt schon von diesem Ereignis der christlichen Nächstenliebe bis zur Selbstaufgabe gehört. Sie beteten bis zur Erschöpfung für die Reinkarnation meiner Seele und geißelten sich gleichzeitig, um ihre lüsterne Triebhaftigkeit und Obsession, sich an kleinen Jungen zu vergreifen, zu unterdrücken. Aus Dankbarkeit für diese von mir erfahrene wohltätige Caritas möchte ich jetzt in die katholische Kirche eintreten und mich taufen lassen.

Ich bete jeden Tag den Rosenkranz und dafür erledigt *der da oben* dann *hier unten* die Drecksarbeit: Trump erstickt an seinen Lügen, Putin fällt vom Pferd und bricht sich das Genick, Bolsonaro stirbt am Coronavirus, Erdogan erlebt beim Freitagsgebet einen tödlichen Herzinfarkt, Orban wird von den Flüchtlingen gelyncht, Xi Jinping verirrt sich mit seinen dunklen Allmachtfantasien auf der Seidenstraße und landet mit Alexander Solschenizyn im Archipel Gulag, die Militärgeneräle in Myanmar richten die Waffen gegen sich selbst und begehen Selbstmord. Wir brauchen einen neuen Gott, der endlich etwas unternimmt, um uns aus dem Elend dieser Welt zu führen in das Land der Kanaaniter, Hetiter, Amoriter, Perisiter, Hiwiter und Jebusiter, in das Land, darin Milch und Honig fließt (2.Mose 3,14), wohingegen bei uns alle Flüsse in Kloaken verwandelt sind, die nur noch als Abwasserkanal dienen, um die Menschen zu entsorgen, die sich selber umbringen. Wir brauchen einen neuen Gott, der endlich etwas unternimmt, um aus der schlechtesten aller möglichen Welten die beste aller möglichen Welten zu gestalten. Das ist doch wohl nicht zu viel verlangt von jemandem, der vollkommen ist, aber bislang nur zuschaut, wie der Teufel sein Werk verrichtet und uns belehrt, dass wir den Sinn dieses scheinbar Bösen in der besten aller möglichen Welten nicht verstehen.

Außerdem beginnt mich das ewige Gerede der Atheisten über Gott zu langweilen. Wir haben alle lange genug geredet. Die Katholiken wissen schon lange, dass es Gott gibt und brauchen deshalb nicht mehr über ihn zu reden. Sie handeln. Sie packen an. Und nicht nur die kleinen Jungen. Sie haben mit allen Kirchensteuerzahlern Nachsicht und halten ihre Mit*glieder* hoch; sie verehren sie alle wie ihre eigenen Jungen noch vor der Pubertät und streicheln sie kostenlos für ihren Glaubenseifer. Unsere Gesellschaft verhält sich ihnen gegenüber deshalb dankbar, um sie für ihren selbstlosen Einsatz zu glorifizieren, wenn die Jungen sie masturbieren bis zum Kollabieren. Nur die Atheisten wollen sie dafür massakrieren, damit sie krepieren. Die Atheisten halten sie für obszöne Sexualverbrecher, die wegen ihrer Gotteslästerung am Tag des Zornes Gottes hinweggerafft werden sollen:

1 Dies ist das Wort des HERRN, das geschah zu Zefanja (…) 2 Ich will alles vom Erdboden wegraffen, spricht der HERR. 3 Ich will Mensch und Vieh, die Vögel des Himmels und die Fische im Meer wegraffen; ich will zu Fall bringen die Gottlosen, ja, ich will die Menschen ausrotten vom Erdboden, spricht der HERR. 4 Ich will meine Hand ausstrecken gegen Juda und gegen alle, die in Jerusalem wohnen, und will ausrotten von dieser Stätte, was vom Baal noch übrig ist, dazu den Namen der Pfaffen und Priester (…) 6 und die vom HERRN abfallen und die nach dem HERRN nichts fragen und ihn nicht achten. 7 Seid stille vor Gott dem HERRN, (…) denn der HERR hat ein Schlachtopfer zubereitet und seine Gäste dazu geheiligt. (…) 14 Des HERRN großer Tag ist nahe (…) Da schreit selbst der Starke. 15 Denn dieser Tag ist ein Tag des Grimmes, ein Tag der Trübsal und der Angst, ein Tag des Unwetters und der Verwüstung, ein Tag der Finsternis und des Dunkels, ein Tag der Wolken und des Nebels (…) 17 Und ich will die Menschen ängstigen, dass sie umhergehen sollen wie die Blinden, weil sie wider den HERRN gesündigt haben. Ihr Blut soll ausgeschüttet werden, als wäre es Staub, und ihr Fleisch, als wäre es Kot. 18 (…) Die ganze Erde soll durch das Feuer seines Grimmes verzehrt werden; denn er wird ein schreckliches Ende machen mit allen, die auf Erden wohnen. (Lutherbibel, Das Buch Zefanja, Kap.1)

Ich will keinen Streit mehr. Ich halte mich da raus. Ich habe nichts gesagt und nichts gesehen. Ich weiß von nichts. Ich gehe nicht mehr mit Spruchbändern auf die Straße. Ich nagle keine Thesen mehr an die Tür der Schlosskirche in Wittenberg: *Propositiones wider das Ablas* – Vater unser, der du bist im Himmel, vielleicht. Ich protestiere nicht mehr für die Einhaltung des Klimaabkommens – Ave Maria –, für den Atomausstieg, räumt den Dreck endlich weg! – Vater unser, der du bist im Himmel, vielleicht –, gegen den vulgären Machiavellismus Trumps – Ave Maria – hatte ein Verhältnis mit ihm –, jenem verhaltensgestörten Buffo und Clown, der nicht in der Lage ist, 30 Sekunden lang einem rationalen Diskurs zuzuhören und trotzdem wie eine Krake im Zentrum einer Weltmacht *sitzt, saß*, der zahlreiche Länder als Drecslöcher betitelt, Mexikaner als Vergewaltiger brandmarkt, die Wissenschaft und Justiz verspottet und die Zahlungen an die Weltgesundheitsorganisation zu einem Zeitpunkt aussetzt, wo das Coronavirus die Welt auslöscht – Vater unser, der du bist im Himmel, vielleicht –, gegen den diktatorischen Führer und Giftmischer Putin, Stalin *light*, Retter der Tyrannen, *Wladimir, nicht mit mir!* – Vater unser, der du bist im Himmel, vielleicht –, gegen die Raubrodung im *amazon*ischen Regenwald und gegen den rechtsextremen, nationalistischen Rassisten Bolsonaro – Ave Maria –, der sich darüber beklagt, dass die brasilianische Kavallerie bei der Auslöschung der indigenen Völker nicht genauso effizient vorgegangen ist wie die Amerikaner bei der Vernichtung der Indianer – Vater unser, der du bist im Himmel, vielleicht –, gegen Erdogan – Ave Maria –, der die durch die UNESCO als Weltkulturerbe eingestufte Hagia Sophia, nachdem sie über Jahrhunderte zunächst eine Byzantinische Kirche, dann eine Moschee, dann ein Museum war, nun wieder im Rahmen seiner nationalistisch-islamistischen Machtdemonstration in eine muslimische Moschee umwandelt und damit die ganze westliche Welt provoziert, und gleichzeitig aus der Istanbul-Konvention gegen Gewalt an Frauen aussteigt, in griechischen Hoheitsgewässern nach neuen Energiequellen suchen lässt und als globales Gewissen des Islams europäische Politiker als Bastarde, Hurensöhne und *Kettenglieder der Nazis* bezeichnet, welche gegen die Muslime eine ähnliche Lynchkampagne führen wie die Faschisten im Zweiten Weltkrieg gegen die Juden – Vater unser, der du bist im Himmel, vielleicht –, gegen die römisch-katholische Kirche, die sich weigert – Ave Maria –, gegen den göttlichen Plan *in Sünde lebende* homosexuelle Paare zu segnen – Vater unser, der du bist im Himmel, vielleicht –, gegen Viktor Mihály Orbán – Ave Maria –, wegen des Aufbaus einer korrumpierten nationalen Wirtschaftselite, der Einrichtung einer Medienaufsichtsbehörde, der Beschränkungen der Kompetenzen des Verfassungsgerichts sowie der Presse- und Meinungsfreiheit – Vater unser, der du bist im Himmel, vielleicht –, gegen Xi Jinping – Ave Maria –, der, strotzend vor Macht am Scham-Chun-Fluss stehend, gerade siebeneinhalb Millionen Hongkonger verschluckt, eine Millionen sterilisierte Uiguren ideologisch röstet und gleichzeitig einen digitalen Überwachungsstaat mit einem sogenannten Sozialkreditsystem aufbaut – Vater unser, der du bist im Himmel, vielleicht –, gegen Kim Jong Uns, der die Menschenrechte statt der Atombomben denuklearisiert, und alle Unrechtsstaaten ohne Gewaltenteilung – Ave Maria –, in denen sich die Machthaber durch unfaire Pseudowahlen als Dauerherrscher legitimieren und ihre Kritiker in Gefängnisse und Folterkeller werfen lassen – Vater unser, der du bist im Himmel, vielleicht –, gegen die Abtreibungsgegner in Polen – Ave Maria –, die darüber entscheiden wollen, wem der Samen in meinem Sack gehört, der den Frauen auf die Eierstöcke geht – Vater unser, der du bist im Himmel, vielleicht –, gegen den Tölpelprofessor – Vater unser, der du bist im Himmel, vielleicht –, vergib uns unsere Sünden, jemals an dich geglaubt zu haben.

Äthiopien, Jemen, Libyen, Afghanistan, die Sahel-Region, Syrien, USA-Iran, Iran-Saudi-Arabien, Russland, Türkei, Brasilien. Bekommt die demokratische Welt als Gegengewicht zu den Autokraten noch eine Milliarde Menschen auf die Waage der Freiheit?

Während nicht nur die Zahl der himmlischen Engel abnimmt, sondern auch die Artenvielfalt auf der Erde, vermehrt sich eine besondere Spezies trotz Krieg, Hunger, Flucht und Vertreibung wie ein gefährliches Virus: der Mensch. Und keine Maske schützt die anderen Lebewesen dieser Erde vor dem giftigen Odem seiner Unvernunft, mit dem er alles Leben vernichtet.

Verharmlosen. Bagatellisieren. Kleinreden. Leugnen. Dementieren. Desavouieren. Verdrängen. Ausblenden. Kaschieren. Verschleiern. Ignorieren. Schönreden. Verharmlosen. *Lügen, bis der Arzt kommt.* Fake News. Schöne neue Welt. 4.0. Ein neues Goldenes Zeitalter. Ein neues Technologie-Paradies. Die dritte industrielle Revolution. Die digitale Revolution.

Ich möchte keinen Streit mehr. Ich halte mich da raus. Ich will nicht mehr kämpfen. Weder dafür noch dagegen. Ich verlasse die Welt der Rechthaber und Ausbeuter, der Marktschreier und Eingebildeten, der Alleswisser und Trotzköpfe, der Schaumschläger und Windmacher, der Lügner und Betrüger, der Klugschwätzer und Sprüchemacher, der Gewinner und der Großen, der Immer-ein-wenig-mehr-haben-Wollenden. Ich möchte keinen Streit mehr, aber nicht um zu verlieren, sondern um zu zweifeln, zu überlegen, zu meditieren, und vielleicht auch, um das Große im Kleinen, im Unauffälligen und Unaufgeregten zu finden, ohne das letzte Wort haben und alles verstehen zu müssen, denn der Schmerz ist ein guter Lehrmeister. Er lenkt die Aufmerksamkeit auf das Wesentliche, Essentielle, das schlichte, einfache Leben.

Ich bin kein Rebell, kein Querdenker-Protestler, kein Narr und Idiot mit Filzhut wie Beuys. Kein Esoteriker, kein Verschwörungstheoretiker von QAnon. Kein *Wutbürger 2.0.* Ich stürme die Bastille nicht zum 1789-zigsten Mal. Sarkozy ist ohnehin nicht an diesem bescheidenen Ort, weil er seine dreijährige Haftstrafe zu Hause unter elektronischer Überwachung feiern darf und mit Joe Dassin *Oh, Champs Elysées* anstimmt. Chiracs zweijährige Haftstrafe wurde ebenfalls auf Bewährung ausgesetzt und Trump noch nicht einmal peinlich befragt und inhaftiert. Der 14. Juli ist für mich kein Nationalfeiertag mehr, an dem man auf der Flaniermeile, der *Promenade des Anglais*, bei strahlendem Sonnenschein *Macarons* isst oder von einem LKW überrollt wird. Ich gehe nicht mehr als Mohawk-Indianer verkleidet auf die Boston Tea Party, um eigenhändig 1773 Kisten Tee ins Meer zu kippen.

Ich, Samuel Paty-Krieger, möchte nicht von Brahim Aouissaoui mit einer 17 cm langen Messerklinge enthauptet werden, weil ich als Lehrer im Gemeinschaftskunde-Unterricht die Mohammed-Karikaturen von *Charlie Hebdo* zeige oder in Nizza als Atheist die Kirche Notre-Dame besuche.

Ich entschärfe die politischen Emotionsbomben wie Klassenkampf, Religionskrieg und Nationalismus. Die neuen Epigonen der 2068-iger interessieren mich nicht. Wir be*grünen* alle Konflikte im nivellierten Mittelstand parlamentarisch und kalmieren den Protest. Anschließend trinken wir Wein statt Bier. Keine neuen Spaltungen und Zornausbrüche durch die Missgeburt und den 2013-stufigen Aufstieg des völkischen Flügels der AfD in der Repräsentationslücke der traditionellen Parteien. Konsens. Frieden. Europa. Ewiger innerer Frieden im liberalen illiberalen *Ent*demokratisierungsprozess der Fassadendemokratien.

Ich will nicht mehr Thomas Hobbes' Wolf sein und unbefleckt vor dem Letzten Gericht erscheinen. Ob Monarchisten, Kolonisten, Anarchisten oder Pazifisten! Ich emigriere in mein Bücherreservat und lese die Bibel. Ich wende mich nur noch an den helfenden und heilbringenden Gott in der besten aller vergangenen Welten und unterstelle mich seiner Gnade. Liebe statt Wut oder Zorn. Jesus statt die *Drei*sch*ein*heilig*igkeit* Trump-Putin-Xi Jinping.

Aber als noch ungetaufter, nicht übergelaufener Christ weiß ich nicht, zu welchem Gott ich beten soll, um die Welt von diesen geisteskranken Mördern zu befreien, zu ar-Raḥmān, dem Erbarmer, zu ar-Raḥīm, dem Barmherzigen, zu al-Quddūsder, dem Heiligen, zu al-Ḫāliq, dem Schöpfer oder zu dem alttestamentarischen JHWH, *dem HERREN, dem Gott eurer Väter, dem Gott Abrahams, dem Gott Isaaks und dem Gott Jakobs* – oder zu dem Gott der Literatur, Michel, so unterbrach mich mein Kollege, dessen Anwesenheit ich, völlig in Gedanken versunken, vergessen hatte – Amen. Ich bin der HERR, fuhr Michel fort, indem er von einem Ohr zum anderen lachte. Ich bin dein Gott, der ich dich aus dem Land der Siegener, aus dem Sklavenhaus dieser armseligen, vom Borkenkäfer und der

Trockenheit befallenen Gegend, herausgeführt habe. Wie du weißt, lieber Paul, sollst du keine andern Götter neben mir haben.

Schmunzelnd und leichtfüßig um mich herum tänzelnd, um meinen Gesundheitszustand persönlich in Augenschein zu nehmen, setzte Michel seine scherzhaften Bemerkungen fort: Das sind seltsame Worte aus dem Munde eines Häretikers und Renegaten, eines Vertreters der Kritischen Theorie, der in Frankfurt zur Schule gegangen ist, selbst wenn er heute in Siegen lebt. Ein Paul Krieger, der Streit vermeiden und zum Katholizismus übertreten möchte. Paul und Gott waren bislang wie Schwefel und Feuer, eine Aporie, die sich niemals auflösen wird. Bevor du auf dem Heiligen Stuhl landest, erwartet dich eher noch der elektrische Stuhl. Ich dachte, du seist an der Prostata und nicht am Gehirn operiert worden. Ein Krieger, der sein Leben lang gegen Opportunismus, Bürgertum, Dogmatismus, Totalitarismus, Rassismus, Nationalismus, Kapitalismus und zuletzt gegen den Terrorismus gekämpft hat, will keinen Streit mehr, der die Prämisse einer jeden pluralistischen, demokratischen, mündigen, offenen und vernünftigen Gesellschaft ist?

Willst du dich freiwillig in die Unmündigkeit begeben? Deinen Verstand unter das Joch der Tyrannen stellen? Bist du taub und blind geworden? Siehst du nicht, wie sich die rechten Horden in der ganzen Welt wie dunkle Gewitterwolken über uns zusammenbrauen, um unsere kranke Demokratie hinwegzuspülen? Siehst du nicht die fast nackten und zitternden Kinder in den Flüchtlingslagern, deren verzweifelte Mütter um Nahrung und Medikamente betteln, während unsere Kinder unter einem Lavastrom aus Spielzeugplastik aus China begraben werden? Siehst du nicht die verzweifelten Familien in Schlauchbooten, die im Meer ersaufen, während die Kreuzfahrttouristen auf Ozeanriesen, die täglich so viel Feinstaub ausstoßen wie eine Million Autos, im Champagner ertrinken? Empfindest du nichts mehr für die leidende Mutter Natur, in welcher seufzende Bäume unter den Äxten ächzen, Flüsse sich in stinkend-giftige Jauchegruben verwandeln, Tiere und Fische gefoltert und abgeschlachtet werden, um in entsorgtem Motorenöl frittiert auf unseren Speisekarten zu landen? Hörst du nicht, dass du keine singenden Vögel mehr hörst, weil sie gegen den Großstadtlärm in den Streik gezogen sind, sofern sie noch nicht an der Luftverschmutzung erstickt sind? Und wo sind die Bienen und Schmetterlinge geblieben? Siehst du nicht, dass keine natürlichen Blumen mehr blühen, weil sie alle durch künstliche Reproduktionen ersetzt worden sind, ein Szenario das bald auch uns Menschen erwarten könnte, wenn die Techno-Fundamentalisten, Hightech-Oligarchen und IT-Visionäre unsere Welt durch die künstliche Intelligenz eines Superhirns beherrschen werden? Trans- und Posthumanisten kennen keine ökologischen Probleme. Für sie ist die Umwelt lediglich ein Reservoir an Ressourcen, und Menschen wie du und ich werden bald wieder als kognitive Mängelwesen mit anderen Primaten in einem Reservat auf den Bäumen leben. Wüsste ich nicht, dass du scherztest, lieber Freund, begänne ich ernsthaft, mir Sorgen zu machen.

Ich kenne nur einen Paul Krieger, und das ist ein Ketzer unter Kirchenbann, der niemals seine Lehren ohne *Zeugnisse der* wissenschaftlichen Forschung, *der Schrift und klare Vernunftgründe* zurücknehmen und seine Thesen widerrufen wird, sogar nicht unter Androhung von Strafe vor dem Kaiser oder Papst in Worms. Der Paul Krieger, den ich kenne und wertschätze, wird noch auf dem Scheiterhaufen davon überzeugt sein, dass sich alle Probleme durch eine öffentliche Disputation lösen lassen, selbst wenn Karls päpstlicher Legat schon die zündelnde Flamme in der Hand hält. Hier steht er, mein Freund, und kann nicht anders. Amen.

So, lieber Paul, das Theater ist beendet. Unsere Gesprächsthemen und politischen Aktionen stehen für die nächsten Monate und Jahre auf der Tagesordnung, und jetzt gehen wir gemeinsam in der Kantine essen, frittiert oder nicht, tot oder lebendig, einverstanden? Ich werde dir viel zu erzählen haben, selbst wenn du mich noch gar nicht gefragt hast, wie es mir und meinen Göttinnen in den letzten Monaten ergangen ist, denn zum Frauenhasser oder Misanthrop bin ich während deiner Abwesenheit noch nicht geworden, dazu gab es keinen *Ablass*. Aber einige Niederlagen und Enttäuschungen habe ich bei meinen Eroberungszügen dennoch zu verzeichnen.

Welche Art von Nahrung wir uns in der Kantine einverleibten – ob Fleisch oder Fisch, Gräten oder Knochen, Gemüse, Kartoffelaufläufe in allen Variationen, Nudeln, Spaghetti, Buccatini, Tagliatelle, gerillte oder konkave Pasta wie Conchiglie, Penne Rigate, Rigatoni und Orecchiette, versalzen, verklebt, verkocht, niemals *al dente* –, nahmen wir zu keinem Zeitpunkt wahr, weil wir immer in spannende, aber niemals geschmacklose oder ungesalzene Gespräche verwickelt waren. Und das war gut so.

Jedes Gericht in der Kantine, jede Beobachtung, jeder traumverlorene oder exaltierte Kollege, jede kontemplative, besinnliche oder extravagante Kollegin, jeder unbeschwerte Student, jede verhaltene Studentin gaben Anlass zu einer findigen Bemerkung, einem Witz oder einer literarischen Assoziation, und jedes aktuelle kulturelle oder politische Ereignis wurde examiniert und hinterfragt, so dass unsere Zusammenkünfte immer eine Cocktailparty von Ideen ergaben, die wir mit großem Genuss selber mixten, um neue didaktische und gesellschaftliche Rezepte zu erörtern.

Michel und die Elfenbeinstatue

Michel und die Frauen waren eine *never ending story*, denn im gleichen Sinne wie Michel als Günstling der Musen der schöngeistigen Literatur erlegen war, war er als schöner Adonis den Frauen hoffnungslos verfallen, nach deren Körper er süchtig war wie der Héroïnomane nach seinem Stoff. Er zoomte sich geradezu an die Vertreterinnen des schönen Geschlechts heran, um immer wieder eine größere Schärfe zu erzielen und konsumierte sie in allen Positionen, gespritzt, gesnifft oder geraucht, aber immer mussten sie sich ihm wie in einem heiligen Ritual völlig entblößt in ihrer natürlichen Reinheit auf einer Folie präsentieren.

Die Frauen wirkten auf Michel wie ein Magnet, indem sich ihre erogenen Strahler an seinen Opiatrezeptoren im zentralen Nervensystem andockten, die normalerweise von der Literatur und anderen ästhetischen Endorphinen aus der eigenen körperlichen Bibliothek der Opioide besetzt wurden. Eine besondere Dichte von erotischen Opiatrezeptoren fand sich bei Michel immer im himmlisch-limbischen Freiluft-Bordell des Bois de Boulogne, jenem *Lieu de plaisir*, welcher seine Gefühlswelt in einen Zustand vollkommenen Glücks versetzte, der seinen Ausdruck gleichzeitig in äußerster Euphorie und befreiender Entspannung offenbarte.

Hatte er schon kurze Zeit lang keine Frau mehr genommen, zeigte sich seine Sucht in quälenden Entzugserscheinungen. Alle Sinne verlangten nach einem neuen Rausch, und seine Gedanken kreisten nur noch um den Stoff, ob Seide, Leinen oder Baumwolle, nur rein und hochwertig musste er sein. Er musste diesen Stoff haben. Er musste sich ihn beschaffen, gleich bei welchem Verkäufer, Dealer oder Zuhälter. Michel war in der Szene der Hochschule eine bekannte Persönlichkeit, und insbesondere in unserer kleinen Französischabteilung gab es kaum einen Stoff, den er nicht schon versucht oder in Versuchung geführt hatte. Er war ein Jäger und

Sammler, der sich von Texten und *Texturen* ernährte, und beides fand er am Ort seiner beruflichen Tätigkeit zur Genüge vor.

Wenn ein kleines, unbedeutendes Pülverchen oder schüchternes Pflänzchen am Ende des Seminars unvorsichtigerweise zurückgeblieben war, setzte es sich immer der unvorhersehbaren Gefahr aus, von Michel entdeckt, auf eine Tischfolie gelegt und konsumiert zu werden. Und wer einmal in seinen Teufelskreis aus Sucht und Entzug eingetaucht war, konnte ihm ohne fremde Hilfe nicht mehr entkommen. Michel ließ niemanden los, bevor er nicht ein neues Objekt der Begierde gefunden hatte. Um ständig neuen Stoff zu erhalten, war Michel zu beinahe allem bereit. An Sonn- oder Feiertagen, wo die großen Seminarräume und Kaufhäuser geschlossen waren, brach er manchmal in Bibliotheken und Buchhandlungen ein, wo es immer genug Stoff gab, um seinen unersättlichen Appetit zu stillen. Hatte er gute Beute gemacht, teilte er seinen Schlafmohn manchmal freizügig im Beischlaf mit einer schönen Undine.

Der im öffentlichen Leben hochgeistige, soziable Michel offenbarte sich in seinem Privatleben als Frauenjunkie, wobei er das Glück hatte, dass an der Hochschule der Tisch immer reichlich gedeckt war. Insbesondere wenn das Sommersemester begann, gab es jedes Mal neue Stoffsorten, die leicht bekleidet und reizvoll die Sinne erregten. Deswegen benötigte er im Sommer weniger und im Winter mehr Stoff, denn in der dunklen und kalten Jahreszeit war er introvertierte, verschlossener, weshalb er zur Anregung seiner Gedankenwelt und Kreativität mehr Stoff brauchte. Leider verarbeitete sein Stoffwechsel den Stoff, auf den er abfuhr und den er unablässig wechselte, immer sehr schnell, so dass er nie, sogar nicht für einen kurzen Zeitraum, seine *lang*en *Finger* davon lassen konnte.

Ein gut proportionierter Frauenkörper, verbunden mit einem literarischen Netzwerk an sensiblen Assoziationen, bewirkte bei Michel immer einen so intensiven *Flash*, dass seine *Kritik*fähigkeit *der reinen Vernunft* und sein Ich-Bewusstsein wie durch einen Schalter von einer Minute auf die andere abgestellt wurden. Im Arbeitszimmer und der Handlungszentrale dieses gelehrten Menschen, dem präfrontalen Cortex, wo alle sensorischen Signale zusammenlaufen, und im Hippocampus, wo kurz- und langfristige strategische Bewertungen stattfinden, ging das Licht aus, so dass Michel sich durch den gebrannten Mandelkern in reine Triebhaftigkeit verwandelte, die sich durch die Wollust des Sexualtriebs nach unmittelbarer Befriedigung sehnte. Leben und Fortpflanzen verschmolzen im Prinzip der Lust. Der emotionale Rechner des limbischen Netzwerks wurde hochgefahren, bis alles explodierte oder der Stecker gezogen wurde.

Kam es nicht zu dem erlösenden *Kick*, wechselte Michel den Anbieter, das heißt den Dealer, Zuhälter oder Buchhändler, immer auf der Suche nach etwas Besserem. Das war der Teufelskreis. Kaum spritzte es, entstand schon wieder ein neues Verlangen. Schon 24 bis 48 Stunden nach dem letzten Konsum und Höhepunkt zeigten sich meistens körperliche und psychische Entzugssymptome, die sich darin äußerten, dass Michel unruhig wurde, zu schwitzen und zu zittern begann, unter Schweißausbrüchen litt oder sogar Magenkrämpfe bekam. *Glied*erschmerzen waren nach dem häufigen Gebrauch natürlich ebenfalls keine Seltenheit. Wie sollte er bei solchen Nebenwirkungen *clean* bleiben? Nach der medizinischen Konsultation eines Sexualtherapeuten und einer Computertomografie seines Gehirns erhielt Michel endlich eine klare Diagnose: Die sexuelle Topografie seines Gehirns glich bildhaft einem Rotlichtviertel und war in allen Gassen unheilbar chronifiziert. Er werde mit seinen Beschwerden weiter leben müssen, so der Therapeut, und es sei nicht einmal ausgeschlossen, dass seit Generationen eine genetische Erblast bestehe, die bereits auf die Römer und Griechen zurückzuführen sei.

Tatsächlich gehörte zu Michels sexuell subversiven Vorfahren der zypriotische Bildhauer Pygmalion, der zu den promiskuitiven Propoetiden auf seiner Insel ein anrüchiges Verhältnis pflegte. Jene sexuell hyperaktiven und zügellosen Frauen, die sich auf Zypern schamlos prostituierten, waren von Venus zur Strafe mit diesem Schicksal der Lust geschlagen worden, als sie sich weigerten, der Schönheitsgöttin zu huldigen und ihr Opfer zu bringen.

Pygmalion, der anfänglich in der fleischlichen Liebesglut, welche diese professionellen Prostituierten in 1001 Nacht-Variationen von Sexualpraktiken feilbieten, immer wieder eine neue ekstatische Befriedigung findet, wendet sich schließlich von diesen lüsternen Lustmaschinen angewidert unter dem Vorwurf der Unzucht, Lasterhaftigkeit und Untugendhaftigkeit ab und wird misogyn, zum Frauenfeind.

Im weiteren Fortgang lebt Pygmalion zurückgezogen und beginnt sich als feinfühliger Künstler der Bildhauerei zu widmen. Aus einem weißen Elfenbeinblock formt der talentierte Bildhauer eine Statue, die in seiner Vorstellung einer übermenschlich schönen Frau gleicht, in die er sich langsam als Objekt einer neu entfachten Begierde verliebt. Daraufhin *schöpft* Pygmalion *mit entflammter Brust* den unausgesprochenen Wunsch und die Sehnsucht, dass diese Elfenbeinstatue aus Fleisch und Blut sein könnte. Er beginnt mit ihr zu reden und ihr Schmuck zu schenken: *Muscheln, gerundete Kiesel, Lilien*, legt *an ihre Finger Gestein, gibt hangende Schnüre dem Halse und lässt Perlen am Ohr.* Seine Ungeduld wächst und er schreitet zur Tat, indem er ihren Leib mit prüfender Hand berührt und sie zärtlich liebend umwirbt, um sie für sich zu gewinnen.

Am heiligen Festtag der Venus verrichtet er Opfergaben und fleht Goethe sowie die Göttin demütig an, ihm eine Frau zu schenken, die seiner elfenbeinernen Jungfrau an vollkommener Schönheit um nichts nachstehe – *Ein Mädgen, das lebendig ist, Sey besser als von Stein* –, woraufhin Venus dreimal Flammen zum Himmel emporsteigen lässt. Als Pygmalion voller *Glut* und fast wahnsinnig vor Liebe in sein Heim zurückeilt und genauso wie in den vorangehenden Tagen und Wochen beginnt, den *harten Stein* zu streicheln, zu umarmen und zu liebkosen, beginnt dieser sich langsam zu erwärmen, um schließlich am Ende des Tages, als die Statue die Augen aufschlägt und ihren Liebhaber erblickt, seinen Kuss zu erwidern.

*O vi d*as den Verliebten in seinen *Metamorphosen* überraschte: (…) *Endlich vereint er / Zum nicht täuschenden Munde den Mund: die gegebenen Küsse/ Fühlt die Errötende, hebt zu dem Lichte die leuchtenden*

Augen/ Schüchtern empor und schaut mit dem Himmel zugleich den Geliebten.

Wie *goett*hlich *Pygmalion* sich fühlte: Das Auge war empor gewandt,/ Halb auf zum Kuß der Mund./ Er sah das Werk von seiner Hand,/ Und Amor schoß ihn wund. (…) Flieht Freunde ja die Liebe nicht,/ Denn niemand flieht ihr Reich:/ Und wenn euch Amor einmal kriegt,/ Dann ist es aus mit euch./ Wer wild ist, alle Mädchen flieht,/ Sich unempfindlich glaubt,/ Dem ist, wenn er ein Mädchen sieht,/ Das Herz gleich geraubt./ Drum seht oft Mädgen, küsset sie,/ Und liebt sie auch wohl gar,/ Gewöhnt euch dran, und werdet nie/ Ein Thor, wie jener war./ Nun, lieben Freunde, merkt euch diß,/ Und folget mir genau;/ Sonst straft euch Amor ganz gewiß./ Und giebt euch eine Frau.

Als sein Freund Prometheus ihm am späten Abend einen Besuch abstattet und die lebende Schönheit erblickt, greift er sofort nach einem neuen Klumpen Lehm und macht sich gemeinsam mit Pygmalion an die Arbeit, um weitere Gespielinnen herzustellen. *Hier sitzen wir, Pygmalion und ich,/ formen Frauen nach Aphrodites Bilde,/ Ein Geschlecht, das Lolita gleich sey,/ Zu genießen und zu erfreuen uns,/ Und Eva, die Schlange; nicht zu achten.*

Nach vollbrachter Arbeit beschließen beide, sich in Zukunft nicht mehr mit einer Frau zu begnügen und treten zum Islam über. Wie erschrecken sie jedoch am nächsten Tag, als sie ihren Harem erblicken: Alle Frauen sitzen hinter Gittern und tragen eine Burka. Pygmalion und Prometheus sind empört und wollen sich beim Jüngsten Gericht beschweren. Jedoch gewähren die Götter ihnen keinen Einlass und verurteilen sie dazu, die schönsten aller Frauen in aller Ewigkeit immer begehren zu sollen, ohne sie jedoch jemals besitzen zu dürfen. Da beide Freunde vor Begehren, Verlangen und Liebesglut zu verbrennen drohen, stürzen sie sich von einem hohen Felsen ins Meer, wo sie bereits von Nixen und Undinen erwartet werden, die jedoch in Fischernetzen gefangen sind.

Tatsächlich schien Michel, wie er mir einmal in einem intimen Gespräch anvertraute, wie Adonis ein Nachfahre von Pygmalion zu sein. Während seines Studiums der Romanistik habe er wie

Jahre vor ihm sein Vater nicht nur wissenschaftliche Forschungen getrieben, sondern sowohl mit Aphrodite in Athen als auch zur gleichen Zeit mit Venus in Rom ein Liebesverhältnis unterhalten. In Rom hätte er zudem *Gender Studies* durchgeführt und mit Ovid, Vergil, Horaz, Tibull und Properz gemeinsame literarische Projekte verfolgt, um einige Sammlungen von Liebeselegien herauszugeben, etwa *Amores, Ars amatoria* oder *Ars amandi,* die teilweise *O vi das* mich interessierte und motivierte, auf praktischen Feldstudien mit unterschiedlichem Fokus basierten: Wie umwerbe ich einen Partner? Wie verstehe ich seine Liebeszeichen? Wie kann man ein Mädchen kennenlernen? Wie ihre Liebe gewinnen? Wie kann man sie behalten? Berlusconi sei damals von diesen frivolen, erotischen Lehrbüchern so fasziniert gewesen, dass Papst Augustus ihn gemeinsam mit ihm, Michel, wegen des Verstoßes gegen die öffentliche Moral in die Verbannung nach Tumoi am Schwarzen Meer in Rumänien geschickt habe.

Während meiner Prostata-Abwesenheit im Krankenhaus habe sein Vater ihm nun vor einigen Wochen gebeichtet, dass er, Michel, der seine Mutter nie kennengelernt habe, der inzestuöse Sohn sei, der in einer blinden Liebesnacht zwischen seinem Vater und seiner Schwester gezeugt wurde, weil diese Aphrodite nicht genügend gehuldigt hätte und deshalb als Strafmaß zu diesem inzestuösen Beischlaf angetrieben wurde, ohne dass ihr Vater sie erkannt hätte. Als die Wahrheit ans Licht kam, habe Michels Vater seine Tochter und *seine* Schwester und Mutter wegen des begangenen Inzests töten wollen. Michels Schwester-Mutter erhielt jedoch den Schutz der Götter und wurde kurz vor dem Tochter-Schwester-Mord in einen Myrrhenbaum verwandelt, der nach zehn Monaten aufsprang, um ihn, Michel-Adonis, zur Welt zu bringen. Anschließend sei er von Nymphen erzogen worden, die regen Kontakt zu den Göttern des Olymps pflegten, welches seine umfangreiche Bildung erklärte. Von Aphrodite, die später bei ihm zu Hause als Geliebte des Vaters und seine Privatlehrerin täglich ein und aus ging, wolle er jedoch nie mehr etwas hören, weil ihre Promiskuität und Freundschaft zu

Venus in den letzten Wochen in den Medien hohe Wogen geschlagen hätten und sie sogar in die kriminellen Machenschaften der Mafia verstrickt sein könnte, welches sich bei einer Untersuchung herausgestellt hatte, in deren Mittelpunkt ein Ring von Zuhältern stand, der mit minderjährigen Mädchen aus Asien Menschenhandel betrieb. Die korrupte Regierung in Rom sei in diesen Skandal ebenfalls verwickelt, weil sie ihre göttlichen Hände zum Schutze der Übeltäter ausgestreckt habe, während sie gleichzeitig die blutjungen Novizinnen zu Bunga-Bunga-Sexpartys einlud.

Er, Michel, den in der ganzen Affäre um Aphrodite, Berlusconi und seinen Vater keinerlei Schuld treffe, sei trotzdem von Zeus mit dem Fluch beschlagen worden, nur einen Drittel seiner Zeit mit einer Frau seiner Wahl verbringen zu dürfen, während er die andere Zeit mit Aphrodite und Persephone, die sich bei seinem Aufenthalt im Hades in ihn verliebt hatte, verbringen müsste. Beide Göttinnen hatten beim Göttervater des Olymps Ansprüche auf ihn erhoben, woraufhin Zeus dieses Urteil als Schlichter gefällt hatte. Seitdem lebe er einen Teil des Jahres in der Unterwelt mit Persephone, einen anderen Teil im Sonnenlicht mit Aphrodite und den dritten Teil des Jahres an der Hochschule mit einer irdischen Halbgöttin seiner Wahl. Tatsächlich hätte das Urteil Zeus' schlimmer ausfallen können, nämlich genau dann, wenn er beschieden hätte, dass er den Rest seines Lebens nur mit einer Frau autonomen Verkehr haben dürfte oder die beiden anderen nicht von anmutiger Gestalt und keine Schönheitsgöttinnen gewesen wären. In dieser Hinsicht war aber auf die Götter Verlass, da sie selber anstandslos den Göttinnen der Liebe und Schönheit nachstellten und sie begehrten.

Nach dieser ausführlichen Schilderung zu Michels Genealogie musste ich meine Verwunderung zurückhalten, um meinen Freund nicht durch die in mir aufkeimenden Fragen zur *Genealogie der Moral* in Verlegenheit zu bringen. Zudem wusste ich, dass es für Michel keine absoluten Wertvorstellungen gab, sondern diese sich im Verlaufe der Geschichte und Kulturen einer ständigen *Metamorphose* unterzogen. *O vi d*as mir den Kopf verdrehte.

Die Schmerzklinik oder Mainz wie es singt und lacht

In den Tagen und ersten Wochen nach meiner Operation war ich nahezu schmerzfrei, nach dem Motto, dass ein Organ, das von einem guten Chirurgen säuberlich entfernt wird, keine Probleme mehr verursacht und schon gar nicht schmerzt. Schmerzen gehörten von Rechts wegen normalerweise nicht zur Operation dazu. Ich habe dieses Paket erst vier Monate später unter dem Absender Zeus und der Postleitzahl Olymp erhalten, und zwar gratis und unaufgefordert, allerdings per Einschreiben und an mich persönlich durch Hermes, den Götterboten, überreicht, denn der Inhalt war von eminenter Wichtigkeit, und ich konnte deshalb die Rezeption der Büchse der Pandora, der Frau des Epimetheus und Freundin von Michel, nicht ablehnen.

Und schon wieder eine aus Lehm geformte Frau, deren Geschenk ich hätte misstrauen sollen, zumal ich wusste, dass Zeus sich an meinem Bruder Prometheus wegen des Diebstahls des Feuers rächen wollte und an mir, weil ich eine eigene perfekte Romanwelt erschuf mit Menschen, die mir gleich waren und nicht ihm. Bei der Übergabe der geheimnisvollen Büchse wies mich der im Auftrag von Zeus-Amazon-Otto handelnde paketschnelle Bedienstete Hermes darauf hin, dass ich das Paket an die Menschen weitergeben, aber auf keinen Fall öffnen solle. Jedoch konnte ich Pandora, die ich vor einigen Wochen durch Michel als seiner derzeitigen Lebensabschnittsgefährtin als attraktive, aufregende Frau, wenn auch mit dem Intelligenzquotienten eines Lehmklumpens, kennengelernt hatte, nichts ausschlagen, zumal ich immer von einer unstillbaren Neugier, dem Staunen, *thaumazein*, und der Wissbegierde, *Philomathie* wie von einer Zwangsneurose besessen war, während mich die Doxa der Selbstverständlichkeiten und allgemeinen Meinungen des Tölpelprofessors nie interessiert hatte.

Nach dem Öffnen der Büchse, die erstaunlicherweise gar nichts enthielt, traten bei mir Zweifel bezüglich der Rechtmäßigkeit, dieses Geschenk entgegen der Weisung des Zeus geöffnet zu haben, auf, und wenige Tage später begann ich beim Sitzen einen Schmerz in der *Damm*gegend zu verspüren, der von Tag zu Tag seine Intensität verstärkte und schließlich meine ganze Aufmerksamkeit absorbierte.

Welches *Wild*tier hatten die hungrigen Ärzte während ihrer Mittagspause als Delikatesse auf dem Operationstisch verzehrt, so fragte ich mich? Dem Schmerz nach zu urteilen, hatte ich jedenfalls keine Schmetterlinge im Bauch, im Gegenteil. Ich hatte das Gefühl, auf einer Gerte zu sitzen, die sich zwischen den Hoden, die der Harn-Leiter bei der Prostataoperation erhalten hatte, und dem *Af*tershave befand und mir bei längerem Sitzen wie eine *Rasier*klinge ins Fleisch schnitt oder wie mit der Rute geschlagen ein brennendes Gefühl auslöste, so dass der mich misshandelnde Schmerz mir das *Rasierwasser* nicht erst *After Eight* in der feinen englischen Art in die Augen trieb.

Nach einigen Wochen entwickelte sich, bedingt durch die Last meines eigenen Körpergewichts wie in einem Folterkeller ein immer stärker empfundener Druck, der sich über den gesamten Beckenboden erstreckte, teilweise in den Hodenansatz ausstrahlte und manchmal sogar ein wenig lustvolles Ziehen im Penis verursachte, so dass sich meine Genitalien verkrampften und ich die Empfindung einer Quetschung entwickelte. Nur im Liegen konnte ich in den nachfolgenden Monaten den Schmerzsymptomen, die sich anfühlten wie eine Sprachverwirrung der Organe, Sehnen, Muskeln und Faszien, noch entkommen, während es mich trotzdem jeden Morgen danach verlangte zu schauen, ob die Sonne aufgegangen war.

Sauerei! Unflat! Grauen! Desaster! Debakel! Unheil! Verhängnis! Katastrophe! Harmagedon! Die Offenbarung des Johannes fliegt mir um die Ohren. Eschatologischer Entscheidungskampf! Tod, Gericht, Himmel oder Hölle. Kataklysmus! Sollte ich ein Neues Testament machen, um die letzten Dinge der Schöpfung regeln? Die endzeitliche Katastrophe hatte begonnen, aber ich wollte das Leben nicht schon verlassen, nachdem ich mich gerade erst in ihm eingerichtet hatte.

Der Tag danach, nach der Operation, der das Leben bis in die kleinste Zelle meines Daseins veränderte, stellte sich bei mir erst vier Monate später ein, weshalb ich in keiner Weise damit gerechnet hatte. Aber niemand rechnet jemals mit einem tragischen Unfall, einer tragischen Krankheit, einem unvorhersehbaren Schicksalsschlag, der jeden von uns unmittelbar aus der Bahn wirft. Diese furchtbare Katastrophe widerfährt nur den anderen, und deshalb ist niemand darauf vorbereitet. Ab diesem Tag ist die so genannte Normalität ausgelöscht. Und am Tag danach beginnt ein anderes Leben, das sich niemand vorstellen kann.

Wir verhalten uns im Leben häufig wie in einem Fernsehquiz, in welchem wir in den letzten Sekunden vor dem finalen Gong versuchen, die richtige Lösung zu finden, während wir vorher minutenlang blind auf die Fingernägel gestarrt haben. Während wir unser aufgeregtes Leben vor dem Tag danach in der Trivialität der Alltagsstreitigkeiten und -rituale vergeudet haben und wie Ameisen auf einem vorherbestimmten Weg gelaufen sind, wollen wir plötzlich noch etwas Einmaliges, Verrücktes, Unverwechselbares ausführen, welches unserem Leben Wert und Dauer verleihen soll.

Die schlimmsten Ereignisse sind diejenigen, die uns aus unseren profanen Bräuchen und Gewohnheiten herausreißen und uns verpflichten, wieder von vorne anzufangen, wieder wählen und neu entscheiden zu müssen. Das Leben wird wie bei einem Neugeborenen einem zweiten Entwurf unterzogen, wofür wir wieder die volle Verantwortung tragen und bei dem unsere Wahl auch alle Freunde und Bekannten in der Unendlichkeit der vernetzten Handlungen verpflichtet. Ich entwerfe nicht nur mich selbst in meinem individuellen Leben, sondern verbinde meine Geschichte immer mit der ganzen Menschheit. Jede neue Handlung und Entscheidung haben Auswirkungen auf alle. Also aufpassen! Keine Fehler begehen! Das vermeintlich Richtige tun!

Mein Schmerz wirft auch meine Frau aus der Bahn: Sie lebt plötzlich mit einem durch seinen chronischen Schmerz im Alltag stark eingeschränkten Mann zusammen, obwohl man ihm seine Behinderung nicht ansieht, weil er sich weiterhin zu lächeln bemüht. Aber sie weiß genau, dass sich hinter der schönen Maske in seinem Inneren gleichzeitig eine Tragödie abspielt. Der alltägliche Kampf darum, weiterhin dazuzugehören, nicht aus der Rolle zu fallen, aus seiner Rolle.

Wie sieht es am Tag danach mit den gemeinsamen Urlaubsplänen aus, mit den Besuchen bei Freunden, der Teilnahme an Kulturveranstaltungen, Wanderungen, Ausflügen? Ich möchte meine Freunde nicht durch meine Einschränkungen und mein verändertes Verhalten in ihren Freiheiten, Wünschen, Vergnügungen und Vorlieben einschränken. Und meine Frau? Wie fühlt sie sich, falls sie mich alleine zurücklässt, um ihr eigenes Leben zu führen, welches wir vorher in weitgehender Symbiose gelebt haben? Die moralische Aporie liegt offen auf der Hand, ganz abgesehen von dem alltäglichen Leid, welches sie schon allein dadurch erfährt, dass sie mich leiden sieht.

Vor den Freunden und Kindern kann ich einiges verbergen, nicht aber von meiner geliebten Frau, die mir alles bedeutet. Sie sieht alles, auch das Unsichtbare. Sie hört alles, auch meine unterdrückten Seufzer und Klagen. Sie fühlt alles, selbst das, was ich mir selber nicht eingestehen möchte. Sie ist meine Ehefrau, meine Freundin, meine psychologische Beraterin, meine soziale Hilfe, diejenige, die nicht nur den Alltag und Haushalt organisiert, sondern mittlerweile auch die meisten aller anderen Aufgaben übernimmt.

Am Tag danach wurde Sophie zum Universalcoach befördert, ohne sich jemals für diese verantwortliche Führungsstelle beworben zu haben. Trotz ihrer unzweifelhaften Kompetenzen war sie immer zu bescheiden, um eine solche Generalverantwortung übernehmen zu wollen. Warum auch. Sie war in ihrer Welt glücklich und zufrieden und strebte nie nach dem Unmöglichen. Jeder mochte sie wegen ihrer positiven, freudigen Ausstrahlung, ihrer

Empathie. Jeder schätzte sie wegen ihrer Ehrlichkeit, Hilfsbereitschaft, Liebenswürdigkeit und Authentizität. Sie war lustig, amüsant, attraktiv und sorgte in jeder Gesellschaft für Stimmung. Zudem war sie eine begnadete Sterneköchin, so dass wir in der Familie jeden Tag ein Gourmetmenü genossen. Alles, was sie machte, machte sie mit Freude und Herz. Im Gegensatz zu mir, war sie unkompliziert, spontan und klar im Kopf.

Trotz der höheren Verantwortung und der betriebsleitenden Aufgaben in ihrem neuen Job, blieb ihr Gehalt unverändert. Außerdem war sie mit diesem Führungsposten, auf den sie sich gar nicht beworben hatte, auf Dauer physisch und physisch völlig überfordert. Wer würde ihr als Chefin der neuen Abteilung assistieren? Wieviel zusätzliche Mitarbeiter erhielte sie für die erweiterten Aufgabenbereiche? Tatsächlich blieb sie allein mit ihrer weit umfangreicheren Arbeit. Niemand half ihr, und das neue Büro sollte sie auch noch selber putzen. Zwar konnte auch mir niemand helfen, aber ich hatte außer meinen Arztbesuchen plötzlich auch keinerlei wichtige Aufgaben mehr zu erfüllen. Und trotzdem drehte sich alles um mich, während sie die gesamte Arbeit leistete.

Und wie verhalte ich mich meinen beiden erwachsenen Kindern und Lebenspartnern gegenüber? Am Telefon gelingt es mir noch, weitgehend den Normalen zu spielen, aber vor Ort weiß bereits mein vierjähriger Enkel, dass der Opa nur noch auf der Couch spielt. Also sucht er alle Kuscheltiere zusammen, und wir veranstalten großartige Rollenspiele. Noch. Der Siebenjährige weiß mittlerweile genau, dass der Opa für sportliche Aktivitäten als Partner ausfällt. Manche Freunde sind sehr fürsorglich und bieten mir ihre Liegestühle oder Wellness-Sessel an. Andere bemerken nicht, dass ich mir meine Schmerzen verkneife und sprechen über ihre eigenen Wehwehchen. Wiederum andere laden mich nicht mehr ein. Das würde zu kompliziert. Man kann mit Paul nicht mehr alles machen. Er ist ein Spielverderber. Er ist nicht mehr so vielseitig und interessant wie vorher.

Am Tag danach ist nichts mehr wie an den Tagen davor. Alles ist anders. Ich kann nicht mehr lang genug sitzen, um an einer großen Familienfeier teilzunehmen. Auf welchen Schoß setze ich mich, wenn ich ins Restaurant gehe? In welches Bett lege ich mich, wenn ich Freunde besuche? Was mache ich, wenn ich bei einem Spaziergang jemandem begegne, der mich in ein längeres Gespräch verwickelt? Lege ich mich in den Wald unter einen Baum, auf die Wiese, auf den Feldweg, auf den Seitenstreifen an der Straße? Muss ich Parkgebühren dafür bezahlen, wenn ich anhalte? Stehe ich unter Umständen im Halteverbot? Kann ich dafür ein Protokoll bekommen? Was sage ich der Politesse, wenn ich hier einfach herumliege, ohne eine Parkmünze eingeworfen zu haben? Werde ich der Wegelagerei angeklagt, auch wenn ich niemanden ausgeraubt oder überfallen habe? Liege ich nun allen im Wege? Bin ich der Stein auf ihrem Weg?

Am Morgen steht die geballte Energie des Körpers noch verschlossen in den Venen, während am Abend der rote Lebenssaft bereits im weißen Sand verrinnt. Der Tag danach. Nach dem Unglück. Dem Desaster. Dem Malheur. Nach der Verurteilung. Nach der Entscheidung. Nach der Schlacht. Nach dem Sonnenaufgang. Nach der Geburt. Nach der unheilvollen Begegnung.

Aber wir werden wieder anstoßen auf das Leben. Es wird wieder einen Tag nach dem Tag danach geben. Und auch an diesen Tag werden wir uns erinnern. Ich gebe die Hoffnung nicht auf!

Jedoch muss ich zunächst einmal lernen, nicht mehr auf mein einstmals schmerzfreies Leben ohne Krankheit und Schmerz zu schauen. Ich muss lernen, mich nicht mehr umzudrehen, umzuwenden, Rückschau zu halten. Ich muss lernen, mein neues Dasein mit allen Defekten, Rissen und Läsuren zu akzeptieren, um das jetzt noch Mögliche als das Beste zu begreifen. *Die Überlassenheit des Daseins an es selbst.* Ohne Angst. Das faktische Existieren in der Geworfenheit, ohne Wenn und Aber. Nicht mehr und nicht weniger. Bescheidenheit. Genügsamkeit. Interessenloses Wohlgefallen. Ich muss verstehen lernen, dass mir das Leben nicht immer nur das bescheidet, was ich von ihm erwarte, oder was ich mir sogar anmaße, von ihm zu verlangen. Ich muss verstehen lernen, nicht mehr das ändern zu wollen, was das Schicksal mir irreversibel und unumkehrbar auferlegt hat: eine peinvolle Geschichte. Eine Behinderung. Ein dauerhafter Schmerz. Ich muss lernen, ab diesem Tag und den unendlich zahlreichen Tagen danach mit dem Schmerz zu leben. Ich muss ihn mangels Alternative rückhaltlos akzeptieren. Ihn, den Schmerz, wenn auch nicht als Freund, so dennoch nicht mehr als Feind betrachten. Ich muss lernen, die Dinge so zu akzeptieren, wie sie sind. Dankbarkeit für das Sein als Da-sein, als Verständnis meiner Befindlichkeit. Ohne Angst. Ohne Zukunft. Ohne Vergangenheit.

Aber jetzt will ich erst einmal schlafen. Schlafen und wieder schlafen. Nicht wach werden. Schlafen ist die einzige Möglichkeit, um dem Schmerz zu entkommen. Schlaf bedeutet, nicht unter den schönen Tagen der Vergangenheit zu leiden, die vorbei sind und niemals wiederkehren werden. Schlaf bedeutet, nicht über die schmerzvolle Zukunft nachdenken zu müssen. Schlaf bedeutet, nicht im Hier und Jetzt des Schmerzes zu sein. Schlaf bedeutet Anästhesie, kein Schmerz. Schlaf bedeutet Amnesie, Gedächtnisverlust, Ruhe, der kleine Tod.

Ist einer unter euch krank, dann rufe er die Ältesten der Gemeinde zu sich; sie sollen Gebete über ihn sprechen und ihn im Namen des Herrn mit Öl salben. Das gläubige Gebet wird den Kranken retten und der Herr wird ihn aufrichten; und wenn er Sünden begangen hat, werden sie ihm vergeben (Jak 5,14f).

Aufwachen bedeutet hingegen, nicht tot zu sein. Aufwachen bedeutet, den Anstieg der Schmerzkurve zu ertragen. Aufwachen bedeutet, die Überforderungen des Alltags ohne Widerstand zu meistern. Aufwachen bedeutet, immer erneut kämpfen zu müssen. Aufwachen bedeutet, mit der Alternativlosigkeit konfrontiert zu werden. Der Alternativlosigkeit des Lebens. Und Leben bedeutet Schmerz. Aber der Schmerz bedeutet auch, nicht tot zu sein, sondern zu leben. Schmerz bedeutet, das Warten zu lernen. Abwarten. Geduld. Fatalität. Schicksal. Gott ist tot. Keine Hoffnung. Keine

Angst. Ruhe. Keine Schuld. Ruhe. So ist es. Es ist so wie es ist. Das Leben. Der Tod. Die Liebe.

Das Tageslicht, welches durch die Rollläden eindringt, bringt ein wenig Sonne in den Kerker meiner Gedanken. Wenn ich einfach abwarte, bis es vorbei ist? Noch ein paar Monate, ein Jahr, einige Jahre? Wie lange wird es noch dauern? Keine Antwort. Vielleicht ein Leben lang. Das war in meinem Alter gar nicht mehr so lange. Noch fünf, zehn, 15 oder 20 Jahre? Das Tageslicht bedeutet Hoffnung. Es wird heller. Das Tageslicht bedeutet in gleichem Maße, es geht weiter. Der Schmerz steigt wieder an. Er wird neu geboren. Jeden Tag. Aber kein Tag ist wie der andere. Mal ist er so, mal so. Selbst der Schmerz ist nicht konstant. Seine Tonalitäten und Farben ändern sich ständig. Mal ist er so, mal so. Manchmal stärker, manchmal schwächer. Stärker nur, wenn er vorher schwächer war, und wenn er stark ist, wird er noch stärker oder wieder schwächer. Ich kenne alle seine Facetten. Seine Vorspiegelungen und Sinnestäuschungen. Seine Träumereien. Seine Illusionen. Seinen Wahn. Seine Wunsch- und Trugbilder. Seine Utopien. Seine trügerische Hoffnung.

Mir kann niemand etwas vormachen. Mich kann der Unhold nicht reinlegen, wenn er so tut, als wäre er nicht da. Mir kann er keine Märchen erzählen. Ich kenne den Wolf und den Weg der Kinder in aller Frühe hinaus in den Wald, wo er am dicksten ist. Ich kenne die wilden Tiere, welche die Kinder zerreißen. Nein, mir kann der Schmerz keine Märchen erzählen.

Ich kenne den Frosch, den ich geküsst habe. Aber er blieb ein Frosch. Diesen Schuh ziehe ich mir nicht an und hole mir blutige Füße. Ich spinne, bis mir das Blut aus den Fingern spritzt, springe in den Brunnen und hole das Brot aus dem Ofen, aber mich holt niemand aus dem Feuer und der Knüppel springt immer wieder aus dem Sack und schlägt mich. Ich bin kein Hans im Glück. Ich habe Schmerzen.

Ich kenne den Neid und den Hochmut der Menschen, die ihre Schönheit vor den Spiegeln bewundern und die keine Schmerzen haben. Aber ich fordere dennoch nicht die Lunge und Leber vom

Hirschfänger und verschenke vergiftete Äpfel. Ich bin nicht der Schönste im ganzen Land, aber habe Schmerzen. Vielleicht sollte ich den Apfel trotz der sieben Warnungen annehmen und kosten? Vielleicht werde ich von einer Prinzessin schmerzfrei geküsst? Dann soll der Schmerz so lange auf rotglühenden Eisenpantoffeln tanzen, bis er tot zusammenbricht.

Ich bin wach und muss aufstehen. Ich werde mich auf die Bettkante setzen. Wird er wieder da sein, der Schmerz? Das Stück Holz zwischen meinen Beinen mit After Eight und Minzgeschmack? Der Ast? Die Rasierklinge? Das lodernde Feuer? Das stechende Messer? Ich weiß es schon, aber ich will es nicht wahrhaben. Der Schmerz bleibt mir jedoch treu.

Das Öffnen der Büchse der Pandora war die Initialzündung für meine beginnende Schmerzodyssee, die meine Lebensqualität um 50% bis 70% reduzierte, und ich weiß bis heute nicht, ob ich jemals wieder nach Ithaka in das Land der Schmerzfreiheit zurückkehren werde. Meine Reise stellte mich auf zahlreiche Proben, und der stürmische Wellengang der Schmerzskala bis zehn bewegte sich immer zwischen vier und acht, ohne dass ich verzweifeln durfte, denn dann wäre es vorbei um mich und um Sie, denn meine Geschichte, die Sie gekauft haben, hätte in den letzten Kapiteln nur noch leere weiße Seiten vorzuweisen. Deshalb muss ich leben. Leben, um zu schreiben. Scribo, ergo sum. Ich schreibe, also bin ich.

Lieber *Siegen* als sterben, so dachte ich, und nicht nur, weil ich mit erstem Wohnsitz im Siegerland lebte. Die Schmerzklinik in Mainz, wie es singt und lacht, sollte nicht zur Endstation werden. Alle aussteigen. Der Zug endet hier. Für mich gab es keine andere Alternative. Ich wollte leben, also den Tod be*siegen* und nicht sterben, obwohl Freund Hein von Zeit zu Zeit mit betörendem Gesang nach mir rief. Ich wollte die Abberufung aus dem Leben zum jetzigen Zeitpunkt noch nicht akzeptieren. Mein Abgabetermin stand noch nicht fest. Meine Arbeitsstelle an der Hochschule, meine Aufgaben als Ehemann und Vater, konnten noch nicht ersatzlos gestrichen werden. Eine Zwangspensionierung auf Lebenszeit schien mir verfrüht. Ein freiwilliger Rücktritt oder Abschied ausgeschlossen. Eine Ablösung vertragswidrig. Eine freiwillige Kündigung des Lebens im Beamtenrecht nicht vorgesehen. Ein Hinausschmiss zu gewalttätig. Der Exitus von der Providenz nicht eingeplant. Die Erlösung nicht vorgesehen. Die Letzte Ölung und Krankensalbung nicht gewollt. Der Himmel wurde abgelehnt. Die Hölle war zu chaotisch. Die Unterwelt zu düster. Die Geister zu dumm. Die Natur zu vergiftet. Die ständige Wiederkehr zu langweilig.

Was übrig blieb, war das Leben, denn trotz seiner Schattenseiten war der Kampf spannend, auch wenn man ihn niemals gewinnen konnte. Jedoch wo Schatten war, musste natürlich irgendwo die Sonne scheinen, und danach suchte ich. Platon, wo ist der Höhlenausgang? Platon, wo sind die Ideen? Langsam gingen sie mir aus. Deshalb war ich hier. Mainz wie es singt und lacht.

Der Aufnahmetag für meine Ankunft in der Schmerzklinik war der Donnerstag vor dem Karnevalswochenende um 11.00 Uhr, das heißt genau vier Tage vor Rosenmontag, und das in Mainz, wie es singt und lacht. Stellte dieses Datum nicht eindeutig einen merkwürdigen Zufall dar? Wollte sich der liebe Gott, den es nicht gibt, über mich lustig machen? Ein Schmerzpatient im Karneval war so wahrscheinlich wie der Teufel im Himmel. Mainz, wie es singt und lacht.

Paul Krieger marschiert, tanzt und schunkelt auf den Straßen, in den Kneipen und dekorierten Festsälen. Paul Krieger stürmt mit den Narren das Rathaus. Paul Krieger übernimmt als Karnevalsprinz die Macht und führt den Zug der Gecken an. Da lachen ja die Hühner! Paul und Karneval reimten sich genauso wenig wie Paul und der liebe Gott. Paul als Possenreißer und Kasper, als Armleuchter und Strohkopf, als Einfaltspinsel und Plattfußindianer. Da wollte ich tunlichst in die Rolle des Eulenspiegels schlüpfen, mich lieber dumm stellen, als dumm zu sein, oder den Lügenbaron darstellen, aber den wahren Baron von Münchhausen, den drittgeborenen Sohn eines Oberstleutnants der Kurfürstlich Hannoverschen

Kavallerie, einen meiner Vorväter, der nächstes Jahr seinen 300 Geburtstag feiert und schon zum jetzigen Zeitpunkt für Januar 2020 bei der Prinzengarde Köln als Büttenredner eingeladen ist.

Der Baron war nämlich kein nichtswissender Quatschkopf oder Tölpelprofessor, sondern hatte Reiten, Fechten, Deutsch, Französisch und Latein gelernt und brachte es auf einer seiner abenteuerlichen Reisen sogar bis zum Zarenhof in der russischen Hauptstadt.

Sie kennen doch seine Geschichten, zum Exempel wie er abends sein Pferd an einem Baumstummel festbindet und es am nächsten Morgen hoch in der Luft am Wetterhahn einer Kirche hängt, weil der Schnee so schnell geschmolzen ist. Oder wie er zur Höchstform aufläuft, als er mit seinem geliebten Litauer etwas zu kurz springt, um das rettende Ufer zu erreichen und bis zum Halse im Morast steckt, wobei er ausruft: *Hier hätte ich unfehlbar umkommen müssen, wenn nicht die Stärke meines Armes mich an meinem eigenen Haarzopfe, samt dem Pferde, welches ich fest zwischen meine Knie schloss, wieder herausgezogen hätte.* Bräuchten wir nicht heute mehr denn je einen solchen Mann der Stunde, der nie den Mut verliert und fintenreich, gewitzt und nervenstark selbst in aussichtslosen Situationen immer eine Lösung findet ohne zu *merkeln*.

Paul Krieger, der Schelm von Münchhausen und Mainz, wie es singt und lacht. *Kyrie eleison, Herr, erbarme dich!* Der Gottesdienst kann beginnen.

Da ich das ganze Jahr über schon immer mit genügend Narren und Närrinnen umging, ausgenommen meinen Studenten und Studentinnen an der Hochschule natürlich, die bei mir als unsere zukünftigen gesellschaftlichen Handlungsträger in Erziehung und Politik höchste Wertschätzung genossen, konnte ich auf Karneval gerne verzichten. Im Gegenteil: Ich hasste es, dass die Menschen sich verordnen ließen, wann sie sich austoben und amüsieren, und wann sie Kritik üben und sich revoltieren durften. Alles war eine genehmigte und befristete Inszenierung des schönen Scheins, denn noch während die lustigen Umzüge in vollem Gange waren, wurden in der Hinterstube der Macht bereits wieder die Regeln, Normen und Gesetzestexte festgeschrieben, die den weiteren Verlauf des Jahres bestimmen sollten, inklusive das Strafkatalogs für Abweichler, ausgeflippte Nonkonformisten, ausgestiegene Alternative, künstliche Blumenkinder, Gammler, Pazifisten oder grüne Hippies.

Heute dürft ihr mich alle mal mit *du* anreden. Die Hierarchien sind aufgehoben. Aber morgen müsst ihr dann wieder stramm stehen. Wir ihr wisst, sind wir alle gleich, nur manche sind eben etwas gleicher. Und während sich die Narren einige Tage von den konventionellen Normen und Traditionen des Alltags verabschieden, stehen sie ab Aschermittwoch wieder in Reih und Glied zum unvernünftigen Appell. Das Volk darf sich abreagieren, um sich nachher wieder dem König ehrerbietig zu unterwerfen.

Außerdem tragen die meisten von ihnen das ganze Jahr über Masken, ohne jemals ihr wahres Gesicht zu zeigen, um authentisch und mit Zivilcourage ihre Meinung zu vertreten. Witzfiguren braucht man nicht zu fabrizieren, denn überall kann man ihre lebenden Fratzen einsammeln, und ich warte eher ungeduldig darauf, dass dieser alltägliche politische Karneval noch in diesem Jahrhundert zu Ende geht. Danach ist es ohnehin zu spät. Ist der alltägliche Wahnsinn denn wirklich so subtil inszeniert, dass ihn niemand bemerkt? Oder wagt es niemand mehr, ihn zu denunzieren?

Armer Charlie Hebdo, Charlie Chaplin in seiner Rolle als The Tramp/*Trump*, jenem schurkischen Landstreicher ohne ethische Werte und jener späteren Narrenfigur, heute leider keine Fiktion mehr, sondern eine weltbekannte Realität. Und dieser Supertramp/*Trump* ist nicht das Opfer seines ihn umgebenden Sozialsystems.

Noch leben wir in einer Demokratie, oder? Was aus Charlie Hebdo geworden ist, wissen wir bedauerlicherweise alle. Aber gerade deshalb: Nehmen Sie Papier und Bleistift in die Hand und formulieren Sie ihren Oppositionswillen, auch zu sich selbst: die Kritik der reinen *Un*vernunft. Und gleichzeitig zeichnen Sie noch eine Karikatur. Wenn Ihnen nichts einfällt, stellen Sie sich einfach vor den

Spiegel und fragen: Spieglein, Spieglein an der Wand, wer ist der/die Schönste im ganzen Land?

Welche Drogen würde man mir wohl verordnen, so grübelte ich, als ich in der Stadt des Karnevals im Narrenhof der Schmerzen eintraf. Sofort bemerkte ich, dass schon am Donnerstag alle verkleidet waren. Sie trugen weiße Kittel und spielten wie ich früher oftmals als Kind *Onkel Doktor*.

Das Zimmer, welches man mir zuwies, schien komfortabel, denn es hatte einen Schrank, einen Tisch, der vor der Wand stand und in seiner Verlängerung als Schreibtisch genutzt werden konnte. Zudem gab es seltsamerweise zwei Betten, obwohl ich nur eines brauchte. Das zweite Bett war aber unbelegt. Vielleicht war gerade jemand verstorben, so dachte ich, oder es käme noch ein Lebender. Anscheinend war ich nicht in einem Einzelzimmer, sondern alleine in einem Zweibettzimmer. Tatsächlich kam kein zweiter Schmerzpatient. Wahrscheinlich hatte er keine Schmerzen und zog deshalb einen anderen Narrenhof vor. Was bedauerlicherweise fehlte und mich betrübte, war ein Bücherregal, anstelle dessen gab es aber ein Badezimmer mit Waschbecken, jeweils einen Wasserhahn für kaltes und warmes Wasser, eine Ablage, zwei Handtuchhaken und sogar eine Toilette sowie einen Föhn. Äußerst komfortabel, so musste ich anerkennend eingestehen. Hier wollte mich niemand zum Narren halten.

Kaum hatte ich meinen Koffer abgestellt, wurde ich bereits zur ärztlichen Grundlagenforschung gerufen. Der Chefarzt, Prof. Dr. Dr. Dolores, sowie der Oberarzt, Herr Dr. Pille, ließen sich wegen einer karnevalistischen Sitzung, an der Sie teilnehmen mussten, entschuldigen, weswegen ich von einem Medizin-studenten im dritten Semester empfangen wurde, der sich aber bereits auf eine Stelle als Assistenzarzt beworben hatte.

Die Untersuchung verlief unfallfrei, obwohl er alle Glieder, Gelenke und Knochen mit einem schweren Hammer abgeklopfte. Die dadurch verursachten Hämatome ließen mich meinen ursprünglichen Schmerz daher für die ersten Tage vergessen. Damit ich die Klinik und die Ärzte bestens über meine bisherige Krankenodyssee informieren konnte, hatte ich einen Koffer von ärztlichen Gutachten, Röntgenaufnahmen, CTs und MRTs mitgebracht, die bei Bedarf von den Klinikärzten zu einer besseren Diagnose herangezogen werden konnten. Um diese Unterlagen einsehen und evaluieren zu können, brauche das Team, so der studentische Assistent, voraussichtlich vier Tage, nämlich bis Montag, insbesondere auch, weil zwischenzeitlich zahlreiche Karnevalsoperationen mit geheimer Mission anstanden, zu deren Teilnahme die Kollegen verpflichtet waren. Aber das könnte ich mir zu einem späteren Zeitpunkt alles im Fernsehen ansehen.

Zum guten Schluss stellte mir der noch nicht examinierte Medizinstudent noch eine schwierige, aber entscheidende Frage, die ich mir gleichfalls immer selbst stellte, nämlich: Warum haben Sie Schmerzen? Leider konnte ich diese Frage nicht beantworten und ging danach auf mein Zimmer.

In einer Klinik gibt es nur wenige Unterbrechungen im endlos erscheinenden Tagesverlauf, die unsere volle Aufmerksamkeit verlangen und die man auf keinen Fall verpassen möchte, insbesondere an den Wochenenden, wenn die Weißkittel in ihren Familien oder bei ihren Freunden und Freundinnen sind und nur noch das schlecht bezahlte Pflegepersonal, ein paar kranke Schwestern oder gesunde Brüder ihre Runden drehen. Das Tagesprogramm ist sehr eingeschränkt und enthält wenig aufregende Amplituden, wie etwa die Fütterung oder Körperreinigung, das kleine und große Geschäft.

Ich trinke immer sehr viel. Auf diese Art und Weise kommt etwas Bewegung in meinen ansonsten monotonen Tagesverlauf. Manchmal gibt es sogar Überraschungen, nämlich wenn man zweimal in kurzer Zeit die Toilette aufsuchen muss. Man weiß nie genau, wie schnell die Nieren die Flüssigkeiten verarbeiten, so dass es im Tagesverlauf immer eine Unbekannte gibt, die uns plötzlich einlädt, einmal auszutreten.

Ich würde lieber ausgehen, um eine neue Unbekannte kennenzulernen oder aus der Kirche auszutreten. Aber das habe ich schon vor Jahrzehnten gemacht. Ich war noch so klein, dass man mich beinahe gar nicht ins Leben hineingelassen hatte. Denn jeder in meiner Familie brauchte diesen Ausweis: die Taufe. Meine Mutter hatte damals meine Schreie als Säugling nicht richtig interpretiert. Ich hatte keinen Hunger, sondern wollte nicht getauft werden. Und als ich getauft war, schrie ich, weil ich sofort wieder *austreten* wollte. Daraufhin legte man mir wieder Windeln an, weil die Familie nicht verstand, dass ich zur Toilette wollte, und ich konnte um Himmels willen so viel schreien wie ich wollte, um meinen Schrecken und meine Bestürzung auszudrücken, aber meine Mutter hörte nicht auf zu beten, damit ich mich beruhigte – zum Teufel noch mal!

Da mein Therapieprogramm erst am Montag beginnen sollte, begann nach dem Frühstück bereits der Marathon der Langsamkeit, der sich über 16 Stunden, 960 Minuten oder 57.600 Sekunden hinziehen sollte. Zum Glück hatte ich eine zuverlässige Uhr, auf welcher ich diese Strecke genau nachverfolgen konnte.

Der heutige Tag, Samstag oder Sonntag, verlief wie der gestrige Tag, Sonntag oder Samstag, und so ähnlich wie der vorgestrige Tag, Freitag. Der Donnerstag, an dem ich als neuer Patient in der Klinik eintraf, war daher mein letztes fesselndes Erlebnis.

Die Zeit ist der Feind des Schmerzpatienten. Ihr Verbündeter ist die Uhr. Es ist 7 Uhr morgens. Ich liege noch im Bett. Gleich gibt es Fiebermessen und Blutdruck, und wenig später Frühstück mit oder ohne Blutwurst. Alles Wurst. Egal. Nein, nicht egal. Es geht um die Wurst. Worum denn sonst. Nach dem Fieber- und Blutdruckmessen darf ich nicht wieder einschlafen, sonst ist das gebrachte Frühstück irgendwann wieder weg, weil man denkt, dass ich keinen Hunger habe oder in den Hungerstreik getreten bin und jede weitere Auskunft verweigere, weshalb ich vortäusche zu schlafen. Nein, auf keinen Fall wieder einschlafen. Anderenfalls verpasse ich die wichtigsten Punkte der Tagesordnung und verfehle schlussendlich sogar meinen Therapieplan.

Bevor ich wieder einschlafen darf, gegen 23 Uhr, bleiben 16 Stunden zu überbrücken. Eine unendlich lange Zeit, wenn man

nicht arbeiten muss oder keine andere sinnvolle Aufgabe zu ver-
richten hat. Aber man muss Präsenz zeigen, insbesondere geistige
Präsenz. Immer aufmerksam sein, um nicht doch etwas zu verpassen, was gegebenenfalls urplötzlich ohne Ankündigung und Über-
leitung passieren könnte. Ich wollte nicht kalt erwischt werden und
war daher immer auf der Hut.

7.10 Uhr. Sollte ich mir die Zähne putzen und mich waschen?
Duschen? Nein, das war zu gefährlich, denn durch die Wasserfall-
geräusche hätte ich das Geräusch überhören können, welches gemeinhin von einer sich öffnenden Tür ausgeht, durch welche jemand mit einem Frühstückstablett eintritt. Dann war es vorbei mit
meinem Frühstück. Vielleicht dächte man, dass ich bereits gesund
oder schmerzfrei entlassen worden sei. Dieses Risiko konnte und
wollte ich nicht eingehen.

7.15 Uhr. Eigentlich musste ich groß machen. Sie wissen schon,
koten. In mir setzte sich etwas in Bewegung, mit dem man nicht
gerne zum Stuhl geht, nämlich Stuhlgang. Aber wenn in diesem
Moment das Frühstück gebracht würde? Ich hielt mich zurück, obwohl sich einiges in meinem zwischen Magen und After gewunde-
nen Muskelschlauch zusammenbraute. Ich verspürte wirklich einen starken Druck zu defäkieren, das heißt, mir diese Stange Lehm
aus dem Kreuz zu drücken, die sich in den letzten vier Tagen gebildet haben musste, weil ich mein letztes großes Geschäft noch zu
Hause verrichtet hatte. Hier in der Klinik war ich noch nicht dazu
gekommen oder, besser gesagt, hatte ich mich noch nicht getraut,
das ganz große Geschäft zu erledigen, weil meine Lust immer nur
morgens vor dem Frühstück auftauchte. Danach oder später am
Nachmittag hatte ich eigentlich genügend Zeit, weshalb ich es auch
immer wieder probierte. Durch etwas Bewegung zwischen Stuhl
und Gang und literweisem Trinken versuchte ich bereits seit zwei
Tagen der heiklen Situation entgegenzuwirken. Alles vergebens.
Wie auf einer verstopften Autobahn. Es bewegte sich nichts. Kon-
stipation. Obstruktion. Vollsperrung. Darmverschluss.

7.20 Uhr. Schließlich trat ich ans Waschbecken, machte den
Oberkörper frei und drehte zaghaft den Wasserhahn auf, um mich

zu waschen, aber klugerweise nur so weit, dass auf leise Weise ein paar Tropfen meinen Waschlappen befeuchteten. Die Türe zum Bad ließ ich vorsichtshalber auf. Ich horchte, hörte aber keinerlei Geräusche, die sich mir über den langen Gang angekündigt hätten. Jetzt galt es, schnell zu handeln. Mit dem Waschlappen ergriff ich die Seife, welche durch die Bewegung meiner sie umschließenden Finger den sanften Stoff mit ihrem reinigenden Duft infiltrierte, legte sie wieder in der Seifenschale auf dem Waschbecken ab und begann mir schnell den Oberkörper und das Gesicht, Augen, Nase, Mund sowie Stirn und Hals zu waschen, ohne die Achselhöhlen zum Abschluss zu vergessen. Um die Seifenlandschaft wieder ab-zuwischen brauchte ich etwas mehr Wasser und wagte es, den Hahn ein wenig weiter aufzudrehen, ohne die Geräuschkulisse auf dem Flur jedoch aus den Ohren zu verlieren.

Sollte ich trotzdem das Herannahen des Frühstückspersonals nicht gehört haben, hatte ich in einer jede Gefahr antizipierenden Weise die Badezimmertüre so weit offen stehen lassen, dass die Zimmertüre beim unaufgeforderten Eintreten irgendeiner Person notwendigerweise gegen die Badezimmertüre schlagen musste, um mich in Alarmbereitschaft zu versetzen. Dass ich zur Entgegen-nahme des Frühstücks, was jeden Tag nur einmal serviert wurde, mit eingeseiftem und nacktem Oberkörper hätte in Erscheinung treten müssen, konnte ich moralisch durchaus verantworten, da es sich um eine existentielle Notlage handelte, wollte ich an diesem ansonsten *stillen Örtchen* doch nicht verhungern, nein, lieber noch mich der Lächerlichkeit preisgeben.

7.25 Uhr. Ich hatte es geschafft. Oberflächlich hatte ich mich ge-waschen und glänzte schon wieder. Im Inneren gab es noch einige schwarze Flecken. Aber diese waren nicht sichtbar. In unserer mon-dialisierten Welt zählt nur der schöne Schein, selbst wenn die Kor-ruption und Zersetzung der *Staats*organe bereits begonnen hat. Eine kleine Injektion mit Botulinumtoxin garantiert die Glättung al-ler dissonanten Falten in der Gesellschaft und das breite Lächeln verschwindet durch die Nervenlähmung der Muskulatur nie mehr aus Ihrem Gesicht. Auf der anderen Seite könnte es als sardonisches

Grinsen missverstanden werden, wenn es sich wie in einem Wundstarrkrampf grimmig und schmerzvoll zusammenzieht.

7.30 Uhr. Jetzt schnell Zähne putzen und anziehen. Duschen würde ich im Verlaufe des Nachmittags, denn zwischen 14.30 Uhr und 17.00 Uhr konnte ich mich in meiner Zelle in Sicherheit wiegen. Nur die Blase drückte noch, weshalb ich mich entschied, dieses Risiko einzugehen. Beim Wasserlassen lief seit meiner Operation alles gut; alles ging fließend und lief und lief. Dann knallte die Zimmertüre gegen die Badezimmertüre, und ich vernahm eine unüberhörbare Stimme: Früüühstück! Panikartig drehte ich den Hahn zu und begrüßte die Herzdame mit einem breiten Lächeln.

Früüühstück! *Erste Unterbrechung* im Tagesablauf. Sich viel Zeit nehmen, denn bis zum Abend gibt es außer dem Mittagessen wenig atemberaubende Abenteuer zu bestehen. Selbst die große Arztvisite, die angeblich immer wie am Hofe des Sonnenkönigs mit übertriebenem Pomp zelebriert wird, fällt an den Wochenenden aus. Meine erste Vorstellung sollte am Donnerstag stattfinden, und ich hatte bereits jetzt beschlossen, an diesem festlichen Tag bereits um 5.00 Uhr aufzustehen, um rechtzeitig mit den rituellen Ablutionen zur Erzielung meiner Reinheit vor der Begegnung mit dem heiligen Propheten fertig zu werden. Die Allmacht des Klinikdirektors und Chefarztes Prof. Dr. Dr. Dolores galt unter den Gläubigen des Hauses als unangefochten und seine Worte als unfehlbar. Niemand hatte jemals gewagt, diesem Hohepriester zu widersprechen, den man wie einen Gott anbetete.

Das Frühstück war hervorragend: ein Brötchen, eine Scheibe Grau- und eine Scheibe Weißbrot. Schwarzbrot wurde diskriminiert und gab es nicht. Zweimal Marmelade, Aufschnitt, *Zuschnitt,* Butter *bei die Fische,* Zucker, manchmal das Gelbe vom Ei und dann Salz, ein Joghurt, eine große Kanne Kaffee, damit die Patienten aus ihrem Koma erwachten, eine Tasse, ein Teller und Besteck, das heißt Messer, Gabel, Löffel, falls jemand zivilisiert frühstücken wollte, und sogar eine Serviette für diejenigen, die sich nicht zu benehmen wussten und immer hautkrebsartige Flecken hinterließen, die anschließend von den Reinigungskräften mit einem Skalpell entfernt werden mussten.

Da sich bei mir im Sitzen bereits morgens die Schmerzen messerscharf bemerkbar machten, um mir zu signalisieren, dass ich nicht zum Spaß hier war und es sich nicht um einen Erholungsurlaub handelte, verzichtete ich auf das OP-Besteck und frühstückte im Stehen beziehungsweise wandelte immer hin und her, weil sich sogar bei längerem Stehen oberhalb einer fünfminutigen Zeitgrenze ein stechender Schmerz einstellte. Lange gehen konnte ich ebenfalls nicht, weil die Genitalien zu schwer wurden und deshalb anfingen, leicht zu piksen oder zu brennen. Also warf ich im Allgemeinen alle Zutaten auf das Brot oder quetschte sie ins Brötchen und verschlang alles wie der Wolf das arme Rotkäppchen und legte mich fürs Erste gesättigt wieder ins Bett, um der Dinge auszuharren, die sich ergeben könnten. Jedoch welche außergewöhnlichen Dinge sollten ausgerechnet an diesem Ort passieren?

Nach dem Frühstück zwischen 7.30 Uhr und 11.30 Uhr wurde es ruhig. Um mich nicht zu langweilen und weil die Zeit sich so stark dehnte, dass der Raum sich schon krümmte, schaute ich auf meine Uhr, die ich von meinen Eltern mit eingraviertem Namen – Dr. Paul Krieger – zur Promotionsfeier als Geschenk bekommen hatte. Lieber als die Uhr wäre mir ihre Anerkennung oder Zuneigung gewesen anstatt der Frage, wie sich mein Doktortitel auf mein Gehalt auswirken würde. Was interessierte jemanden, der in Philosophie promoviert hatte, das Geld. Sogar Diogenes lebte glücklich in seiner Tonne und orientierte sich zur Bestimmung der Zeit an der Sonne. Immerhin funktionierte meine Uhr perfekt und benötigte seit jenen Tagen ebenso wenig wie mein Körper eine Reparatur oder Ersatzteile. Sie gab den Takt meines Lebens so regelmäßig an wie ein Metronom. Allerdings leugnete das mechanische Uhrwerk jede Form von Freiheit und diskreditierte diesen Gedanken als Phantom.

Das dunkle Ziffernblatt meiner Schicksalsuhr – ich hätte die weiße Magie vorgezogen – ist in regelmäßige, unveränderbare und absolut gleiche Abschnitte unterteilt. Jeder Schritt der Uhrzeiger ist gleichmäßig und genau kalkuliert. Jeder Schritt ist vorhersehbar, unabdingbar und endgültig. Alle drei Zeiger, der Stunden-, Minuten- und Sekundenzeiger, verfolgen seit Äonen auf unbeirrbaren Umlaufbahnen immer den gleichen Verlauf in den gleichen Abständen. Sie sind nie kürzer und nie länger. Sie sind immer gleich, eintönig und monoton. Keine Veränderung. Ich schaue auf meine Lebensuhr, welche der göttliche Mechaniker, der Baumeister des Kosmos und des Lebens, mein persönlicher Demiurg aufgezogen hat. Jede Sekunde meines Daseins ist auf dem Ziffernblatt meines irdischen Daseins durch einen kurzen kleinen Strich angegeben.

Jeweils nach fünf Strichen ist zusätzlich ein Punkt markiert. Danach wieder fünf Striche und ein Punkt und wieder fünf Striche und ein Punkt und wieder fünf Striche und ein Punkt. Die Zeit läuft. Regelmäßig. Seit wann? Wie lange noch? Hoffentlich macht mir in der Klinik keiner einen Strich durch die Rechnung. Punkt und keine weiteren fünf Striche, sondern Ende aus.

Wenn man den schmalen, langen Sekundenzeiger mit den Augen genau verfolgt, sind nun 15 Sekunden vergangen, als sei nichts passiert. Das stimmt aber nicht, wenn man bedenkt, dass es weltweit pro Sekunde zwei Todesfälle gibt und alle drei Sekunden in Afrika ein Kleinkind stirbt.

Und danach wieder fünf Striche und ein Punkt und wieder fünf Striche und ein Punkt und wieder fünf Striche und ein Punkt. Der schmale, lange Sekundenzeiger ist nun unten angelangt. Im Süden. Auf der südlichen Halbkugel, in Australien, wo die Sonne immer im Süden und niemals im Norden steht.

Und danach wieder fünf Striche und ein Punkt und wieder fünf Striche und ein Punkt und wieder fünf Striche und ein Punkt. Wenn man den schmalen, langen Sekundenzeiger mit den Augen genau verfolgt, sind nun wieder 15 Sekunden vergangen, und wir bewegen uns in unserer nördlichen Hemisphäre nach dem Lauf der Sonne auf den Mittag zu.

Und danach wieder fünf Striche und ein Punkt und wieder fünf Striche und ein Punkt und wieder fünf Striche und ein Punkt. Der schmale, lange Sekundenzeiger steht nun wieder oben, im Norden, während die Sonne im Zenit steht. Es hat alles seine Ordnung. Seinen Uhrzeigersinn. Wenn wir diesen auch nicht immer erkennen. Das Leben ist aufgebaut wie ein Ziffernblatt und orientiert sich an dem Verlauf der platonischen Sonne, den sie in unserer nördlichen Hemisphäre zu nehmen scheint. Aber nicht allen ist es vergönnt, sie zu schauen.

Eine Sekunde ist eine lange Zeit, wenn wir bedenken, dass das Licht in dieser Zeit eine Entfernung von circa 300.000 km zurücklegt. Wenn wir das 13,8 Milliarden alte Universum im Zeitraffer eines Kalenderjahres betrachten, steigen die ersten Menschenaffen erst am 31. Dezember von den Bäumen herunter und erheben sich auf zwei Beine. Es ist genau 1.200 Sekunden oder 20 Minuten vor Mitternacht. Und nun beginnt erst die Entwicklung vom *Australopithecus* über den *Homo erectus*, den *Homo habilis* und den *Homo Neanderthalensis* zum Paul Krieger, einem der ersten und letzten Menschen der Gattung *Homo sapiens*. Der heutige Mensch, ausgenommen alle *trump*artigen, nur menschenähnlichen Wesen, erscheint erst 360 Sekunden oder 6 Minuten vor Mitternacht auf der Bühne der Evolution.

Kalkulieren Sie nunmehr, lieber Leser, wie lange ein einhundertjähriges Menschenleben dauert und verabschieden Sie sich daraufhin blitzschnell noch von allen Freunden, Bekannten und vor allem Ihrem Hund oder Ihrer Katze. Ein einhundertjähriges Menschenleben dauert genau 0,23 Sekunden. Also nehmen Sie sich nicht so wichtig. Aber begehen Sie vor allen Dingen keinen Fehler, denn Sie können ihn nie mehr korrigieren!

Bei mir stand die Uhr 0,046 Sekunden vor dem Ende. Wie schnell war die Zeit meines Lebens an mir vorbeigerauscht.

- Im Bruchteil einer Sekunde konnte ich laufen, sprechen, addieren, subtrahieren und schreiben.
- Im Bruchteil einer Sekunde hatte ich Abitur, einen Studienabschluss, eine Frau und zwei Kinder.
- Im Bruchteil einer Sekunde hatte ich eine Arbeitsstelle an der Schule, an der Hochschule und zwei erwachsene Kinder.

- Und schon fing alles wieder von vorne an: Im Bruchteil einer Sekunde hatte meine Tochter Abitur, einen Studienabschluss, einen Mann und zwei Kinder.
- Und meine Enkelkinder lernten laufen, sprechen, addieren, subtrahieren und schreiben.

Und nun bin ich in Mainz, wie es singt und lacht und betrachte aufmerksam meine Uhr. Die genaue Beobachtung und Verfolgung des schmalen, langen Sekundenzeigers wird bereits nach wenigen Sekunden anstrengend, wenn man ihn oder sein Leben nicht aus den Augen verlieren will. Wenn man nichts verpassen will. Und das Ergebnis? Der kleine, schmale Sekundenzeiger ist nach 60 Sekunden bei seinem Weg über den Südpol wieder am Nordpol angekommen und läuft weiter. Unveränderlich im Rhythmus. Immer gleich. Stur. Und danach wieder fünf Striche und ein Punkt und wieder fünf Striche und ein Punkt und wieder fünf Striche und ein Punkt. Der schmale, lange Sekundenzeiger ist unerbittlich. Man möchte ihn mit den Augen nicht weiter verfolgen. Es ist zu anstrengend. Es verlangt zu viel Konzentration. Also hält man inne. Die Augen bewegen sich nicht weiter. Sie fixieren den oberen Teil des Zifferblatts, während der schmale, lange Sekundenzeiger weitereilt. Wir entdecken dabei einen zweiten, etwas kürzeren zweiten langen Zeiger. Dieser scheint sich nicht zu bewegen. Und unsere Augen suchen wieder nach dem schmalen, langen Sekundenzeiger. Er schreitet unnachgiebig voran. Wie beginnen wieder zu zählen. 1, 2, 3, 4, 5, 6, 7, 8, 9, 10, 11, 12, 13, 14, 15 der kleine, schmale, lange Sekundenzeiger, 16 17, 18, 19, 20, 21, 22, 23, 24, 25, 26, 27, 28, 29, 30 Süden, 31, 32, 33, 34, 35, 36, 37, 38, 39, 40, 41, 42, 43, 44, 45, 46, 47, 48, 49, 50, 51, 52, 53, 53, 55, 56, 57, 58, 59, 60, Norden, eine Minute. Der zweite etwas kürzere, aber breitere lange Zeiger, der Minutenzeiger, hat sich bewegt. Das Leben geht unmerklich weiter und dreht seine Runden, während wir vor Staunen immer wieder den Atem anhalten.

Was ist in dieser einzelnen Minute alles auf der Welt passiert? Was zeigt die Zeit?

- 275 Säuglinge kommen in dieser Minute gerade auf die Welt und erblicken das Tageslicht nicht mehr.
- 111 Menschen sterben in dieser Minute gerade, davon 15 an Krebs und einer wird umgebracht, getötet, erschossen, erschlagen, zerbombt, von einer Drohne abgeschossen, vergiftet.
- 285.000 Tiere werden in dieser Minute gerade hingerichtet, aufgehängt, guillotiniert, geschlachtet zum Wohle der Menschheit.
- 62 Tonnen Kot scheiden die Menschen in dieser Minute gerade aus. Welch ein großes Geschäft.
- 21 Millionen Whatsapp-Meldungen und 16 Millionen SMS werden in dieser Minute gerade verschickt, ohne eine Nachricht zu hinterlassen.
- 10 Millionen Zigaretten werden in dieser Minute gerade geraucht, trotz Rauchverbots und Lebensgefahr.
- 14 000 Menschen betreten in dieser Minute gerade ein Flugzeug, weil sie nicht zu Fuß gehen wollen oder nicht schwimmen können.
- 96.000 Liter Wein und 370.000 Liter Bier sorgen in dieser Minute für gute Stimmung im Krieg der Welten.
- 6.500 Liter unfruchtbarer Sperma werden in dieser Minute gerade auf dem Höhepunkt beim Sex ausgestoßen.
- 140 neue Autos werden in dieser Minute gerade gebaut und 78.000 Tonnen CO_2 ausgestoßen.

Und wie viele lesen in dieser Minute gerade meine Geschichte? Nur Sie, oder? Das schmerzt.

Ich zähle weiter wie in einem Zustand der Entrückung, der Entweltlichung, der Transzendenz. Erst nach 1.800, besser noch nach 3.600 Sekunden beziehungsweise nach 30 oder 60 Minuten nehme ich bewusst wahr, dass sich auch der noch etwas kürzere, kleinste der drei Zeiger weiterbewegt hat. In der Zwischenzeit muss er sich unsichtbar bewegt haben, unmerklich schleichend, ein wenig hinterhältig. Denn mein Leben vergeht. Und diese Sekunden zähle ich gerade. Wenn die Uhr stehenbleibt ist es vorbei. Aber vielleicht gibt es keine Endgültigkeit, keinen Stillstand, solange der Tod nicht stirbt.

Meine Stunde hat still und leise geschlagen. Ich bin erschöpft vom Zählen. Die Uhr zeigt 9.00 Uhr. Bevor ich wieder einschlafen werde, gegen 23 Uhr, bleiben noch 14 Stunden zu überbrücken. Aber ich bin nicht alleine. Der Schmerz ist da und unterhält mich. Habeo dolorum, ergo sum.

Nun möge der vielleicht erstaunte Leser nicht glauben, dass ich in dieser Klinik, deren Ruf dem Sanatorium in Davos in nichts nachstand, tatsächlich jeden Tag unter chronischer Nichtbeschäftigung leiden sollte, während mein chronischer Schmerz zunahm. Nein, ab Montag war *in facto* Vollbeschäftigung angesagt. Ich hatte gerade meinen Arbeitsplan für die ersten drei Tage der Woche bekommen. Der Karneval konnte beginnen. Mainz wie es singt und lacht.

Montag, 7.00 Uhr: Fiebermessen, Blutdruckmessen, Frühstück essen
Montag, 7.30 Uhr: Medikamente nicht vergessen
Montag, 8.00 Uhr: Eisabreibungen
Montag, 9.00 Uhr: Gymnastik
Montag, 10.30 Uhr: Physiotherapie
Montag, 11.30 Uhr: Mittagessen
Montag, 12.00 Uhr: Medikamente nicht vergessen
Montag, 14.30 Uhr: Vortrag – Progressive Muskelentspannung nach Jacobson
Montag, 17.30 Uhr: Abendessen
Montag, 19.00 Uhr: Medikamente nicht vergessen

An den folgenden Tagen war das therapeutische Programm in gleichem Maße gut ausgefüllt wie ein Truthahn mit Walnuss-Apfelreis: eine Farce, Mainz wie es singt und lacht. Ich fand kaum mehr Zeit, intensiv darüber nachzudenken, dass es mir nicht besser ging. Während meines insgesamt 16-tägigen Aufenthalts gab es neben dem Vortrag zu Jacobson, dessen Namensvetter ich bereits aus der

Linguistik kannte, noch zwei weitere Vorträge sowie zweimal Wassergymnastik ohne Taucherbrille und sogar zweimal ein 30-minütiges Gespräch mit einer hübschen Psychologin mit auffälligen motorischen und vokalen Tics. Sie blinzelte immer mit den Augen und grimassierte oder schnalzte mit der Zunge. Dabei wiederholte sie bestimmte Wörter oder vielmehr Phrasen immer wieder. Wenn man den Patienten während eines psychologischen Gesprächs in einer Schmerzklinik immer wieder fragt, sind Sie auch Schmerzpatient?, dann kommen jedem Schmerzpatienten mit oder ohne Schmerzen gewisse Zweifel. Vielleicht sollte die Psychologin einmal einen ihrer Kollegen aufsuchen.

Die Gymnastik und Physiotherapie fanden dreimal in der Woche statt. Meistens mussten wir schon frühmorgens auf der Matte stehen und durften in einer gemischten Gruppe umherhüpfen, Weibchen und Männchen mit unterschiedlichsten Schmerzsymptomen gepaart. Die Physiotherapeutin schien ihre Ausbildung bereits im ersten Lehrjahr abgebrochen zu haben. Bei Damm verstand sie immer Darm und Beckenbodenschmerzen kannte sie nicht. Schön für sie, dass sie schmerzfrei war, aber spezifische Beckenbodenübungen hätte sie mir anbieten sollen. Was jedoch noch viel gravierender war: Sie war ausgesprochen hässlich. Das galt natürlich nur für meine rein subjektive ästhetische Empfindung, denn sie hatte sogar einen Ehering, von dem ich ableitete, dass sie unter Umständen verheiratet war, eher aber schon geschieden, so nahm ich an. Unter Umständen war sie in Umständen, mit oder ohne Ehemann, denn der Bauch und die Ringe unter den Augen waren sehr umfangreich.

An den Wochenenden hatte ich frei, gleichwohl nicht schmerzfrei, und konnte mich von meiner täglichen Mühsal erholen. Die Medikamente musste ich dann alleine und unbeaufsichtigt schlucken. Ich durfte grün und blau nicht verwechseln und musste manchmal bis drei zählen.

Morgens gab es im Allgemeinen, und zwar seit Karnevalsmontag, eine kleine oder eine große Arztvisite zwischen 1,60 m und 1,90 m, Gewicht unbekannt, die durchaus fünf Minuten dauern konnte.

Wie geht es Ihnen? Kein Fieber? Geht es Ihnen nicht besser? Erhöhen Sie ab morgen die Dosis ihrer Medikamente! Und vielleicht sollten Sie noch ein weiteres Pharmakon hinzunehmen.

Auf der Tagesordnung stand heute nur ein Thema, das verhandelt werden musste: mein Schmerz. Der Schmerz von Paul Krieger. Und Paul Krieger war ein Gefangener, aber kein gewöhnlicher Gefangener, denn sein Urteil stand noch aus. Ein Jahr auf Bewährung, zwei Jahre ohne Bewährung, fünf Jahre unter Feststellung der besonderen Schwere der Schmerzen, oder sogar lebenslänglich. Nur wenige Anwälte setzen sich für einen definitiven Freispruch ein.

In der Zwischenzeit saß ich in der Schmerzklinik wie in Untersuchungshaft. Es wurde noch deliberiert. Die Beweise für meine Verurteilung waren empirisch nicht schlüssig, die Magnetresonanztomographien im Ergebnis nicht eindeutig, die Befunde der Orthopäden teilweise widersprechend, die Untersuchungsergebnisse der Urologen adversativ, die Diagnosen der Schmerztherapeuten antithetisch. In dubio pro reo. Im Zweifel für den Angeklagten. Aber was sollte das bedeuten?

Eine eindeutige Ambivalenz lieferten nur die Psychologen, denn wer konnte von sich schon behaupten, ganz klar im Kopf zu sein. Wer nennt sich in Friedenszeiten freiwillig Krieger? Die Symptome reichten bei mir vom krummen kleinen Finger bis zum nicht normgerechten Verhalten, vom Denken in Paradoxien bis zur schizophrenen Psychose und Biopolarität, vom Realitätsverlust eines gesunden Menschen bis zur Wahnvorstellung eines eingebildeten Schmerzes. Wenn kein Weißkittel etwas findet, ist man hier richtig: Multimodale Schmerztherapie für Patienten mit einer Vielzahl endogener Erkrankungsfaktoren, die von innen heraus wachsen, ohne dass erkennbare körperliche Ursachen oder kausale Zusammenhänge von Erlebnissen diagnostiziert werden können. Die Bewusstseinsklarheit oder intellektuellen Fähigkeiten müssen nicht beeinträchtigt sein, können sich aber im Laufe der Zeit zu kognitiven und affektiven Defiziten entwickeln.

Zum jetzigen Zeitpunkt war ich noch zu jeder Schandtat bereit: alles zu schlucken, ob Würmer, Spinnen, Nacktschnecken, Kakerlaken, Maden, Ameisen, Borkenkäfer oder andere eklige Insekten, sofern sie mir den Schmerz nahmen. Der Cocktail, den die Kliniktherapeuten für mich mischten, war gegenüber diesen Krabbeltierchen harmlos und versetzte mich nicht in Furcht und Schrecken.

In den ersten fünf Tagen probierte ich die üblichen Analgetika, die mir schon meine Hausärzte verschieben hatten, nur höher dosiert: Paracetamol, Metamizol, Diclofenac, Ibuprofen und andere Pastillen zur Empfängnisverhütung von Schmerz. Die Wirkung war wie bei Smarties, jenen mit Zucker umhüllten, bunten Schokolinsen, mit welchen Nestle unschuldige Kinder zu ködern versucht, um sie in die Zuckerabhängigkeit zu führen. Der Blutzuckerspiegel stieg, und der Schmerz blieb.

Nach meinen vorher bereits über Monate durchgeführten Experimenten mit diesen Heilmitteln und anderen Präparaten war ich über ihre Ineffizienz nicht überrascht, wohl aber enttäuscht von den Methoden einer hochspezialisierten Schmerzklinik, die mir dieselben Rezepte anbot wie mein Hausarzt, nur zu einem sehr viel höheren Preis. Ab dem fünften Tag gab es dann neuen Wein, jedoch in alten Schläuchen, nämlich Antidepressiva. Dieses Gegengift – anti – war dagegen, dass ich depressiv würde und erwies sich insofern als erfolgreich, als dass ich gar nicht depressiv war.

Als ich den ersten Ärzten gegenüber diese positive Bilanz äußerte, zeigten sie sich mit ihrer Diagnose überaus zufrieden, hoben jedoch hervor, dass sie mir die Antidepressiva ebenso wie vorher meine Schmerztherapeutin in Siegen nicht gegen meine – noch nicht vorhandene – Depression verordnet hätten, sondern in der Funktion eines schmerzabweisenden, oder besser gesagt schmerzdistanzierenden Remediums. Zu diesem Zwecke müsse das neue Wundermittel, Duloxetin, jeweils in einem Abstand von drei Tagen von 30 mg über 60 mg auf 90 mg *eingeschlichen* werden. Als ich mich verwundert nach der Verwendung dieses Verbs *einschleichen* erkundigte, welches mir nur aus der Lexik der Kriminalistik bekannt war, erhielt ich als Antwort, dass es den Vorgang des langsamen

Anstiegs der Dosierung beschreibe, damit das Blut sich auf die neue Substanz einstellen könne. Wirke der Stoff nicht oder inspiriere er nicht meine Laune oder Kreativität, würde er wieder ausgeschlichen. Ich dürfe nur keinen Lärm machen, um nicht die bösen Geister zu wecken.

Gut. Das hatte ich verstanden. Damit stand mein Behandlungsplan und das Dessert für die ersten Tage meines Bildungsurlaubs fest, denn in diesem Bereich der Forschung war ich Novize, abgesehen von einigen Experimenten, die meine Schmerztherapeuten bereits in Siegen durchgeführt hatten. Dazu gehörten unter anderem Medikamentengruppen aus dem Hause Nestle, angefangen mit Amitriptylin. Außer Müdigkeit, Abgeschlagenheit und leicht depressiver Verstimmung – zu weiteren Nebenwirkungen fragen Sie Ihren Arzt oder Apotheker – hatten mir diese Antidepressiva bislang jedoch keine Schmerzlinderung eingebracht. Aber an diesem magischen Ort der Schwarzwaldklinik gab es vielleicht andere Wirkkräfte – Mainz wie es singt und lacht.

Der große spirituelle Oberguru und Klinikdirektor, Prof. Dr. Dr. Dolores, aus der Kaste der unberührbaren Brahmanen, den kaum jemand jemals zu Gesicht bekommen hatte, obwohl er schon siebenmal wiedergeboren wurde, hielt einmal in seinem Leben einen einmaligen Vortrag, zu dem wir Schmerzpatienten uns mit schmerzverzerrten Gesichtern in einem *Auditorium maximum* in größeren Pilgerscharen versammelt hatten. Mit größter Spannung warteten wir geduldig auf das Eintreffen der königlichen Magnifizenz, und mit jeder Minute Wartezeit stiegen nicht nur unsere Erwartungen, sondern auch unsere Schmerzen. VIPs, das heißt sehr wichtige Personen, zeichnen sich allerdings immer wieder dadurch aus, dass Sie die gemeinen Menschen gerne warten lassen, welches ihre eigene Bedeutung steigert und ihre Aura ausweitet.

Nach 20 Minuten geduldigen Ausharrens wurde es unruhiger im Publikum, so dass die andächtige Stille durch ein Geraune und Getuschel sowie einige missmutige Kommentare durchbrochen wurde. Man merkte, wie der Schmerz im Auditorium in der Summe proportional zur Wartezeit zunahm. Die Stühle begannen unter den unruhigen Bewegungen der Wartenden zu knirschen und zu knarren, einige Klienten atmeten tiefer ein und aus. Zwei Frauen stöhnten, allerdings nicht vor Lust. Nachdem sich der kollektive Schmerz 25 Minuten lang in Geduld geübt hatte, hörte ich einige Stimmen laut werden, die sich von den geduldig Leidenden abhoben und empörende Bemerkungen äußerten: Das ist eine Unverschämtheit! Das ist eine Zumutung! Aber auch beschwichtigende, leise Töne: Der Herr Professor wird seine Gründe haben. Er hat vielleicht einen Notfall zu behandeln oder steht auf dem Flur im Stau. Der Herr Professor hat vielleicht ein wichtiges Telefongespräch mit seiner Katze zu führen. Vielleicht findet er seine Notizen zu dem Vortrag nicht, den er hier jeden Mittwoch einmal im Leben immer um drei Uhr hält. Vielleicht findet er das Gebäude auf dem riesigen Areal nicht ohne Navigationssystem oder bekommt kein Taxi von seinem gegenüberliegenden Büro bis hierher. Man könne diesem wichtigen übergewichtigen Herrn Professor nicht zumuten, sich zu Fuß auf diesen weiten und gefahrenreichen Weg zu begeben, auf welchem sogar zwei Treppenstufen zu überwinden waren. Vielleicht hatte er in seinem unendlichen intellektuellen Universum lediglich den Welt*raum* nicht gefunden. Anderen wiederum stand bereits der Schaum vor dem Mund: Unverschämtheit! Frechheit! Unterste Schublade! Ich gehe jetzt! Wir haben wichtigere Dinge zu erledigen, als auf das Warten zu warten.

Nach einer halben Stunde Wartezeit – die Vortragsdauer war mit einer halben Stunde angesetzt, und das vielversprechende Thema lautete *Ursachen und Umgang mit Schmerz* –, verließ ich schlussendlich den Raum, während vereinzelte Schmerzpatienten begannen, sich vor Schmerz zu krümmen und hysterisch zu schreien.

Auf dem Flur meinte ich den Tölpelprofessor in einem Wortwechsel mit Herrn Prof. Dr. Dr. Dolores, dem Klinikleiter, und Herrn Dr. Krokowski, dem Seelenzergliederer vom Zauberberg gesehen zu haben, während der Humanist, Herr Settembrini, sich neben der Gesprächsgruppe auf dem Boden in einem epileptischen Anfall krümmte, der offensichtlich durch ein Streitgespräch über die Ziele des Transhumanismus ausgelöst worden war. Niemand schien ihn zu bemerken. Ich rieb mir verwundert wie in einem schlechten Traum die Augen und ging wie hypnotisiert auf mein Zimmer zurück. Noch drei Stunden, dann gab es Abendessen.

Am nächsten Tag erfuhr ich, dass man bei eintretender Dunkelheit die letzten wartenden Schmerzpatienten gebeten hatte, sich langsam wieder in ihre Gemächer zu begeben, um die Einnahme ihrer Schmerzmittel nicht zu versäumen. Wahrscheinlich hätte es im Programm einen Druckfehler gegeben, denn Prof. Dr. Dr. Dolores sei noch bis zum Wochenende in Urlaub. Selbstverständlich würde der fatalerweise ausgefallene Termin noch vor Weihnachten nachgeholt, und jeder der heute anwesenden Schmerzpatienten dürfe ohne Eintrittskarte und kostenlos an dem nächsten Vortrag des Herrn Professors teilnehmen, sofern es im großen Auditorium mit seinen 20 Holzstühlen noch freie Plätze gäbe. Es werde aber genauestens darauf geachtet, dass insbesondere für die Schmerzpatienten mit stärksten Rückenschmerzen noch einige bequeme Stehplätze freigehalten würden und diejenigen, die vor Schmerzen nicht sitzen könnten, dürften ausnahmsweise sogar aufstehen.

Trotz dieser *menschlichen, allzu menschlichen* Behandlung sehnte ich mich zurück in das Sanatorium auf dem Zauberberg, *jenem mystischen Ort zwischen der Erde und dem Olymp,* wo die gesunden Patienten mit den Philosophen und Göttern diskutierten und die kranken Ärzte mit *Serotonin* behandelt wurden, um ihr Leid zu ertragen. Oh Mann oh Mann, oh Mannomann, Paul – Thomas – Krieger, jetzt sind wir zu guter Letzt noch im falschen Roman gelandet. Ich war wirklich noch nicht über den Berg.

Wie sehne ich mich nach dem erfüllten Augenblick, für den ich jeden Vertrag mit einem Tröpfchen Blut unterzeichnen würde, in dem ich ausrufen könnte *Verweile doch! du bist so schön!* (Goethe, Faust, Vers 1700), um das Rätsel des Seins im *Prinzip Hoffnung* einer erfüllten Existenz zu lösen und mir wieder selbst im leiblich-konkreten Lebensvollzug zu begegnen. *Du, Geist der Erde, bist mir näher;/ Schon fühl' ich meine Kräfte höher,/ Schon glüh' ich wie von neuem Wein,/ Ich fühle Muth, mich in die Welt zu wagen,/ Der Erde Weh, der*

Erde Glück zu tragen,/ Mit Stürmen mich herumzuschlagen, / Und in des Schiffbruchs Knirschen nicht zu zagen. (Faust, Vers 461-467)

Ich möchte nicht dazu verurteilt sein, durch die drei Jenseitsreiche zu reisen, um ausgehend von dem unterirdischen Trichter der Hölle, wo die für ihre Sünden in Ewigkeit Verdammten bestraft werden, über den Läuterungsbereich des Fegefeuers, der den um Vergebung Bettelnden reserviert ist, und die irdischen Bezirke ins himmlische Paradies aufzusteigen. Nein, ich möchte mit André Gide die *Nourritures terrestres* als Hymne auf ein erfülltes Leben anstimmen, durch die literarischen und irdischen Welten reisen, mit allen Sinnen die Schönheit des Diesseits erkunden: mit der Nase mich am Bouquet des Weinstocks delektieren, mit der Zunge Köstlichkeiten degustieren, mit den Ohren die Sphärenharmonie belauschen, mit den Augen mich an der Natur berauschen und mit den sensiblen Händen das Unendliche ergreifen, all das möchte ich im Hier und Jetzt begreifen.

Ich möchte ausrufen *Nun zieht die Pfropfen und genießt!/ O schöner Brunnen, der uns fließt!/ Nur hütet euch, dass ihr mir nichts vergießt!/ Uns ist ganz kannibalisch wohl, Als wie fünf hundert Säuen*! (Faust, Vers 2290-2294) Ich verdamme das *Inferno*, das *Purgatorio*, das *Paradiso*, die ewige Seligkeit, die *Göttliche Komödie*! Ich lebe hier und jetzt. Verdammt noch mal! In der *Menschlichen Komödie* mit Balzac und Molière. Das hier ist alles eine Farce!

Wie sehne ich mich nach dem erfüllten Augenblick, für den ich jeden Vertrag mit einem Tröpfchen Blut unterzeichnen würde. Und endlich, dieser Augenblick ist heute! Professor Luzifer kommt zu mir, um mir einen Behandlungsvertrag anzubieten.

An diesem Donnerstag startet endlich nach acht Tagen der ängstlich-zweifelnden, gespannt-unruhigen, aber auch Hoffnung schürenden Erwartung die große Bühnendarbietung. Der große Zauberer und Medizinmann ist unmittelbar nach dem Frühstück mit seinem gesamten Hofstaat zur großen Arztvisite angekündigt, zu der nicht nur der königliche Adel, Herr Prof. Dr. Dr. Dolores *in persona* und der Oberarzt Dr. Pille gehören, sondern auch einige Mitglieder des getauften und chronisch betenden Klerus und sogar des bürgerlichen Lagers wie Fachärzte für Gedärm, Knochen, Augen, Hals-Nasen-Ohren, Haut, Genitalien, Innereien, Mund-Kiefer-Zähne, Gewebe, Blut, Radio, Strahlen, Gefäße, Magen, Lungen, Kreislauf, Herz, Nieren, Leber sowie einige Spezialistinnen für Blutdruck- und Fiebermessen, die als Tagelöhner angestellt sind.

Dann gibt es noch die Träger aus den ehemaligen Kolonien, welche die belastenden Gerätschaften wie EKG, Ultraschall-Bomber oder Kernspintomographen auf ihren Schultern in mein Zimmer tragen sowie kleinere medizinische Werkzeugkoffer und vor allem Kisten von Medikamenten, denn wir sind schließlich in einer Schmerzklinik, so dass man mit den anderen Gerätschaften wohl nur imponieren will.

Nachdem alle eingetreten sind, bekomme ich ein wenig Platzangst, denn mein Patientenzimmer ist kein Hörsaal und die Anzahl der Ärzte beeindruckend. Einige müssen sich mit dem Bad abfinden. Drei stehen unter der Dusche und zwei sitzen auf der Toilette, wobei die Fiebermesserin wiederum auf dem Schoß des Blutdruckmessers sitzt. In dem freistehenden zweiten Bett des als Einzelzimmer genutzten Zweibettzimmers liegen mehrere Ärzte und Ärztinnen übereinander in den neun besten Kamasutra-Stellungen und versuchen nicht zu stöhnen. Während die Schwarzröcke den Rosenkranz beten, halten die Weißkittel andächtig und ehrfürchtig den Mund, den Herr Prof. Dr. Dr. Dolores nach einer Schweigeminute schließlich aufmacht.

Prof. Dr. Dr. Dolores ist kein schöner Mann, aber dafür Professor, so dass ihm alle die höchste Achtung, Würdigung und Ehre erbringen und sich so verhalten, als sei er nicht nur eine Augenweide für die Frauen, sondern sogar einer der bedeutendsten Ärzte des 21. Jahrhunderts, der den einflussreichsten Medizinern der Geschichte wie Ibn Sina/Avicenna, Andreas Vesalius, Louis Pasteur, Jean-Martin Charcot oder Sigmund Freud in nichts nachsteht. Die niederen Kollegen nennen ihn nur Hippokrates und schwören ihren Eid auf ihn.

Und ER ist der Star, der Wissenschaftler, der Nobelpreisträger für Medizin, der *Herr*. Herr Prof. Dr. Dr. Dolores ist der Gott, und alle wissen es. Warum sollte man also einen Gott erfinden, wenn es ihn schon gibt. Hier steht er und schafft eine medizinische Welt nach seinem Bilde. Heute war der Tag des Herrn. Mainz wie es singt und lacht.

Er ist vollkommen. Er ist unfehlbar. Er ist unsterblich. Er ist Gott und hat keine Schmerzen. Schmerz wäre ein Makel seiner Vollkommenheit, ein Widerspruch, ein Schuldgeständnis. Er hat noch nie Schmerzen gehabt. Er kennt keine Kopfschmerzen. Er kennt keine Magenschmerzen. Er kennt keine Halsschmerzen. Er kennt keine Nackenschmerzen. Er kennt keine Rückenschmerzen. Er kennt keine Geburtsschmerzen. Er ist die Ewigkeit in Weiß. Permafrost. Gefühlslosigkeit. Apathie. Desinteresse. Erbarmungslosigkeit. Krudität. Barbarei. Grausamkeit. Er kennt keinen Schmerz und daher auch kein Erbarmen, keinen Trost, keine Anteilnahme, keine Vergebung. Er ist der Souverän. Der Erhabene. Der Verkünder. Er bestimmt, wer Schmerzen hat, wer keine Schmerzen hat. Er bestimmt über Gut und Böse, über Himmel und Hölle. Er ist das Letzte Gericht. Er kennt die Simulanten. Er erkennt die Märtyrer. Er entscheidet, wer leiden soll im ewigen Inferno. Er steht da wie Gott Charcot 120 Jahre vor ihm im Krankenhaus der Salpêtrière von Paris auf dem Ball der Verrückten, wo er für seine psychopathologischen Studien bei öffentlichen Fallvorstellungen über die Hysterie seine Patienten in Hypnose versetzt.

Heute ist es das Publikum, welches von IHM hypnotisiert wird, während es auf den Schöpfungsakt des Verbs wartet, welches sich der Prophet anhebt wie in der Genesis zu generieren, und der Geist wird Objekt durch das Wort: Guten Morgen, Herr Krieger, wie geht es Ihnen?

Die Schreiberlinge und Kalligrafen malen die ersten verkündeten Weisheiten sofort auf kostbares, aber schlecht gereinigtes Pergamentpapier, an dem noch einige Tierhaare und Fleischreste kleben. Die Medienkorrespondenten faxen, *sms*en oder *whatsapp*en die Prophezeiungen digital in die Welt. Die Fotografen und Kameramänner fokussieren ihre Linse auf den Heiligenschein des Stars. Dramaturgen und Regisseure beraten über neue Theaterstücke und

Verfilmungen der Szene, und alle applaudieren in höchster Erregtheit. Man bemerkt, dass die Jünger dankbar sind, diesem besonderen Ereignis beiwohnen zu dürfen. Und wieder herrscht Stille auf dem See Genezareth. Die Wasseroberfläche ist glatt wie ein Spiegel. Nur leichte Wellen deuten eine kaum wahrnehmbare Bewegung an. Würde Jesus nach seiner Auferstehung weitere Wunder vollbringen, über welche seine Jünger in den Evangelien berichten könnten, um die frohe Botschaft zu verkünden?

Das Universum breitet sich weiter in einem unendlichen Feuerwerk aus. Sonnen explodieren, Galaxien implodieren, auf den Milchstraßen fahren die Engel Achterbahn, und die Sterne fixieren mit strahlendem Licht mein Zimmer. Selbst Josef und Maria, Caspar, Melchior und Balthasar sind zugegen, weil sie die freudige Botschaft vernommen haben. Würde der Herr noch weitere Wunder vollenden und Weisheiten verkünden? Würde er noch einmal seinen göttlichen Mund öffnen oder die Klappe waagerecht halten, damit weiter gefilmt werden könnte?

Wenn Sie nun glauben, lieber Leser, ich wäre schweißgebadet vor Aufregung und ehrfürchtig vor Dankbarkeit aus dem Bett gefallen, um dem Herren die Füße zu küssen, so irren Sie sich. Paul Krieger ist kein Judas Iskariot, der den Klinikdirektor Prof. Dr. Dr. Dolores im Garten Getsemani an die Tempelpolizei verrät, damit diese ihn den Römern zur Kreuzigung ausliefern. Nein, Paul Krieger ist kein Verräter, weder an den anderen noch an sich selbst. Nein, Paul Krieger ist integer, honorabel, ehrlich und sagt immer, was er denkt, wenn diese unversehrte Redlichkeit ihm auch oftmals zum Verhängnis wird, so dass man ihn kreuzigen will, und mit diesen akkumulierten Schmerzen seines Lebens sitzt er nun in Mainz, wie es singt und lacht.

Was sollte ich, der Patient Krieger, in meiner Funktion als leidendes Studienobjekt erwidern? Alle erwarteten, dass ich ein guter Akteur war, um mit dem Bühnendirektor zu kooperieren. Jedoch war für mich die Antwort ebenso einfach wie die Frage. *Wie geht es Ihnen?* Mir geht es schlecht, Herr Dolores. Deshalb bin ich hier. Ich kann nicht anders.

Häresie! Spionage! Hochverrat! Ketzer! Meineid! Wie konnte jemand es wagen, Ihre Magnifizenz ohne Titel anzusprechen und dabei den Blick nicht demütig zur Erde zu senken. Der Patient hatte definitiv seine gesellschaftliche Rolle schlecht integriert oder bislang nichts verstanden im gesellschaftlichen Spiel. Er musste noch üben, sein Fähnchen nach dem Wind zu drehen. Die Antwort hätte lauten müssen: Mir geht es besser, ehrwürdiger Herr Doktor, denn der Professor war nicht gekommen, um dem Patienten zu helfen, sondern um den durch seine pure Anwesenheit initiierten Heilungsprozess zu zelebrieren. Er war der Demiurg, der sich anschauen wollte, welche Effekte seine Initialzündung im Uhrwerk der Welt bewirkt hatte, überließ aber anschließend den Lauf der terrestrischen Dinge dem menschlichen Mittelmaß, für das er nicht mehr verantwortlich zeichnete.

Hätten alle Schmerzmittel und Antidepressiva bislang keine Wirkung gezeigt? Undenkbar. Und selbst wenn es sich so verhalten hätte, war der Patient moralisch verpflichtet, seine Genesung zu simulieren. So stand es in den Aufnahmeregeln der Klinik und so lautete der kategorische Imperativ Kants: *„Handle nur nach derjenigen Maxime, durch die du zugleich wollen kannst, dass sie ein allgemeines Gesetz* des Professors *werde.*

Professor Dolores hielt den Mund, die Klappe. Die Zähne seines Gebisses waren durcheinandergeraten, seine Zunge verknotet und sein Mundwerk stand schief. Er war sprachlos. Oberlippe und Unterlippe klebten aneinander fest. Im Publikum machte sich Empörung breit. Majestätsbeleidigung! Provokation! Revolte! Gotteslästerung! Umsturz! *Die Umwertung aller Werte.* Sollten dem selbstlosen und wahrhaftigen Verhalten des Professors vielleicht nur der Schein und der Wille zur Täuschung zugrunde liegen, so dass die guten und verehrten Dinge letztendlich mit ihrem Gegensatz auf die schlimmste und verfänglichste Weise verknüpft wären?

Die wilden Tiere warteten schon im Kolosseum. Krieger wollte seinem Glauben nicht abschwören. Es musste etwas Höheres geben, welches ihm diese Stärke verlieh: vielleicht die Wahrheit oder zumindest die Suche nach ihr. Aber wie könnte ein ewig Zweifeln-der im Namen der Wahrheit sprechen? Die Wahrheit ist immer nur unsere Wahrheit oder liegt bei Gott allein. Nathan, Lessing, wo seid ihr? Warum habt ihr uns verlassen? Jede Wahrheit, die sich absolut setzt, wird zum Dogma und damit zur giftigen Wahrheit, und diese Rolle wollte Paul fürwahr nicht spielen, sondern lieber noch unter dem Stachel des Zweifels in Schmerzen leben, lieber noch die Wahrheit ewig suchen, ohne sie jemals zu finden, als die Lüge für die schöne Wahrheit zu halten und sich ewig zu täuschen.

Nachdem der Professor aus seiner Fast-Ohnmacht wieder ins Behandlungszimmer zurückgekehrt war, stellte er eine zweite Frage: Haben die Präparate, die wir als die besten Schmerzmittel der Welt in unseren eigenen Laboren entwickelt und Ihnen verab-reicht haben, keinerlei Schmerzlinderung, Schmerzdistanzierung oder Verhaltensänderung hervorgerufen?

Meine zweite Antwort auf die zweite Frage des Professors konnte ich, ohne lange überlegen oder zögern zu müssen, schnell, klar und eindeutig beantworten: Ich habe bislang weder eine Schmerzlinderung erfahren noch eine Schmerzdistanzierung, denn der Schmerz liegt noch immer mit mir im Bett, hier, in dieser Klinik, in diesem Zimmer, ganz bei mir, in mir, mit mir. Was eine mögliche Verhaltens- beziehungsweise Wesensänderung anbelangte, so könne ich deren Auftreten hingegen bestätigen, denn mein Ver-stand sei aufgrund von Abgeschlagenheit und Müdigkeit weniger klar und scharfsinnig, meine Argumentationskraft weniger strin-gent und schlagkräftig, so dass ich im Begriff war, an mir selbst zu verzweifeln.

Dann haben wir schließlich und endlich eine klare Indikation, so meinte der Professor, während die Protokollanten, Journalisten und Kameraleute versuchten, das spannende Gespräch aufzuzeich-nen: Sie sind depressiv, Herr Krieger, resigniert, melancholisch, niedergeschlagen, entmutigt, schwermütig, vielleicht sogar nihilis-tisch, und deshalb empfehle ich Ihnen, nein verordne ich Ihnen, un-mittelbar und ohne Widerstand die Erhöhung der überhöhten Ta-gesdosis der Antidepressiva zu erhöhen. Zusätzlich zu dem sehr gesunden, antidepressiv und anti-nihilistisch wirkenden Duloxetin 90 mg werden Sie ab heute Abend noch ein Schlafmittel nehmen, welches ihre depressiv-atheistische Stimmung weiter in Richtung Himmel aufhellen wird, und zwar Mirtazapin, so dass Sie ruhiger und entspannter durch die dunklen Nächte kommen. Auf meinen Einwand, dass ich immer gut schlafe und nicht von Insomnien geplagt würde, dass die liegende Position die einzige sei, in welcher ich kaum Schmerz empfände, ging der Herr Professor, der zwischenzeitlich sein Schmerzpulver verschossen hatte, nicht ein. Und freuen Sie sich, so schmunzelte er, wenn keine Nebenwirkungen auftreten. Anderenfalls setzen wir das Mittel wieder ab und garantieren Ihnen, dass sie den Status quo Ihrer chronischen Schmerzerkrankung wiederfinden werden, aber ohne Kopfschmerzen, Schwindel, Schläfrigkeit, ohne Ödeme und Hautallergien oder Übelkeit, verbunden mit einer überdimensionalen Appetitsteigerung und garantierten Gewichtszunahme von bis zu 30 Kilogramm. Die Selbstmordgedanken, die durch die Einnahme dieses aus China importierten Arzneimittels manchmal auftreten, verschwinden dann umgehend wieder, sofern Sie den Suizid noch nicht verzogen haben. Dass bei Ihnen keine Gegenanzeigen für den Verzehr dieses Abendmahls vorliegen, etwa Angina pectoris, niedriger Blutdruck, Epilepsie, Hirnschäden, Gelbsucht, Diabetes mellitus, Engwinkelglaukom, eingeschränkte Nierenfunktion, Schizophrenie oder sogar in Ihrem besonderen Fall eine *Prostata*vergrößerung, hat mir der Oberarzt, Dr. Pille, bereits bestätigt. Und schwanger sind Sie nach meiner Wahrscheinlichkeitsrechnung, wenn ich Sie so richtig betrachte, gleichfalls nicht, denn sonst hätten Sie zum jetzigen Zeitpunkt bereits einen dickeren Bauch.

Nach diesem akademisch hoch intellektuellen Diskurs ging Herr Prof. Dr. Dr. Dolores zum nächsten Tagesordnungspunkt über, die Frage Nummer drei: Wie finden Sie Ihre Physiotherapeutin?

Wahrscheinlich zielte seine Frage weniger darauf ab, dass ich mich zu der zwar jungen, aber wenig ansehnlichen Person, die wie eine gerade zur Welt gekommene graue Maus versuchte, ihre ersten Lebenserfahrungen zu sammeln, äußern sollte, als darauf, eine Evaluation der Qualität ihrer handwerklichen und physiotherapeutischen Kompetenzen vorzunehmen. Um den Herrn Professor nicht vor der versammelten Mannschaft zu blamieren oder zu kompromittieren, antwortete ich auf den zweiten illokutionären Akt, den seine Frage beinhaltete, nämlich den Erfolg ihrer Arbeit.

Ehrlich gestanden, so formulierte ich ungefähr meine Antwort, bin ich weniger von der jungen Physiotherapeutin enttäuscht, die sich ernsthaft bemüht, am Arbeitsplatz ihre ersten Erfahrungen zu sammeln, als von den verantwortlichen ärztlichen Entscheidungsträgern, die nur Frauen mit Beckenbodenproblemen zu kennen scheinen und darüber, dass Sie als Klinikleiter keine Minute darüber nachgedacht haben, ob es in dieser ehrenvollen Institution nicht vielleicht eine Person mit einer umfangreicheren Erfahrung mit Männern geben könnte, nicht im persönlichen Bereich, sondern in dem des Beckenbodens. Ich habe deswegen den berechtigten Zweifel gewonnen, dass diese junge Person, sofern sie nicht schwerhörig oder der deutschen Sprache nicht mächtig ist, nicht einmal weiß, dass auch Männer, die bis auf weiteres keine Kinder bekommen, in ihrer phylogenetischen und ontogenetischen Entwicklung so etwas wie einen Beckenboden ausgebildet haben und demgemäß wie jeder andere lebende Mensch Dammschmerzen entwickeln können, ver*damm*t noch mal, die mich seit eineinhalb Jahren plagen.

Sogar bei meinem dritten Behandlungstermin sprach diese freundliche junge Dame immer noch von *Darm*schmerzen und wollte mich zu Übungen animieren, die in keinerlei Bezug zu meinen realen Schmerzen standen. Sie war in ihrer Probezeit bereits einmal *durch*ge*fall*en, aber ich hatte keinen Durchfall. Alle fünf Physiotherapeuten, die ich in den letzten 18 Monaten in Siegen aufgesucht hatte, waren nicht nur hübscher und sprachbegabter, sondern auch bedeutend kompetenter als diese Novizin, so dass ich mir die

Frage stellte, ob sie tatsächlich dazu berufen war, ihr Ordensgelübde einzulösen, außer in ihrem Versprechen, allen Männern zu entsagen und sie auf keinen Fall unkeusch zu berühren.

Da ich dem Professor während meiner kritischen Äußerungen direkt in die Augen schaute, wohingegen er meinem Blick auswich und den Kopf wie ein beschämter kleiner Junge zur Seite drehte, hatte ich nicht bemerkt, dass mich das ganze ärztliche Team inklusive der Geistlichen und Journalisten mit entsetzten Augen anstarrte, als sei ich der Leibhaftige selbst, der Widersacher, Antichrist, Beelzebub, Pferdefuß und Herr Urian, der ihnen die Seele rauben wollte. Um die Ehre des Professors zu retten und von meiner unchristlichen Beschwerde abzulenken, versuchten einige Mitglieder des Teams, die Aufmerksamkeit auf sich zu lenken.

Eine dunkelhaarige Ärztin mit tiefbraunen Augen zündete sich direkt unter dem Rauchmelder eine Zigarette an, während eine andere ihr Transistorradio aus der weißen Kitteltasche hervorholte und einen Musiksender einstellte, auf dem gerade die Beethoven Fünfte gespielt wurde, die Schicksalssinfonie. Ein junger Assistenzarzt legte sein Stethoskop an und öffnete der neben ihm stehenden vollbusigen Krankenschwester die Bluse zur Auskultation von Herz und Lungengeräuschen. Ein anderer Kollege entblößte sein Gesäß und bat den bärtigen Schwarzrock neben ihm darum, ihm das Fieberthermometer einzuführen, während die Journalisten zu tanzen begannen und die Kameraleute für die Live-Übertragung alles filmten. Mainz wie es singt und lacht. Plötzlich ertönte der durch den Feuermelder ausgelöste Alarm, und die schnell herbeieilende Feuerwehr räumte das Zimmer. Am nächsten Tag erhielt ich meinen verfrühten Entlassungsbrief mit einem ausführlichen Arztbericht, in dem man mir gute Fortschritte attestierte, aber einen weiteren Aufenthalt in einer psychosomatischen Klinik empfahl.

Die Spezialisten der Klinik, und insbesondere ihr Direktor, Herr Prof. Dr. Dr. Dolores, hätten trotz einer intensiven Behandlung bei dem Patienten Paul Krieger keinerlei Schmerzen diagnostizieren können, so dass im ärztlichen Konsil Einstimmigkeit darüber herrschte, dass Paul Krieger kein harmloser Querulant, sondern vielleicht ein gefährlicher Anarchist mit terroristischen Absichten sei. Zudem könne man nicht ausschließen, dass Krieger ein Simulant oder Spion des Teufels sei und empfehle daher unter Umständen sogar die Einweisung in eine geschlossene Psychiatrie.

Noch am selben Abend stahl ich das Karnevalskostüm des Direktors und verließ am nächsten Morgen unter den verdutzten Blicken des Personals als Callgirl verkleidet das Zimmer von Paul Krieger mit der Nummer 13.

Wie sollte es weitergehen?

Der schwarze Duft von Karneval war vorbei. Hätte ich wie mein Namensvetter *Paul* Celan das Spek*trakl* des Freitods gewählt, den Stefan *Zweig* eines Baumes oder wie der junge Hermann Hesse einen Revolver gekauft, so wäre ich in der Schmerzklinik geblieben, in der Hoffnung, dass Sie, liebe Leser, meine Freunde, mit mir noch die Morgenröte nach der langen Nacht erleben würden. Und sollte ich eines Tages wie der Jud Egon Friedell, nachdem ich Sie vergebens verzweifelt auf den Knien um eine Prise Gift gebeten hätte, aus Panik vor den *AfD*-Männern aus dem dritten Stock springen, so werde auch ich zu Ihrem Schutze rufen, *Treten Sie zur Seite*, während Sie mit einem Stapel von Büchern unter dem Arm, pfeifend, tänzelnd und bestens gelaunt mit dem Gedanken an die zukünftige Lektüre über ein friedlicheres und nachhaltigeres Leben unter meinem Balkon voranschreiten. Bedenken Sie, ich gehe Ihnen nur voran.

Das lodernde Feuer der Klinik ist für mich erloschen und mit ihm die Hoffnung. Ich bin ab- und ausgebrannt. Selbst Erkenntnisse *a priori* besitze ich nicht mehr. Mein Verstand und meine nicht vorhandene Seele gleichen wieder wie vor aller Erfahrung einer unbeschriebenen Tafel, einer *tabula rasa*. Es *lock(e)*t ein weißes, unbeschriebenes Blatt. Ich bin ideenlos. Ein bloßes Objekt der freien Willkür, welches der Freiheit ermangelt. Keine Person mehr. Reine Passivität und Rezeptivität von Schmerz.

Meine Lebensenergie hat sich durch den Schmerz konsumiert. Sie scheint aufgebraucht. Mein Antrieb ist ohne Motor. Der Motor ohne Benzin. Das Benzin verwässert. Das Wasser vergiftet. Der Cocktail der Medikamente führt mich an die Grenze einer Depression, aber da ich vom obersten Wächter kein Visum erhalte, verweigert mir der Fährmann Charon mit seinem steinernen Gesicht wie der Gondoliere in Venedig, Gustav von Aschenbach, die Fahrt über den schwarzen Totenfluss Styx zur Vaporetto-Station im fünften Höllenkreis der zornigen Seelen, so dass ich weiter als Schatten meiner selbst umherirre, um allenfalls bei meinem Freund Michel, dem schönen Tadzio ähnlich, Trost zu finden.

Es stürmte und drängte mich nach meinem Freund und Kollegen Michel und nach meinen Studenten, um diesem Jammertal voller Tränen zu entkommen. Ich wollte nicht zwischen Camus' Pest und Thomas Manns Cholera in Venedig wählen müssen. Außerdem hatte ich meiner Schmerztherapeutin versprochen, ihr über meinen Karnevalsaufenthalt in Mainz Bericht zu erstatten, um anschließend mit ihr darüber zu deliberieren, ob ich an meinen Arbeitsplatz und in mein altes Leben zurückkehren könnte.

Wie Ihnen, lieber Leser, bereits zu Ohren gekommen sein mag, änderte mein Aufenthalt in *Mainz wie es singt und lacht* nichts an meiner peinlich-schmerzvollen Situation. Ich nahm brav wie der Soldat Schwejk meine Medikamente und war darüber hinaus *so beschäftigt mit Iberlebn, daß man/ ich zu nix anderm kommt/* kam. Und was meine persönlichen Erfahrungen mit Euch totalitären Diktatoren, Klinikdirektoren und Tölpelprofessoren anbelangt, sag ich *dir ganz offen, daß ich nur noch nicht weiß,/ Ob ich auf dich jetzt schieß oder fort auf dich scheiß. – Heitler.*

Morgens ging es mir nicht gut, nachmittags bedeutend schlechter, und abends war es eine Katastrophe, als ginge es ums reine *Iberlebn*, darum, meine Haut zu retten mit ein paar Knochen, Organen und möglichst vielen Neuronen, die mir verraten sollten, ob ich mehr Mensch oder mehr Schatten war.

Beim Frühstück war noch alles erlaubt, als die Sonne sich am Horizont zeigte, selbst wenn niemand unter den Philosophen mir garantieren wollte, dass auch am nächsten Morgen die Sonne weiterhin scheinen würde, nur weil sie gestern, vorgestern, in der letzten Woche, im letzten Monat und in den letzten Jahren immer aufgegangen war und geschienen hatte. Heute Morgen schien jedenfalls die Sonne, und ich stand auf, um mich ihrer Existenz zu vergewissern und anschließend zu frühstücken.

Frühmorgens konnte ich mir immer die Zeit gönnen, in relativer Ruhe zwei halbe Brötchen mit Butter und Marmelade zu bestreichen, mit diversem Aufschnitt zu belegen oder sogar mit Käse und Marmelade, wobei dann ersterer die Butter ersetzte. Honig lief besonders gut. Manchmal gönnte ich mir wie die Kinder etwas ganz Besonders, nämlich eine Nuss-Nougat-Creme, Ihnen wahrscheinlich bekannt als Nutella. Aber übertreiben wollen wir trotzdem nicht, denn die darin enthaltenen *Zuckerberge* fließen wie Facebook direkt ins *Mark* unserer Blutbahnen und verlangen nach immer mehr von diesem sozialen Medienstoff, während die Kariesbakterien eine Megaparty feiern und unser Organismus unbemerkt Übergewicht, Adipositas, Diabetes mellitus Typ 2 und diverse Herz-Kreislauf-Erkrankungen entwickelt. Das eigentlich geschmacksneutrale Palmöl hinterlässt bei mir ebenfalls einen leichten Nachgeschmack von verbrannten Regenwäldern und ausgerotteten Tierarten. Die Orang-Utans schätzen es gar nicht, wenn unter ihren Füßen die Bäume abgeschlagen oder ganze Besiedlungen niedergebrannt werden, um Palm-Nutella zu pflanzen, in dessen Creme sie manchmal wie in Moorböden versinken. Dieses unverantwortliche, egoistische Handeln der Menschen bringt sie auf die Palme, wenn sie sich zum Sonnen damit einölen. Bald ist es vorbei mit den Ferien in Malaysia, Indonesien und den Tropenwäldern, denn es fahren nur noch Affen und Primaten dorthin, während sich die vernünftigen Tiere aus dem Staub machen.

Wenn ich mir also manchmal, wirklich nicht oft und nur im absoluten Notfall in aller Herrgottsfrühe und von Gottes Augen unbemerkt Nutella in Kombination mit Butter aufs Brot schmierte, so bekam ich mein Fett ab, aber in Anbetracht der Tatsache, dass ich seit meiner Operation nicht nur meine Prostata verloren, sondern auch ungefähr zehn Kilogramm abgenommen habe, dürfen Sie mir dieses üppige Frühstück, inklusive zwei Tassen Bohnenkaffee, gestatten, zumal mein Leben andererseits, wie Sie sehr wohl wissen, nur selten das Gelbe vom Ei ist. Eigentlich brauchte ich aber weder Koffein noch Teein zum Frühstück, sondern eher Heroin. Mir geht es nämlich weniger um die Frage, ob etwas gesund oder nicht gesund ist, als um die Frage, ob ich schmerzfrei oder nicht schmerzfrei frühstücken kann.

Können Sie sich vorstellen, lieber Leser, dass Sie nach zehn Minuten sitzen schon aufstehen möchten, weil sich, bedingt durch ihr natürliches Gewicht, ein langer, schmaler Gegenstand, ein Ast, ein Röhrchen, ein Stock in Ihren Damm bohrt, so dass Ihre Sehnen und Muskeln so stark ziehen, drücken und brennen, als würden sie bald reißen? Stellen Sie sich einen unendlich starken Muskelkater an der empfindlichsten Stelle ihres Körpers vor und verstärken Sie den Schmerz im Verlaufe des Tages um das Achtfache. Möchten Sie sich dann noch gemütlich zu Tisch setzen, um ein ausgiebiges Frühstück, eine raffinierte Mahlzeit im Zeitlupentempo zu sich zu nehmen?

Nein, Sie möchten zweifelsohne nie mehr sitzen, wenn Sie schon einmal über Jahre ihren Schmerz abgesessen haben, ohne jemals eine Straftat begangen zu haben. Nein, Sie möchten sich erheben, aufstehen, aufspringen und sich nie mehr im Leben hinsetzen. Sie laufen davon, wenn Sie einen Stuhl sehen, flüchten bei dem Anblick einer jeden Sitzgelegenheit, brechen aus der Gesellschaft der Sitzenden aus, ohne vorher in einen Sitzstreik getreten zu sein. Sie entwickeln Ängste und verfallen in Panikattacken, wenn Sie in einem Möbelkatalog Sitzelemente entdecken. Sie reißen die Seiten heraus, zerfetzten sie, zünden sie an und vergraben die Asche in einem tiefen Loch im Garten.

Lieber wollen Sie gehen, sich irgendwie bewegen, wandern, dem Schmerz davonlaufen. Auf den ersten 100 Metern wirkt das befreiend, aber dann verlassen Sie gezwungenermaßen die Ebene, und es geht bergauf, steil bergauf, obwohl die Landschaft völlig flach ist. Und mit Ihnen geht es bergab. Nach einem Kilometer hat Sie der Verfolger bereits eingeholt und beißt wieder zu, beißt sich wieder fest. Sie beschleunigen den Schritt in der Hoffnung, ihn abzuschütteln. Sie weigern sich, ihren Schmerz wahrzunehmen. Sie versuchen, ihn zu verdrängen, zu ignorieren. Sie lassen ihn einfach neben sich stehen und verweigern den Dialog. Mit solch rohen Erscheinungen reden Sie nicht. Jedoch versperren diese gräulichen Gestalten Ihnen den Weg. Ihr ganzer Habitus des Fühlens, Denkens und Handelns, ihre Sprache und Kleidung repräsentieren den Schmerz. Deshalb weisen Sie diese Gestalten zurück, verweigern ihre Begleitung, diskutieren oder verhandeln nicht mit ihnen, sondern kehren auf der *Ferse* um, ohne einen *Vers* zu verlieren, ohne viele Worte zu machen.

Der Rückweg ist hingegen länger als der Hinweg, denn der Schmerz ist akuter, nachhaltiger, riskanter. Merkwürdigerweise führt auch der Rückweg nicht bergab, sondern bergauf. Die Muskeln spannen sich an, verkrampfen. Die Sehnen ziehen sich wie enge Gurte fest und hindern sie daran voranzuschreiten. Sie spazieren an einer Bank vorbei und überlegen, ob Sie sich nicht einen Moment hinsetzen und ausruhen sollen, aber blitzartig verwerfen Sie diese trügerische Hoffnung wieder und stürmen weiter voran, bis Sie endlich wieder zu Hause eintreffen, um sich erschöpft, aber glücklich in Ihren Schaukelstuhl fallen zu lassen.

Aber sofort springen Sie schreiend wieder auf, weil sich während Ihres Spaziergangs Brennnesseln und Dornen auf der Sitzfläche ausgebreitet haben und genau in der Mitte sorgfältig abgelegte schmale Stangen liegen, die sich zwischen Ihre Beine drücken. Sie rennen in ihr Schlafzimmer und werfen sich aufs Bett, weil Sie nur im Liegen Ruhe und Erleichterung finden.

Gleichzeitig bemerkten Sie jedoch, dass es sich nicht um einen Albtraum, sondern um die Realität handelt. Ihre Schmerzen sind keine *Fake News*. Sie können sie nicht ab- oder ausschalten wie ein Radio oder einen Fernseher. Sie können nicht den Stecker herausziehen wie bei einem Computer, der verrücktspielt oder sich selber aufgehängt hat. Das Informationszentrum der Schmerzverarbeitung sind Sie, Ihr Gehirn, und alle neuronalen Schmerzareale fokussieren sich auf den Gegner, wodurch sie seine Präsenz und seinen Schrecken noch verstärken: Das Schmerzmonster ist unüberwindbar. Waren die Angreifer ursprünglich nur eine ungeordnete Bande von Landstreichern, Rabauken und Räubern, so hat sich nun unbemerkt wie in einem Hinterhalt eine ganze Armee von dunklen Gestalten in mehreren Kampfreihen aufgestellt, deren schneidende Schwerter, stechende Lanzen und prügelnde Keulen in der aufgehenden Sonne wie spiegelnde Sterne glänzen.

Wie gut, dass Sie hoffentlich keine Schmerzen haben, lieber Leser. Deshalb lade ich Sie jetzt zum Mittagessen ein, zur Schlacht am Büffet. Sie haben sich heute ein Festmahl verdient, denn mit dieser Lektüre haben Sie bereits genug ertragen. Der Tisch ist schon reichhaltig gedeckt. Wollen Sie die Einladung annehmen oder gibt es triftige Gründe, um sie abzulehnen? Machen Sie es sich bequem! Suchen Sie sich ihren Sitzplatz aus! Setzen Sie sich hin und genießen in ruhigem Wohlgefallen den Augenschmaus, der sich Ihnen darbietet. Und während des philosophischen Banketts lassen Sie sich als *Gast-mahl* von Platon verwöhnen, wenn er mit seinen Freunden über die platonische Liebe diskutiert und Sie von der erotischen Begierde des einzelnen Körpers zur Sehnsucht nach dem Schönen an sich begleitet.

Ich musste meinerseits beim Mittagessen das Tempo der Nahrungsaufnahme bereits beschleunigen, um das genitale Sitzbein zu entlasten. Deshalb galt es, Speisen zu finden, bei denen man möglichst wenig kauen musste, um die Tortur des Sitzens zeitlich auf ein Minimum zu beschränken. Die Suppe konnte man trinken, den Püree und das gekochte Gemüse unzerkaut hinunterschlingen. Rohkost war Gift für mich, weil man stundenlang kauen musste. Bei Fisch fand ich nur selten die Zeit, die Quergräten mit den Fingern auszulösen, weshalb mir immer einige im Hals stecken blieben und es mich wie den Fisch nach Wasser verlangte.

Falls es einmal Fleisch gab, musste es Filet oder besser noch Gehacktes sein, Hackepeter, Mett oder Tartar, denn ich hätte nicht genügend schmerzfreie Zeit gefunden, um das Fleisch vom Knochen und den Knochen vom Tier zu trennen. Und wer möchte schon ein halb lebendes Rind, Schwein, Schaf oder Huhn im Teller vorfinden: muh, quiek, mäh, kikeriki! Einer der schönsten Zeitvertreibe des Menschen, das Essen, war für mich zum Spießrutenlaufen geworden.

Und was gab es abends? Abends war Diät angesagt: eine französische oder deutsche Zeitschrift, eine Kurzgeschichte oder ein Kapitel in einem italienischen Gegenwartsroman, ein paar Seiten in einem Sachbuch oder einer wissenschaftlichen Veröffentlichung. Wichtig war nur eines: Es musste alles im Liegen stattfinden, auf der Couch, der Chaiselongue, dem Kanapee, der Ottomane, im *West-östlichen Divan* oder *Im Westen nichts Neues*. Gut, dass die Stapel von Büchern höher waren als die der Medikamentenschachteln. So konnte ich noch klar erkennen, wer hier das Sagen hatte und wessen Wirkung effizienter war.

Und dann gab es noch meine Korrespondenz mit Freunden, meine Whatsapps mit der Familie und den Kindern sowie meine Berichte an Sie, die ich durch die Sprachfunktion an meinem Handy diktieren konnte. Am nächsten Morgen brauchte ich dann nur noch in Form bringen, was ich bis spät in die Nacht gesprochen hatte. Oftmals bin ich in Gedanken an Sie eingeschlafen. Danke, dass Sie immer für mich da waren, für mich da sind.

Jedoch wie soll es weitergehen, so frage ich mich und Sie jeden Tag, den Gott nicht erschaffen hat. Warum antworten Sie mir nicht? Haben Sie keinen Stift zur Hand? Keinen Umschlag? Keine Briefmarke? Haben Sie kein Telefon? Kein Handy? Keinen Computer? Keine E-Mail-Adresse? Keine Brieftaube? Oder einfach nur keine Ahnung? Oder meiden Sie Schmerzpatienten? Behinderte? Farbige? Bunte? Ausländer? Flüchtlinge? Obdachlose? Sozialhilfeempfänger? Analphabeten?

Bringen Sie Ihnen das Lesen und Schreiben bei! Lesen Sie ihnen vor! Bieten Sie ihnen ein Zimmer an. Eine warme Mahlzeit. Ihr Bett. Engagieren Sie sich, helfen Sie ihnen oder ich kündige Ihnen meine Freundschaft, schreibe Ihnen nicht mehr, radiere die letzten Zeilen aus, klappe das Buch zu und komme weder zu Ihrer Beerdigung noch zu Ihrer Auferstehung. *Kyrie eleison, Herr, erbarme dich!* Der Gottesdienst kann beginnen.

Die Antwort ließ auf sich warten, und meine Schmerztherapeutin wartete auf mich. Sie hoffte, dass mir der Klinikaufenthalt, sofern er mich nicht heilen könnte, so dennoch ein Minimum an

Schmerzlinderung und inneren Frieden bringen würde. Drei Monate lang sollte ich nach meinem Klinikaufenthalt noch eine hoch dosierte giftige Mischung an Medikamenten in meinem Körper wirken lassen, und ich war fest dazu entschlossen, das Schicksal und die Chemie gewähren zu lassen, selbst wenn das ganze Unternehmen ohne Gewähr war.

An einem Dienstagmorgen um 10 Uhr empfing mich meine schmerzfreie Schmerztherapeutin, die wie immer gut gelaunt und unkonventionell gekleidet war, mit einem breiten Lächeln Lieber Herr Krieger, berichten Sie, erzählen Sie, wie es Ihnen ergangen ist! Mein Vortrag war lang, die Rechnung gesalzen und das Ergebnis deprimierend.

Da meine Schmerztherapeutin aber besonders viel Einfühlungsvermögen und in ihren bunt lackierten Fingerspitzen, die wie kleine Diven glänzten, wenn sie mir die Hand drückte, eine hohe Sensibilität besaß, konnte sie sich in meine dräuende Gefühlslage versetzen und zeigte nicht nur starkes, sondern geradezu dramatisches Mitgefühl. Zunächst trübte sich ihr Blick. Sie verzog ihre Mundwinkel, und ihre Augen wurden feucht, bevor die ersten Tränen ihre Wangen hinunterliefen. Dann begann sie zu schluchzen, sich zu räuspern, die Nase zu putzen und brach schließlich in ein herzzerbrechendes Weinen aus, welches unkontrollierte Zuckungen in ihrem ganzen Körper provozierte. Nachdem ich sie getröstet, gestreichelt, umarmt, geküsst und mit ihr eine große Valiumtablette geteilt hatte, kam sie wieder zu Sinnen, holte den Feuerlöscher, den Verbandskasten, warf mir einen Rettungsring um den Hals und unterbreitete mir einen verzweifelten ultimativen Vorschlag.

Herr Krieger, ich spreche Ihnen meine tiefste Anteilnahme und mein herzlichstes Beileid aus, wenn ich feststelle, dass diese ansonsten exzellente, renommierte 5-Sterne-Schmerzklinik für Sie nicht die Pforte zum Paradies war. Aber ich kann Ihnen vertrauensvoll und zuversichtlich ein anderes Etablissement vorschlagen, welches ich normalerweise nur Männern anderen Glaubens empfehle. In diesem freudigen Haus und Massageinstitut werden Sie die Jungfrauen auf Wolken in den siebten Himmel tragen. Jedoch übernehmen die Krankenkassen für dieses Gewerbe nicht die Aufenthalts- und Behandlungskosten, die Sie ausnahmsweise selber tragen müssten. Aber wenn Sie von Ihren Schmerzen befreit werden und endlich wieder Lust am Leben finden wollen, sollten Sie meinen unlauteren, aber vielversprechenden Vorschlag vielleicht ernsthaft in Erwägung ziehen, selbst wenn Sie nach Ihrem Misserfolg in *Mainz wie es singt und lacht* noch keine Lust verspüren, sich wieder auf einen neuen Therapieversuch einzulassen.

Nicht wenig überrascht erwiderte ich, dass meine Lust zwar groß sei, ich momentan aber nicht beabsichtige, mich wieder in die fürsorgliche Obhut einer geschlossenen Anstalt zu begeben, selbst wenn diese von Jungfrauen geführt würde, woraufhin ich das Hotelzimmer des Salons verließ, in dem meine Schmerztherapeutin praktizierte.

Nein, nicht schon wieder in eine Anstalt! Ich brauchte Abstand, innere Ruhe. Ich musste selber meine Situation überdenken, lernen, mit dem Schmerz zu leben, denn noch waren wir keine Freunde, noch war das Kriegsbeil ausgegraben, noch rauchten wir nicht die Heilige Friedenspfeife, das Kalumet miteinander und bliesen den Rauch in Richtung Sonne, damit die Seele zum Großen Geist aufsteige. Vielleicht, so überlegte ich, bestand aber auch die Möglichkeit, die Pfeife einmal mehr nicht mit Tabak, sondern in einem heiligen Ritual mit Cannabis zu stopfen, um den Schmerzen das Maul zu stopfen und auf diese Art und Weise den ewigen Frieden mit dem irdischen Leben herbeizurauchen.

Ich wollte nicht als sitzender Krieger wie der fliegende Holländer durch einen Fluch bis zum Jüngsten Tag dazu verurteilt sein, auf dem Meer umherzuirren, ohne in einen Hafen des Friedens einlaufen zu können. Ich wollte nicht, dass das aufregende, pulsierende Leben ohne mich stattfände. Ich wollte lachen, weinen, fröhlich und traurig sein, aber immer mittendrin im Geschehen, um an allen lebendigen Abenteuern teilzunehmen, so wie es fließt das Leben, auf und ab, vor und zurück, hin und her, immer weiter. Leben bedeutet Bewegung, nicht sitzenbleiben, Veränderung der Gedanken und Gefühle in Ort und Zeit, Entwicklung, Wellen, Quanten-Sprünge der Evolution.

Wie sollte es weitergehen, so fragte ich mich ohne Unterlass. Meine Schmerzen oszillierten weiterhin zwischen leichten Paracetamol-, Diclofenac- und Ibuprofenschmerzen, mittleren Novaminsulfon- und Metamizolschmerzen und starken Tramadol-, Oxycodon-, Fentanyl- und Tilidinopioidschmerzen. Opiate hatte mir allerdings bislang noch kein freudiges Mädchen verschreiben wollen, mit oder ohne bunt lackierte Fingernägel. Vielleicht, so dachte ich, sollte ich einmal einen Medizinmann aufsuchen, eine Kräuterfrau oder einen Zauberer? Es musste andere Wege der Versöhnung geben, um die bösen Geister zu besiegen. Aber in der Zwischenzeit konsumierte ich die Pillen der Ärzte wie früher die Erdnüsse auf einer Party zum Bier.

Wo ist der Erlöser mit seiner weißen Weste und seinem dreifaltigen Gesicht? Himmel, Arsch und Zwirn! Näht die Wunden zu!

Schmerztherapie, Bericht vom 24´3.05.2018

Diagnosen: Chronische Schmerzstörung mit somatischen und psychischen Faktoren, Prostatakarzinom, Dammschmerzen, LWS-Syndrom

Hoffnung: Antidepressiva zur Schmerzdistanzierung. Amitriptylin, Duloxetin. Pregabalin für neuropathische Schmerzen. Empfehlung zur Kognitiven Verhaltenstherapie.

Schmerzbild: Im Körperschema des deutschen Schmerzfragebogens hat Herr Krieger den LWS-Bereich und den Dammbereich eingezeichnet. (…) Die Schmerzqualität wird mit drückend, stechend und ziehend angegeben. Auf der numerischen Ratingskala (0=kein Schmerz, 10=max. vorstellbarer Schmerz) wird die momentane Schmerzstärke mit 6 angegeben. Die durchschnittliche Schmerzstärke mit 5 und die größte Schmerzstärke während der letzten vier Wochen mit 8. Erträglich wäre bei erfolgreicher Behandlung eine Schmerzstärke von 3.

Die schmerzbedingte Behinderung wird im Alltag mit 6 angegeben, für den Bereich Freizeitaktivitäten mit 7, sowie für die Arbeitsfähigkeit mit 8. Insgesamt besteht ein chronifiziertes Schmerzsyndrom.

Schmerztherapie, Bericht vom 27.02.2020

Hoffnung: *Mixed pain syndrom*: Dammbereich mit neuropathischer Komponente im Sinne eines Amputationssyndroms und Somatisierungsreaktion. Behandlung mit den Opioiden Tilidin, Tramadol und Naloxon kann, auch in Verbindung mit Metamizol und Flupirtin versucht werden. Morphin (z. B. MST) und andere morphinverwandte Präparate, z. B. Oxycodon oder Hydromorphon wollen wir vermeiden.

Traumdeutungen ohne *Freud*e

Ich wollte unbedingt wieder arbeiten, denn die Tätigkeit ist der Sorge Feind und eine erfüllende Arbeit der beste Arzt. Andererseits konnte ich wegen meiner chronischen Schmerzen keine volle Stelle mehr bekleiden, weshalb ich mich im Einvernehmen mit meinen Ärzten entschloss, den Rektor zu ersuchen, mir vorübergehend eine halbe Stelle zu konzedieren, so dass ich mein Büro wieder mit dem *Kleinen Prinzen* der Literatur teilen und mit den Studierenden wieder durch die frankophone Welt reisen könnte. Der wohlwollende Rektor gab mir sein *d'accord*, nach dem Motto, lieber ein halber Krieger an der Front der Lehre als kein Krieger, und meine Abteilungsleiterin, die Marquise Prof.'in Dr. Dr. h.c. von Ohrendorf, stimmte ebenfalls zu, weil sie genau wusste, dass Michel ohne seinen Kollegen Paul nur ein halber Mensch und ohne mindestens zwei Freundinnen gar kein Mensch war, sondern nur ein abwartendes Objekt der Begierde im Strom der Zeit.

Michel und ich funktionierten wie Marx und Engels nur als Team und verteidigten unsere eigenen dialektischen Grundsätze. Wir waren eine Einheit der Gegensätze: Ich hatte ein Organ zu wenig, er ein Organ zu viel. Mir fehlte die Prostata, er hatte drei Nieren. Wir vertraten die Negation der Negation, indem ich die Vernunft negierte und er die Unvernunft. Gemeinsam setzten wir jeden Tag in unserer Lehre das Gesetz des Umschlagens von Quantität in Qualität um, indem wir uns bemühten, nicht nur Wissen zu vermitteln, sondern dieses auch unter einen humanistischen Endzweck stellten, nämlich der Entwicklung von Ideen zur Philosophie der Menschheit, verbunden mit der Erziehung des Menschengeschlechts durch die Ästhetik der Literatur und Kunst.

In der Aufklärung fand Michel die Argumente für seinen Diskurs zur Beschreibung der Evolution der Erde, der Pflanzen, der

Tiere, der Völker sowie der Verteidigung der Würde und Einmaligkeit des Menschen unter anderem bei Lessing und Herder, welche die menschlichen Entwicklungsstufen in ihrem linearen Geschichtsdenken der Perfektibilität dargelegt hatten, Argumente, die ich gerne geteilt hätte, aber wegen meiner anthropologischen Prämisse, welche die grundsätzliche Unvernunft des Menschen postulierte, verwerfen musste, so dass sich unsere Diskussionen nicht selten als Zwiegespräche entwickelten:

- *Der Mensch ist zur Vernunftfähigkeit organisiert*, ergab, dass der Mensch durch seine instinktive Mangelhaftigkeit ein Krüppel in der Natur ist, der normalerweise nicht hätte überleben dürfen und gegenwärtig durch seine Unvernunft alles zerstört, was Gott nicht geschaffen hat.

- *Der Mensch ist zu feineren Trieben, mithin zur Freiheit organisiert*, ergab, dass der Mensch eine genetisch und algorithmisch bestimmte Maschine ist, bei der die Programmierung eines allgemeingültigen moralischen Sittengesetzes vergessen wurde. Der kategorische Imperativ Kants bleibt daher ein wertloser Konjunktiv.

Je gegensätzlicher unsere Diskussionen abliefen, desto belebter und inniger wurde unserer Freundschaft, und nicht selten spielte der eine für den anderen den *Advocatus Diaboli*, um durch die rhetorische Strategie des Widerspruchs die Position des Gegners besser zu beleuchten und das Feuerwerk der Gedanken in einer multikulturellen Welt zu schüren, in welcher der Disput und die Pluralität das höchste Gut darstellen.

Die Rückkehr an den Arbeitsplatz im Sommersemester sollte, so hoffte ich, durch die Integration in den Alltag und den Lehrbetrieb wieder ein wenig Normalität in mein Leben bringen. Zunächst aber war ich erschöpft und lehnte mich in meinem bequemen Schreibtischsessel tief zurück, um die Seele, die ich nicht hatte, baumeln zu lassen.

Während ich in Gedanken bereits wieder auf den Pfaden der Literatur und Landeskunde wandelte und überlegte, welche aktuellen Themen ich anbieten könnte, verfiel ich in einen skurrilen

Traumzustand zwischen Halbschlaf, Tagesschlaf und Tiefschlaf, während dessen sich luzide Szenen der reflektierten Wachheit und obskure Schauplätze ambivalenter Betrachtungen abwechselten.

Hatte ich noch gerade in Erwägung gezogen, den neu erschienenen Roman von Victoria Mas, *Le bal des folles* (Der Ball der Verrückten), mit meinen Studenten als zeitgenössischen Roman im Seminar zu behandeln, so wurde ich plötzlich selber in eben diese Nervenheilanstalt der Salpêtrière, jener Frauen-Psychiatrie in Paris, versetzt, und zwar an dem Tag, als der große Auftritt beim Ball der Verrückten begann. Und wieder befand ich mich mitten im Karneval, nur dieses Mal nicht in Mainz zu Beginn des 21. Jahrhunderts, sondern in Paris Ende des 19. Jahrhunderts. Hinzu kam, dass ich mich in einem Frauenkörper empfand, den alle mit Augustine-Louise ansprachen.

Mein Arzt war kein geringerer als Jean-Martin Charcot, der durch Hypnose versuchte, mich von meinen hysterischen psychogenen Anfällen zu heilen, bei denen ich zu Boden stürzte und in einer Art Krampfanfall halb unbewusst vor Schmerz wild um mich schlug, aber mir vor allem die Kleider vom Leibe riss und, mich auf dem Rücken hin und her wälzend, die Brüste offen gegen das ausschließlich männliche Publikum stemmte, welches den öffentlichen Darbietungen des Doktors mit großem Interesse, aber auch gierigen und lüsternen Blicken beiwohnte, um sich fortzubilden und zu amüsieren.

Kein Wunder, dass mein Verhalten die Ärzteschaft darin bestätigte, dass ich geisteskrank war, wobei ich lediglich das Vermögen besaß, mit den Toten zu kommunizieren, die für mich nicht weniger lebendig waren als die Menschen um mich herum in der sogenannten Realität.

Als mein Vater, ein renommierter Notar der Pariser Jetset-Schickeria, von meiner übernatürlichen Begabung erfuhr und eines Morgens einmal beim sonntäglichen Fruchtstück einem Anfall beiwohnte, entschied er ungesäumt, wie viele andere Männer, die sich aus unterschiedlichsten Gründen ihrer Töchter, Frauen, Mütter oder Mätressen zu entledigen suchten, mich in die Salpêtrière einliefern zu lassen, um mich dort wie einen ungeliebten Gegenstand abzulegen, zu entsorgen, damit sein Ruf in der Pariser Hautevolee nicht durch meine merkwürdigen Äußerungen und Auftritte, sollten diese an die Öffentlichkeit geraten oder auf Instagram postiert werden, entehrt werden könnte.

Heute war aber ein ganz besonderer Tag, weil die Pariser Bourgeoisie jedes Jahr einmal zu unserem Ball anreiste, um die Verrückten sozusagen als Livestream *en direct*, in Echtheit und in Echtzeit zu erleben. Die Einheit von Ort, Handlung und Personen waren genauso wie im Theater definiert und organisiert, und die Pariser Elite war ganz verrückt danach, dieses Spektakel nicht zu verpassen. Seit Wochen fieberte man auf diesen Termin hin. Niemand, aber auch wirklich niemand hätte an diesem Abend in eine andere Veranstaltung gehen wollen, ins Theater, in die Oper oder in ein Konzert. Man war bereit, auf die schönsten Dinge zu verzichten, um bei diesem Ball der Superlative, dieser einzigartigen Show und historischen Performance dazuzugehören.

Alle, die Recht und Namen hatten, wollten sich an den Komödiantinnen ergötzen, die keine Schauspielerinnen waren, sondern professionelle, authentische Akteure. Sie brauchten nicht zu proben. Sie beherrschten ihre Rollen. Jede stellte auf ihre eigene Art und Weise ein verhängnisvolles, ergreifendes, tragisches Schicksal da, welches durch seine Unabwendbarkeit sowie seine mannigfaltigen Erscheinungsformen und Manifestationen die Neugierde der Dilettanten und Ignoranten aus der sensationslüsternen Pariser Oberschicht anzog. Nach der durch ein solches Spektakel bewirkten Katharsis fühlten sich die Voyeuristen von ihren emotionalen Spannungen befreit und konnten mit geläuterter Seele wieder die Normalität der Reichen und Wohlhabenden genießen.

Zur Zelebration dieses Ereignisses versetzte mich Charcot auch am heutigen Tage vor diesem illustren Publikum wieder in Hypnose, um seine stereotypen Klischees zu bedienen. Ich selber gab mein Bestes, um authentisch zu wirken und weder meinen Meister noch meine Fans zu enttäuschen. Ich spürte wie immer in diesen

Krisen, wie sich der ansteigende Schmerz in meinem Damm unmittelbar in eine brennende Begierde umwandelte, die nach Befriedigung verlangte. Um diesen unaufhaltsam steigenden Impetus der lasterhaften Lust zu bändigen glitt ich mit beiden Händen unter meinen Rock, zerriss in Erwartung des sinnlichen Entzückens mein schlüpfrig-feuchtes Höschen und begann meine Klitoris und die Schamlippen zu massieren, bis ich vor Geilheit stöhnte und schrie. Das schamlos anrüchige Spektakel, dem das Publikum mit sichtbarer Entzückung oder sogar ekstatischer Hingabe beiwohnte, zog sich über lange Minuten hin, während derer niemand zu atmen wagte, und als der Höhepunkt wie ein Vulkanausbruch einsetzte, wurde nicht nur ich, sondern auch so mancher unsittliche Zuschauer fast ohnmächtig.

Nach meinem brillanten Auftritt, der dieses Mal von einem stürmischen Applaus und lang andauernden Ovationen begleitet wurde, vernahm ich, sobald meine Sinne wieder aus meinem nahezu leblosen Körper in die Außenwelt vordrangen, ein nervöses Stimmengewirr, von dem sich immer wieder deutlich mein Name absetzte. Ich war heute Abend der Star, der ich eigentlich gar nicht sein wollte. Meine eleganten Kleider hingen nur noch in Fetzen an mir herunter, aber niemand unter den Ehrengästen machte Anstalten, meine halb entblößten Brüste, meinen verlängerten nackten Rücken oder meine Vulva durch einen breiten Schal oder eine Stola vor den lüsternen Blicken der Anwesenden zu schützen.

Ich und meine genialen Freundinnen, wir vermeintlich Verrückten, wurden auf diesem Ball genauso einem schaulustigen Publikum vorgeführt, dessen Erwartungen wir entsprechen sollten, wie diejenigen vermeintlich Wilden, die man in Paris oder Berlin auf den Kolonialausstellungen als exotische Objekte wie in Menschenzoos exhibierte und dadurch degradierte, um der neugierigen Öffentlichkeit die gewaltigen Ressourcen und vielfältigen Kulturen des Kolonialreiches vorzustellen und gleichzeitig die Überlegenheit der weißen Rasse zu illustrieren. Ich empfand ein medusisches Gefühl des Ausgeliefertseins, der Unterworfenheit, Versklavung und Ohnmacht und wusste nicht, ob ich die Nervenheilanstalt jemals wieder verlassen könnte, und das nur, weil ich als Frau in einer patriarchalischen Gesellschaft meinen eigenen Willen geltend machen wollte.

Ich, die schöne Augustine-Louise, war Charcots Meisterwerk, das spürte ich genau, seine Ikone, sein Pin-up-Girl. Um mehr Aufmerksamkeit als die wilden Tiere und die eingeborenen Menschen in den zoologischen Gärten des Kaiserreichs und der Dritten Republik zu erzielen, inszenierte ich meine hysterischen Anfälle daher im Einvernehmen mit meinem Herren so fotogen und choreographisch wie möglich, unter anderem mit dem Ziele, hohe Einschaltquoten im Fernsehen zu erreichen und in den sozialen Medien so präsent zu sein, dass mein Name niemals in Vergessenheit geriete. Darum durfte kein Zirkus, kein Theater, kein Anatomiesaal und vor allem kein Festball ohne mich als Hauptattraktion stattfinden. Die Besucher bezahlten Eintritt dafür, um mich auf der Bühne des Nationaltheaters der Comédie-Française zu erleben, und Charcot, mein Theaterdirektor und Regisseur, bemühte sich, seine beste Schauspielerin in extravaganten Kostümen und mit einzigartigen Monologen auf die Bühne zu bringen, die für die Veranstaltungen immer mit zahlreichen kuriosen Requisiten dekoriert war.

Meine Hysterie, *Hustera*, mein Uterus sollte die Wunschträume und Phantasmagorien der Ärzte und feinen Gesellschaft anregen und mich zum Shootingstar aufsteigen lassen. Ich war zwar in der Salpêtrière eingeschlossen, aber die Welt des schönen Scheins kam zu mir. Jedoch wollte ich nicht nur ein begehrtes Studienobjekt, sondern auch ein Objekt der Begierde sein, damit man mich hofierte und fotografierte, so dass ich wirklich existierte. Und dann machte ich noch Selfies, also lebte ich. *Imagines photographicas facio, ergo sum.*

Während meiner hysterischen Anfälle, sofern die Hypnose gelang oder sie nicht willentlich inszeniert waren, fühlte ich mich hingegen wie eine von innen bewegte, fremdbestimmte Marionette, wobei ich doch, wie jeder Mensch, nach Freiheit strebte, wenngleich unter dem Mantel der Verrücktheit. Deshalb fasste ich eines

174

Tages den Entschluss, als Mann verkleidet zu entfliehen, wenn nicht ein Zufall mich daran gehindert hätte, als ich erfuhr, dass Sigmund uns besuchen würde. Welch eine *Freude* es für mich wäre, mit diesem Schüler von Charcot nicht nur in das Unbewusste meiner Seele vorzudringen, um mein merkwürdiges Handeln zu erklären, sondern auch zur Mitbegründerin der Psychoanalyse zu werden. Endlich würde jemand kapieren, dass man, um mich zu heilen, mit mir sprechen musste anstatt mich nur mit großen Augen anzustarren.

Endlich würde jemand kapieren, dass ich nicht verrückt war, sondern die Gesellschaft, die nicht mitspielen wollte und nicht verstand, dass vermeintliche Verrücktheit und scheinbare Normalität miteinander einhergingen, dass nicht mein Kopf, sondern nur mein Hut verrückt war. Warum wurden in dieser verrückten Pariser Gesellschaft, wo alle Masken trugen, diejenigen, die keine Masken trugen und nicht träumten, als verrückt betrachtet, so fragte ich mich empört? Ist man nicht immer nur für andere verrückt, und zwar genau dann, wenn man im Widerspruch zur Meinung der Mehrheit steht? Aber vielleicht ist die Mehrheit nur zu dumm, um verrückt zu sein und versteht nicht, dass Andersartigkeit nicht Verrücktheit, sondern Künstlertum und Komödiantentum bedeutet. Für mich war jemand, der nicht ein wenig verrückt war, nicht mehr ganz normal und ich in meiner Normalität verrückt genug, um nicht zur Mehrheit gehören zu wollen, denn es schien mir dramatischer, bei Verstand zu sein als verrückt. Und ist ein normaler Mensch in einem Irrenhaus nicht verrückt, weil er nicht dem Durchschnitt entspricht?

Lieber noch katholisch als verrückt, so dachte ich, denn dann wird man nicht eingesperrt wie der einzig Vernünftige, der die Wahrheit sagt oder die Welt verändern will. Meine Lebenskunst bestand in dieser Nervenheilanstalt darin, nicht am Wahnsinn der Menschen verrückt zu werden. Und die Pariser Gesellschaft schien mir so verrückt, dass sie gar nicht bemerkte, dass sie selber in einem Irrenhaus lebte, in ihrer eigenen erfundenen Welt.

Während ich dergleichen Überlegungen anstellte und mich danach sehnte, diesem absurden Spektakel zu entkommen, ging meine Reise durch die Fantasiewelten der Ballteilnehmer jedoch weiter. Im Salon der Klinik beobachtete ich, wie Charcot, Zigarre rauchend, im Gespräch mit meiner Schmerztherapeutin stand und dabei stark gestikulierte. Beide famosen Ärzte schienen in einen heftigen Streit darüber geraten zu sein, welches die richtigere Diagnose sowohl in Bezug auf meine hysterischen Anfälle als auch auf meine stechenden Schmerzen im Damm- und Beckenbereich sei und zogen durch ihr lautstarkes Wortgefecht wiederum die Aufmerksamkeit der Schaulustigen an, die immer begierig auf Skandale warteten.

Während Charcot darauf bestand, dass meine hysterischen Anfälle eine rein eierstockbedingte Frauenkrankheit ohne Hodenschmerzen sei, die er in den nächsten Tagen mit einer von ihm aus Metall und Leder entwickelten Ovarienpresse zum Stillstand bringen wollte, insistierte meine Schmerztherapeuten darauf, dass meine Schmerzattacken und merkwürdigen Verhaltensweisen auch auf einen Operationsfehler hätten zurückgeführt werden können, weshalb es ihr angemessen erschien, meinen Unterleib noch einmal von einem erfahrenen Chirurgen öffnen zu lassen, um nach dem Rechten zu schauen, das heißt zu überprüfen, ob man bei der Operation nicht andere Organe beschädigt, durcheinander gebracht oder zu eng vernäht hätte. Es sei ihrer Meinung nach nicht auszuschließen, dass nach der Prostataoperation Narbengebilde entstanden sei, welches auf Nerven drückte und mir das Leben seither zur Hölle machte.

Um seinen eigenen Argumenten Nachdruck zu verleihen, zeigte Charcot seine bedrohlichen Werwolfzähne, auf die meine Schmerztherapeutin aber gelassen mit dem Ausfahren ihrer einen halben Meter langen Krallen einer Sensenechse reagierte, unter den Fachärzten als Therizinosaurus bekannt. Als beide Kontrahenten unterdessen auf dem Höhepunkt ihres Streits Gefahr liefen, übereinander herzufallen, um sich gegenseitig zu zerfleischen, trafen aus den anderen Ärztekammern der Salpêtrière Verteidiger und Gegner der unterschiedlichen Glaubenskongregationen zusammen, um den Ernst der Situation abzuschätzen und selber Position zu beziehen.

Ein renommierter Glaubensbruder aus Köln unter den Urologen, der eine behaarte Maske trug, auf der die Nase durch einen erigierten Penis ersetzt war und die Ohren durch zwei Hoden, an denen Nierenohrringe hingen, formulierte die abenteuerliche Hypothese, dass sich nach der Operation Clips, die zum Verschluss von Blutgefäßen benutzt werden, hätten lösen können und nun frei im Organismus zirkulierten. Es könne daher nicht ausgeschlossen werden, dass sich solche Clips bei Augustine-Louise im Dammbereich eingefunden hätten und sich beim Sitzen ins Gewebe drückten oder sogar Nerven komprimierten, welches den stechenden Schmerz erklären könnte.

Diese Hypothese wurde derweil sowohl vom Werwolf als auch von der Sensenechse zurückgewiesen, weil sich in der Welt der Medizin ein solch unglaubwürdiges Ereignis noch nie offenbart hätte, mit oder ohne Gott. Ein zur Kontrolle der Clip-Hypothese durchgeführtes MRT, welches als Videoclip auf Youtube ausgestrahlt wurde, belegte schließlich, dass bei der OP gar keine Clips verwendet wurden oder zumindest nachher nicht deutlich sichtbar gemacht werden konnten.

Daraufhin tauchte aus einer Grauzone mit positiver Resonanz ein wie von einem Magnet angezogener MRT-Spezialist Mit-Richtigem-Trugschluss und transparentem Gehirn auf, welcher behauptete, dass die Patientin eine Fettablagerung in der Leiste hätte, welche diese Schmerzen verursachen könnte. Ob die Patientin vielleicht vor einigen Jahren einmal 30 oder 40 kg mehr gewogen hätte. Da ich diese Vermutung mit Sicherheit verneinen konnte, blieb auch diese Hypothese als Prothese einer Erklärung unglaubwürdig.

Ein weiterer spezialisierter MRT-Spezialist Mit-Richtigem-Trugschluss und aufrechtem Gang verordnete mir als *homo*sexueller *erectus* ein Upright-MRT, auf welchem eine zu starke *Beweglichkeit* des Kokzyx, Steißbeins, zu bemerken war, welche für meine Schmerzen verantwortlich sein könnte oder auch nicht. Ich war innerlich sehr bewegt und von seiner Klarsicht geradezu überwältigt, jedoch war mein *Steif*bein schon seit der Geburt so beweglich, dass ich später meinen Führerschein bestand, ohne einen Rückspiegel benutzen zu müssen. Als ich den Professor über diese anscheinend angeborene Beweglichkeitsakrobatik aufklärte, blieb er wie versteinert völlig unbeweglich stehen, bis ich ihn gegen sein Steißbein trat und dadurch wieder Leben in seinen erstarrten Körper gelangte. Leider wieder eine Fehldiagnose. Das fehlte mir bei meinem Dauerschmerz gerade noch.

Allein es begab sich, dass zu jener Zeit ein weiteres Gebot von dem *prosta*extatischen Wachsfigurenkabinett der arzttouristischen Persönlichkeiten ausging. Alle Prost-ATA Spezialisten sollten sich auf Geheiß von Kaiser Augustus zu ihrem Geburtsort aufmachen, um sich zählen zu lassen. Ich war daher wie Maria *guter Hoffnung*, dass einer unter ihnen eine heilsbringende Botschaft für mich haben könnte. Tatsächlich offenbarte einer unter den Heiligen Drei Königen, Dr. Pudendus Nervus Balthasar, sekundiert von den assistierenden Ärzten Caspar und Melchior, die abenteuerliche These, dass mein neuralgischer *Damm*punkt eine politische Angelegenheit der Linken sein könnte, weil dieser Bereich des kleinen Beckens bei mir linksradikal schmerzempfindlicher war als die Rechte Seite der AfD.

Obwohl der in der ganzen Welt renommierte Doktor Pudendus Nervus Balthasar mir in der Prostataloge sowohl durch seine Fachkenntnisse als auch durch seine Laudatio zunächst imponierte, ging er mir schließlich durch seine rhetorische Redundanz und seinen leeren medizinischen Handwerkskoffer auf die Nerven. Trotzdem willigte ich in meiner verzweifelten Lage dazu ein, dass Doktor Pudendus meinen Schamnerv, der aus dem unteren Abschnitt des Lenden-Kreuz-Geflechts hervortat, unter seine schamlose Lupe zu nehmen, um den Zusammenhang zwischen meinen Dammschmerzen und diesem nervenden Nervus auf die Schliche zu kommen. Balthasar hatte nach seiner langen Wanderung die Nase voll, dass ich den Kasper spielte und betäube genervt meine Scham durch eine kurze Vollnarkose, um im abgesicherten Modus feststellen zu können, ob meine Schmerzen durch eine solche Blockade reduziert würden. Wäre dieses der Fall, dann läge eine Schädigung des Schamnervs vor und würde meine Dammschmerzen erklären.

Während der Vollnarkose hatte ich tatsächlich keinerlei Schmerzen. Als ich bedauerlicherweise aus dieser schmerzfreien Anästhesie wieder aufwachte, stellte sich jedoch wieder dieselbe Schmerzsymptomatik wie vorher ein, so dass die Diagnose einer Pudendusneuralgie weitgehend ausgeschlossen werden konnte.

Da in den folgenden Monaten dieselben Schmerzen persistierten, startete der mittlerweile zum Professor ernannte Dr. Pudendus Nervus Balthasar einen zweiten *damm*brechenden Versuch, indem er mir mit meiner expliziten Genehmigung unter einer zweiten schmerzfreien Vollnarkose 50 Einheiten Botulinumtoxin-A an den möglicherweise revoltierenden Nervus injizierte, um die proletarische Aufruhr zu bändigen. Wieder keine positive Wirkung. Der Schmerz war gleich. Jedoch zeigte sich eine besonders erfreuliche Nebenwirkung: Botulinumtoxin ist der medizinische Fachbegriff für Botox, welches in der Schönheitschirurgie als Produkt zur Faltenglättung benutzt wird. Mein Dammschmerz blieb zwar unverändert, aber zwischen Hoden und Anus gab es kein einziges Fältchen mehr, so dass ich wieder breit lächeln konnte, ohne dass man mir die ver*damm*ten Schmerzen ansah.

Nachdem mich Madame Tussaud mit Michael Jackson, Madonna und Nelson Mandela bekannt gemacht hatte, stellte sie mir als letzte medizinische Koryphäe einen jungen altgriechischen Orthopäden orthodoxen Glaubens mit Fehlbildungen und Erkrankungen des Stütz- und Bewegungsapparates vor, der mit seinem Röntgenblick auf meine Symphyse starrte und die forsche Diagnose aufstellte, dass ich als Ursache meines Schmerzes ein Knochenödem im Bereich des Schambeins haben könnte. Zur evidenzbasierten wissenschaftlichen Überprüfung seiner Annahme forderte er mich in unverschämter Manier dazu auf, ein weiteres MRT – Mit-Richtigem-Trugschluss durchzuführen. Als Privatpatient erhielt ich schon für den nächsten Tag, den 21.01.2021, ein Date, das heißt, ein französisches Rendezvous mit Baskenmütze, Baguette und Rotwein, und wurde wieder wie ein Braten in die Röhre geschoben. Das Ergebnis war dasselbe wie zwei Jahre zuvor: Kein Hämatom, kein Serom, kein Atom einer suspekten Knochenveränderung.

Meine Schlussfolgerung lautete: Frage zwei Ärzte und erhalte drei Meinungen. Alle saßen den ganzen Tag vor der Röhre, mit dem Ergebnis, dass zu guter Letzt alle fassungslos in die leere Röhre schauten, so dass ich langsam das Vertrauen in die Medizin verlor, die ich bislang für eine ehrwürdige empirische Wissenschaft gehalten hatte. Das hätte ich mir nie träumen lassen. Bei jedem weiteren Arztbesuch mit oder ohne Röntgenblick, MRT, mit oder ohne richtigen Trugschluss, wurden die Ungewissheiten nicht kleiner, sondern größer, so dass ich nach einer dreijährigen Odyssee durch die Krankenhäuser und Arztpraxen keinem Arzt mehr begegnen wollte, weder offiziell noch privat oder inkognito. Aber wer leidet, behält immer noch eine kleine Ampulle Hoffnung.

Vielleicht war die Ovarienpresse doch die bessere Behandlungsmethode als eine erneute MRT-gestützte Operation, bei der die Ärzte nicht einmal gewusst hätten, wonach sie eigentlich suchen sollten, war der Schmerz doch im Allgemeinen ein unsichtbarer Genosse, der mit dem Teufel einen Bund geschlossen hatte.

Charcot, der in der Zwischenzeit meinen Fall mit Freud besprochen hatte, schickte mich schließlich zu einem Verhaltenstherapeuten, der auf Schmerz spezialisiert war. Dort sollte ich erlernen, mein Verhalten zu ändern, das heißt mich anders gegenüber dem Schmerz zu verhalten. Ich dürfe ihn nicht mehr als Feind, sondern solle ihn vielmehr als Bekannten oder Freund betrachten, der mir nichts Böses wünschte.

Plötzlich bekam ich, noch bevor ich die Bühne der Schaulustigen verlassen konnte, die mich persönlich interviewen wollten, meine

Tage, und das Blut lief mir wie eine rote Lebensquelle an den nackten Beinen herunter. Entsetzte Blicke und verängstigte Schreie durchliefen das Publikum, als habe mich der Beelzebub persönlich vor den Augen aller entjungfert. Durch das Spektakel stark erregte Männer, begannen nach mir zu greifen, zu grapschen und mir harte Gegenstände entgegenzuschleudern, während sich die langen Fingernägel der hysterischen Damen, die mich zu kratzen und zu beißen begannen, in meine Haut gruben. Ich empfand jedoch keinen Schmerz und war bereit, mein Schicksal zu akzeptieren. War der Tod letztlich nicht ein sanfter Freund, der nur kam, um mich aus dem Tal dieser hirnlosen und verrückten Gesellschaft zu befreien?

Als ich langsam erwachte und wieder den Gebrauch meiner Sinne fand, bemerkte ich, dass ich auf der Couch lag und bei meinen Seminarvorbereitungen nicht weit vorangeschritten war. Jedenfalls beschloss ich, im kommenden Semester nicht nur *Le ball des folles* als Literaturseminar anzubieten, sondern auch das Werk von Elsa Dorlin, *La matrice de la race* (Die Matrix der Rasse), jener sexuellen und kolonialen Genealogie der französischen Nation, in welcher die Frau und ihr Körper ebenso wie die Sklaven aus den Kolonien pseudowissenschaftlich als biologisch minderwertig definiert werden, um die Überlegenheit der weißen Rasse und damit die Ausbeutung der Kolonisierten und der Frauen mit ihrem defizitären Geschlecht zu rechtfertigen. Im Namen des Vaters, des Sohnes und des Heiligen Geistes, Amen! Femina sum, cogito, ergo sum.

Urologische Klinik, Bericht vom 23.09.2019

Hoffnung: Bei nicht wenigen Patienten findet eine Migration von während der OP verwendeten Clips in den Bereich der Anastomose statt. Ca. 50% der Patienten mit Clipmigration weisen lediglich eine perineale Schmerzsymptomatik auf, die auch bei Ihnen bestehen könnte. Ich möchte diesbezüglich empfehlen, noch eine CT-Untersuchung des kleinen Beckens durchzuführen, um mögliches Fremdmaterial zu identifizieren. Sollte ein anatomischer Zusammenhang zwischen der Lokalisation der Clips und dem Verlauf der peripheren Äste des N. pudendus hergestellt werden, kann über einen operativen Eingriff nachgedacht werden.

MRT, Bericht vom 10.06.2020

Hoffnung: Leichte Hypermobilität des Steißbeins, Os coccygeum, ohne Hinweis auf eine akute Reizung oder eine Pseudoarthrose, als mögliche Ursache für die Beschwerdesymptomatik.

MRT, Bericht vom 26.06.2020

Hoffnung: Verdickung des Unterhautfettgewebes im Bereich von Leiste und Damm. Aufgrund der chronischen Schmerzproblematik sollte eine erneute schmerztherapeutische Synopsis erfolgen.

Urologische Klinik, Bericht vom 13.07.2020

Hoffnung: Das Schmerzbild könnte zu einer Pudendusneuralgie passen, jedoch waren die Therapieversuche in diese Richtung frustran (08.09.2018 Pudendusblockade in kurzer Vollnarkose ohne Schmerzlinderung, 03.03.2020 Injektion von je 50 E Botulinumtoxin-A (Botox) an den Nervus pudendus in kurzer Vollnarkose, jedoch ohne Minderung der Schmerzsymptomatik), so dass eine operative Freilegung nicht erfolgversprechend ist. Wir empfehlen auf alle Fälle eine psychosomatische Anbindung. Der Patient denkt selbst über eine Ausweitung der Schmerztherapie nach z.B. mit

Fentanyl-Pflaster. Einen alternativen Therapieversuch können wir leider ebenfalls nicht vorschlagen, da sämtliche Therapiemöglichkeiten bereits ausgeschöpft sind.

Urologische Klinik, Bericht vom 11.10.2020

Hoffnung: Aufgrund der chronischen Schmerzproblematik empfehle ich eine Behandlung durch Stoßwellentherapie.

Orthopädie, Bericht vom 17.01.2021

Hoffnung: Röntgen der Hüften in Übersichtstechnik. Gute Darstellung der Symphyse (Schambein). Mit dargestellt sind die Clips in Projektion auf die ehemalige Prostataloge. Zweitgradige Coxarthrose. Es sollte wieder eine osteopathische Behandlung aufgenommen werden. Zur weiteren Eingrenzung eines Knochenödems im Bereich von Sitzbein/Schambein empfehle ich ein MRT des Beckens.

MRT, Bericht vom 18.01.2021

Hoffnung: Man findet ein Knochenödem, löst dieses, wie der Arzt meinte, durch Medikamente auf, und der Schmerz verschwindet. Beurteilung: Kein richtungsweisender Befundwandel gegenüber dem MRT von Februar 2018. Kein Knochenödem. Wir fangen wieder von vorne an.

Michel, der Mensch der Bücher: Homo librorum

Ich bin wieder in Ludwigsburg. In meinem Büro an der Pädagogischen Hochschule. Mit meinem Kollegen Michel, dem Gelehrten, dem heiligen Priester der Bücher. Mit meinen Büchern. Mit seinen Büchern. Mit unseren Büchern. Wir haben ein sehr großes Büro mit zwei quadratischen Fenstern bis unter die Decke und Ausblick auf den Favoritepark. Der einzige Nachteil der Fenster besteht darin, dass wir keine Bücherregale davorstellen können, ohne den Raum zu verdunkeln und die Sonnenstrahlen der Erkenntnis zu vergraulen.

Leider ist unser Büro nicht sechseckig oder achteckig, weil die verbleibenden drei Wände bereits mit vollgestopften Bücherregalen bis unter die Decke belegt sind. Die kleineren Taschenbücher belegen wegen chronischen Platzmangels sogar doppelte Reihen, und innerhalb der Regale stopfen wir über den Rücken an Rücken stehenden Büchern die Lücken noch mit liegenden Büchern voll. In diesen Regalen stehen die Bücher so dicht, dass keines in Ohnmacht fallen kann, weil der Platz dazu fehlt. Selbst den Staubpartikeln fällt es schwer, einen freien Platz zu finden. Deshalb versuchen alle verzweifelt, sich an den Büchern festzuhalten, um am Textoversum anzudocken und nicht in der Unendlichkeit verloren zu gehen.

Etliche wertvolle Gesamtausgaben aus dem Antiquariat stammen von Michel, der in seiner Wohnung für die Bücher keinen Platz mehr findet. Obwohl er weder Frau noch Kinder hat, füllen die Bücher und die Personen, die in ihnen leben, sein Apartment, als lebte er seit Generationen mit ihnen in einer Großfamilie, einer heiligen, unsterblichen Dynastie, mit einem sich unendlich fortsetzenden Stammbaum zusammen, selbst wenn einige unter ihnen im Verlauf der Jahre alt und pflegebedürftig geworden waren.

Schon als Schüler besaß Michel Myriaden von Büchern, und als Student hat er ganze Bibliotheken leergelesen. Er las selten ein einzelnes Buch, sondern verlangte immer nach den *Œuvres complètes*, den Gesamtausgaben der Dichter und Denker aller Zeiten. Michel hatte alles gelesen: von den Griechen über die Römer, von Aristoteles über Seneca, von Bayle über Racine, von Beaumarchais über Diderot, von Flaubert über Proust und Thomas Mann, von Ionesco über Robbe-Grillet, von Amélie Nothomb (*Les aérostats*, 2020) über Anne Weber (*Annette, une époée*, 2020), (Hervé Le Tellier (*L'anomalie*, 2020), Leïla Slimani (*Le pays des autres*, 2020) und Delphine de Vigan (*Les enfants sont rois*, 2021) bis zu den noch ungeschriebenen Büchern des 21. Jahrhunderts von Paul Krieger. Sein Textoversum und seine Bücherbulimie kannten keine Grenzen, so dass er mit allen Sternen und großen Monumenten des menschlichen Geistes der Milchstraße verbunden war.

Er umsorgte seine Lieblinge wie eine stillende Mutter ihr neugeborenes Kind und gab sein ganzes Vermögen dafür aus, das es seiner Familie gut ging. Für die ältesten und wertvollsten Schätzchen, die er in einem kleinen Zimmer bis unter die Decke untergebracht hatte, stand für die heißen Sommertage sogar eine Klimaanlage bereit, während es für den Winter noch einen zusätzlichen Heizkörper gab, damit sich niemand erkältete. Michel beschützte und umhegte seine Bücher wie die Eunuchen ihren Harem, und viele seiner hochgebildeten und wie edle Dirnen gekleidete Hetären nahm er nicht nur zur Lektüre mit ins Bett, um ihnen ihre Geheimnisse zu entlocken.

An diesem sakralen Ort des Textoversums musste niemand an unerträglicher Hitze oder Kälte leiden. Und wenn Michel nach einem seiner kostbaren Exemplare griff, zog er sich vorher Samthandschuhe an, damit sich auf der zarten Haut seiner Lieblinge keine Risse oder Altersflecken bildeten. War eine Einbindung oder nur eine einzelne Seite beschädigt, so suchte Michel unmittelbar einen Buchbinder auf. Sollte ein Buch aus dem Regal gefallen sein und sich dabei verletzt haben, rief Michel unmittelbar den Notarztwagen, damit ein Rettungsbuchbinder Erste Hilfe leisten konnte.

Gleichzeitig entschuldigte Michel sich wegen seiner Unsorgsamkeit bei den anderen Büchern, indem er ehrfürchtig zu Boden fiel, rituelle Gebete anstimmte und zusätzliche Schutzmaßnahmen ergriff. Während Michel seine Heiligtümer als Privatmann in kostbaren Echtholzregalen, Bücherschränken und die wertvollsten Exemplare in antiken Vitrinenschränken unterbrachte, vor denen er jeden Abend meditierte, genügten ihm in unserem Büro für die ordinären Taschenbücher die Billy Regale von Ikea.

Bei Michel hatten die Bücher jedoch die Eigenschaft, sich relativ ungebremst zu vermehren. Je vielfältiger die Themen in den Seminaren und je breiter die Forschungsgebiete waren, desto ungehemmter expandierte der fast tägliche Bücherkauf und drohte in naher Zukunft zum Kollaps zu führen. Nicht nur, dass Michel mittlerweile hoch verschuldet war, da er büchermäßig stets über seine Verhältnisse lebte, sondern auch, weil er in seiner Wohnung unter chronischem Platzmangel litt. Im Verlauf der Jahre, so hatte Michel mir berichtet, machte sich sogar der Hauseigentümer wegen seiner Bücherbulimie immer größere Sorgen. Er hatte zwar nichts dagegen, dass Michel ununterbrochen las und sich so ruhig verhielt wie ein Bücherwurm, aber die tonnenschwere Ansammlung der Bücher über Jahre bedrohte unter Umständen die Statik des Hauses oder die Tragkraft der alten Zimmerböden, die aus Holz waren.

Michel und ich gehörten nicht zu denjenigen *Un*menschen, die, wie der Tölpelprofessor, nur die Titel der *un*gelesenen Bücher kannten, weil sie gar nicht lesen konnten, oder zu denjenigen *Un*menschen, welche die Bücher kritisierten, ohne sie jemals gelesen zu haben. Wir gehörten beide vielmehr zu derjenigen vom Aussterben bedrohten Spezies, für die jedes Buch eine Offenbarung darstellte, die durch die Lektüre wie der Blütenstaub von einem Heiligen Geist zum anderen getragen wurde.

Auf zwei riesigen Schreibtischen, die sich Kopf an Kopf gegenüberstanden, stapelten sich in unserer Kapelle neben den Hostien und dem geweihten Wein Seminararbeiten, Examensarbeiten, Klausuren, Referate, Manuskripte, unfertige Veröffentlichungen,

Vorlesungen und Berge von Büchern für die Seminare sowie Kopien, thematische Dossiers, diverse andere Dokumente und lose Zettel, kleine, mittlere und große, die teilweise aneinandergeheftet waren, mit wichtigen oder weniger wichtigen Notizen, Terminen, Daten, Telefonnummern, Adressen, Zettel, an denen bunte Büroklammern steckten, von denen sich einige gelöst hatten, so dass die Zettel überall umherflogen. Alles wichtiger, aber lästiger Papierkram. Überall ein totales Chaos ohne jegliches Ordnungsprinzip, ohne erkennbare Strukturierung, aber ein sprudelndes Leben freier Gedanken. Die Bücherregale waren kein Teil unseres Büros, sondern wir ein Teil der mit Büchern gefüllten Regale, und so manches Mal mussten wir Bücher wegschubsen, wegdrängen, beiseitelegen, um selber noch einen Platz zu finden.

In unserem Büro und nach unserer Weltanschauung waren alle Bücher im Textoversum mit allgemeinen und unveräußerlichen Rechten ausgestattet. Sie waren frei und gleich an Würde, mit Vernunft und Gewissen begabt und begegneten sich einander im Geist der Brüderlichkeit.

Wenn Michel und ich in den öffentlichen Medien davon erfuhren, dass Bücher in manchen Ländern wegen ihres Glaubens, ihrer Rasse, Herkunft, Schrift oder Sprache, ihres Geschlechts, der Farbe ihres Einbands oder ihrer politischen Anschauung, wegen eines einzelnen falschen Buchstabens, einer vergessenen Seitenzahl oder eines allzu kritischen Kapitels diskriminiert, verfolgt, vertrieben oder sogar gefoltert wurden, so zeigten wir uns immer von unserer besten Seite, indem wir die Buchdeckel für alle Hilfesuchenden aufhielten und jedem einzelnen Buchstaben als Individuum bereitwillig Asyl gewährten.

Wir fanden es grausam und barbarisch, wenn darüber berichtet wurde, dass unschuldige Bücher einer Gesamtausgabe getrennt wurden, andere über Amazon oder Hermes wieder zurück in ihr Ursprungsland geschickt wurden oder wiederum andere bei einem Fluchtversuch aus totalitären Bibliotheken im Mittelmeer ertranken, ohne dass ihnen humanitäre Buchhelferorganisationen zu Hilfe geeilt wären. Manche Bücher, die es wagten, kritische Worte zu ergreifen, unverschleiert oder mit Freiheitssprüchen auf Spruchbändern zu erscheinen, wurden verboten oder an Orte verbannt, wo niemand lesen konnte, wiederum andere, welche den Geist des Widerstands verbreiteten, wurden ausradiert oder einer Gehirnwäsche unterzogen, nach welcher sie nur noch weiße Seiten zum Lesen präsentierten. Bücher, die über die Emanzipation der Frau sprachen, mussten ihr wahres Gesicht hinter einem Nikab, Hidschab, Tschador oder Kopftuch verhüllen, wenn nicht sogar der ganze Buchkörper hinter einer Burka verschwand und die leuchtenden Augen hinter Gitter gerieten. Diese weiblichen Bücher in ihren schönsten Gewändern und Formen erhielten Redeverbot oder wurden zwangssterilisiert. Manchen Freigeistern unter ihnen stutzte man sogar die Seiten oder riss sie heraus, um sie am Fliegen und der Verbreitung des selbständigen und kritischen Denkens zu hindern.

Im Rahmen der Bücherverbrennungen und der Bücherflüchtlinge auf der Welt waren Michel und ich in Anbetracht unserer Überzeugung der Anerkennung der angeborenen Würde und der gleichen und unveräußerlichen Rechte aller Büchermitglieder der Gemeinschaft der Bücher auf der Grundlage von Freiheit, Gerechtigkeit und Frieden in der Welt, davon überzeugt, dass die Allgemeine Erklärung der Bücherrechte der Vereinten Nationen auf jeder Seite des menschlichen Bewusstseins abgedruckt und, wo immer möglich, in der menschlichen DNA festgeschrieben werden sollte.

Die meisten Regale in unserem Büro teilten Michel und ich brüderlich, und die darauf lebenden Bücher fanden sich zu Interessengemeinschaften zusammen, die wie Schiffe über die Meere in die französischen Kolonialreiche segelten, um, bestickt mit den Perlen der Worte, die Hüllen der Weisheit Afrikas, des Orients, Asiens oder der Überseegebiete zu offenbaren. Andere Bücher sangen, ausgehend von Versingetorix, republikanische Heldenepen über die französische Geschichte und die großen Revolutionen, wiederum andere priesen die monarchistischen Stammhalter wie den Merowinger König Chlodwig I, die Karolinger, Kapetinger oder die

Könige aus der Dynastie der Valois und der Bourbonen bis zum letzten gekrönten Monarchen Karl X., welcher als ultraroyalistischer König vergeblich versuchte, das Rad der Geschichte der Französischen Revolution umzukehren, um den Tölpelprofessor, Dr. Dr. Frank Reich, aus dem Hause der Leerstühle auf den Thron zu bringen.

Mit dem Tod des Comte de Chambord im Jahr 1883 starb die direkte königliche Linie der Bourbonen aus, und die letzten Könige Frankreichs, Ludwig Philipp I. (1830) und Napoleon III. (1852) wurden nicht mehr gekrönt, sondern nur in ihr Amt proklamiert, so wie Michel und ich, die wir beide nicht zum Beamten auf Lebzeiten gekrönt, sondern ernannt wurden. Eine kleine Glasampulle mit den Überresten des Heiligen Salbungsöls aus der Kathedrale von Reims steht auch heute noch griffbereit in einem der Regale von Michel, mit dem er jedes neue Buch, das er in seine Literaturdynastie aufnimmt, salbt.

Für den aus der Bretagne stammenden Kelten Michel gab es allerdings keine französische Geschichte ohne einen Rekurs auf seine sagenumwobene Bretagne, die über viele Jahrhunderte unabhängig vom französischen Königreich existierte und deren Unabhängigkeit er weiterhin vehement verteidigte. Michel gehört zu den wenigen Personen, die selbst heute noch perfekt Bretonisch sprechen, und, würde er gegenwärtig der damals hoch verehrten Anne de Bretagne begegnen, die während ihrer Ehe mit Charles VIII von Frankreich und nach dem Tode des Königs in zweiter Heirat mit dessen Nachfolger Ludwig XII. als Königin von Frankreich noch souveräne Regentin und Herzogin der Bretagne blieb, würde er ihr wuterfüllt in bretonischer Sprache entgegenschleudern, dass ihre Tochter Claude die Bretagne durch ihre Heirat mit Francois I verraten hat, weil sie zuließ, dass die bis dahin unabhängige Provinz an die französische Krone gekettet wurde.

Dieses Abkommen aus dem Jahre 1532 würde Michel, bekäme er es in seine belesenen Hände, feierlich in aller Öffentlichkeit zerreißen. Hätte er damals gelebt, hätte er sich persönlich an den zahlreichen Aufständen der Bretonen gegen die Königskrone beteiligt.

Ob im Jahre 1588 gegen den königlichen Statthalter Herzog von Mercœur, oder 1675 im Bauernaufstand gegen die Steuern, die auf das sogenannte Stempelpapier erhoben wurden, Michel hätte immer in den ersten Reihen gekämpft, angespornt durch den Blick auf die freigelegten Brüste der Marianne.

Bis auf den heutigen Tag verteidigte er noch die Freiheitsideen der Bretonen und ihren kulturellen Reichtum durch seine Forderungen nach Autonomie. Michels Vater soll sogar aktives Mitglied der autonomistischen Geheimorganisation *Gwenn ha Du* und Mitbegründer der Nationalen Partei der Bretagne gewesen sein, die 1932 zahlreiche Attentate beging. Seit 1968 gehört Michel selber der bretonischen Befreiungsfront (Front de libération de la Bretagne) an, und ich möchte gar nicht wissen, an welchen geheimen Sitzungen und Aktivitäten er teilnimmt, wenn er manchmal über Wochen während der vorlesungsfreien Zeit verschwindet, ohne eine Nachricht zu hinterlassen. Dass in unserem Fachbereich der Besuch mindestens eines Seminars über die Bretagne für unsere Studenten Pflicht ist sowie das Erlernen einiger bretonischer Tänze und Lieder, wird keinen Bretagne Touristen in Birkenstock Sandalen wirklich verwundern.

Während in unserem Büro, welches eher einer überfüllten Bücherei oder einem Antiquariat glich, bereits etliche Quadratmeter oder Kubikmeter mit geschichtlichen Werken belegt waren und uns kaum noch Raum zum Atmen ließen, schmückten andere Bücherregale mit klassischen Werken der französischen Literatur unseren ansonsten bescheidenen Haushalt.

Der französische Humanist, François Rabelais, ein Riese der Renaissance, begeisterte uns immer wieder mit seinem Protagonisten Pantagruel, der sich schon damals gegen alle Tölpelprofessoren und Pedanten richtete, welche weder richtig Latein noch Griechisch sprachen und Aristoteles zitierten, ohne ihn verstanden oder noch weniger überhaupt gelesen zu haben. Er verhöhnte die eitlen Sophisten, welche den arroganten Gebrauch ihrer lächerlichen Worthülsen und die auswendig rezitierten Textstellen der Alten für Gelehrsamkeit hielten, und demaskierte sie als streitsüchtige Prahler, Wortklauber und hochmütige Dilettanten.

In seinem *Opus magnum* Gargantua und Pantagruel nahm Rabelais unsere Studenten mit auf eine burleske Erzählorgie über das lustige Leben des Riesen Gargantua, wobei wir in den Seminaren bei der Lektüre geradezu vor Lebenslust schäumten und nebenbei die erstaunlich modernen Erziehungsaspekte Rabelais' umsetzten. Anstatt reines Wissen zu akkumulieren oder uns in scholastischen Haarspaltereien zu verlieren, propagierten Michel und ich ein Erziehungsideal, welches sich wie bei Rabelais an den individuellen und persönlichen Bedürfnissen der Schüler orientierte und nach antikem Vorbild Theorie und Praxis in ihrer multidimensionalen Vielfalt verband, so dass die Fähigkeiten, Fertigkeiten und Kenntnisse in einem direkten Austausch mit dem pulsierenden Leben standen. Die Vielfalt stimulierte den Appetit und die Freude den aktiven Wissensaufbau. Lernen bedeutete Sinnschöpfung durch persönliches Experimentieren mit Hypothesen, wobei der Witz die lustige Gestalt des Gedankens war. Allerdings muss ich hervorheben, dass Gargantuas Lehrer Ponokrates sich in der besonderen Situation befand, nur einen einzigen Schüler zu unterrichten, während wir in unserer Französischarena bis zu 20-mal mehr Zuschauer hatten.

Die fremdsprachlichen Anforderungen, welche Ponokrates postulierte, konnten Michel und ich hingegen nur befürworten: Die Schüler mussten fließend Griechisch, Latein und Hebräisch lernen, wobei sich der Stil für das Griechische an Platon und für das Lateinische an Cicero orientierte. Michel und ich waren hingegen manchmal schon froh, wenn unsere Französischstudenten uns verstanden und wir unsererseits erahnen konnten, was sie meinten, sofern sie einmal etwas sagten, wobei Ausnahmen die Regel bestätigten. Da es angesichts unserer Vernarrtheit in die Bücher selbstverständlich war, im Verlaufe des Studiums ein möglichst enzyklopädisches Wissen aufzubauen, entwarfen Michel und ich eine neue

Datenbank, welche das gesamte Wissen unserer im Büro archivierten Bücher direkt als externe digitale Festplatte mit den Lernerhirnen verband und zusätzlich noch eine Vernetzung mit dem globalen Wissen der Welt ermöglichte. Auf diese Art und Weise konnten wir den Fokus unserer Seminare auf die Anwendung und die Reflexion von Wissen lenken sowie auf die Freude am Lernen, nach dem Motto: Ich lache, also lerne ich – also bin ich.

Da Michel und ich nicht zu den auserwählten Aristokraten der Königshäuser gehörten, die Zugang zum Hof des tanzenden Sonnenkönigs in Versailles oder zu dem Flötenspieler von Sanssouci hatten, waren wir überglücklich, als im 17. und 18. Jahrhundert gebildete, extravagante Frauen die Initiative ergriffen, Salons zu gründen, jenen kulturellen Zentren der damaligen Zeit, in denen Frauen in Opposition zu den ihnen verschlossenen Palästen und gesellschaftlichen Funktionen ihren Einfluss und ihre Weisheit verbreiteten. Der Salon als Domäne der Frau und Kontrapunkt des Hofes wurde zur Geburtsstunde der Emanzipationsbewegung, welche durch die asymmetrische Achse der Macht, auf der die Leistung höher angesiedelt war als das Geburtsrecht, das tradierte patriarchalische System bedrohte, denn der freie Ideenaustausch vollzog sich ungeachtet der Schranken von Klasse und Geschlecht. Auf diese Art und Weise beförderte die Pariser Salonszene als Vorbild europäischer Kulturzentren bereits lange vor der Revolution das Auftreten der Ideen der Aufklärung.

In der mondänen Eleganz der Salons in Ausstattung und Sprechweise beginnt die Freiheit des Denkens und damit die Verabschiedung von den mittelalterlichen Märchen des alten Mannes mit langem, grauem Bart. Hobbes, Descartes, Galilei, Hume, Locke, das auf Hypothesenbildung und Beobachtung basierte Experiment werden zur Quelle der Erkenntnis, und *der Geist der Gesetze* löst langsam die göttliche Ordnung ab, um sie durch einen unter den Menschen geschlossenen Gesellschaftsvertrag zu ersetzen.

An diesen Orten des freien Debattierens, diesen Schauplätzen von Kunst und Kultur, zu welchen Michel mich durch seine guten Verbindungen oftmals mitnahm, fanden wir eine neue Familie, in welcher der Geburtsadel mit seinen kostbar eingebundenen Büchern an Einfluss verlor und sich mit dem Geistesadel der Taschenbücher vermischte, der durch seine funktionale Gelehrsamkeit über die Barriere der schichtenspezifischen Aristokratie hinweg die Ständegesellschaft aufzulösen begann.

Wir waren die Katalysatoren, die als Pendant zur höfischen Kultur die Ideen der Freiheit in die Französische Revolution münden ließen und damit den Niedergang des *Ancien Régime* beschleunigten. Wir waren die Rebellen, Guerilleros und Partisanen, die Marie Antoinette für ihren niemals geäußerten Spruch an den guillotinierten Kragen wollten – *Wenn sie kein Brot haben, sollen sie doch Kuchen essen* –, denn mitverantwortlich für das Unverständnis der adeligen Eliten gegenüber den sozialen Problemen und den Hungerleidenden der damaligen Zeit war sie allemal.

Der Salon war die Schnittstelle, an welcher das Wissen der Zeit diskutiert und umverteilt wurde, wo unsere Freunde Diderot und d'Alembert ihre Enzyklopädie entwarfen, und unsere Freundinnen stellten durch ihre regelmäßigen Einladungen in ihre Salons den idealen Treffpunkt für die gesamte gebildete Schickeria der damaligen Zeit dar, die damals noch ihren kritischen Verstand zu benutzen wusste.

An diesen institutionalisierten Orten der Konversation hatte der Sündenfall nicht zur Ablehnung weiblicher Gelehrsamkeit geführt, im Gegenteil, in diesen schöngeistigen Paradiesen bestimmten die gebildeten Frauen, wer zu den *Habitués* dazugehörte und wer nicht, wer eingeladen werden sollte und wer nicht. Hier wurden neue elegante Konversationsformen ausprobiert, wissenschaftliche Theorien dargestellt und hinterfragt, Theaterstücke und Dichtungen besprochen und die Männer von den Salonièren wie ehemals die heldenhaften Ritter von der Minne am Gängelband der Galanterie geführt. Der Salon war ein femininer und feministischer Ort, an dem die Frau sich nicht unterordnete und die Männer sich den Frauen gerne hingaben.

Bei der angeregten Unterhaltung in dieser salonären Runde gab es nur eine oberste Instanz: der Geist und der Verstand. Die Offenheit und Toleranz des Salons durchbrach die Einsamkeit des privaten Kabinetts und lenkte den Blick auf gesellschaftsverändernde Phänomene, auf die Zukunft, anstatt an den alten tradierten Normen und Werten in Religion und Gesellschaft unreflektiert festzuhalten. An diesen freigeistigen Orten waren die Frauen kein schmückendes Raumdetail, kein Objekt der Betrachtung oder Begierde, sondern Subjekt der Handlung. Allhier überprüften *sie* die Normen, Leitbilder und Ordnungen, welche die Männer bislang über sie verfügt hatten, ohne sie als selbständige, denkende Wesen beachtet zu haben.

An diesem Ort galt es, Esprit zu zeigen, originelle Pointen und subtile Antworten zu formulieren, die Sophisterei durch rationale Argumente und empirische Experimente zu widerlegen. Dahier spielte ein Ballett der freien Bewegung und nicht des erlernten Schrittes. An dieser Stelle dozierte der Geist und nicht das Heilige Buch. Hier wurde alles hinterfragt, sowohl die monarchische Legitimität als auch Gott und der Kosmos. Hierselbst schlugen Meteoriten ein, und man fragte sich, wer sie geworfen hatte. An diesem Ort war nicht mehr die Erde das Zentrum des Universums, sondern der Verstand, welcher um die Sonne kreiste. In diesen Salons fanden moderne Kommunikation und Networking statt, wobei darüber hinaus das eine oder andere Geschäft getätigt oder Künstler gefördert wurden.

Wenngleich die Salonkultur eine Domäne der Frauen war, gab es keine spezifischen Geschlechterrollen mehr, sondern nur den freien, gleichberechtigten Gedankenaustausch über Neuigkeiten in Wissenschaft, Kunst und Kultur. Die Bedeutung des Geflüsters der Salonièren nahm daher stetig zu, und der Salon wurde zur Brutstätte neuer Ideen, ein Ort der Vernunft, Toleranz, Freiheit und Menschlichkeit, der sich der Dekadenz und Korruption des *Ancien Régime*, des Absolutismus, widersetzte.

Diese Frauen waren keine diskreditierten Verrückten, sondern spannen in ihrer Aufstiegsstrategie für bessergestellte Frauen am eigenen Rad der Vernunft und organisierten ihre eigenen Bälle der Verrückten. Aber dieses Mal standen Charcot und die Familie von Augustine auf der Anklagebank und die Ärzte, Könige, Päpste und Aristokraten mussten ihr Fehlverhalten verteidigen oder ihre Kopflosigkeit mit dem Kopfe bezahlen, weil die Guillotine auf sie wartete, jenes fatale Instrument der Jakobiner, welches das Sterben humanisieren wollte, weil der Verurteilte nicht mehr gefoltert wurde oder geviertteilt vor der Himmelspforte erschien.

Die Guillotine, so dachte ich, wäre mit Sicherheit auch gegen meinen Schmerz effizient gewesen, nur wollte ich nicht mit dem Kopf unter dem Arm umherlaufen und mit den Füßen denken, wenngleich es in meinem unmittelbaren Umfeld viele Personen gab, die sich so verhielten, oder sollte ich die Hegelsche Welt, die Marx und Moritz bereits wieder auf die Füße gestellt hatten, wieder umkehren, um sie erneut auf den Kopf zu stellen? Wenn jedoch beide Denker im Unrecht wären, wer dächte dann überhaupt noch, so dachte ich, und es kribbelte mir in den Füßen, während der Kopfschmerz nachließ, ich aber trotzdem nicht mehr wusste, ob der Geist oder die Materie das Primäre waren, ob das Denken das Sein oder das Sein das Denken bestimmte.

Diese schwierige Frage konnte man sicherlich im Salon der *Femmes Savantes*, jener gelehrten Frauen erörtern, obwohl mit der Gründung der Republik nach der Revolution alle Salons geschlossen wurden, weil die gesamte Gesellschaft sich in einen debattierenden Salon verwandelte, wenn auch nicht alle Personen salonfähig waren und viel Unsinn erzählten. Da die endlos beratende verfassungsgebende Versammlung sich trotz monatelangem Palavern auf kein einheitliches Gesellschaftsmodell einigen konnte, kehrte der Monarch auf seinen Thron zurück und machte, was keiner wollte, nämlich ein großes Geschäft, und alle saßen in der Klemme und machten sich in Erwartung des neuen Herrschers vor Angst in die Hose: Napoléon I., Ludwig XVIII., Karl X., Ludwig Philipp, Napoléon der Dritte. Circa 150 Jahre später kamen die Republikaner als Fehltritt der Geschichte mit McDonald Trump als Burger mit Honig-Senf-Tolle.

Catherine de Vivonne, Tochter des französischen Marquis Jean de Vivonne und Gattin des reichen Marquis de Rambouillet, gründete im Jahre 1620, als Michel und ich embryonal noch nicht existierten, wenngleich wir vielleicht als Idee des Weltgeistes oder der Providenz bereits geplant waren, im Alter von ungefähr dreißig Jahren einen der ersten Salons in Paris, und zwar in einem nahe des Louvre gelegenen Stadtpalastes, dem Hôtel de Rambouillet, das die junge Marquise nach ihren Plänen bauen, umbauen und einrichten ließ.

Zwar noch ungeboren, aber aus der Entfernung des Weltalls vom Ersten Beweger bereits mit Wahrnehmung ausgestattet, perzipierten Michel und ich aus der Ferne, wer in diesem Hause ein- und ausging. Die Beobachtung des geistreichen Lebens in diesem literarischen Zirkel erweckte bereits damals bei uns den Wunsch, später einmal im Verlauf der Weltgeschichte, das heißt nach unserer Fleischwerdung, Geburt oder Wiedergeburt, Französisch zu lehren, um die Welt und Nachwelt über diese einzigartigen Ereignisse zu unterrichten. Wir wollten wie die Marquise, obwohl unser Geschlecht noch nicht feststand, mehrere Sprachen beherrschen und uns im multilingualen Textoversum harmonisch proportional bilden, um als *honnête homme* oder Salonière kultiviert, ehrlich, gebildet, bescheiden, *courtois* und moralisch integer auch der zukünftigen Menschheit Wert und Dauer zu verleihen. War es nicht besser, frei nach dem Leitsatz von Montaigne, einen gut funktionierenden und gesunden Menschenverstand zu haben als einen vollen Kopf mit totem Wissen? War es nicht besser, nach einem moralischen Imperativ zu streben als im Schein einer pervertierten christlichen Doppelmoral zu leben? Wer gegen die Regeln des Anstands und des guten Geschmacks verstieß, durfte bei den Salonièren der damaligen Zeit nicht einkehren. Er bekam einen Korb mit dem Schild um den Hals: Ich muss draußen bleiben.

Unter den Besuchern in dieser Société beobachteten wir Männer und Frauen aus exklusiven und elitären Kreisen, einige Adlige, aber vor allem gebildete Bürger und Bürgerinnen, die später als Citoyen den Stolz der Republik ausmachen sollten. Zu den Gästen gehörten Marie-Madeleine Pioche de la Vergne, die spätere Madame de La Fayette, sowie Marie de Rabutin-Chantal, die spätere Marquise de Sévigné, aber als Stammgast und *Habitué* auch der einfallsreiche Gesellschafter und Literat Vincent Voiture. Michel und ich hatten sogar den Eindruck, einige Male Le Grand Condé, *Erster Prinz von Geblüt*, Feldherr und Anführer der adeligen Opposition während des französischen Bürgerkriegs der Fronde im Salon des Hôtel de Rambouillet gesehen zu haben, als der Prinz mit der Marquise über das Verbot der Aufführung des Theaterstücks *Le Tartuffe* diskutierte.

Michel wandte mir gegenüber ein, dass er das Verbot für skandalöser hielt als den Inhalt, der nur einen frömmelnden Heuchler denunzierte, der die Frau des wohlhabenden Bürgers Orgon zu verführen und den Hausherren selbst zu enteignen suchte und dabei durch seine vorgetäuschte Religiosität sein kirchliches Amt aus Machtkalkül missbrauchte. Der Zweck heiligt bekanntlich die Mittel. Michel und ich waren uns beide einig, dass die Missbrauchsskandale der katholischen Kirche heutzutage noch eine ganz andere Dimension der moralischen Perversion darboten als damals und die Kirche deshalb besser schon damals auf die Kritik Molières hätte eingehen sollen, um in den eigenen Reihen ein wenig aufzuräumen, anstatt die berechtigte Kritik als Verrat darzustellen – im Namen des Vaters, des Sohnes und der Dreifachen Scheinheiligkeit.

Schwindel, Maskerade, Lüge! Nichts hat sich geändert! Anstatt die Dienstmädchen und schönen Gretchen zu verführen, machen sich die Würdenträger heute in moderner Spielart – und das ist keine Komödie – auch noch an die kleinen Jungs heran, um sie zu verführen.

Deshalb waren Michel und ich, die das in einem Flüsterton geführte Gespräch der Marquise mit dem Prinzen aus einem dunklen Winkel belauschten, besonders erfreut zu vernehmen, dass Condé als Mäzen Molières auftreten wollte, um ihm zu ermöglichen, die skandalumwobene Komödie privat aufzuführen und dass sogar der Sonnenkönig persönlich ein gutes Wort für Molière einreichen wollte. Applaus! Courage! Der Feldherr führte an dieser Stelle einen anderen Kampf an, der ihn aber nicht weniger seinen Kopf kosten konnte. Michel und ich schauten uns jedenfalls lieber das heute meistgespielte klassische Theaterstück, *Der Tartuffe oder Der Betrüger* an, als das Affentheater in der Kirche zu besuchen. Während Molière die Menschen durch die Kritik der Laster in seinen Komödien zu bessern intendierte, gleicht heute die *flexible* Realität weiterhin einer lasterhaften Komödie, in welcher es schwer fällt, Menschen mit blonder Haartolle zu demaskieren und zu entmachten. Ein Fake. Eine Farce.

Michel war nicht nur ein Verehrer der Damen und Literatur, sondern umhegte auch die französische Sprache in gleichem Maße wie die Salondamen. Er versuchte sich nicht nur an immer neuen Wortkreationen, um die Sprache zu bereichern, sondern setzte sich als Sprachakrobat auch gegen das Wörtersterben ein, indem er eine Art Artenschutz für bedrohte Wörter forderte. Als er allerdings davon erfuhr, dass Molière sich in einer neuen Komödie, *Les Précieuses ridicules*, die lächerlichen Preziösen, über den elaborierten Sprachgebrauch der Salonièren mokierte, indem er ihnen vorwarf, durch eine affektierte, unangemessen komisch wirkende Sprache eine Kultur des Scheins zu verbreiten, war er von dem Komödianten Poulain sehr enttäuscht, denn dieses fürwahr gezierte Spiel mit der Sprache war nicht weniger ein Instrument der Emanzipation der sich von den häufig rohen Sitten des Hofes absetzenden distinguierten bürgerlichen Frauen, welche die von Gott gegebene Geschlechterrolle durchbrachen.

In diesem Zusammenhang prägten die Salonièren neue Komponenten der Sprache, Lebens-, Empfindungs- und Ausdrucksweisen aus, die zwar als überspitzt wirken konnten, aber einen feministischen Ansatz darstellten, den Michel sehr wohl befürwortete, zumal den Frauen weiterhin der Zugang zu den Akademien und Wissenschaften verwehrt blieb. An einem Samstagabend hielt Michel deshalb einen von allen Salonmitgliedern applaudierten Vortrag über *Die Gleichheit der Geschlechter*, nachdem er das gleichnamige Buch von François Poullain de La Barre, *De l'Égalité des deux Sexes*, zur großen Freude seiner Studentenschaft im Sommersemester bereits in einem Hauptseminar behandelt hatte. Wie wollte man eine fundamentale Nachrangigkeit der Frau begründen, wenn der Verstand doch kein Geschlecht kannte, sofern man ihn benutzte. Und konnte man nicht jeden Tag beobachten, wie manche Männer sich in ihrer Sprache, ihren Sitten und in ihrem Verhalten tierischer als jedes Tier gebärdeten als stände ihr Verstand, sofern vorhanden, still? Und war das Herz nicht manchmal klüger als der aus Feigheit oder Unvermögen ungenutzte Verstand, beziehungsweise war die Vernunft nicht manchmal ein Verstand mit Herz? Was dem Verstand der Männer jedenfalls erwiesenermaßen fehlte, war das Verständnis für die Frauen. Und dieses hatte Michel, denn er war ein Frauenversteher, vielleicht war er selber ein wenig Frau mit mehr Herz und mehr Verstand, denn der beste Stand war der Verstand, und dieser ist bei beiden Geschlechtern gleich verteilt.

Während Michel und ich dienstags als *Habitués* immer Gäste im Salon von Madame de Sévigny waren, lud Madelaine de Scudéry, die wir als Stammgast aus dem Salon der Marquise von Rambouillet bereits kannten, seit kurzem samstags in ihren neu eingerichteten Salon ein, mit dem sie ihrer Freundin jedoch keine Konkurrenz schaffen wollte. Sie war nicht mehr ganz jung, weder hübsch noch hässlich, aber der Verheiratung entgangen, wahrscheinlich, weil sie zu gebildet war, weshalb ihr Salon in der Pariser Gesellschaft besonders gut reüssierte.

Ich erinnere mich noch genau an den Samstagabend, an dem Madame de Scudéry uns zum ersten Mal in ihren Salon einlud. Sie wohnte in einem Stadtpalais mitten im Maraisviertel in Paris und ihre *Chambre bleu* galt in der feinen Gesellschaft als eine besonders exquisite Hausnummer der Galanterie.

Im Interieur der arkadischen Idylle des Salons standen mehrere Sofas und zahlreiche Sessel, die frei umhergeschoben wurden, um neue Konversationsgruppen zu bilden. Die Polster waren in Pastelltönen gehalten und die Tapeten, welche die Wände zierten, aus Seide mit einem unaufdringlichen Lilienmuster. Überall hingen Gemälde mit lieblichen Landschaften, neckische Genreszenen und vor allem mythologischen Darstellungen. Bei Eintritt in den Salon fiel sofort ein Klavichord auf, welches im hinteren Bereich des Zimmers vor einem schweren Vorhang stand und die Blicke wie eine schöne Dame auf sich zog, die allerdings an diesem Abend, gekleidet in ein bodenlanges Kleid vor einer Harfe saß, auf der sie liebliche Töne spielte. In einem Erker stand ein Sekretär mit zahlreichen Fächern, in welchen sorgfältig Briefe, Billets und Theaterzettel eingeordnet waren.

Überall waren galante Herren, die mit leicht tänzelndem Schritt umhergingen oder auf einem Sofa saßen und sich angeregt mit den Salondamen unterhielten. Dabei wechselten die Gesprächspartner wie die Sujets, aber Esprit und erlesene Höflichkeit gehörten immer zu den Kardinaltugenden.

Michel war der vollendete Hofmann bei diesem Gesellschaftsspiel. Er beherrschte die Etikette, Regeln und guten Manieren, die in diesem *Bureau d'esprit* zum Verhaltenskodex gehörten, aus eigener Erfahrung, war er doch Jahre zuvor schon Gast am Hof von Mantua gewesen, wo er das Buch von Baldassare Castiglione, *Il libro del Cortegiano*, aufmerksam studiert hatte, so dass er die galante *Conduite* meisterhaft beherrschte, welche durch ihre versatile Klugheit, Zugewandtheit und Gewogenheit nicht nur die Augen der Frauen auf sich lenkte.

Michel war hochgebildet, besaß Esprit, war wortgewandt und schlagfertig in der Konversation, kannte sich mit Literatur, Musik und Malerei aus, so dass er alle Eigenschaften versammelte, die ihn geradezu zum Ideal des nach dem italienischen Muster des *Gentiluomo* geprägten französischen *honnête homme* bestimmten. Zudem war er nicht ständegebunden und verkörperte als intellektueller Bürger den vorurteilsfreien Salondialog als Gegenpol zum Adel.

Michel blieb jedoch sein Leben lang ein Casanova. Vielleicht war er deswegen der Liebling und der Anziehungspunkt aller Gesellschaften. Sobald er den Raum betrat, waren sofort alle Frauen, Männer, Katzen, Hunde, Tische, Spieltische, Sessel, Sekretäre und Tapisserien in ihn verliebt. Er war die Schwerkraft, die alles und alle an- und auszog. Auffällig waren nicht nur seine galanten Bemerkungen und geistreich-literarischen Ausführungen, sondern auch seine subtilen Komplimente, die im anmutigen Spiel der Konversation erotische Untertöne enthielten.

In diesem *Club* der freigeistigen Frauen ließ Michel sich gerne von den gastgebenden autodidaktischen Salonièren an Geist und Körper formen und kultivieren. Er akzeptierte ihre Gesetze, welche ihre spezifischen Spuren hinterließen, und betrachtete die Salonièren und die Literatur als eine eheähnliche Beziehung, in welcher das weiblich begründete Bewusstsein auch manches Mal seine Krallen zeigte, woraufhin nicht nur Wortfetzen durch die Lüfte flogen. Aber diese Szenen spielten sich unter dem Ausschluss der Öffentlichkeit ab, wenn die Gäste den geselligen Abend bereits verlassen hatten und Michel mit der Gastgeberin als Ehrengast noch ein wenig länger in intimer Atmosphäre verweilte und nicht nur plauderte.

Da Michel Junggeselle war, konnte ihm niemand einen Seitensprung vorwerfen, wenn er den Damen im Rahmen der Emanzipation zu mehr moralischer Freizügigkeit verhalf, während Descartes' Abhandlung, *Von den Leidenschaften der* Seele, *Les Passions de l'âme*, unter dem Bett versteckt blieb, denn Michel wollte seine Begierden befreien und das Übermaß an Emotionen nicht durch den Verstand beschränken. Für Michel war die durch die Sinneseindrücke und die Lebensgeister hervorgerufene Erregtheit und Leidenschaft der Seele kein leidender Zustand, den es zu kontrollieren oder sogar zu unterdrücken galt. So weit ging seine Liebe zu Descartes zur Freude der Frauen nicht.

Wenn sich der Ehrenmann Michel mit seinem Körper eines Adonis zur Ehre der Frauen vor Venus oder Aphrodite entkleidete, um nicht nur das vermeintlich Gute, sondern das wirklich Gute für beide zu wollen, konnte die Liebe gar nicht groß genug sein, um den Lebensgeistern im Gehirn freien Lauf zu lassen, damit sich diese durch den Anreiz der Betrachtung der weiblichen Formen ungehindert im Körper entfalteten. Der freie Wille, sofern es ihn gab, wurde willentlich ausgeschaltet, und die ungehinderte Hingabe an das Gefühl der Lust bestimmte den Moment, der zur Vervollkommnung des Körpers ewig währen sollte. Michel wollte die liebliche Schönheit nicht nur betrachten wie eine Blume, sondern sie pflücken wie eine Blüte und verzehren wie eine süße Frucht.

Wenn Michel bei seinen Streifzügen durch die Salon-Szene an manchen Abenden nur Zugang zu deren Geist und nicht zu deren Körper erhielt, weil die edlen Damen durch den Gebrauch ihres cartesischen Verstandes ihre Leidenschaften zu zügeln vermochten, wenn das Verhalten des *Gentiluomo* in einigen Situationen des gesellschaftlichen Spiels als Schein entlarvt und Michel deshalb abgewiesen wurde, verließ er oft zu später Stunde den Ort der *res publica litteraria*, um sich in die sittenfreiere Gesellschaft des Herzogs von Orléans zu begeben, dem jüngeren Bruder von König Ludwig XIII., dessen rauschende Feste und ausschweifender Libertinismus in Paris Tagesgespräch waren.

Tatsächlich wartete ich an diesem tabulosen Ort einer teilweise zügellosen und konspirierenden Gesellschaft, die sich gegen die Dogmen der katholischen Orthodoxie und des tradierten christlichen Weltbildes aufbäumte, häufig auf meinen Freund Michel, weil ich als Spezialist des materialistischen Denkens im Frankreich des frühen 17. Jahrhunderts bei meinem feinsinnigen und gebildeten Freund Gaston als Seelenverwandter galt, natürlich ohne Seele. Während er jedoch Thronanwärter war, weil sein Bruder trotz täglichen Übens, zahlreicher Lehrgänge und Privatstunden bei erfahrenen Kurtisanen in seiner Ehe mit *Anne d'Autriche*, Anna von Österreich, zwanzig Jahre lang kinderlos blieb, bevor der kleine Sonnenkönig geboren wurde, war meine Wenigkeit darauf beschränkt, zwanzig Jahre lang Anwärter auf eine Professur zu sein, ohne dass ich tatsächlich davon geschwängert wurde.

Trotzdem verstand ich mich als Nicht-Professor mit dem Nicht-König hervorragend und genoss seine Gesellschaft, in der wir alles in Frage stellten, was das christliche Jahrhundert für heilig hielt: die Unsterblichkeit der Seele, die Endlichkeit der Welt und die Erde als ihr Zentrum, den persönlich wirkenden Schöpfergott und die göttliche Providenz, die Sündhaftigkeit des Menschen, die Boshaftigkeit des Teufels, die absolutistische Monarchie oder die Aristokratie. Die Tage und Nächte waren nie lang genug, um mit unserer Kritik an das Ende der Unendlichkeit der Welt zu gelangen, zumal wenn Michel noch zu später Stunde nach einem abenteuerlichen Tag von 24 Stunden aufgeregt und voller Energie zu uns stieß. Dann wurden nicht nur der Tag- und Nachtrhythmus durchbrochen, sondern auch die Mondphasen, welche im Allgemeinen die mächtigen Gezeiten der Meere bestimmen, bis zur Erschöpfung der Zeit gedehnt.

Wir waren die Hedonisten der ersten Stunde auf der Suche nach einem gelungenen, klugen, gerechten, intensiven Leben im Diesseits, im Hier und Jetzt, auf der Stelle, in seiner Endlichkeit: Freude, Vergnügen, Lust als sanfte Wellenbewegung und Genuss des Augenblicks, und vor allem kein Schmerz als leidender Sturm der Seele, sondern Gelassenheit gegenüber den Schicksalsschlägen des Lebens und in Betrachtung des Todes, der keine Furcht oder Bedrohung darstellt, weil ihm nichts mehr folgt.

Indes hätte ich trotz meiner chronischen Schmerzen mein Leben nicht mit Gaston von Orléans tauschen wollen, denn wenn er nicht gerade als Epikureer, Deist oder Atheist Gott leugnete und die Indignation der Kirche hervorrief oder mit einer schönen Frau kokettierte, war er immer auf Dienstreisen, ob als Kommandeur der Armee bei der Belagerung der protestantischen Festung La Rochelle, als Anführer der Revolte gegen Richelieu und seinen Bruder, als Kommandant der Truppen in den Spanischen Niederlanden oder den Aufständen während der französischen Bürgerkriege, *La Fronde*.

Da immer wieder einige Salonièren altersbedingt verstarben, ohne uns anschließend ins himmlische Paradies einzuladen, zogen Michel und ich ganz nach dem Vorbild von Fontenelle zu Beginn des 18. Jahrhunderts weiter zum nächsten und wieder zum nächsten Salon, die sich teilweise in derselben Straße befanden, und zwar insbesondere in den noblen Pariser Stadtteilen Marais, Faubourg Saint-Honoré und Saint-Germain. So wechselten wir zum Beispiel nach dem Tod der Marquise de Lambert, deren literarischen Salon Gaston häufig boykottierte, weil er ihn zu anständig und zu unpolitisch fand, denn gesellschaftskritische und religiöse Diskussionen waren hier untersagt, obwohl an einem Mittwochabend die sozialkritischen *Persischen Briefe* von Montesquieu besprochen wurden, in den Salon zu Madame Tencin, bei der wir uns jeweils dienstags zum Soupieren trafen. Sie war allen Clubmitgliedern als die Mutter d'Alemberts bekannt, der mit Diderot die Enzyklopädie herausgab. In ihrem *Bureau d'esprit* versammelten sich vor allem die jungen Philosophen und Literaten der Aufklärung.

Während der vorlesungsfreien Zeit begleiteten Michel und ich einmal den jungen Frühaufklärer Voltaire auf einer Reise nach England und dann nach Preußen an den Hof Friedrichs II. und beschlossen daraufhin ein gemeinsames Forschungsprojekt zum französischen Materialismus zu entwickeln, welches zum Zentrum der Europäischen Aufklärung wurde, uns aber im schlimmsten Falle auch als gottlose Häretiker auf das Schafott hätte führen können, denn die Gedankenpolizei, Inquisition und Zensur waren omnipräsent, so dass wir unsere Gedanken immer dissimulieren, maskieren und verbal verfremden mussten. Solange der freie Gedanke nur in den Köpfen existierte, blieb uns der Kopf erhalten, so dass wir mit den absolutistischen Herrschaftsverhältnissen koexistieren konnten. Deshalb brachten wir unsere Ideen mit äußerster Vorsicht zunächst nur in den Salons unter das Publikum oder veröffentlichten sie in geheimen Manuskripten und Briefen. Ideologiekritische Pamphlete und Schriften ließen wir häufig in Holland und unter falschem Namen drucken, so dass sich der Keim des fortschrittlichen Denkens zwar nur langsam entwickelte, aber immer größere Kreise zog.

Neben unseren Salonbesuchen frequentierten Michel und ich in regelmäßigen Abständen das Literaten-Café *Procope* in der Rue des Fossés Saint-Germain, welches in Paris die Feuerstelle des sesshaftaufgeklärten Menschen mit aufrechtem Gang, Gehirn und der Fähigkeit zur sprachlichen Kommunikation war. Dieses gelehrte Haus der Geistesarbeiter befindet sich bis heute im *Quartier Latin*, und zwar in der *13 rue de l'Ancienne Comédie*. Schreiben Sie sich, lieber Leser, diesen Geheimtipp unmittelbar auf, denn in diesem großen Kaffeehaus der Extraklasse treffen Sie bei Ihrem nächsten Paris Besuch alle Personen, die in Kunst, Wissenschaft und Literatur Rang und Namen haben, und Sie gehören als chronischer Leser und damit Intellektueller zum Zentrum eben dieser illustren Gesellschaft der Freidenker, sofern Sie die Bücher nicht nur wie eine Tasse Kaffee leerlesen, sondern auch etwas von Ihrem eigenen Geiste hineingießen, so dass der Kaffee im *Procope* als Wundertrank der Ideen zu sprudeln beginnt.

Falls Sie als edle Gucci-Dame mit einer Luxuskarosse anreisen, womöglich einem Lamborghini Diablo GT 1, der von einem Gespann mit 651 prächtigen Pferden gezogen wird, können Sie sich Ihre Lieblingseiscremen auch direkt auf einem silbernen Tablett an Ihre Kutsche liefern lassen. Allerdings müssen Sie bei den vielen Pferdestärken darauf achten, dass nicht eines der Pferde nach Ihrem Eis schnappt.

Aber vielleicht reisen Sie in gleicher Weise mit Ihrer Azimut Luxusyacht der Extraklasse direkt über die Seine an, nachdem Sie vorher mit ihrem 70 Millionen Dollar billigen Privatjet, Gulstream 650, auf der 1919 Meter langen Piste der Champs-Élysées gelandet sind und sich die restliche Wegstrecke von ihren privaten Trägern in einer überdachten byzantinischen Sänfte zum Procope tragen lassen, damit Sie ihre Schuhe nicht beschmutzen und zum Gespött der Gäste werden, die Sie wegen dieser unverzeihlichen Unachtsamkeit durch den Kakao ziehen oder Ihnen eine lange Nase drehen, bevor Sie nach dieser beschwerlichen Anreise überhaupt die Zeit finden, Ihren wohlverdienten Café zu bestellen.

Bei spinösen Gesprächen mit delikaten Themen, zum Beispiel über die Organisation oder Gründung einer politischen Oppositionspartei, die Sie mit Ihren Freundinnen neben der Torte anschneiden könnten, dürfen wir Ihnen noch raten, genau zu beobachten, wer am Nachbartisch sitzt, denn manche Gespräche werden im Auftrag des Königs von seiner Geheimpolizei bespitzelt, und Ihr Diner könnte dann in der Bastille enden. Zwar träfen Sie hier unter

Umständen dieselben kritischen Gesprächspartner an, allerdings in einem weniger luxuriösen Ambiente und ohne die Tiefen des schwarzen Getränks. Also passen Sie auf, ohne die Pferde verrückt zu machen.

In der Gesellschaft der Skeptiker und Libertiner, in welcher Michel und ich häufig im Flüsterton diskutierten, brauchte die Materie die göttliche Schöpfungsenergie nicht mehr, um eigenständig empfinden und sogar denken zu können. Die Animalgeister, welche die Zirbeldrüse im Gehirn zum Denken bewegten, waren nicht immateriell, sondern bestanden aus kleinsten atomaren Partikeln, die in ihrer besonderen Zusammensetzung das Denken hervorbrachten. Diese Erkenntnis hatten wir durch Beobachtung und anatomische Experimente gewonnen, die wir gemeinsam mit Medizinern, Physiologen und Anatomen durchgeführt haben, wobei Michel und ich uns nicht persönlich an dem Sezieren oder Autopsieren der nachts heimlich auf den Friedhöfen ausgegrabenen Leichen beteiligten, um Gewissheit darüber zu erlangen, wie die körperliche Maschine funktionierte und darüber, dass sie nicht von außen oder durch eine Seele angetrieben wurde.

In unserem mechanizistischen Gegenmodell reduzierten wir den nicht mehr so lieben Gott auf seine Ingenieurfunktion, sofern er nicht selbständig bereit war abzudanken oder zurückzutreten. Der menschliche Körper brauchte die vermeintlich göttliche Seele nicht mehr, die den Menschen zum Knecht der Theologen gemacht hatte, welche sein Heil in ein fernes Paradies verlegten, während sie ihn im Diesseits auf der Erde gemeinsam mit den Herrschenden bis auf die Knochen ausbeuteten. In Analogie zur mechanisch-physikalischen Welt konzipierten wir den menschlichen Körper als Automaten und schafften damit im Rahmen eines psychologischen und biologischen Materialismus den Dualismus zwischen einer spirituellen Seele und einem materiellen Körper ab. Die Seele wurde materialisiert oder musste verschwinden.

An einem Abend gab es in einem der Salons einen großen Skandal, und zwar als Voltaire den jungen Regenten Philippe von Orléans, unseren guten Freund und Förderer, durch den Vortrag obszöner Verse beleidigte, in denen er zum Entzücken oder Entsetzen der geladenen Gäste vortrug, dass Gaston eine inzestuöse Beziehung zu seiner ältesten Tochter, der Herzogin von Berry, unterhielt und gemeinsam mit ihr lieber frivole und ausschweifende Feste feierte, anstatt sich um die Missstände und Hungersnöte im eigenen Land zu kümmern. Vorsichtshalber hielten Michel und ich uns aus der Affäre heraus und ergriffen keine Partei. Umso überraschter reagierten wir, als wir am nächsten Tag erfuhren, dass Voltaire für elf Monate in der Bastille eingekerkert wurde, welches ihn jedoch nicht davon abhielt, seine Meinung weiterhin schwarz auf weiß zu Papier zu bringen und zu einem der größten Denker der Aufklärung aufzusteigen.

Ärger mit der Zensur bekam auch unser Freund Denis Diderot, der gemeinsam mit Jean-Baptiste le Rond, in der Pariser Gesellschaft d'Alembert genannt, die berühmt-berüchtigte Enzyklopädie in 28 Bänden herausgab, die das gesamte Wissen der damaligen Zeit beinhaltete und auf allen Gebieten eine positivistische und fortschrittliche Denkweise initiierte. Wenn er nicht gerade in der Bastille schmachtete und von hier aus das Großunternehmen weiter leitete, flüchtete er häufig an den Russischen Hof oder nach Berlin, um dort in Freiheit forschen und arbeiten zu können.

Michel und ich profitierten häufig *in cognito* davon, unsere Freunde an die Europäischen Höfe zu begleiten, um unsere Hochschulseminare vorzubereiten. Da wir für diese Vortrags- und Forschungsreisen immer eine offizielle Genehmigung unseres Rektors vorweisen konnten, der die Reisekosten teilweise sogar übernahm, konnte uns kein Monarch jemals dafür in den Kerker werfen lassen. Gleichzeitig profitierten unsere Studenten von diesen persönlichen Erfahrungen, zu denen uns Frau Prof.'in Dr. Dr. h.c. Maria von Ohrendorf, von uns immer nur die *Marquise* genannt, häufig in anerkennender Weise gratulierte, sofern wir sie nicht selber in den Salons oder an den Höfen antrafen, wo sie immer ein besonderer Gast war. In Ludwigsburg und in Berlin unterhielt unsere Abteilungsleiterin ihren eigenen Salon, welches kein Friseursalon war, wenn hier auch so manchem Gast gehörig der Kopf gewaschen wurde. Frau von Ohrendorf war mit den meisten europäischen Salonièren nicht nur über das Internet gut vernetzt, sondern stand durch ihre Konferenzreisen immer auch in einem regen persönlichen Ideenaustausch mit den wichtigsten Wissenschaftszentren der Europäischen Gemeinschaft, von welcher sie gleichzeitig Forschungsgelder erhielt.

An den Höfen und in den Stadtpalästen bewunderten Michel und ich immer die privaten Bibliotheken und kunstvollen Bücherregale, an denen sich unsere Augen neben den hübschen Damen weiden konnten, und die Passion für die Bücher erschloss uns Kontakte und Erfahrungen, die weit über die Realität des Alltags und bis an den Rand des Textoversums hinausführten. Wenn es einen Gott geben sollte, dann wäre er hier zu suchen gewesen, in den Büchern. Daher waren Michel und ich im Grunde genommen gar keine Atheisten, sondern Suchende nach dem Gott der Bücher, wobei das Textoversum schneller als mit Lichtgeschwindigkeit expandierte und wir bis zum heutigen Tag noch hinter keinem noch so kostbaren Umschlag einen göttlichen Funken gefunden haben, der nicht in schwarzen Lettern gedruckt gewesen wäre. Vielleicht war der Gott der Bücher ein schwarzer Gott. Unter diesen Umständen wollten wir ihn gerne verehren und zu ihm beten, sofern er uns immer neue Bücherapostel schickte, welche die frohe Botschaft der Bücher verbreiteten.

Aber nach den aufgeklärten Damen und den Wirren der Revolution, deren schneidende Guillotine wir noch am Halse spürten, besuchten wir in unseren Bücherregalen des 19. Jahrhundert zunächst einmal die romantische Damenwelt, die jedoch häufig nicht weniger verzweifelt und kämpferisch war. Wir interessierten uns jedoch nicht für die Sittenbilder aus der Provinz, wo eine Frau bereits gegen die guten Sitten verstieß, nur weil sie ihren plumpen, rüden, einfältigen und leidenschaftslosen Ehemann und Privatarzt Charles gegen einen intelligenteren, brünstigeren und charmanteren Liebhaber austauschte. Wir verliebten uns daher nicht in Madame Bovary, welche wir schicksalshaft ihren anderen Liebschaften überließen. Außerdem wollten wir weder für ihre verschwenderischen Ausgaben aufkommen, noch für ihren Selbstmord verantwortlich sein, so dass wir tunlichst selbst bei der schlimmsten Erkrankung auch die Gesellschaft ihres Gatten mieden, um uns in seiner Praxis nicht den Tod zu holen.

Unsere Frauenideale fanden sich vielmehr auf der republikanischen Seite der Salonièren, beispielsweise bei der Frauenrechtlerin Juliette Adam, deren Ehemann sogar Abgeordneter der Linken war und deren langjährige Freundin, George Sand, genauso zu den liberalen Politikerinnen gehörte wie Adolphe Thiers oder Léon Gambetta, die sich der konservativen Politik der Dritten Republik widersetzten.

Michel verliebte sich einmal an einem Abend, an dem es hoch herging, in die rothaarige Pariser Schauspielerin und Kurtisane Valtesse de la Bigne, von der er wusste, dass sie illustren Malern Modell stand, so zum Beispiel Édouard Manet, dessen Porträt Sie, lieber Leser, heute noch in New York im *Metropolitan Museum of Art* bestaunen können, allerdings ohne Michel an ihrer Seite. Allerdings hätte Michel sich als Nicht-Maler die heftige Gegenreaktion dieser exquisiten Salonière, die von Napoleon III. zur Gräfin ernannt wurde und die Liebhaberin von Jacques Offenbach war, nicht im Geringsten ausmalen können. Sie empfand Michels Komplimente und Schmeicheleien, die offensichtlich nur einem bestimmten Zweck dienten, nämlich sich für einen Nicht-Maler auszuziehen, als einen so unangemessenen Affront, dass sie ihm am späten Abend nicht nur einen Korb erteilte, sondern diesen über seinen Kopf stülpte, so dass Michel unter den entsetzten Blicken aller Anwesenden den Schwanz einzog und den Salon verließ, ohne sich zu verabschieden.

In diesem Zusammenhang muss ich ehrlicherweise eingestehen, dass Michel in den Salons zwar immer ein hoch angesehener, gebildeter Gesprächspartner war, seine nicht zu stillende Frauenbulimie ihn jedoch immer wieder zu Verstößen gegen die gesellschaftlichen

Umgangsformen antrieb, die trotz des libertinen Geistes, der gemeinhin in den Salons herrschte, nicht geduldet wurden. So hatten seine ambivalente Mimik und Gestik, verbundenen mit einer gewissen Taktlosigkeit und Indiskretion bereits in der Vergangenheit so manchen Fauxpas ausgelöst, der zu einem Skandal hätte eskalieren können, wenn es Michel nicht immer durch seine rhetorische Eloquenz gelungen wäre, den Affront durch die sprachliche Nachbearbeitung auf überzeugende Weise zum Witz abzuschwächen oder durch seine konstruierte Ambiguität so zu verschleiern, dass jeder Vorwurf entschärft werden konnte, während andere Damen bereits wieder von seiner Sprechkunst und seinem Einfallsreichtum zu schwärmen begannen.

Da Michel jedoch die Salonièren nicht nur durch seinen rationalen Diskurs zu begeistern versuchte, sondern, durch die Gier der Lust getrieben, immer auch eine körperliche Inbesitznahme anstrebte, konnte es nicht vermieden werden, dass manche Auserwählte es ablehnte, seine Konkubine zu werden, so etwa die Gräfin Valtesse de La Bigne. Ihre Ablehnung musste allerdings auf andere Beweggründe zurückzuführen sein, die zu ergründen mir schwer fiel, weil diese *feine* Dame wirklich nicht aus dem besten Elternhaus stammte.

Ihr Bett, welches Sie, lieber Leser, ebenfalls heute noch bewundern können, und zwar in Paris im *Musée des arts décoratifs*, diente sogar Émile Zola als Inspiration für das Bett der Prostituierten *Nanà* in seinem gleichnamigen Roman. Wenn Sie also in den erotischen Genuss dieses Nachtlagers gelangen wollen, reisen Sie nach Paris und gehen ins Museum oder kaufen sich das Buch von Zola, unter Umständen in der Übersetzung in Ihrer Lieblingssprache. Aber machen Sie Zola nicht dieselben Vorwürfe wie die Kurtisane, die ihn beschuldigte, sich von ihr auf dumme Art und Weise habe inspirieren zu lassen, wohingegen eine kluge Frau schon damals gewusst hätte, dass es einer gewissen Intelligenz bedurfte, um in der Gesellschaft zu triumphieren.

Was Michel damals offensichtlich ignorierte, war die Tatsache, dass Émilie-Louise Delabigne, wie das holde Schätzchen aus der

Normandie mit Geburtsnamen hieß, deren Vater Alkoholiker und Mutter Wäscherin und Prostituierte war, sich nur auf reiche Liebhaber einließ, mit deren Geld sie wertvolle Kunstwerke für ihren Salon sammelte. Der Prinz Lubomirski soll der Gräfin, nach der so viele Adlige nach ihrer Nobilitierung griffen, sogar ein teures *Hôtel particulier* an der Ecke zum Boulevard Malesherbes / Rue de la Terrasse finanziert haben. Auf diesem pekuniären Niveau der mondänen Gesellschaftsschichten konnte mein lieber Freund Michel leider nicht mithalten, denn er war weder Adliger noch Vorstandmitglied einer Bank, sondern nur ein armer Lektor für die französische Sprache, die es ihm in diesem Fall verschlug. Daher kaufte er sich nur Bücher und keine Frauen, die er vielmehr durch seinen Charme und Eros sowie seinen suggestiven Sirenengesang zu verführen suchte. Außerdem hatte er das Buch *Le Deuxième Sexe, Das andere Geschlecht*, von Simone de Beauvoir gelesen und wollte nicht in einer falschen Doppelmoral versinken, in welcher Mädchen a*ls pervers und liederlich gelten, die von ihrem Körper leben, nicht aber die Männer, die sich ihrer bedienen.*

Während Michel in unseren Bücherregalen des 19. Jahrhundert mit dem immer auffällig gekleideten jungen Dandy, Sozialist und Revolutionär Baudelaire durch die damals teilweise abstoßenden und düsteren Pariser Straßen und Cafés zog und beide Großstadtmenschen zur Freude der Passanten und *Habitués* in den Bars morbide Verse aus den *Fleurs du Mal, Die Blumen des Bösen*, rezitierten, welche die sich dem *Ennui*, der Langeweile hingebenden Müßiggänger zwischen den satanisch-bösen und den platonisch-hellen Mächten, dem Spleen und dem Ideal, hin- und herrissen, und *en passant* noch so manches romantische Stell-dich-ein organisierten, setzte Michel sich in seinen Seminaren als Abolitionist mit den Argumenten Condorcets, des Abbé Grégoires und Victor Schœlchers politisch vehement für die Befreiung der Sklaven und gegen die Kolonialisierung der *nicht* genutzten Naturräume ein, die notwendigerweise mit der Unterwerfung der dort lebenden *schwarzen* oder weniger schwarzen Seelen verbunden waren, die noch keine christlichen Seelen besaßen und deshalb keine vollwertigen Menschen sein konnten.

In diesem Kontext der barbarischen Unmenschlichkeit waren die meisten Aufklärer für Michel und mich keine Vorbilder, wollte man seinen Kaffee doch mit billigem *schwarzem* Zucker aus Übersee versüßen. So hatten Voltaire und andere Aufklärer an der Börse einen Teil ihres Vermögens in diesen lukrativen transatlantischen Handel investiert, der die mondäne Gesellschaft mit ihrem exquisiten Geschmack in den täglichen Genuss von Tabak und Zucker brachte, jenen Lustkübeln aus süßen Kristallen, für dessen Produktion auf den Plantagen über zwölf Millionen Sklaven deportiert wurden. Da die Reproduktion der Sklaven vor Ort wegen der hohen Sterblichkeitsrate zu lange dauerte, wurden immer wieder neue Sklaven wie wilde Tiere eingefangen und wie Maschinen aus Muskeln zur Arbeit angetrieben. Zu diesem Preis aßen wir mit Montesquieu den Zucker in Europa. Das war der *Geist des Gesetzes*, und der Handelsherr, Monsieur Vanderdendur, bestrafte weiterhin die Neger, wie es in den offiziellen Dekreten (*Le Code Noir*) seit Ludwig XIV. vorgesehen war, indem er ihnen, wie Candide uns berichtete, die Hand abschlug, wenn sie unvorsichtigerweise in der Zuckermühle einen Finger verloren, und das Bein abhackten, wenn sie zu fliehen versuchten. Verstümmelungen und Auspeitschungen, die zum Tanze einluden, waren an der Tagesordnung, musste die Mannschaft doch bei Laune gehalten werden. Sklaven sind schließlich auch nur Tiere, die dem Menschen ähneln, und die Sklaverei das Recht der Macht des Stärkeren über den Schwächeren, die den Wolf über das Lamm verfügen lässt.

Während die Sklaven nach Jahrhunderten der Unfreiheit, Unterdrückung, Ausbeutung und Folter bis zur Mitte des 19. Jahrhunderts in den meisten Ländern gelähmt und fahl von Schmerz und Tränen dem Grabeshauch entkommen und ihre vermeintliche oder tatsächliche Freiheit erobern, mussten Michel und ich für die Selbstbestimmung und Entkolonialisierung der indigenen Völker in den unter Peitschenhieben ächzenden französischen Kolonien noch bis in die 60er Jahre des 20. Jahrhunderts einen unbilligen, schauerlichen Kampf ausfechten, bevor die von den *Zivilisatoren* geschundenen Ureinwohner sich mit Siegerblick aus den fauligen Schäumen der Sümpfe der Kolonisation in die Gärten des Lichts aufschwingen konnten.

Unsere bestürzten Studenten waren über die sophistischen Paradoxe der Dritten Republik und damit desjenigen Landes, deren Geschichte, Sprache und Kultur sie als zukünftige Lehrer vertreten sollten, so peinlich schockiert und fassungslos, dass ihnen an manchen Tagen bei der Betrachtung der Tummelplätze des geistigen Wahnsinns die Schamesröte ins Gesicht fuhr. Wie konnte es sein, dass die Texte, die wir in den Seminaren behandelten, aus den blutbefleckten Federn von Denkern stammten, deren geistige Väter uns das vernünftige Denken der Aufklärung beschert hatten? Handelte es sich tatsächlich um französische Originalporträts oder um schlechte Abbilder aus barbarischen Ländern, in denen Tyrannen ihre eigenen Kinder fraßen?

Die Quellen, zu denen wir selber gereist waren und welche wir gegenwärtig analysierten, waren leider keine Fehlinformationen, weil durch Augenzeugen belegt. Jedoch erwiesen sich die wahrgenommenen Inhalte für unsere jungen Studierenden so erschütternd, dass manche unter ihnen erwogen, das Studienfach zu wechseln. Allerdings war die Geschichte Großbritanniens, Spaniens oder unserer eigenen deutschen Vergangenheit nicht mit weniger Fäulnis, Aasgeruch und Völkermorden versehen, so dass wir weiterhin alle unsere Kräfte mobilisieren mussten, um diese widersprüchlichen Argumente im Kontext der geschichtlichen Antagonismen zu explizieren, und zwar bis wir in der Gegenwart angelangt waren, die sich in ihrer Ambivalenz nur auf der Grundlage des Vergangenen verstehen lässt.

Wie konnte es sein, so fragen wir Sie, lieber Leser, dass die Nation der Menschenrechte und der Marianne mit roter Jakobinermütze und entblößter Brust die Freiheitsfahne schwenkend, von bösem Wind getrieben und mit blinden Augen in die Sterne starrend, die republikanische Linke dazu veranlasste, ihre aus eigener

Feder stammenden Menschenrechte durch Verbrechen gegen die Menschlichkeit zu verraten, durch Mord, ethnische Ausrottung, Versklavung und Deportation? Es war die Argumentation der höheren geistigen, weißen Rasse, welche sich im Namen genau dieser unveräußerlichen Rechte dazu erwählt fühlte, die niederen Rassen, die noch in den Kinderschuhen der Menschheit lebten, zu erziehen und zu zivilisieren, um sie aus der Barbarei zu befreien und zum Lichte der Vernunft, Freiheit und menschlichen Würde zu führen. Und um dieses Ideal der menschlichen Vervollkommnung zu erreichen, waren alle Mittel recht, die diesem ehernen Zwecke dienten, einschließlich Terror, Folter und Gewalt. Jedoch auf welcher Seite standen die tatsächlichen Barbaren?

Hinter dieser perfiden Rechtfertigung der Geburtshilfe loderte das menschenverachtende Feuer einer expansionistischen Nation, welche auf der Weltbühne der Politik in den ersten Reihen mitspielen und ihre Wirtschaftsinteressen verbunden mit einem infamen Kulturimperialismus exportieren wollte. Der Geist Galliens als Ideal der französischen Sprache, Kunst und Literatur sollte auch im Rest des Universums ausgesät werden, wo die Eingeborenen diese höhere Kultur wie von Göttern empfangen sollten.

Hatten die afrikanischen Völker tatsächlich keine eigene Kultur und Geschichte und damit keine Seele, wie Victor Hugo sich bei einem Gastvortrag zu Ehren Victor Schœlchers und der Abschaffung der Sklaverei in einem unserer Seminare in verächtlich-manichäistischer Weise äußerte? Stellte das Mittelmeer die unumstößliche Grenze zwischen Kultur und Barbarei dar? War Afrika ohne die Europäer nur eine Wüste unter der tropischen Sonne? Eine unbeseelte schwarze Mondlandschaft? Nur Sand, Finsternis, Tyrannei, Anarchie und Asche? Welche unermessliche Aufgabe und Verantwortung für den scharfsinnigen Asterix mit dem großen, starken Krieger Obelix an seiner Seite, der von einem unermesslichen wirtschaftlichen Appetit geplagt wurde.

Nachdem sich die völkische, ethnisch homogene Dorfgemeinschaft erfolgreich gegen die Kolonisation durch die dekadente Rasse der Römer verteidigt hatte, strebte sie selber als unverbildete französisch-gallische Nation die Unterwerfung Afrikas und anderer Kontinente an. Die Welt stand wieder auf dem Kopf und dachte mit den Füßen!

Wahrlich, unsere Studenten sagen Euch: Wer die Freiheit der Völker und das Recht auf Selbstbestimmung negiert ist kein aufklärender Erzieher, sondern ein autoritärer Tyrann und Usurpator. Welche Negierung des Reichtums der Völker, der Vielzahl der Sprachen und Kulturen in Afrika und auf anderen Kontinenten! Welche Reduzierung des Denkens, das mit jeder neu erlernten Sprache, mit jeder neu entdeckten Kultur um eine ganze Welt wächst! Welche Lüge, Heuchelei, Maskerade, Korruption! Welcher Missbrauch der Vernunft! Es verschlägt mir die Sprache! Und zwar nicht nur die französische!

Apropos Sprache: Wie steht es um die französische Sprache in der Welt? Warum haben die Franzosen – außer meinem Lektorenkollegen Michel, der schon lesen konnte, bevor er sprechen lernte, und einige Intellektuelle außerhalb der *Académie Française* –, so fragen wir die einsprachigen und einsilbigen Aristokraten der Fünften Republik, bis auf den heutigen Tag noch immer nicht die Europäische Charta der Regional- oder Minderheitensprachen aus dem Jahre 1999 ratifiziert? Ist die französische Sprache noch immer die einzige verfassungsmäßig anerkannte Sprache in Frankreich – und in der Welt? Bildet der Mensch sich ohne die Kenntnis von Fremdsprachen nicht minder aus? Ist der einsprachige Mensch nicht der Analphabet der Moderne, die Ausnahme in einer mehrsprachigen und multikulturellen Welt?

So kann es nicht weitergehen! In unseren Seminaren dampfen die Hirne und kocht der Geist. Die Sprachen überschlagen sich vor Vitalität und Äußerungsdrang. Spitze Zungen verfassen Befreiungsdiskurse und denunzieren das Böse. Geistreiche Pamphlete überschwemmen das Land. Anarchistische Traktate traktieren die schlafenden Bürger und rütteln sie aus ihrem Dornröschenschlaf. Aus den Gebrüdern Grimm werden die Gebrüder Meinhof. Wo bleiben die guten Feen? Die Prinzen, die uns wachküssen, egal ob

Frau, Frosch oder Mann. Wo bleibt Perrault? Erzählt uns keine Märchen. Hier spielt die Musik!

Jeder darf als Patriot sein Land lieben, aber nicht als Nationalist höher schätzen als die anderen Länder. Jeder Prinz darf seine Prinzessin haben, im Diesseits oder im Jenseits. Jeder darf anderer Meinung sein. Jeder darf streiten. Jeder darf sich an seinem Gegner messen. Aber nicht als Feind. Niemand darf Bomben werfen oder muss Bomben werfen, wenn er sprechen kann. Die Sprache ist das Medium, um Wut und Kritik zum Ausdruck zu bringen, aber auch um Konflikte zu lösen. Wir müssen nicht die Kanonen, sondern die leeren Worthülsen wieder mit Schwarzpulver füllen, um unsere Differenz zu formulieren. Die Sprache exponiert die Individualität des Menschen, seine Einmaligkeit, seine Schönheit. Wo die Sprache regiert, herrschen Geist und Frieden. Deshalb setzen Michel und ich unsere Lehre und unsere Studien im Respekt des Dialogs der Sprachen und Kulturen fort und projektieren die Entwicklung einer multikulturellen Gesellschaft des Friedens. Denn wo die Sprache aufhört, beginnt der Krieg.

Das schöne Bild der zivilisatorischen Mission Frankreichs in der Welt gilt es jedoch mit unseren Studenten zu dekonstruieren, damit nach Frantz Fanon aus den *Verdammten dieser Erde*, dem kolonisierten Ding als Objekt, wieder ein Mensch als Subjekt wird! 12 347 000 km^2 Fläche sind für *La Grande Nation*, die Große Nation mit heute 67 Millionen Einwohnern dank der 20 Prozent mit Migrationshintergrund 22 Nummern zu groß, und zwar genau dann, wenn das immense französische Kolonialreich auf das *Hexagon*, das geographische Sechseck reduziert wird, aus dem heutzutage einige exkoloniale Minderheiten herausfallen, insbesondere wenn sie farbige oder muslimische Franzosen sind, die ihre Baguettes nicht mit der Trikolore einwickeln und Fahne schwenkend die Nationalhymne, *la Marseillaise* singen: Allons enfants de la Patrie,/ Le jour de gloire est arrivé!/ Contre nous de la tyrannie,/ L'étendard sanglant est levé – Auf, Kinder des Vaterlands!/ Der Tag des Ruhms ist da./ Gegen uns wurde der Tyrannei/ Blutiges Banner erhoben.

Also alles gut? Das Vaterland der Trikolore mit ihren vertikalen Balken Blau, Weiß und Rot, *bleu-blanc-rouge,* in der Bedeutung von *liberté, égalité, fraternité,* Freiheit, Gleichheit, Brüderlichkeit, hat die Tyrannei ruhmreich abgeschafft? Nein, die Franzosen haben bei der Bergpredigt nicht gut zugehört und sehen den *Balken* im eigenen Auge nicht, während sie über andere richten und urteilen. Nichts ist gut! Schlachtgesang überall! Rassismus, Nationalismus, Militarismus, Idiotismus! Ich laufe gleich mal mit Ihnen im Oktober 1961 durch die Straßen von Paris! Sie werden sich wundern! Da fliegen Ihnen die Kugeln um die Ohren! Da werden Sie als Algerier totgeschlagen! Sie werden in die Seine geworfen und ersaufen!

Wir werden noch auf der letzten Eisscholle die Schwerter schwenken, bevor wir in den dampfenden Ozeanen versinken! *Zu den Waffen, Bürger!* Aber zu den Waffen der Vernunft in einem interkulturellen Dialog. Jedoch versteht Ihr die anderen Völker nicht, deren Sprachen Ihr nicht gelernt habt, deren Kulturen Ihr verleugnet habt! Ans Kreuz mit der Unvernunft, mit *America First* und nach mir die Sintflut! Aber merkt denn niemand, dass die ökologischen Schleusen der Vernichtung bereits weit geöffnet sind? Während tausende von Tierrassen aussterben, gibt es wieder eine höhere Rasse, welche der Natur ihre Gesetze diktieren will, ohne zu merken, dass sie selber ein Teil von ihr ist.

Viele Menschen besitzen zwar Bücherregale mit stilvollen, dekorativen Gegenständen aus Glas, Kristall, Porzellan, Keramik, Stein oder Holz, aber ohne Bücher. Andere besitzen Bücher, aber schlagen sie nicht auf, sondern schlagen zu. Für viele sind dicke Bücher Schinken und Schwarten, die keiner mehr mag. Für viele sind Bücher Rezepte von Kranken. Viele können zwar lesen, aber nicht zwischen den Zeilen. Viele lesen zwar Bücher, aber verstehen nichts. Für viele sind Bücher eine Nahrung ohne Seele. Für diese Halb- oder Nichtmenschen sind Bücher Gedankengräber, die nicht mehr exhumiert werden sollen, so dass das archivierte Gedächtnis der Völker stumm bleibt und die Bücher ihre eigenen Schicksale erfahren, ihren eigenen Weg finden.

Viele Menschen können zwar schreiben, aber verschreiben sich dubiosen Verschwörungstheorien und möchten anderen vorschreiben, was zu tun und was zu lassen, was richtig und was falsch ist. Andere wiederum können zwar reden, reden, reden, den Leuten nach dem Munde reden, aber sagen nichts oder finden Ausreden und reden aneinander vorbei. Und wenn sie wirklich einmal reden und etwas sagen, ist das Gesagte nicht der Rede wert oder sie handeln nicht danach. Reden mit dem Mund ist noch kein Handeln in der Welt und aussagenkräftiges Schweigen manchmal mehr wert als nichtssagendes Gerede.

Viele Menschen können zwar hören, aber nicht zuhören. Viele können zwar fühlen, aber fühlen sich nicht betroffen. Viele können zwar schmecken, aber sind geschmacklos. Viele können zwar riechen, aber können andere nicht riechen. Viele können zwar sehen, aber sind blind. Viele können zwar denken, aber sind gedankenlos. Viele sind zwar engagiert, aber nur für sich. Viele können zwar laufen, aber finden keinen Weg. Vielen können zwar lernen, aber vergessen alles.

Viele Menschen verbringen in heroischer Tugend auch großartige Dinge, aber niemand schaut hin. Jedes Jahrhundert trägt den Mittelpunkt seiner Glückseligkeit in sich selbst wie die Kugel ihren Schwerpunkt. Und jetzt kommt wieder alles ins Rollen, aber welche Rolle spielen wir – noch?

Ein Raum ohne Bücher ist wie ein Körper ohne Seele. Ein Zimmer ohne Bücher ist wie ein Haus ohne Fenster. Ein Zimmer mit Büchern ist ein Fenster zur Welt mit Blick auf den unendlichen Sternenhimmel. In welches Regal sollten Michel und ich im 20. Jahrhundert greifen? Selbstverständlich gehörten wir zu den Schülern von Albert Camus und Jean-Paul Sartre, wobei wir uns nicht wie unsere beiden Vorbilder verstritten.

Während der Fremde von Camus *die Pest* bekommt und *Sisyphus* hilft, den Felsen den Berg heraufzurollen, liebt der Mensch in der Revolte seine Mutter mehr als die Nationale Algerische Befreiungsfront, *Le front de libération nationale*, die für die staatliche Unabhängigkeit von Frankreich kämpft. Müsste er zwischen dem Terrorismus, der notwendigerweise immer auch unschuldige Opfer fordert, und seiner Mutter als unantastbarem Symbol des Humanismus wählen, würde Albert sich immer für seine Mutter entscheiden. Er lehnt deshalb den Terrorismus als letztes Mittel der Befreiung aus der Unterdrückung ab, welches ihm viele seiner Anhänger und insbesondere die Algerier, welche für ihre Selbstbestimmung kämpfen, übel nehmen, und zwar umso mehr als Camus als Sohn einer algerischen Mutter, die ihn am 7. November 1913 in einer Lehmhütte unter *leerem* Sternenhimmel ohne Gott als Hebamme zur Welt bringt, und eines französischen Vaters, der wenige Monate später in der Marne-Schlacht tödlich verletzt wird, selber *Piednoir*, das heißt Algerienfranzose ist und im Armenviertel Belcourt mit anderen Kolonistenkindern aufwächst.

Was hatten diese Franzosen jedoch in Algerien zu suchen, wo sie seit 1830 einen freizügigen Urlaub verbrachten? War ihr Touristenvisum nicht schon lange abgelaufen? Wieso waren sie noch immer nicht verschwunden? Schliefen noch immer in den Betten der Algerier und aßen von ihren Tellerchen? Merkwürdig. Unverständlich. Kompliziert. Prekär. Hier stimmt doch etwas nicht! Wieso gehen sie nicht einfach wieder nach Hause, wo sie herkommen. Unverschämtheit. Sie führen sich so auf, als hätten sie etwas zu sagen. Geht endlich! Macht Euch vom Acker! Infamie. Betrug. Skandal!

Während Alberts Papa und seine *schwarzfüßigen Kumpanen* mit ihren sonnenverbrannten Füßen oder schwarz-polierten Schuhen, die alle in Algerien geboren und oftmals noch nie in Frankreich bei Marianne zu Besuch waren, schon seit 1848 auf der internationalen Bühne mit ihren französischen Pässen alle Freiheits- und Menschenrechte genossen, weil Algerien offiziell zum französischen Staatsgebiet erklärt worden war, musste die analphabetische Mama mit ihren algerischen Freundinnen auf dieses *vergiftete Privileg* verzichten. Sie besaß in ihrer eigenen Heimat wie alle Araber und Muslime als Einheimische nicht die vollen Bürgerrechte. Merkwürdig. Unverständlich. Betrug. Skandal! Hören wir richtig? Noch 1954 verkündete François Mitterrand als Premierminister der *Grande Nation*, dass Algerien Frankreich ist: *L'Algérie, c'est la France.* Wahrscheinlich hatte er in Geografie nicht aufgepasst oder war ein guter Schwimmer, lag doch das Mittelmeer dazwischen.

Wenn es sich darum handelte, die wirtschaftlichen Interessen des eigenen Landes durch die Ausbeutung anderer Völker voranzutreiben, setzte die Nation der Menschenrechte bei ihren Verbrechen gegen die Menschlichkeit sogar die Folter ein, und das waren nicht nur Daumenschrauben, um die Gleichberechtigung, Demokratie und Selbstbestimmung der Freiheitskämpfer zu verhindern, denn *wenn du nicht willst mein Bruder sein, dann schlag ich dir den Schädel ein.* Und um mein Bruder zu werden, musst du dich mir bindungslos unterwerfen, damit ich dich nach meinem *Abbilde*, meinen Bräuchen, Sitten und Vorstellungen zu einem christlichen Menschen und anschließend zu einem republikanischen Bürger formen kann. Assimilation als totale Integration. Der Kolonisierte soll wie ein *Côte de bœuf* aus einem Charolais-Rind im Magen der Republik verdaut werden. Frankreich ist ein reiches Land an Widersprüchen und *Marianne* noch immer keine Farbige.

Während der Zeit des Verdauungsprozesses konnte Alberts Mutter jedoch keine voll*busige* Französin mit allen dazugehörigen Bürger- und Tierrechten sein, welches für sie bedeutete, dass sie zwar in Algerien auf französischem Boden stehen und grasen durfte, ihre Füße aber irreversibel arabisch-muslimisch waren und blieben. Mama wurde in ihrem eigenen Land dazu verurteilt, als Mensch zweiter Klasse dem diskriminierenden *Code de l'indigénat*, jenen Dekreten für die indigene, einheimische Bevölkerung, unterworfen zu sein. Dieser Knüppelcode des doppelten Rechts mit Beschlüssen, Verordnungen und Vorschriften zur richtigen Lebensführung der Algerier regelte, wie sich Mama als *Sujet*, Untertanin, gegenüber den *Citoyens*, Bürgern, in einem permanenten Ausnahmezustand zu verhalten hatte und welche Strafen sie bei Übertretung ihrer eingeschränkten Rechte erwarteten, etwa wenn sie eine französische Amtsperson durch ein ambivalent verstandenes Lächeln beleidigte, sich ohne Erlaubnis *meditativ* ver*sammelte*, ohne

Erlaubnis ins Nachbardorf spazierte, um Eier zu holen oder behauptete, dass der Garten Eden, in dem sie Tomaten, Zucchini, Auberginen, Lamm- und Hammelfleisch anbaute, ihr eigenes Paradies ohne Gott sei und die Franzosen keinen Apfel von ihrem Baum der Erkenntnis pflücken durften. Da diese gotteslästernden Sünder es trotzdem wagten, nach dem algerischen Apfel zu greifen, sollten sie aus dem ewigen Paradies der sinnlich-vollbrüstigen Jungfrauen mit ihren Perlenaugen verjagt werden, um in ihrer eigenen Erde nach Futter zu scharren.

Jedoch sollte die gute von christlicher Hand erbaute Kolonialordnung nach den anstrengenden Tagen der französischen Schöpfung zunächst noch für einige Jahrzehnte aufrechterhalten werden. Darum war der Gehorsam der lernenden Kolonialkinder die erste Untertanenpflicht gegenüber den vollwertigen Bürger-Eltern. Außerdem war Mama Muslimin, ob sie es glaubte oder nicht, denn sie wurde als Muslimin geboren, mit oder ohne Allah, das war egal, selbst wenn sie sich darüber schwarz ärgerte und weiß war.

Sauerei! Unflat! Blamage! Kladderadatsch! Schande! Apokalypse! Waterloo! Kaum war das schwarze Gesetzbuch, *Le Code noir* zur Regelung der Sklaverei abgeschafft, als der weiße Mann mit seiner blutbefleckten weißen Weste schon wieder einen skandalösen Kodex erließ, der die Unterdrückung der Gotteskinder mit oder ohne Gott in ähnlich grausamer Gestalt fortsetzte. Der durch die Aufklärung *verstrahlte* absolutistische Sonnenkönig wurde 155 Jahre später durch die paradoxe Vernunft der *Dritten Republik* und ihre nicht weniger tödliche koloniale Kriegspolitik ersetzt.

Mama ist bei sich zu Hause und darf nicht machen, was sie will, nur weil sie als Muslimin nicht genauso weiß ist wie die Gelbwesten und nicht an den Weihnachtsmann glaubt. Welches ist denn der Grad des *Weißtums,* der den französischen Menschen ausmacht? Müssen alle Farbigen erst geweißelt und *entmuslimisiert* werden, bevor sie auf den Thron der *un*vernünftigen Menschen steigen können? Und ist der eine vollkommene allmächtige Gott weiß, schwarz, gelb, rot, bunt, farblos oder tot?

Mama war ein Fremde, *L'Etranger* im eigenen Lande und wurde von den ausländischen Touristen ohne Visum und Aufenthaltsgenehmigung bevormundet, bis sie starb. *Heute ist Mama gestorben. Vielleicht auch gestern, ich weiß nicht. Ich habe ein Telegramm vom Heim bekommen: «Mutter verstorben. Beisetzung morgen. Hochachtungsvoll.» Das will nichts heißen. Es war vielleicht gestern.* Und wer soll hier Totenwache halten? Meursault etwa? Es war doch nicht seine Schuld, dass seine Mutter gestorben ist. Wären nicht die Franzosen gekommen, so lebte sie heute noch. Und keiner von den Kolonialherren hat an ihrem Grabe geweint, nachdem Mama 132 Jahre lang im Heim war. Sie trugen ihre Orden der Ehrenlegion und gingen nach der Beerdigung zum Leichenschmaus zu Céleste ins Restaurant. Niemand war dabei, der es bereut hätte, dass Mama als Araberin zu ihren Lebzeiten keine bürgerrechtliche Gleichstellung erlangte. Selbst die Erde über ihrem Sarg gehörte den Franzosen.

2005 erhielt Mama posthum von Jacques Chirac noch einen Brief, in dem er ihr per Gesetz erklärte, dass die französische Kolonialgeschichte auch ihre guten Seiten gehabt hätte und dieses nunmehrig im Geschichtsunterricht verkündet werden sollte. Leider konnte Mama den Brief als Analphabetin nicht lesen, und ihre Sprachfunktion auf WhatsApp Messenger funktionierte wegen des Sargdeckels und der vielen französischen Erde darüber ebenfalls nicht. Die Zeiten blieben weiterhin dunkel, auch nach ihrem Tode. Aber trotzdem war sie empört, denn niemand musste lesen können, um die Diskreditierung, Herabsetzung, Schande und Entwürdigung dieses Briefes zu verstehen.

Chirac brauchte ein Jahr dafür, um seinen Fehler einzugestehen, die Franzosen Jahrzehnte, bevor sie überhaupt zugaben, dass es in Algerien nicht nur friedliche Maßnahmen zur Befriedigung eines Konflikts, sondern einen richtigen Krieg gegen die Algerische Befreiungsrevolution gegeben hätte, mit allem was dazugehört: Berge von Toten, aber keine anonymen, sondern Väter, auf die ihre Kinder ein Leben lang vergeblich warten, deren Frauen vor Verzweiflung in einem Tränenmeer ertrinken, Mütter, die unumstößlich ihre Hoffnung auf die Rückkehr ihres ältesten Sohnes beibehalten und wahrscheinlich niemals erfahren werden, unter welchen Umständen er umgebracht wurde, Kinder, die ihren Bruder oder ihre Schwester beim Spielen durch Bombensplitter für die Dauer ihres gesamten Lebens verloren haben, Großeltern, welche gerne ihr Leben gegen das ihrer getöteten Kinder und Enkel austauschen würden und an keinem Grabe Abschied nehmen und trauern können, Neffen und Nichten, die niemals mehr mit Onkeln und Tanten Geburtstag feiern werden, Cousins und Cousinen, die ihre Großonkel, Großtanten, Großnichten, Großneffen, Urgroßeltern, Urgroßonkel und Urgroßtanten niemals mehr zu Gesicht bekommen werden, oder nur verstört, traumatisiert, verstümmelt.

Chirac und seine Vorgänger haben diese Verbrechen später alle vergessen, aber nur er bekam Alzheimer. Wie lange wollen aber die übrigen Franzosen noch die negativen Seiten ihrer kolonialen Vergangenheitsbewältigung mit einer kollektiven Amnesie belegen?

Von dem Selbstbestimmungsrecht der Völker war Frankreich als Wiege der Aufklärung zu Zeiten der Kindheit Camus' noch Lichtjahre entfernt, und nach seinem Autounfall, bei dem Albert auf einer geraden Landstraße in den einzigen Baum hineinfährt, der sich weit und breit für diesen Aufprall zur Verfügung stellt, führen die Franzosen ihre neokoloniale Politik weiter fort, in der Hoffnung, dass Mama nichts merkt. Aber sie schickt ihre Kinder auf die Straße, denn Kinder, die schreien, werden groß, und unkorrigierte Fehler bekommen wieder Kinder, welche die Zukunft schreiben. Oder werden diese neuen Hoffnungsträger bereits mit einem Zerfallsdatum geboren?

Wenn Michel und ich in unseren Seminaren die Freiheits-, Menschen- und Bürgerrechte der Kolonisierten auf unsere Seminarfahnen schrieben, erhielten wir von unseren Studenten und Studentinnen immer volle Unterstützung, so dass die Repression und widerrechtliche Usurpation der Macht durch die Franzosen langfristig nicht siegen konnten, während ich später nach Siegen zog, aber verlieren ist noch schlimmer.

Nachdem weder die Assimilation der aus 90% arabischen Bevölkerung in Algerien gelingt und der blutige Befreiungskampf noch tobt, schlägt Camus nach 130 Jahren der Kolonisation einen kompromisshaften *Dritten Weg* vor, nämlich eine französisch-arabische Assoziation oder Föderation, welcher jedoch von beiden Parteien abgelehnt wird. Die Unabhängigkeit akzeptiert keine faulen Kompromisse und die Kolonialmacht ohnehin nicht.

Im Gegensatz zu Camus' Drittem Weg ist für Jean-Paul Sartre ein friedliches Zusammenleben in dieser hybriden Gemeinschaft, bestehend aus einer Millionen Franzosen und Europäern sowie neun Millionen Arabern mit einem Bürgerrecht erster und zweiter Klasse nicht akzeptabel. Er verteidigte grundsätzlich das Recht aller Völker auf Selbstbestimmung, auch in Bezug auf sein Konzept der Freiheit. Dabei macht Sartre keinen Unterschied zwischen französischen Landbesitzern, Ärzten, Angestellten oder Arbeitern. Für ihn sind sie alle *Colons*, das heißt unberechtigte Kolonialherren, Sklavenhändler und Ausbeuter, denen es sich zu widersetzen gilt.

Im September 1960 unterschreiben Sartre mit meinem Lektorenkollegen Michel sowie weiteren 121 Intellektuellen, zu denen zahlreiche Universitätsprofessoren, die keine Tölpel sind, das *Manifeste des 121* als Deklaration über das Recht des Ungehorsams gegenüber der Pflicht zum Militärdienst in Algerien, als Recht im Namen des französischen Volkes den Algeriern Schutz und Hilfe zu gewähren, weil die Sache des algerischen Volkes, nämlich das Kolonialsystem aufzulösen, die Sache aller freien Menschen ist!

Als Reaktion des freiheitlich-kriegerischen, demokratisch-militärischen französischen Staates wird ein Teil der Unterzeichner zwar nicht, wie in Algerien, gefoltert, aber aus öffentlichen und staatlichen Anstellungsverhältnissen entlassen. Gegen 29 *Staatsfeinde* wird sogar Anklage erhoben, und Sartre entgeht nur knapp einem Bombenattentat, welches eine gegen die Unabhängigkeit Algeriens gerichtete Terrororganisation des französischen Militärs ausführt. Michel bat daraufhin in unserem Arbeitszimmer an der Hochschule um Asyl.

Sie haben richtig verstanden, lieber Leser: Eine in Algerien und in Frankreich agierende *Organisation de l'armée secrète, OAS –* Organisation der geheimen Armee, bestehend aus französischen Offizieren und Generälen, hat in der Endphase des Algerienkriegs in Form eines Staatsstreichs gegen Frankreich und die muslimischen Algerier mit allen Mitteln versucht, die Unabhängigkeit Algeriens zu verhindern und damit den Tod von mehreren tausend unschuldigen Menschen in Kauf genommen. In Algier wurden an einem Tag bis zu 120 Attentate und Sprengstoffanschläge verzeichnet und in Frankreich starben 28 Menschen durch einen Anschlag auf einen Schnellzug. Sogar Karl der Große, Charles de Gaulle, entkam nur knapp einem Bombenanschlag der OAS-Attentäter bei der Durchfahrt des Ortes *Pont-sur-Seine,* und das Apartment von Jean-Paul Sartre flog ebenfalls in die Luft. Ohne Gott, aber sei Dank, war Sartre gerade bei seiner Freundin und philosophierte darüber, ob der Existentialismus ein Humanismus sei.

Und wo werden Sie übernachten, nachdem Sie dieses Büchlein gerade weggelegt haben werden? Wahrscheinlich hängt die Antwort von dem Land ab, in dem Sie gerade Urlaub machen oder frei gewählt haben, klugerweise geboren zu werden, aber auch von Ihrem Mut, Ihre eigene Meinung öffentlich zu vertreten, denn die Straßen sind nicht überall sicherer geworden. George Floyd konnte plötzlich nicht mehr atmen, und ein Pariser Musikproduzent wird im Eingang seines Tonstudios von drei Polizisten brutal niedergeschlagen. Die Polizei, dein Freund und Helfer, vorausgesetzt sie haben die richtige Hautfarbe, den richtigen Pass und die richtige Meinung.

Auf die Barrikaden, Citoyens! Lehnen Sie wie Sartre den Nobelpreis ab! Sie sind mit Sartre zur Freiheit der Wahl verurteilt und müssen über Ihr Denken und Handeln selber bestimmen. Darum können Sie sich nicht vor Ihrer Verantwortung drücken. Nutzen Sie Ihre Freiheit, um eine sinnvolle Welt nach Ihren Vorstellungen zu schaffen. Es gibt keine göttliche Ordnung, welche Ihnen die freie Wahl abnimmt. Es gibt keine Vorherbestimmung. Gott ist tot und Ihrer Existenz geht keine Essenz voraus. Dafür müssen Sie selber sorgen und zusätzlich die volle Verantwortung übernehmen. Also sagen Sie nachher nicht: Wie war es bloß möglich? Sie sind kein

Ding, kein Stein, keine Sache *An-Sich*, sondern Sie sind ein Entwurf *Für-Sich* und können als einziges Wesen verneinen. Sie tragen die volle Verantwortung. Aber nicht nur für sich selbst, sondern für alle Menschen, da jede Handlung ihre unausweichlichen Konsequenzen hat. Also überlegen Sie gut und sagen Sie nachher: Ich habe versucht es zu verhindern. Ich habe mich engagiert und engagiere mich weiterhin. Seien Sie Atheist, Anarchist, Theist, Tee- oder Kaffeetrinker, aber handeln Sie! Und wenn Sie lieber mit Camus annehmen wollen, dass das Leben absurd ist, passen Sie auf, sich nicht selber umzubringen, denn dann erliegen Sie dem Absurden. Also seien Sie ein Mensch in der Revolte und protestieren Sie!

Am 17. Oktober 1961 demonstrierten in Paris Zehntausende Algerier trotz einer Ausgangssperre für die Unabhängigkeit ihres Landes und wurden von der Polizei wie dreckiger Abschaum mit Schlagstöcken niedergeknüppelt. Die Toten warf man in die Seine, um die Gewaltorgie zu vertuschen. Schauen Sie bei Ihrem nächsten Paris Besuch einmal in das eiskalte Wasser, und Sie werden erstaunt sein, wie rotgefärbt es nach dieser Rattenjagd noch ist. Gehen Sie auf keine ungenehmigte Demonstration. Kaufen Sie sich den aktualisierten Führer der zu meidenden Viertel und Straßen.

Im 18. Arrondissement an der Metrostation *Porte de la Chapelle* warten Hundertschaften der Polizei auf Sie, wenn Sie mit Ihren nordafrikanischen Freunden aus den *unruhigen*, stigmatisierten *Quartiers sensibles*, den *Cités* mit ihren Hochhaussiedlungen für die Migrantenfamilien in der Randzone von Paris, ins Stadtzentrum anreisen wollen, um Ihre Meinung zu sagen. Ihre Meinung ist nicht gefragt. Sie ist falsch. Halten Sie den Mund! Es gibt wie früher wieder nur eine Wahrheit, und diese liegt nicht wie bei Lessing, bei Gott allein. *Eli, Eli, lama asabtani? Mein Gott, mein Gott, warum hast du mich verlassen?* (Matthäus 27,46) Die neunte Stunde ist schon vorbei. Sie hätten früher um Hilfe rufen sollen! Sie hätten früher etwas unternehmen sollen, denn jetzt kommen Sie mit uns bereits in die Bücherregale des 21. Jahrhunderts, ohne dass die Vergangenheitsbewältigung, *la guerre des mémoires*, ohne die es keine friedliche Zukunft geben kann, abgeschlossen ist.

Michel ist in seiner Bücherbulimie mittlerweile so süchtig nach den literarischen Stoffen des Textoversums, dass er die neuen Romane bereits liest, bevor sie überhaupt geschrieben sind. Sein Arbeitsfeld gilt dem noch nicht Geschriebenen, eine Aufgabe und Fähigkeit, die in früheren Jahrhunderten nur den Göttern beschieden war.

Zudem besitzt der heilige Bücher-Michel, stärker noch als sein Namensgenosse Michel Houellebecq, die prophetische Gabe, in die Zukunft schauen zu können, und bei diesen Reisen durch die transhumanistische Welt der Algorithmen, Cyborgs und Maschinenmenschen nimmt Michel mich als seinen besten Freund und atheistischen Glaubensbruder meistens mit, in der Hoffnung, dass wir beide beim Umschlagen der Bücherseiten nicht aus dem Textoversum fallen, um uns gemeinsam mit den Primaten auf den Bäumen wiederzufinden. Um in Zukunft nicht die Orientierung zu verlieren und den richtigen Weg zu finden, halten wir uns an den geschriebenen Wörtern fest wie ein Wanderer an der Landkarte, und kein neu erscheinendes Buch entgeht unserem Radar.

Vielleicht werde ich in dieser neuen posthumen Gesellschaft meinen Verstand verlieren, aber vielleicht auch schmerzfrei werden. Im Moment ist es leider noch der Schmerz, der mich jeden Tag malträtiert und mir vergegenwärtigt, dass ich lebe, während Michel mich dazu ermutigt, weiter zu kämpfen, damit der Buchdeckel nicht zuschlägt und ewige Finsternis eintritt. Also schreibe ich weiter und lasse mir von keinem Schmerz vorschreiben, was ich schreiben soll. Und meinen Selbstentwurf werfe ich Ihnen als Geworfenheit zur Lektüre vor. Jetzt sind Sie am Zug: Lesen und Sein oder Nichtsein. Das ist Ihre Frage.

Schmerzen als Falten
meines Lebens

Vielleicht sind meine chronischen Schmerzen, so frage ich mich, nur die Falten und Narben meiner Lebensentwürfe auf dem Schlachtfeld der menschlichen, allzu menschlichen Suche nach den ersten und letzten Dingen, nur die Überlieferung meiner Ahnen, die Legende sozialpsychologischer Kämpfe, Verirrungen und Misserfolge, die Fabel meiner enttäuschten Erwartungen, die ich erlebt habe und die sich wie die Jahresringe der Bäume in mein Unterbewusstsein eingeritzt haben: die Mär vom gescheiterten Gesamtschullehrer, gescheiterten Professor, gescheiterten Denker, gescheiterten Menschen – Schmerz?

Das Schicksal hat in unserem Unterbewusstsein wie das Klima in den Baumstämmen Jahresringe der Natur als Lebensgeschichten hinterlassen, die darüber Auskunft geben, welches die guten breiten, hellen und welches die weniger guten schmalen, dunklen Jahre waren. Die äußere Rinde zeigt nur die Schutzhülle unseres Ichs, die letzten Kreise unseres Lebens, während die anderen Lebensringe mit ihren kaum wahrnehmbaren Färbungen, Nuancen und Schattierungen der Lebensfalten im Verborgenen wirken, um unser Wesen zu bestimmen, unser Sein und unseren Schein. Viel mehr noch als die wenigen großen Ereignisse, sind es die unmerklichen, unvorhergesehenen Erfahrungen, die uns von der Wurzel bis zur Krone unseres Charakters als Wegweiser beeinflussen, während wir glauben, frei zu wählen.

Ist mein Schmerz wie der Lebenssaft eines aus dem ökologischen Gleichgewicht gefallenen Baumes möglicherweise ein bio-psycho-soziales Gesamtkunstwerk? Ein Konstrukt aus Vergangenheit, Gegenwart und mangelnder Zukunftsperspektive? Zu wenig Bioladen bei der Ernährung, alkoholische Trockenheit und saurer Regen mit einem zu niedrigen *psaH*-Wert, ambivalente Gene mit fehlerhaften Grundinformationen als Bauplan für meine gespaltene Persönlichkeit? Zu viel erlebte und vererbte Kriegsschauplätze aus der Geschichte der Menschheit im Kopf, verbunden mit einer überdurchschnittlichen Vulnerabilität.

Psychopath. Schizophren. Bipolarität als Störung im Sinne einer anlagebedingten Verletzlichkeit meines sensiblen Nervensystems? Ist mein Neurotransmitterhaushalt durcheinandergeraten, weil Noradrenalin und Serotonin in meinem Gehirn Achterbahn fahren und mich hoch euphorisch oder tief depressiv werden lassen? Die Diagnose meines Vaters lautete schon in meiner Pubertät: Du bist hirnverbrannt. Und damit meinte er: Du bist behämmert, bekloppt, bescheuert, beknackt, idiotisch, krank, weil ich anders als der Durchschnitt tickte. Weil meine genetische Uhr anderes aufgezogen war. Also die beste Voraussetzung, um etwas Besonderes zu werden. Zu viel Plastik im Gehirn und zu wenig Plastizität. Hatte ich also schon in meiner Kindheit ein Rad ab und tickte nicht richtig? Oder war es vielmehr mein Vater, der seine Hose mit der Kneifzange anzog? Schließlich war seine Diagnose nicht die eines Mediziners, sondern eines Maschinenbauingenieurs, der meinte, dass das Uhrwerk in meinem Gehirn nicht richtig eingestellt war. Deshalb versuchte er es in regelmäßigen Abständen durch Erziehungsmaßnahmen nachzustellen, zu justieren. Zwar ohne Erfolg, aber mit schmerzhaften und schmerzlichen Langzeitfolgen.

Vielleicht sollte ich einem Verein beitreten, um meinen Schmerz und mein Leid durch die gruppendynamischen Prozesse zu teilen, indem ich meinen gesunden Freunden ein paar kaum merkliche Schmerzanteile wie Aktiendividenden übertrage? Vielleicht sollte ich meine Schmerzen in homöopathische Moleküle zerlegen und dem Trinkwasser beimischen? Niemand würde das Hintergrundrauschen bemerken. Niemand würde einen sichtbaren Schaden davontragen.

Mein extremer Individualismus als authentisches Subjekt in unserer singulären Gesellschaft hält mich jedoch davon ab, auf die unterstützende Hilfe des Gesangvereins zu zählen – lieber Herr Gesangverein! –, oder einem Fußballverein – ach du grüne Neune! –

beizutreten. Da bleibt mir ja die Spucke weg! Bälle sind für mich lediglich rund, und es gibt nach meiner Überzeugung außerhalb der Psychologie der Massen keinen Anlass, ihnen wie Gustave Le Bon und Sigmund Freud in Horden hinterherzulaufen. Ich möchte mich nicht primitiv-barbarisch mit meinen unbewussten Impulsen in eine Gemeinschaftsseele integrieren und meinen eigenen kritischen Verstand einem Mannschaftsführer mit einer Oberarmbinde übertragen, um seinen Anweisungen zu folgen, nur um im Adrenalinrausch des Publikums meinen Schmerz zu blockieren.

Andererseits führen meine relative Isolation durch die Dreifachverglasung meiner Sicht und das Stigma des Sonderlings gegebenenfalls zu einer Verschärfung der Schmerzen, auf die ich mich zu stark fokussiere, indem ich sie unaufhörlich erfolglos zu bekämpfen versuche. Ich kann nicht loslassen, das Unerklärliche akzeptieren und vertiefe damit unter Umständen die Spuren des Schmerzes, die sich verselbständigen. Aber allein bin ich eigentlich nie. Ich habe eine außergewöhnliche Frau, denn sie ist intelligent, attraktiv, sympathisch, empathisch, engagiert, verliebt, treu und versucht sich an mir in drei Sprachen als Coach. Leider bislang vergeblich. Vielleicht liegt es an den Sprachverwirrungen. Außerdem habe ich wunderbare Kinder und Enkelkinder, die für mich bislang noch die beste Therapie darstellen. Verständnis, anregende Gespräche, emotionale Zuwendung, Kuscheln und Krabbeln auf allen vieren. Im Übrigen bin ich als Bücherleser niemals allein, insbesondere wenn ich mit Michel wie mit einem buchstabensüchtigen Bruder durch Bibliotheken, Welten und Jahrhunderte taumele. Und darüber hinaus lese ich zur Selbsttherapie und Information lange Regale von Büchern über Schmerz, wenn mir eine schmerzfreie Entbindung bislang auch nicht gelingt.

Im Gegenteil: Nozizeptive Schmerzen signalisieren mir als Übermittler über die peripheren und zentralen Nervenbahnen eine Verletzung, reizen mich bis zum Wahnsinn und halten mich auf dem *Damm*. Neuropathische Schmerzen steigen als Vorstellung einer Schädigung der Strukturen meines Nervensystems in mein Bewusstsein auf und können nicht abgestellt werden. Psychogene

Schmerzen misshandeln mich ohne erklärbare körperliche Störung als subjektive Wahrnehmung genauso wie nicht festgestellte somatische Schmerzen und bedrohen mich mit depressiven Ängsten.

Jeden Tag frage ich mich, ob eine Schmerzempfindung, die üblicherweise die Aufgabe verfolgt, meinen Körper als Wächter zu schützen, um im Falle eines externen Angriffs Glutamat-Boten als Neurotransmitter an die Kommandozentrale zu schicken, damit diese Gegenmaßnahmen ergreift, nach so langer Zeit noch ein akuter Schmerz sein, zumal die ursprüngliche Prost-ATA-Wunde – Himmel, Arsch und Zwirn! – bereits vor drei Jahren zugenäht wurde. Oder hat seine zu lang andauernde emotionale Färbung und Wahrnehmung im limbischen System zu einer Chronifizierung geführt, weil die ursprünglichen Warnsignale nicht rechtzeitig abgestellt wurden, so dass eine Gedächtnisspur mit eigener Entität entstanden ist? Das sogenannte Schmerzgedächtnis. Tatsächlich ist diese Spur, wenn sie einmal geteert ist, schwierig aufzulösen, zu dekonstruieren, weil auf ihr automatisierte Fahrzeuge zirkulieren, die niemand anzuhalten weiß.

Hoffentlich hat der Schmerz sich nicht den Scherz erlaubt, die Eisenbahnsignale in meinem Körper eigenhändig und quasi illegal umzustellen, so dass eine Kollision auf dem Rückenmark-Streckennetz oder sogar im Bahnhof des Hippocampus zu langfristigen Ausfällen und chronischen Verletzungen führen könnte. Darüber hinaus könnte das zentral genervte System auf diese Störung mit einer Hyperalgesie in Form einer erhöhten Empfindlichkeit reagieren, so dass harmlose Reize beim Küssen bereits die Zunge verbrühen und beim Streicheln die Haut zum Glühen bringen. Verhaftet die Glutamat-Boten und sendet körpereigene Opioide aus! Richtet postsynaptische Straßenblockaden ein, um die Hiobsbotschaften abzufangen! Kann denn niemand diesen unerlaubten und ungeschützten Verkehr einstellen? Ich brauche einen großen Pariser, ein Kondom, eine Extrawurst, eine Baguette! Wir müssen die Schmerz-Boten auf ihrem Weg zur Zentrale daran hindern, mit anderen Boten zu kopulieren, sie zu begatten oder zu befruchten, um sich zu vermehren. Sie dürfen nicht zu dominant werden.

Verdammt noch mal! Himmel Herrgott Sakra! Zum Teufel nochmal! Ich gerate in Wut und verstärke durch die synaptische Langzeitpotenzierung die Schmerzwahrnehmung von neuem, so dass die nozizeptiven Sinnesfühler ihr Signal auf Dauerverletzung stellen. Au! tut das weh! Zieht den Nagel raus! Dieser blöde Hippocampus lernt statt Vokabeln und Poesie gerade die Lust am Schmerz! Schmerzgedächtnis. Das ist mir gar nicht *neurosympathisch*.

Aber ich bin doch nicht blöd oder völlig neben der Spur! Ich laufe nicht wie ein Spürhund auf einer frisch geteerten Gedächtnisspur, verbrenne mir die Füße und bleibe dort kleben! Wenn meine Verletzung nicht mehr akut ist, höre ich auf zu schreien! Wenn meine Prostata weg ist, tut sie mir nicht mehr weh! Doofe Nuss! Ich bin doch nicht blöd! Schmerzgedächtnis! Ich kann mich nicht daran erinnern! Also Schmerz weg! Pfoten weg, von diesem Unsinn!

Ich will keine Gedächtnisstätte für die erbrachten Opfer meines Leidens, die Falten und Narben meiner Lebensentwürfe! Ich stürze alle Denkmäler von Despoten: Als Anti-Rassist reiße ich die Statue von Christoph Kolumbus in Virginia wegen des begangenen Völkermords nieder. In Briston kippe ich die Statue des britischen Sklavenhändlers Edward Colston gemeinsam mit dem Brexit ins Hafenbecken. In Antwerpen stoße ich Leopold II vom Sockel und befreie alle kolonisierten Gummibäume im Kongo, während ich den kleinen Leo im Regenwald ertrinken lasse. In Kiew werfe ich mit den Maidan-Aktivisten eine Lenin-Statue um und köpfe sie anschließend, damit sie nicht mehr beißt. Mit Gregor und den Georgiern demontiere ich die Statue von Stalin in Gori und mit den Amerikanern die Saddam-Hussein-Statue in Bagdad. Und danach stürme ich als Französisch-Dozent die Bastille, um den Tölpelprofessor dort mit meinen Schmerzen bis in alle Ewigkeit einzukerkern.

Nach langem Kampf erblinde ich mit schmerzverzerrtem Gesicht und tränenden Augen für die Geschichte meiner Schmerzen. Die Große Geschichte darf jedoch nicht vergraben werden. Ich brauche tunlichst neue Vorbilder, statt falscher Helden! Neue Medizin-Nobelpreisträger in der Schmerzforschung, statt *freud*lose bunte Pillen, die wie Smartie-Placebos wirken und Diabetes verursachen! Neue Forschungsfenster mit Panoramablick, wo vorher Wände waren!

Trotz der Tonnen von Schmerzmitteln, die ich schlucke, bleibe ich Sklave und stehe schutzlos im Regenwald. Je mehr Medikamente ich mir verschreiben lasse und konsumiere, desto schmerzempfindlicher werde ich. Paradoxes Denken. Eine Aporie der unvernünftigen Vernunft. Wann werde ich endlich begreifen, dass Schmerz nicht nur ein Symptom wie Husten oder Heiserkeit ist und keine einfache Ein-zu-eins-Relation zwischen Reiz und Erleben besteht, die durch einen Hustensaft kuriert werden kann?

Je länger ich leide, desto weniger glauben die Ärzte mir. Sie wollen mich nicht mehr sehen, und die Diagnose, chronisches Beckenbodensyndrom, *Pelvic Pain Syndrome – CPPS*, ist ein vergiftetes Geschenk, weil diese weitgehend abstrakte Sammelbezeichnung bei Schmerzen im kleinen Becken ohne konkret nachweisbare Ursache Anwendung findet. Die Ärzte benennen mit dieser Bezeichnung eine *Black Box*, in welcher sich eine Unzahl unerklärlicher Schmerzzustände befinden, welche sie nicht zu behandeln wissen, so dass ich als chronisch kranker Schmerzpatient mit einem diagnostischen Stempel versehen werde, der den Arzt klug erscheinen, mich selbst als Patienten aber noch stärker verzweifeln lässt.

Vielleicht bin ich doch ein Simulant oder latenter Masochist? Ich huste niemanden an. Ich humple nicht. Ich gehe nicht an Krücken. Ich habe keine sichtbare Verletzung. Ich kann keinen Beweis, keine medizinisch eindeutige Diagnose vorweisen, niemandem meinen Rollstuhl zeigen, meine Behinderungen, Abszesse und tiefen Wunden, meine Röntgenaufnahmen der gebrochenen Seele. Schmerz, wo bist du? Ich brauche ein Gesicht für das Unerklärliche, für das Böse. Für die Pestilenz in meinem Körper. Verdammt noch mal! Die Pest. Camus. Wo ist Doktor Rieux? Umsichtig, furchtlos, liebevoll, solidarisch.

Er weiß, was ich habe, worunter ich leide: chronischer Beckenbodenschmerz. Das ist die gute Nachricht. Und die schlechte? Ich kann Ihnen leider nicht helfen. Vielleicht sollten Sie einmal einen Psychologen oder Verhaltenstherapeuten aufsuchen? Aber haben wir es insgeheim, lieber Leser, nicht alle immer schon gewusst, wenngleich nicht ausgesprochen: Paul ist Melancholiker. Er ist schwermütig. Vielleser, Philosoph, Denker, Skeptiker, Pessimist. Er ist weltfremd und krank. Und damit unglaubwürdig. In Erklärungsnot. Ein wenig Molière, *Le malade imaginaire, Der eingebildete Kranke.* Das war auch schon vor seinem Sanatoriumsaufenthalt auf dem Zauberberg so. Die Ärzte hätten ihn nicht zurück ins Flachland entlassen sollen. Er verhielt sich mit seiner Zukunftsangst und Endzeitstimmung wie ein dekadenter Mann *des Fin de Siècle,* ein Kritiker der Grundwerte, verfangen im ohnmächtigen Weltschmerz des Untergangs, fasziniert von der Bohème und dem Dandy Baudelaire. Gemeinsam mit seinem Freund Michel verachtete er die spießbürgerlichen Philister. Mensch Nietzsche!

Mensch! Welche Menschen reden gerade über mich? Warum sprecht Ihr mich nicht persönlich an? Habt Ihr nicht den Mut dazu? Tatsächlich haben chronisch invalidierende Schmerzen und Krebs in einer gesunden Gesellschaft der Moderne, in welcher die Pharmaindustrie als schneller Problemlöser gilt, ein schlechtes Prestige. Das wird mir jeden Tag umso bewusster, je mehr ich über die verhaltenen oder ablehnenden Gebärden meiner lieben Mitmenschen nachdenke, deren *Habitus* nicht mit Schmerz und Krankheit konfrontiert werden will. Du hast Krebs? Das ist heutzutage kein Problem. Melde dich wieder, wenn man ihn entfernt hat! Du hast Krebs? Ich kenne viele, die das gut überstanden haben. Halb so schlimm in der heutigen Zeit. Es gibt Bestrahlungen, Chemo- und Hormontherapien sowie eine Unzahl von Medikamenten, welche Tumorbomben entschärfen.

Du hast starke Schmerzen? Dann streiche Voltaren Dolo Liquid auf die rebellierenden Stellen. Melde dich wieder, wenn es vorbei ist! Du kannst immer auf uns zählen. Und in der Zwischenzeit nimm als Wellnessplan einen kräftigen Pillencocktail, bestehend aus Diclofenac, Iboprofen, Paracetamol und dazu eine Dosis Muskelentspanner wie Methocarbamol Tetrazepam oder Thomapyrin! Jedoch vergiss das Mittel nicht, welches die Magenschleimhäute schützt, damit du nicht noch ein Magengeschwür entwickelst! Vielleicht musst du etwas höher dosieren? Bei mir hilft im Allgemeinen Aspirin. Kannst du auch mal ausprobieren. Ist sicherlich ein guter Rat. Und wenn diese bunten Mischungen nicht helfen, nimm Opium oder Morphium und lade uns zu deiner Party ein! Das wird bestimmt lustig.

Melde dich wieder, wenn es dir wieder besser geht! Wir fahren nächste Woche erst einmal drei Wochen in Urlaub. Alles Gute noch! Es wird schon nicht so schlimm sein. Vielleicht ist nach unserem Urlaub schon wieder alles vorbei. Also melde dich wieder! Und vielleicht das nächste Mal mit guten Nachrichten! Wir feiern dann wieder. Prost! Und bleib gesund! Halt die Ohren steif!

Vielleicht sollte ich mir, so dachte ich, den Arm in Gips legen lassen oder den Finger in einer Autotür zerquetschen. Und schon riefe man: Du Armer, was ist dir denn passiert! Du hast bestimmt furchtbare Schmerzen! Jedoch ist dieses Wehwehchen gar nichts gegen meinen alltäglichen chronischen Schmerz, denn Stiche, die nicht bluten, tun weher als andere.

Die Plastizität oder Formbarkeit des Nervensystems, so hatte ich mir als Pseudowissen angelesen, repariert zwar in beschränktem Umfang geschädigte Nerven, wenn Ihr Lebenspartner Ihnen zum Beispiel wegen des zu hohen Plastikkonsums auf die Nerven geht, kann aber auch völlig unbeteiligte Nervenfasern in Schmerzautobahnen verwandeln, auf denen Raser mit quietschenden Reifen und dröhnenden Auspuffen ihr Unwesen treiben. Das Gehirn und das Rückenmark können ohne gewebeschädigende Reize Schmerzsignale übertragen, obgleich das Gehirn keinen expliziten Auftrag dazu erteilt hat.

Diese Vorstellung vermittelt mir Gänsehaut, und in dieser Haut möchte ich nicht stecken, um nicht als Mastgans mit Leberschmerzen zu enden. Nein, diese Vorstellung zöge eine Entmündigung nach sich. Ich entschiede nicht mehr auf Grund meiner kognitiven

Leistungsfähigkeit, sondern Gehirn und Rückenmark fielen mir gemeinsam in den Rücken und übernähmen ohne mich das Kommando.

Tatsächlich, so lehrten mich die schmerzlichen Schriften des Textoversum, ist das Rückenmark keine Einbahnstraße, auf welcher die Schmerzreize nur von der Peripherie ins Gehirn laufen, um einen Unfall oder Schaden zu melden. Eine zweite Spur führt, wie für Busse oder Taxifahrer, aus dem Gehirn über Nervenfasern wieder via Hinterhorn des Rückenmarks hinab in den Körper, wo das zentrale Nervensystem die Signale der physischen und psychischen Welt zur Erstellung neuer Informationen verknüpft. Also eine Verschmelzung von Geist und Materie, in welcher unser Denken nicht mehr der alleinige *Spiritus Rector* ist, ein Albtraum für jeden freien Christenmenschen, der nicht an die Prädestination glaubt.

Ich möchte jedenfalls nicht, dass sich in meinem rein privaten Gehirn Sex, Schokolade und Schmerzen in denselben Arealen zu Partys treffen und auf denselben Fahrspuren verkehren, mit oder ohne Verhütungsmittel. Ich dachte immer, dass mein Gehirn ein selbständiges Denkorgan ist, und nun offenbart es sich als Vasall in einer Kommandozentrale, in welcher es nicht mehr nach seiner Meinung gefragt wird, in welcher Emotionen und Begierden in einem nebulösen limbischen System von Mandelkernen regieren und mir der Thalamus und Hippocampus in einer kosmischen Explosion um die Ohren fliegt. Haben die Astronomen die Demokratie abgeschafft? Ich möchte wählen und abstimmen lassen! Ich trete aus der Schmerzpartei aus! Sie ist mir zu radikal! Wann werde ich endlich wieder wach? Jeder Mensch hat ein Recht auf Selbstbestimmung!

Manchmal habe ich jedoch auch festgestellt, dass eine mir unvernünftig erscheinende Handlung, die aus der Unmittelbarkeit meiner emotionalen Gefühlslage entsprang, sich im Nachhinein als sinnvoll und richtig erwies. Schon vor 259 Jahren habe ich durch die Bekanntschaft mit Rousseaus Emile zum ersten Mal erfahren, dass die Gefühle wertvoller als der Verstand sein können. Schon damals hatte mich diese Erkenntnis beinahe um den gesunden Menschenverstand gebracht, der aber offensichtlich krank genug war, um meine Gefühle und Leidenschaften weiterhin zu unterdrücken. Schließlich hatte mein aufgeklärter Verstand eine gesellschaftliche Position zu vertreten, die Rousseau ihm nicht zugestehen wollte.

Seit jenen grauen Tagen hat mich mein schlecht erzogener Verstand allerdings allzu oft dazu verführt oder sogar genötigt, nicht meinen urwüchsigen reinen Gefühlen zu folgen, sondern ihm, dem Jüngsten der Ahnen der Evolution, dem Neocortex, der sich bei seinem Wachstum zusammenfalten musste, um noch in meinen kleinen Schädel zu passen. Letztendlich hat mich dieser Dickschädel jedoch wegen seiner Rechthaberei häufig ins Unglück gestürzt.

Nichtsdestoweniger lässt sich ein vernünftiger Mensch, wie ich einer zu sein meine, nicht von seinen niedrigen atavistischen Trieben manipulieren und hat durch seine *gute* Erziehung gelernt, sich in jeder Situation zu beherrschen. ICH bestimme und setze mich durch, selbst wenn ich Kopfschmerzen, Nackenverspannungen und hohen Blutdruck bekomme.

Meine gastfreundliche Gourmetfrau Sophie vertritt in dieser heiklen Angelegenheit allerdings eine andere Meinung, wenn sie behauptet, dass ich meine Gefühle immer wie willkommene Gäste behandeln soll, die man eintreten und nicht vor der Türe stehen lässt, auch wenn sie unangemeldet und zum schlechtmöglichsten Zeitpunkt auftauchen, beispielsweise, wenn man gerade im Bett zu tun hat.

Die Evolution weiß im Allgemeinen, wen sie einlädt, und im anderen Falle weiß es die Providenz. Also Bauchgefühl zulassen, mit vollem oder auch mit leerem Magen, denn der zuweilen tyrannische Verstand führt oftmals zu einer Rebellion der Gefühle und zu Sodbrennen, insbesondere wenn man sich durch eine falsche Entscheidung nicht nur die Finger verbrennt, sondern sich der ganze Körper revoltiert. Fatalerweise möchte mein *unvernünftiger* Verstand jedoch niemals das Feld räumen, um den Acker von diesen primitiven emotionalen Geistern bestellen zu lassen. Er vertraut nur sich selbst und beurteilt alle anderen mitwirkenden Organe als verdächtige Querulanten, denen er zutiefst misstraut, um in völliger Autonomie selber alle wichtigen Handlungsentscheidungen zu treffen.

Das ES ist für ihn ein Märchenfundus der Gebrüder Grimm, ein legendäres Urbewusstsein ohne empirische Erfahrung, ohne wissenschaftlichen Beweis. Auch ich möchte nicht, dass ES zu sprechen beginnt, ohne mich vorher zu fragen und dabei die evolutionären Zellen eines kollektiven Gedächtnisses offenbart.

Mein Schmerz als Sprechpuppe meiner neuronalen Biografie. Als Gedankenflüsterer, als Hilfeschrei des Leugners und Suchenden, der sozialen Zersetzung, des vergifteten Lebens, als Megafon des menschenverachtenden Irrsinns, als Grimasse des Absurden. So verhält ES sich nicht. So benimmt man sich nicht.

Wo ist meine körpereigene Opiumpfeife mit ihrem endorphinen Tabak? Wo ist der Sicherungskasten, um meinen infernalen elektrischen Schaltkreis der Nervenzellen auszuknipsen? Keiner der konsultierten Ärzte kennt die Schmerzschaltkreise in meinem Körper, die zwischen der cartesischen Zirbeldrüse im Gehirn und dem Rückenmark für die kostenlosen Achterbahnfahrten verantwortlich sind. Warum klingelt ständig die Schmerzglocke in meinem Kopf? In welchem Psychothriller befinde ich mich? Schaltet den Bildschirm aus! Schließt die Kinosäle und Theater! Nehmt die Masken ab! Wir sind in keiner Commedia dell'arte. Der Arzt als Komödiant in einer Stehgreifkomödie.

Vielleicht hätte ich im Mittelalter weniger Schmerz empfunden, da er zum Alltag gehörte. Eine Arbeitsunfähigkeitsbescheinigung hätte notgedrungen zum Tod durch Verhungern geführt, und zwar der ganzen Familie. Der Schmerz lebte wie der Sensenmann und der Dorfnarr unter den Menschen. Empfindlichkeit wurde als Schwäche eines jeden Christen angesehen, wenn dieser nicht bereit war, den Schmerz und das Leid, welches Gott ihm gesandt hatte, in Demut für seine Sünden anzunehmen. Dabei sind die Wege Gottes ebenso unverständlich und verworren wie die Wege der

Schmerztherapeuten und für den einfachen Menschen nicht nachvollziehbar. Mein Atheismus bezog sich sowohl auf Gott als auf die aus dem irdischen Paradies verstoßenen Schmerztherapeuten, wenn ihre heilsversprechenden Zaubermixturen in Form von bunten Hostien nicht wirkten, obwohl der Heiland seit langem ohne Prostata auferstanden war. Das Grab war zwar leer, aber man fühlte noch die Omnipräsenz des erlittenen Schmerzes. Ich saß auf einer Dornenkrone, aber die Stacheln waren auf keinem MRT sichtbar.

Eine erneute Magnet*resonanz*tomographie steht an. Diagnose: MRT-Sucht und *Resonanz* in Form von mitschwingenden Schmerzen. Sie findet um 14 Uhr im Klinikum statt, und ich freue mich darauf, denn es ist die Zeit, zu welcher ich gewöhnlich meinen Mittagsschlaf halte.

In einem blauen Gewand, welches ich in der Umkleidekabine übergezogen habe, nähere ich mich der medizinischen Assistentin, die mich bittet, mich auf die Bahre mit einer fahrenden Schiene zu legen. Jetzt brauche ich nur noch auf den Zug warten, und meine Schmerzen sind weg. Vorher soll ich aber noch in den Tunnel. Damit ich mich ruhig verhalte, bindet mir meine gesunde Schwester die Füße fest. Tatsächlich frage ich mich in diesem Moment, ob man mich der Folter des Kitzelns unterziehen will, obgleich ich kein Kitzelfetischist bin. Aber schon stopft man mich in die Röhre. Die liegende Position stellt für mich einen wesentlichen Vorteil dar, weil ich im Liegen relativ schmerzfrei bin und, wie bereits erwähnt, heute noch nicht meinen Mittagsschlaf gemacht habe.

Doch dann setzt der ohrenbetäubende Lärm dieser Höllenmaschine ein, welcher mir fast das Trommelfell zerschlägt. Ob ich das Pochen meines Schmerzes noch hören könnte, so frage ich mich, falls mir das Trommelfell platzt und ich taub werde? Mir gehen tausend Gedanken durch den Kopf. Ich denke an den Himmel und die Hölle, aber eigentlich bin ich nur auf einer riesigen Baustelle, wo Riesen mit der Pauke auf ein Schlagzeug hämmern. Die mir aufgesetzten Kopfhörer halten meine Ohren zwar sauber, nicht aber ruhig.

In den Lärmpausen ist von dem Sturm auf das Kapitol die Rede, von einem aufgestachelten Mob, der wutschnaubend und in Raserei geraten eines der ältesten Symbole des demokratischen Denkens besetzt hat, weil er das Ergebnis der Wahlen nicht anerkennen will. Wann werden wir endlich aus den Fängen dieses *trump*eligen Geiselnehmers der Gewaltenteilung befreit? Montesquieu, Locke, wo seid ihr? Wann kehrt der zerstörerische Mc*Donald*-Geist endlich wieder in seine Flasche zurück, aus der er niemals hätte befreit werden dürfen?

Jeder vernünftige Mensch fragt sich heute: *Wie war es möglich?* Wie wird es weitergehen? Werden die *Beiden* mit *Kamala Harris*, *Joe* und *Antony* auf der Weltbühne wieder glänzen und außenpolitisch *Blinken*? Biden muss den dunklen Schleier des narzisstischen Demokratieverachters wegziehen, hinter dem sich die Republikaner in eine fatale Knechtschaft begeben haben und Amerika geteilt wurde. Der Schatten des Gespenstes, so sinnierte ich, halb betäubt von dem Lärm der Pauken der Weltmaschine, würde unter Umständen wie mein chronifizierter Schmerz noch lange als dumpfer Weltschmerz im Untergrund *tumoren*.

Nach dem MRT bekam ich den Arzt merkwürdigerweise nicht zu Gesicht, um, wie im Allgemeinen üblich, den Befund zu besprechen. Der Bericht würde mir zugeschickt. Ich war über diese Maßnahme verwundert und fragte mich deshalb, ob ein Arzt, der den ganzen Tag, die ganze Woche, den ganzen Monat, die ganzen Jahre, sein ganzes Leben über in einer schallisolierten und klimatisierten Kabine sitzt, um am Bildschirm wie am Fließband Magnetresonanztomographien zu begutachten, überhaupt noch weiß, wie ein organisch vollständiger Großstadtmensch mit Kopf und Fuß in der Realität aussieht? Beginnt er nicht irgendwann im *Kern* zu *spin*nen oder hört die *Magnetresonanz* nicht mehr? Aber sofern er nicht *tomographisch* blind ist, braucht er für den Befund nicht unbedingt seine Ohren. Hör ich da richtig?

Vielleicht war er gar kein Mensch, welcher mit anderen Malern die künstlerisch-expressionistischen Schnittbilder verglich, um einen möglichst widerspruchsfreien Befund meiner inneren Verlorenheit darzustellen. Ein Algorithmus kann diese Arbeit vielleicht sehr viel besser abgleichen und fehlerfreier interpretieren. Welche Weltformel würde man mir dieses Mal als Gutachten zusenden? Und wer würde sie verstehen? Das Ergebnis des MRTs bestätigte meinen Schmerz nicht: *keine sichtbaren Anomalien*.

Ich war mit meinem sokratischen Fragen als Methode der Mäeutik daher noch nicht am Ende meiner Suche angekommen. Die Geburt war noch nicht abgeschlossen. Warum klingelte die Schmerzglocke weiterhin ständig in meinem Kopf? Es war immer wieder dieselbe Frage, die ohne Antwort blieb. Woher kommt der Schmerz?

Wie kann es sein, so fragte ich mich, dass die Neurowissenschaftler fast 400 Jahre nach Descartes noch immer nicht den Mechanismus des Schmerzes aufklären, geschweige denn unterbrechen können, ohne dass der leidende Patient durch eine Überdosis an Medikamenten stumpfsinnig wird oder in Vollnarkose verfällt? Liegt es möglichenfalls an den Genen der Patienten? Oder liegt es vielmehr an unserem Unvermögen, komplexe Systeme zu verstehen?

Tatsächlich hätte ich es mit einer Chimäre zu tun, wenn Reiz und Schmerz nicht mehr zusammenpassten. War ich demnach ein Centaurus, ein Mischwesen, halb Mensch, halb Pferd? Ein wenig Kopf und ein wenig Gefühl? Ein wenig Voltaire und ein wenig Rousseau? Und wer war der Schiedsrichter? Warum haben die Wissenschaftler noch immer keine adäquaten Waffensysteme wie Nanodrohnen gegen feindliche Schmerzen entwickelt? Wir fliegen auf den Mars, aber der Schmerz bleibt ein weitgehend unbekannter Trabant, der meinen Körper in festen Bahnen umkreist und durch seine Geschosse malträtiert. Mittlerweile fangen sogar meine Gedanken an zu brennen und zu stechen. Wenn mein Schmerz im Kopf sitzt, hilft wahrscheinlich nur noch die Guillotine, um eine Linderung zu bewirken. Denn ohne Kopf kein Gehirn, ohne Gehirn kein Bewusstsein und ohne Bewusstsein kein Schmerz. Oder nach der Exekution ein gutes Zäpfchen. Warum, böser lieber Gott, hast du mich verlassen?

Warum sollte ich jedoch als Atheist zur Würdigung und Huldigung einer höheren Ordnung im Jenseits für die Erbsünde mit Leid und Qualen beladen werden, um unter Schmerzen ein Christkind zu gebären, das es nicht gibt, während die Hebamme den Schnaps trinkt? Die Idee der Bestrafung und Erlösung wird mich nicht näher an das Himmelstor der Hölle heranführen. Eher glaube ich noch an die betäubende Wirkung des Alkohols oder die betörende Wirkung einer schönen Frau. Jedoch will mir diese Allheilmittel kein Arzt auf Rezept verschreiben.

Warum soll gerade ich, Paul Krieger, dieses Kreuz tragen? Sein Kreuz. Diesen Ärger soll er schon selber ausbaden und endlich Nägel mit Köpfen machen. Soll ich die eigene Endorphinproduktion möglicherweise mit der Geißel ankurbeln? Auf diesen Trost kann ich verzichten, obwohl ich von einem Hohepriester gehört habe, dass der Glauben Berge versetzen kann. Aber das sind nicht meine Berge. Das ist nicht mein Wanderurlaub.

Die Kontrolle über meinen Schmerz muss man mir schon selber überlassen, selbst wenn der Schmerz mittlerweile außer Kontrolle geraten ist. Atheisten glauben nur an Agnostiker und leben lieber mit dem Philosophen und Anatomen Descartes in den toleranteren Vereinigten Provinzen als mit Richelieu gegen die Protestanten zu kämpfen. Ein paar Leichen oder Tierkadaver nehmen wir jedoch immer zur Sektion mit nach Hause, um die Mechanismen des Schmerzes und der Seele jenseits der scholastischen Gebete, der galenischen Säftelehre und des Aderlasses zu erforschen. Statt antike Autoritäten, Glauben und Bücherwissen brauchen wir empirische Experimente auf der Grundlage von Beobachtungen und Hypothesen. Weder Aristoteles noch Thomas von Aquin liefern praktische Erkenntnisse, aber auch der materialistische Kampf gegen den Schmerz scheint nicht gewonnen werden zu können.

Ich konsumiere meine Schmerzpillen mittlerweile wie ein alltägliches Lebensmittel zu so billigen Preisen wie ein Milchbrötchen, aber letzteres schmeckt mir besser und hilft mir mehr. Welche biochemischen Moleküle müssen noch entdeckt werden, um meine seelischen Narben und Wunden zu heilen, meine Pein zu lindern? Ich will das mechanische Glockenläuten von Descartes nicht mehr hören und den Speichel der pawlowschen Hunde auf meinen Wunden nicht mehr spüren. Wir brauchen einen neuen Wendepunkt in der Schmerzforschung, eine Renaissance, ein neues Weltbild, einen neuen Gott.

Ich werfe alle Pillen und Globuli inklusive Verpackungsmaterial in den biologischen Restmüll und verlange einen Impfstoff, der meinen Schmerz schon nach der ersten Injektion um mindestens 50 Prozent reduziert. Nach der zweiten Ampulle steigt die Hoffnung auf 95 Prozent an, und der Schmerz kann nicht mehr auf andere übertragen werden. Leider sind zurzeit alle Labore in der Welt mit der Entwicklung dieses Impfstoffes gegen chronische Schmerzen völlig überfordert, und durch die klimabedingte Eisschmelze auf den Polkappen gibt es zu wenig Eis zur Lagerung des sich in der Entwicklung befindenden Vakzins bei Bofrost.

Heute habe ich nach monatelangem Warten endlich einen Termin bei meinem Hausarzt Dr. Christ, um einen Schnelltest gegen meine Schmerzen durchführen zu lassen. Ich war noch kaum in das Untersuchungszimmer eingetreten, da traten mich seine medizinisch-technischen Assistentinnen bereits gegen mein Schienbein, spuckten in ein Röhrchen und bestätigten mir meine Schmerzerkrankung.

Als ich daraufhin nach einem Termin für meine Impfung fragte, trat mir der maskierte Dr. Christ mit Dornenkrone persönlich gegenüber und äußerte mit weinerlicher Stimme, dass ich noch etwas Geduld zeigen müsse, weil in diesem Jahr für meine Altersgruppe noch keine Impfungen oder touristische Spritztouren zur Verfügung ständen. Ich sei noch zu jung, um für die Schmerzimpfung prioritär zu sein. Außerdem wisse man noch nicht, welche unerwünschten Nebenwirkungen auftreten könnten und würde deshalb erst einmal mit älteren Menschen experimentieren, die im Zweifelsfalle nicht mehr so lange zu leiden hätten, falls sie nach der

Impfung tödlich erkrankten. Um eine weitere Verbreitung meines Schmerzvirus auf andere Personen zu vermeiden, sollte ich jedoch unbedingt eine Maske tragen, zumal in Europa bereits 100 Millionen Menschen von chronischen Schmerzen befallen und die Intensivstationen derzeitig völlig überlastet seien.

Wie ich in den letzten Monaten immer wieder auf dramatische Weise durch die Medien erfahren habe, verschlägt der Schmerz bereits einigen Menschen den Atem, andere leiden unter neurologischen Langzeitfolgen, können sich nicht mehr riechen oder wollen ihre Teststäbchen nicht mehr in anderer Leute Nase stecken. Langfristig streben die Virologen, politischen Hirten und atheistischen Priester eine Herdenimmunität unter ihren Schafen an. Heutzutage brauche niemand mehr an Schmerzen zu sterben, ertragen müsse man sie in der Zwischenzeit des irdischen Lebens allerdings schon.

Ich wünsche mir zu meinem nächsten Geburtstag einen neuen Auf*schrei* von Edvard Munch und in der Wissenschaft einen neuen Einstein der Schmerztherapie. Es wird Zeit, dass wir verstehen, wie der Raum durch die Masse des Schmerzes und seine Energie gekrümmt wird. Oder legen schließlich alle betroffenen interdisziplinären Forscher ein Geständnis ab: Wir verstehen die Komplexität des Schmerzes nicht. In jenem Fall sollten sie allerdings die falschen Hoffnungen und therapeutischen Irrwege abschaffen, selbst wenn Arbeitslosigkeit droht. Schluss, aus, Ende mit den labyrinthischen Gängen durch die Kliniken und Facharztpraxen! Genug mit den MRTs zum Kartenspielen, den Magnetresonanztomographien auf der Suche nach dem unsichtbaren bösen lieben Gott. Mehr habe ich dem nicht hinzuzufügen. *Rien ne va plus*!

Auf der Chaiselongue von Sigmund Freund, der das Sezierskalpell gegen das Sprechzimmer des Unbewussten getauscht hat, fühle ich mich ebenfalls nicht mehr wohl. *ES* reicht mit der neurotischen Trias von ICH, ES und ÜBER-ICH! Mein Unterbewusstsein und mein Lustprinzip sind zu groß, die kognitive Realität meines Ichs zu klein und das Über-Ich kann meine fehlgeleitete Sozialisation nicht kontrollieren. Oder sollte im Endeffekt hinter meinem Rücken der Tölpelprofessor wieder die unsichtbaren Fäden meines

Schmerzes zusammenhalten, indem er mich wie eine Marionette durch das unbewusste Böse manipuliert?

Steinigt ihn! Rädert ihn! Startet einen *Reset* meines Unterbewusstseins! Versetzt mich in Hypnose oder in Trance! Aber geht es mir dann besser? Lieber bin ich noch Patient bei dem habilitierten Philosophen der Psychopathologie Karl Jaspers, der in Heidelberg den ersten Lehrstuhl für Psychologie erhielt, denn die Existenzphilosophie ist immer eine gute Alternative für den Ungläubigen, der auch ohne Gott existiert. Der Schmerz braucht keinen anderen Gott, um an ihn zu glauben, und der göttliche Zauberkasten mit den Werkzeugen der modernen Neurowissenschaften – Positronen-Emissons-Tomograph, Kernspintomograph, Elektroenzephalograph – ist auch keine Hilfe gegen die Verbrennungen der geschundenen Seele, wenn der Teufel mit im Spiel ist. Niemand kann sein Treiben verorten, sichtbar machen, eliminieren.

Wenn der Schmerz in der Tradition der Materialisten als rein mechanisches Phänomen aufgefasst wurde, so halte ich, Paul Krieger, diese Vorstellung, auch aus eigenen Erfahrungen, für einen Irrtum. Ich bin keine bloße Maschine. Kein Automat. Jedoch wenn ich Freud höre, kommt bei mir auch keine *Freud*e mehr auf. Der rein psychologische Ansatz des Schmerzes, der in meiner Biografie das Schlachtfeld der Verletzungen und Opfer sucht, scheint mir gleichermaßen ein verrostetes Modell zu sein, das eher zu einer Blutvergiftung als zur Heilung beitragen kann, wenn ein gewisser Seelenschmerz bei Christen auch nicht ausgeschlossen werden kann. Aber ich bin praktizierender Atheist und schaue nicht in den Spiegel der Seele. Außerdem zieht Freud die Psychosomatik nach sich, in welcher der körperliche Schmerz ein Ausdruck seelischer Konflikte ist. Jedoch habe ich keine Seele.

Freud, zwar ein ursprünglich origineller Weg, aber ohne interdisziplinäre Wegweiser ebenfalls eine Sackgasse. Rückenschmerzen, Magenschmerzen, Kopfschmerzen und Schlafstörungen als muskuläre Überreizung durch angestaute Angst und Wut, als Symptom verdrängter Konflikte am Arbeitsplatz und im Bett. Letztere wohlgemerkt nicht mit Ihrem Chef oder Ihrer Chefin, wobei ein Schäferstündchen in manchen Fällen durchaus konfliktlösend sein und zu neuen zwischenmenschlichen Höhepunkten führen kann. Und zu den Risiken und Nebenwirkungen lesen Sie die Packungsbeilage oder schlafen mit Ihrem Apotheker oder Ihre Apothekerin – oder mit beiden.

Alle Räder meiner Denkfabrik stehen still. Der Zeiger meines Serotoninspiegels läuft gegen null. Ich bin müde und abgeschlagen, gereizt, angespannt, erschöpft, habe keinen Appetit und kann nicht schlafen. Meine sexuellen Reize sind so stark wie die kalte Asche eines abgebrannten Feuers. Meine körpereigene Hausapotheke ist aufgebraucht und ohne Stoff, substanzlos, ohne Essenzen, ohne Lebensenergie.

Schwierig. Nicht nur der Körper, sondern auch psychologische Faktoren bestimmen das Schmerzerlebnis. Psychosomatik. Der Jahrmarkt wird ausgeweitet. Rilkes buntes *Karussell* dreht sich wieder *und dann und wann ein weißer Elefant.* Das cartesisch-biologische Modell wird erweitert. Mein neuroplastisches Gehirn besteht aus der Psyche eines *blauen Mädchens* und der Materie eines *Hirsches*, auf dessen *Sattel* ich sitze. Und wer ist für die okkasionelle Wechselwirkung beider Substanzen verantwortlich? Gott oder Malebranche? Wer daran glaubt, hat eine Erklärung, versteht sie aber nicht und ist trotzdem verloren.

Ich brauche mich nicht mehr auf meinen Dammschmerz zu konzentrieren, sondern gehe die Angelegenheit mit etwas mehr *Kopf* und *Spiritualität* an und suche mir darüber hinaus ein besseres soziales Umfeld: einen neuen Chef, eine neue Frau, neue Freunde, und ich adoptiere gesunde, intelligente, genmanipulierte Kinder mit einer erweiterten digitalen Festplatte und implantierten neuronalen Nanochips. Anschließend gehe ich mit meinem gut erzogenen Verhaltenstherapeuten und einem Koffer voller neuer molekularbiologischer Medikamente auf den Sportplatz, wo ich weitere behandel*te* Ärzte treffe. Gemeinsam bewegen wir uns fort, um mein Gehirn zur körpereigenen Ausschüttung von Dopamin und Serotonin anzuregen, welches meinen Stress und meine Angst vor

Ärzten abbaut und durch das Ausdauertraining der Marathonge-
spräche die Endorphin-Konzentration so stark erhöht, dass ich vor
lauter Glückshormonen die Sportarena gar nicht mehr verlassen
möchte und nur noch an Sex denke.

Tatsächlich bilden wir ein gutes multimodales Team, bestehend
aus mir als dem Patienten sowie meiner humpelnden, aber sehr
erotischen Physiotherapeutin mit heilenden Händen und großem
Über-Ich als Vorbau, meiner einarmigen Manualtherapeutin, die
ich bereits aus dem Mainzer Rotlichtviertel kenne, meinem ostheo-
porosen Orthopäden, der an Krücken geht, einem bösartig *tumoren-*
den Onkologen mit großer Klappe, einem Cyper-Neurologen ohne
Gehirn, aber mit großer Festplatte, und zwei inkontinenten Urologen, die sich vor *Freude*, mich zu sehen, in die Hose machen. Alle
sind sich bezüglich ihrer Therapievorschläge einig: Ich soll mehr
Sport treiben, und zwar nicht nur mit der Zunge oder als Zen-Bud-
dhist im Lotussitz, selbst wenn Meditation in Form einer Selbsthyp-
nose die Schmerzempfindlichkeit reduzieren kann. Achtsamkeits-
training. Jedoch hasse ich den Stillstand wie den Kopfstand. Ich
muss aktiver werden, kämpferischer, *krieger*ischer. Und er dreht
sich doch, Paul Krieger, im Ärztekarussell.

Durch diese Erkenntnis wird mein geozentrisches Weltbild mit
meinem Körper als Zentrum des Schmerzes durch das heliozentri-
sche Weltbild abgelöst. Mein Gehirn ist die Sonne des Universums
und der irdische ver*damm*te Schmerz umkreist sie mit seinem
Mondgesicht als *reiz*vollem Satelliten. Ich gelange in den interkos-
mologischen Nebel der multimodalen Schmerztherapie, wo mich
die kranken Spezialisten nicht nur körperlich behandeln, sondern
auch meine psychosozialen Stärken und Schwächen diagnostizieren, um im Hier und Jetzt eine pragmatische Lösung für ein
schmerzfreieres Leben zu finden. Endlich! Nach meiner langen
Odyssee bin ich wieder zwecks Erholungsurlaubs in einem interdisziplinären und multimodalen Sanatorium eingetroffen, auf einem neuen Zauberberg, auf einem anderen Planeten, in einer anderen Welt, in einem anderen Textoversum. Ich habe die erste Erd-
umrundung kaum beendet und stoße auf eine Weltraumstation, die

à jour ist und damit wirbt, eine Anlaufstelle sowohl für gesunde als auch für schmerzfreie Patienten zu sein.

Neuromatrix. Ich habe es endlich verstanden. Mein Schmerz ist im Kopf und nicht im *Damm*. Gottver*damm*t! Es handelt sich um die fehlgeleitete Plastizität meines Nervensystems. Ver*damm*t nochmal! Mein Gehirn hat gelernt, mit dem Sitzen im Bereich des *Damm*s Schmerzen zu verbinden und mich dazu angeregt, zahlreiche Fehlhaltungen auszuprägen, um diesen Schmerz zu verringern. Da ein normales Sitzen auf zwei Pobacken nicht mehr stattfindet, werde ich nur durch krummes Sitzen oder Liegen mit Dopaminlutschern belohnt, während normales Sitzen mit einer Dornenkrone im Gesäß abgestraft wird. Hinterbacke, Pobacke – Arschkarte. Ver*damm*ter Mist!

Es muss also nicht der Damm behandelt, sondern das Gehirn umkonditioniert werden, damit es wieder lernt, dass Sitzen nicht mit Schmerz verbunden sein muss wie beispielsweise das Sitzenbleiben in der *Schul*medizin. Ver*damm*t nochmal! Mein Gehirn braucht für diese behavioristische Umkonditionierung zur Desensibilisierung des Schmerzes Erfolgserlebnisse, die dadurch bewirkt werden können, dass ich einen Quotenplan erfülle. Zunächst sitze ich zehn Minuten aufeinanderfolgend, dann 15-20 Minuten hintereinander, dann 30 Minuten am Stück, dann eine Stunde in Folge, dann einen Tag ohne Pause, dann ein Jahr, ohne wach zu werden. In letzter Instanz ziehe ich vor das Bundesverfassungsgericht und verklage mein Gehirn wegen willentlichen dysfunktionalen Missbrauchs, Mobbings und gefährlicher Nötigung zum schmerzvollen Verkehr auf beiden Spuren.

Das gefällte Urteil lautet: Paul Krieger ist berechtigt, schmerzfrei zu sitzen und sich körperlich in der Welt schmerzfrei zu bewegen. Als Schadensersatz erhalte ich wie bei einem positiven Lernerfolg von meinem Gehirn die lebenslange Garantie auf hinreichende Versorgung mit Dopamin und die Wiederinbetriebnahme der Produktionsstätte für körpereigene Endorphine, deren Schließung mich fast in eine Depression gestürzt hätte, weil mein Belohnungssystem ausgebremst wurde. Sport auf allen Kanälen, statt Antidepressiva.

Entspannungs-, Dehn- und Lockerungsübungen sind angesagt, statt Sofa, Couch oder Chaiselongue. Die Hirnchemie muss wieder ins Lot kommen.

Auf diese Art und Weise wird mein gestörtes Lernsystem wieder rekonstruiert, und ich erhebe mich schließlich von der Chaiselongue, um erneut im Chefsessel Platz zu nehmen und vom Beifahrersitz in die Fahrerkabine meines Körpers zu wechseln. Bei der Fahrt, die nun aufgenommen wird, beginne ich, blühende Landschaften zu erblicken und florale Düfte zu inhalieren, statt mich wie in den vergangenen Jahren der Schmerzvergiftung auf eine destruktive Selbstbeobachtung zu fokussieren und meine Gedanken schwarzzumalen. Endlich. Ein Erfolg auf der ganzen Linie. Der Schmerz lässt nach. Es geht mir besser. Jedoch werde ich wieder wach und erkenne, dass die Realität der Albtraum ist.

Die in meiner Traumarbeit verarbeitete Theorie habe ich zwar verstanden – Verhaltensänderung, Sport, die richtigen Medikamente –, aber bei der Umsetzung meiner Ziele geht es mir noch wie dem Raucher, der jedes Jahr an Silvester demonstrativ seine letzte Zigarette genießt. Wir sind der 31. Dezember 2020. Es ist 23.55 Uhr. Ich bin gerade einen Marathon gelaufen, habe meine letzten Pillen geschluckt, meine verhaltenstherapeutischen Vokabeln gelernt und entspanne mich beim Sitzen. Meine körperlichen Verkrampfungen lassen nach, ich werde wieder beweglich, gelenkig, elastisch, küsse meine Sitzbeinhöcker aus Dankbarkeit und liebkose meinen Damm. Mein Gehirn ist entspannt und leer. Mein Rückenmark liegt in zarten Bällchen in der Rindfleischsuppe. Alle peripheren Nerven befinden sich in alkoholischer Vollnarkose. Die physiologische Struktur meines Beckens plätschert in harmonischen Wellen wie am Strand, und die Glückshormone verleihen meinem Antlitz einen friedlichen Glanz. Dann falle ich in ein narkotisierendes *Delirium tremens.*

Schöner könnte der kleine Tod nicht sein. Aber wieder werde ich wach. Es pocht. Es drückt. Es schneidet in meinem Damm, der Kopfschmerzen bekommt. Und wieder denke ich nach. Was ist falsch gelaufen? Gibt es doch einen Operationsfehler? Eine schlechte Vernarbung? Habe ich neuropathische Schmerzen wie mein Gehirn mir gegenüber behauptet? Natürlich entsteht der Schmerz erst durch die Interpretation im Gehirn, aber es fällt mir schwer, das Messer im Damm wegzudenken. Es existiert nicht. Es schneidet nicht. Es ist stumpf. Die Dornenkrone ist eine lustvolle Massage. Wie angenehm. Wie erregend. Wie lustvoll. Es ist wie Sex. Ich bin Hedonist. Ich will das Leben genießen. *Carpe diem.* Jedoch ist die größte Lust die Schmerzfreiheit. Jeder Tag ohne Schmerz ist ein glücklicher Tag. Dieses ist meine Maxime. Aber sie funktioniert nicht, und ich möchte nicht auf den befreienden Tod warten, den die Gesunden fürchten wie ich in einem Brief von Epikur an Menoikeus gelesen habe: *So ist also der Tod, das schrecklichste der Übel, für uns ein Nichts: Solange wir da sind, ist er nicht da, und wenn er da ist, sind wir nicht mehr.*

Also, sagen Sie mir, lieber Leser, wie soll mein Leben nach drei Jahren körperlicher Qualen, geistiger Angstzustände und mentaler Zerrissenheit weitergehen? Wie soll ich in diesem Inferno der Widersprüche Glücksmomente entwickeln? Zwischen Psycho- und Verhaltenstherapie, materialistischen Pillenheilern, Sportgurus und neuen Erkenntnissen in den Grundlagenwissenschaften der molekularbiologischen Schmerztherapie, die niemand versteht?

Ich muss zurück in die Schule und dann wieder an die Hochschule, aber nicht als Lehrer oder Dozent, sondern als Schüler und Student. Mein Studiengang ist Psychologie, und zwar allgemein, biologisch, pädagogisch und sozial verstanden. Alles noch in der Entwicklung und im Verhältnis. Um meine eigenen Störungen zu diagnostizieren, zu analysieren und zu klassifizieren soll mein Anwendungsschwerpunkt die Klinische Psychologie und Psychotherapie werden, und zwar mit Ausflügen in die kognitive Neuropsychologie. Im Masterstudiengang will ich mich dann auf die sich noch im *status nascendi* befindende molekularbiologische Schmerztherapie fokussieren.

Gegenüber den anderen Studierenden habe ich den Vorteil, selber sowohl wissenschaftlicher Beobachter als auch gleichzeitig Laborratte zu sein, so dass ich meine Forschungsreihen immer durch Selbstexperimente empirisch überprüfen kann.

Mein Studienziel ist ebenfalls *clare et distincte* wie der cartesische Geist: Zunächst mache ich meinen Bachelor, dann meinen Master und schließlich meinen Doktor der Naturwissenschaft, um Psychologischer Psychotherapeut zu werden: Dr. rer. nat. Paul Krieger. Die besten Voraussetzungen für das Studium bringe ich ebenfalls mit: Ich habe Persönlichkeit, sogar mindestens eine doppelte, besitze eine hohe Motivation, und zwar eine intrinsische, weil es um mein eigenes Überleben geht, und genügend Praxiserfahrung aus sozioprofessionellen Brennpunkten. Meine Anerkennungsjahre werde ich in Davos auf dem Zauberberg durchführen, wo ich die Kollegen bereits kenne und unter den Patienten langjährige Freunde habe.

Im Moment fehlt mir allerdings ein wenig von der grauen Substanz, um klar zu denken, denn diese wird bei chronischen Schmerzpatienten abgebaut. Deswegen ist auch jeder Dialog diffizil, was ich bei meinen Selbstgesprächen jeden Tag erfahre. Verständlich, dass die Ärzte mich meiden. Sie verstehen mich nicht. Das ist allzu verständlich, verstehe ich mich doch selber nicht. Jedoch will ich die mir gestohlene graue Substanz zurückerobern, um mich nicht weiterhin von grauen Eminenzen manipulieren zu lassen. Den Krieg führe ich, und ich fürchte mich nicht vor der Front. Ich habe keine Angst vor weiteren Verletzungen, zumal der akute Schmerz besser behandelt werden kann. Endlich habe ich eine neue Piste für meine schmerzfreie Wiedergeburt gefunden. Eine neue Loipe für den Langlauf durch die Schmerzfabrik des Hochschulstudiums. Aber mit klarem Ziel: Dr. rer. nat. Paul Krieger. Vielleicht kann ich sogar noch Professor werden.

Leider fiel ich durch die Aufnahmeprüfung. Die Kommission, bestehend aus vier allgemeinen Professoren, drei praktizierenden Psychologen sowie sechs frustrierten Laborratten befanden mich für überqualifiziert und psychologisch fragil. Wieder eine schmerzhafte Erfahrung in meinem biopsychosozialen Umfeld.

Trotzdem hoffe und träume ich weiter und kümmere mich selber um die neuen maßgeschneiderten Medikamente, die das Pendel nach dem psychologischen Zwischenspiel wieder in Richtung Descartes schwingen lassen, um den Schmerz monistisch als biologischen Prozess zu begreifen. Die Pharmaindustrie bastelt schon wieder an einer molekularbiologischen Schmerzklingelleitung, und die Aktien von bestimmten Start-up-Unternehmen explodieren. Hier können Sie gewinnbringend investieren, lieber Leser, und die Gewinne anschließend als Spenden auf mein Schmerzkonto überweisen. Ich stelle Ihnen sogar eine entsprechende Bescheinigung aus, die Sie von der Steuer absetzen können.

Ich bin nur 1,70 m groß. Also eigentlich ein Gnom. Daher sollte die Entschlüsselung meines Genoms, um das Erbgut meiner biologischen Schmerz-DNA und die damit verbundenen genetische Prädispositionen zu ergründen, nicht allzu schwierig sein und in diesem Jahrhundert noch erreicht werden können.

Die Breitbandopioide haben bei mir, abgesehen von einigen unerwünschten Nebenwirkungen wie allgemeiner Trägheit, Obstipation, Übelkeit oder Erbrechen, ohnehin nie gewirkt. Gott sei *Damm* habe ich das aber früh genug erkannt, so dass mir eine Entziehungskur in *Mainz wie es singt und lacht* erspart blieb. Ohnedem haben Schmerzmedikamente als schnelle Problemlöser bei vielen Schmerzpatienten wie auch bei Gesunden nur eine geringe Wirkung. Das wusste ich, ver*damm*t noch mal, auf Grund meiner persönlichen Erfahrungen und umfangreicher Recherchen.

Ein Patient in Mainz *wie es singt und lacht*, Grundschullehrer, aber klüger als so mancher Professor, mit dem ich mich während des Mainzer Karnevals anfreundete und der unter neuropathischen Schmerzen, insbesondere in den Füßen litt, obwohl er ein verkopfter Mensch war, hat heute noch dieselben Schmerzen, ist aber aufgrund des Entzugs in Mainz nicht mehr opiatabhängig. Welch ein Erfolg! Noch steht er zu Hause vor dem Medikamentenschrank, ohne das Tor zur Hölle wieder zu öffnen. Lieber richtet er sich in seiner eigenen überhitzten Stube mit Gymnastikübungen und Fuß-massagen ein und backt seine Brötchen selber. Akzeptanz! Es geht, wenn man geht. Sport, selbst wenn die Füße brennen und sie im Urlaub zur Erwärmung des Kesselwassers für den Tee benutzt wer-den können.

Beide glauben wir an den molekularbiologischen Ansatz und hoffen alt genug zu werden, um noch schmerzfrei sterben zu kön-nen. Irgendwo zwischen den Rezeptoren auf der Haut, den Füßen, dem Damm, den Eingeweiden oder dem Darm, dem Rückenmark und den zahlreichen Gehirnarealen muss die Hardware des Schmerzes doch auszuschalten sein. Gerade weil der Schmerz je-doch kein Soloinstrument ist, sondern die Summe von Informatio-nen aus allen Körperregionen und mentalen Prozessen, die im Or-chester als gemeinsamer Schmerzakkord ertönen, ist es umso schwieriger, den richtigen Stecker zu ziehen, um eine Entkoppe-lung der Schmerzreize, der Schmerzübertragung oder der Schmer-interpretation zu ermöglichen.

Selbst wenn psychosoziale Faktoren einen gewissen Einfluss auf mein Schmerzempfinden haben, könnte meine genetische Ausstat-tung die Reaktion auf Schmerzreize entscheidend bestimmen. Mein Mainzer Karnevalsfreund *wie er singt und lacht* möchte sich mit mir nicht erst im Hospiz nach Einnahme des richtigen Medikamenten-cocktails aus dem Leben schleichen. Und wir wollen beide nicht mit schmerzverzerrtem Gesicht so lange warten, bis unsere durch den chronischen Schmerz völlig überarbeitete Hirnsubstanz im Tha-lamus und Hippocampus so stark degeneriert oder geschrumpft ist, dass wir keinen Schmerz mehr empfinden, aber auch keine Lust mehr haben zu leben, weil unser Mandelkern als Teil des limbi-schen Systems der Emotionen wie die Prostata entkernt wurde. Nein, wir wollen noch eine Weile hier im Diesseits bleiben. Das Le-ben zelebrieren. Die Frauen. In Epikurs Garten schlemmen und prassen. Wir wollen noch sehr lange leben. Bis zum Ausbruch des Weltfriedens.

Meine Nerven sind genauso wie ich nicht einsprachig, sondern bilingual. Nur sprechen und verstehen sie nicht Deutsch und Französisch, sondern Elektrisch und Chemisch. Sowohl in meinem Gehirn als auch in meinem Rückenmark gibt es wie in einem Übersetzungsbüro synaptische Umschaltstationen, die meine chemischen Reaktionen in elektrische Signale umwandeln, ohne dass ich mir dessen bewusst bin. Deshalb muss ich die Dialoge zwischen den Nervenbotenstoffen und den Ionenkanälen belauschen und das Wörterbuch der DNA erweitern. Wenn die Chemie nicht stimmt, wird es ungemütlich. Das wissen wir alle. Das wussten schon die Amöben in den Ozeanen und Wassertümpeln, und dieses chemische Sensorium hat die Evolution mir vererbt.

Mein kortikales ICH-Bewusstsein ist leider von meinen körperlichen Empfindungen abhängig, so dass ich manchmal den Eindruck habe, gar nicht selber am Ruder zu sitzen. Sensoren aller Art filtern in meinem Körper Informationen aus der Welt, die mich in Form von Emotionen fremdbestimmen und manipulieren. Und wenn ICH endlich meine Entscheidungen treffe, ist es schon zu spät. Ich plaudere nur nach, was mir meine Gefühle eingeflüstert haben. Ist mein ES in Wirklichkeit der Verhandlungsführer? Bestimmt ES meine *Freud*en und meinen Schmerz? Sigmund, stehst Du nun auf dem Kopf oder auf den Füßen? Ist mein Schmerz keine bewusste Wahrnehmung, sondern nur eine atavistische Emotion? Ver*damm*t und zugenäht, hat sich Descartes auch in diesem Sinne geirrt, dass nicht meine Kognition, sondern meine Leidenschaften über meine Verhaltensweisen entscheiden? Verfluchter Kopf! Hat Daniel Golemann mit seiner emotionalen Intelligenz etwa Recht? Bin ich denn blöd? Vollkommen geistig umnachtet? Ich glaube ES nicht! Mein Schmerz ist emotional, nur weiß ICH ES noch nicht! Niemand hat es mir bislang gesagt, geschweige denn erklärt! Ich muss meine fehlgeleiteten Emotionen wieder unter Kontrolle bringen! Eine gedankliche Korrektur vornehmen! Akzeptanz- und Commitment-Therapie. Was ist das denn schon wieder? ACT? *Arm, charismatisch, tot.* Resilienz.

Ich soll nicht mehr grübeln, sondern mich von negativen Gefühlen und Gedanken distanzieren. Meine Schmerzvermeidungsstrategien abbauen. Handeln, statt denken. Proaktivität. Lebensfreude entwickeln. Optimismus. *Positivieren.* Ein positives Lebensbild entwerfen und meinen Selbstwert stärken. Die guten und wertvollen Dinge in den Vordergrund stellen, die ich noch leisten und genießen kann. Schließlich *sitze* ich in keinem Gefängnis und kann noch aufstehen. Andere *sitzen* lebenslang mit Sicherheitsverwahrung. Ich darf sogar nach draußen, an die Sonne. Ich muss zwar das schlechte Wetter akzeptieren, kann aber die düsteren Wolken wegblasen. Es regnet nicht mehr. Ich habe einen Rettungsschirm. Akzeptieren, aber nicht resignieren. Mich wieder selbst finden, wo ich vorher nicht war. Klare Werte aufstellen und mich nicht mehr vom Tölpelprofessor tyrannisieren lassen. Von falschen gesellschaftlichen Normen und Konventionen. Ich muss meine Würde wiederfinden und mein Leben mit Sinn erfüllen. Realistische Ziele entwickeln. Einen Lebensplan, der mich begeistert.

Sisyphos. Camus. Mythologien von gestern. Rollt den Felsen doch selber den Berg hinauf. Und wenn es keinen Gott gibt, kann ich mit Voltaire einen erfinden. Ich bin zum Glück prädestiniert. Ich bin bereit, diesen Weg zu gehen und achte auf mein Wohlbefinden. Auf die schönen Dinge im Leben. Frieden, Freude, Eierkuchen. *Love Parade.* Abrüstung der Schmerzen, Musik und Tanz, Nahrungs- und Verhütungsmittel für alle. Und was ich nicht verändern kann, akzeptiere ich. Akzeptanz. Ich stärke meine Widerstandsfähigkeit, meine innere Stärke. Krisen und Bomben prallen von mir ab. Ich bin stark und wachse noch, wenn ich meine innersten Ressourcen und Qualitäten finde. Ich entfalte meine eigene schöpferische Kreativität und konstruiere einen schmerzfreien Kreuzweg. Ich trainiere jeden Tag und lasse mich coachen. Soll doch der Tölpelprofessor mein Kreuz auf allen Lebensstationen tragen!

Achtsamkeit. Ich liebe mich. Ich lebe im Hier und Jetzt. Ich meditiere mit Buddha und mache eine Meditationsreise in den Fernen Osten zur Heilung meiner Wunden. Ganzheitlichkeit. Verbindung von Erde und Himmel. Ich bin kein Opfer. Ich flüchte nicht mehr.

Ich übernehme wieder meine Schöpfer-Verantwortung. Spirituelle Transzendenz. Kognitive Defusion. Ich empfinde mich als kraftvolles Wesen. Als Licht und Liebe.

Ich möchte meinen Kopf nicht mehr in den Sand stecken. Ich will Aufklärung. Ich will zurück nach vorne ins 18. Jahrhundert. Zurück zur Amöbe. Ich will meine Gene selber fabrizieren!

An die Arbeit Freunde! Forscher, Gelehrte, Akademiker, Intellektuelle! Die Wissenschaft ist kein Mysterienspiel! Kein liturgisches Drama! Wissenschaftliche Zeremonien und Riten sehen anders aus! Sie sind empirisch begründet, bauen auf falschen Hypothesen auf, werden von Blinden beobachtet und im göttlichen Experiment verifiziert, indem der Teufel mit den Engeln tanzt und Gott mit Kopernikus widerlegt.

Himmel, *Gott* und Zwirn noch mal! Wo stecken die verdächtigen Genmuster für den neuropathischen Schmerz? Sucht nach dem Gen-Gold! Die Pharmakonzerne warten auf Euch! Psychologisch orientierte Verfahren sind zu kostenintensiv, und es gibt zu wenig gesunde Therapeuten! Entschlüsselt mein Genom! Ich bin nur 1,70 m groß, und mein Gehirn wiegt nur 1.400 Gramm! Ich bin ein durchschnittlicher Mensch mit knapp 100 Milliarden Neuronen. Welche Schmerzinformationen hat mein molekularer Rekorder auf den DNA-Strängen aufgezeichnet? Warum bin ich empfindlicher als die Menschen im Mittelalter?

Ich will ein Indianer sein, der keinen Schmerz verspürt. Ich will zurück zu den indigenen Völkern, zu den Kräutern und Pilzen, zur Homöostase der Natur und zum Gleichgewicht meines Körpers, in dem der Kreislauf ohne sportliche Runden geregelt ist und die Körpertemperatur ohne Zentralheizung. Aber leider bin ich ein instinktives Mängelwesen und brauche ständig eine modern ausgestattete medizinische Werkstatt, um krank zu werden. Je mehr Ärzte, desto mehr Kranke. Je mehr Medizinmänner, desto mehr Gläubige. Je mehr Götter, desto weniger Streit! Polytheisten und Atheisten aller Länder vereinigt euch! Ich glaube an den Fortschritt der Molekularmedizin, also bin ich. Ver*damm*t noch mal!

Meine Mutter war während ihrer Schwangerschaft sehr angespannt und unglücklich, weil sich mein zweijähriger Bruder ein
Bein gebrochen hatte. Durch diesen sechswöchigen Stress veränderte sich ihr Cortisol-Spiegel negativ, so dass die Methylierung eines meiner Gene nicht funktionierte. Durch diese epigenetische
Mitgift bin ich heute schmerzempfindlicher als andere! Oder habe
ich im Uterus bereits bei meinen Trinkgelagen zu viel cortisonhal-
tiges Fruchtwasser getrunken, so dass die genervten Zellen in meinem Mini-Hippocampus geschädigt wurden? Ich kann mich nicht
mehr genau daran erinnern und mich nur schlecht konzentrieren.
Ich habe das Falsche gelernt. Mein Körper steht unter ständigem
Stress und ist in Alarmbereitschaft. Gott ver*dammt* noch mal! Ich
hätte als Neugeborener Heilgetränke und Gegengifte bekommen
müssen, damit sich dieses Trauma später nicht chronifizierte. Mein
Blutdruck steigt. Mein Herz pumpt. Aber ich sehe gar keine Gefahr.
Kein wildes Tier. Cortisol. Schmerz. Der eigene Kreislauf ist über-
hitzt. Aderlass! Blutreinigung! Entgiftung!

Biopsychosoziale Faktoren. Die Umwelt. Alles bereits in meinen
Genen! Psyche und Körper eine dialektische Einheit! Molekularbi-
ologen an die Arbeit! Entschlüsselt meine Gene! Sequenziert meine
DNA und entnabelt mich vom Schmerz! Anderenfalls steigt meine
Empfindlichkeit, der geisterhafte Schmerz wandert aus der Peripherie in mein zentrales Nervensystem und fährt die Autobahn
zwischen Rückenmark und Gehirn in einer biochemischen Kaska-
denreaktion rauf und runter, ohne die Geschwindigkeitsbeschrän-
kungen einzuhalten oder von den Radarkontrollen aufgehalten zu
werden, denen der Schmerz über Nebenstrecken ausweicht.

Nehmt mein biochemisches Auto von der Batterie und desensi-
bilisiert die Elektrik! Stellt Gliazellen als Puffer für Schmerzreize
wie Polizisten an den Leitplanken auf und reduziert die Geschwin-
digkeit der Schmerzautobahn, ohne dass ich in eine verstärkende
Rückkopplungsschleife gerate, die sich wie ein sich immer schneller drehendes Karussell verselbständigt – *und dann und wann ein
weißer Elefant.* Testet mich auf meine genetischen Besonderheiten,

anstatt meinen ganzen Körper mit Opiaten zu durchtränken. Konzentriert Euch auf die Amöben, auf die Gen-Fähre der revoltierenden Zellen. Falls dieses nicht gelingen sollte, praktiziere ich dieselbe psychologische Selbsthilfe wie Immanuel Kant, der seine Schmerzen vergaß, wenn er die ganze Nacht über an seinen philosophischen Traktaten schrieb. Ich schreibe Ihnen dann, lieber Leser, das kostet meine Krankenversicherung nichts und führt mich ins Nirwana. Meine Schmerzen verwehen. Begierde, Hass und Unwissenheit lösen sich auf. Ich übernehme wieder meine Schöpfer-Verantwortung. Spirituelle Transzendenz. Kognitive Defusion. Ich empfinde mich als kraftvolles Wesen. Als Licht und Liebe.

Ich will wieder die Vormachtstellung über Geist und Körper in meinem Organismus erobern und Regierungspräsident werden. Aus diesem Grunde löse ich als erstes die Gewaltenteilung auf, wie in Burma, in Myanmar, und plane einen Militärputsch. Mein Gehirn schickt ein Heer von Boten und Neurotransmittern los, welche alle wichtigen synaptischen Schaltstellen blockieren, um nur noch meinen Befehlen zu gehorchen und mein Aktionspotenzial weiterzuleiten. Das Rückenmark soll in Deckung gehen, wenn ich es nicht ganz ausschalten soll, und die peripheren neuronalen Netzwerke werden ausgeschaltet, abgeschaltet. Alle Stromverbindungen werden unterbrochen.

Opponenten, Dissidenten, Deviationisten, Häretiker, Sektierer, Renegaten und andere Sparringspartner schicke ich in Hausarrest, ins Gefängnis, ins Arbeitslager oder verpasse ihnen eine Giftspritze. Endlich herrscht wieder Recht und Ordnung in meinem Staatskörper. Und wenn jemand böswillig schmerzt, Todesstrafe! Das ist kein Schmerz.

In der Politik muss man handeln, nicht denken. Worüber soll ich mit der Schmerzfraktion debattierten? Bei diesem Thema darf es keine Kompromisse geben. Ich fordere die radikale Schmerzfreiheit für alle Menschen und lasse diese Maxime ohne Debatten und Wahlen zum freiheitlichen Glück aller in die Präambel der Menschenrechte eintragen. Alle werden meine Entscheidung akklamieren, und ein Rausch der Bewunderung wird ein neues Zeitalter einläuten. Ein schmerzfreies. Ein schmerzfreies Maschinenzeitalter.

Ich muss nachdenken: Wenn alle Schmerztheorien bislang falsch sind, aber ihre *Fälsche* wissenschaftlich nicht definitiv verifiziert werden kann, könnten sie in ihrer Hypothetizität auch alle etwas Richtiges an sich haben.

Es gilt, eine neue Weltformel für ein schmerzfreies Leben zu finden. Um für dieses Menschheitsideal zu kämpfen, bin ich sogar bereit, mit Prof. Dr. Pflanzenspecht über Heilpflanzen und Globuli zu sprechen sowie einen verhaltenstherapeutischen Veterinär für tierische Schmerztherapie aufzusuchen. Diese Aufgabe ist jedoch keine Kleinigkeit und bedarf des Trainings sowie des Aufbaus eines internationalen Forschungslabors. Die Pharmaindustrie hat ihre finanzielle Unterstützung bereits abgesagt.

Ich weiß, dass man einen Marathon normalerweise nur antritt, wenn man vorher hart dafür in einem Gulag trainiert hat. Ich bin aber weder in einem Straf- und Trainingslager gewesen, noch habe ich jeden Tag Felsblöcke gestemmt oder andere Schwergewichte erforscht. Die von mir geforderte Kraftanstrengung, selber nach einem ganzheitlichen Lösungsweg für meine Schmerzen zu forschen, stellt daher eine gewisse Überforderung dar, so dass der schmerzhafte Muskelkater bereits psychogenetisch vorprogrammiert ist.

Selbsterfüllende Prophezeiungen. Ich horche in mich hinein, stelle mir den Schmerz vor, und er stellt sich ein. Muskelkater im Gehirn, eine neue, bahnbrechende Erkenntnis als Ursache für meinen Schmerz. Vielleicht sollte ich weniger Sport treiben. Mich weniger bewegen. Weniger Bahnen drehen. Ich bin wieder aus der Bahn geworfen, wie Anna Karenina, nur ganz anders, und komme nicht wieder rein.

Ich brauche einen neuen Masterplan. Ich möchte die Bankrotterklärung der Medizin nicht bewusstlos hinnehmen. Ich werde mir ein Haustier anschaffen. Einen Brillenkaiman, der meine Kurzsichtigkeit auf die irdischen Dinge um eine transzendente Komponente erweitert. Oder eine kupfer-metallisch schimmernde Smaragd-schabe, *Pseudoglomeris magnifica*, aus China mit einem ganzheitlichen Heilungsansatz. Auf unseren gemeinsamen Spaziergängen werden wir aus Liebe zur Natur die Bäume umarmen. Ich habe wieder Haptik, taste mich an das *Damm*wild heran. Ich höre wieder ohne Kopfhörer das Rauschen des Waldes und sehe ohne Brille wieder meine innersten Gefühle. Ich ernähre mich wie meine neue Freundin, die Smaragdschabe, vegan von Flechten, Blütenpollen und Früchten. Der Durchbruch. Heilung für Körper, Geist und Seele, sofern vorhanden. Kraft und Schönheit aus den Meeren, Wäldern, Bergen und Auen. Goethes Mailied drängt sich in meine Ohren: Wie herrlich leuchtet/ Mir die Natur!/ Wie glänzt die Sonne!/ Wie lacht die Flur! Es dringen Blüten/ Aus jedem Zweig/ Und tausend Stimmen/ Aus dem Gesträuch/ Und Freud' und Wonne/ Aus jeder Brust./ O Erd', o Sonne!/ O Glück, o Lust!

Ja keine *Pan*ik! Ich lasse mir ein Waldbad einlaufen, *Shinrin Yoku.* Psychosomatische Waldtherapie statt bunter Pillen und blödes Gerede. Ich möchte wieder baumstark werden und nicht menschlich entwurzelt. Ich möchte lieber Hummeln im Hintern haben, statt *Damm*schmerzen. Ich möchte lieber 200 Liter Wasser ausdunsten, Sauerstoff und ätherische Öle produzieren, statt drei Liter Rotwein trinken und mich mit Antibiotika im Fleisch vergiften. Ich möchte nicht vor die Hunde gehen.

Ich weiß genau, dass es in der Parallelwelt, dem *deep state* des Schmerzes, keine Idyllen mehr gibt, keine duftig-blühenden Frühlingslandschaften, sondern nur noch Minenfelder und tiefe Krater im Reich der Finsternis, wo Ärzte mit schwarzen Kitteln das brennende Gift für die Menschen am Kreuz zubereiten, um die christliche Liebe mit verrosteten Nägeln zu durchbohren. Aber ich bin kein Lügner. Ich bin kein Verräter. Ich habe Schmerzen.

Ja keine *Pan*ik! Aber so langsam habe ich das blöde Gerede satt. Die allgemeine Ratlosigkeit. Die weißen Kittel. Die Ampullen und Pillen. Ich bleibe jetzt einfach zu Hause. *Hikikomori.* Ich verlasse mein Zimmer nicht mehr. Ich meide die Öffentlichkeit und den

Kontakt zu den gesunden Menschen. Ich kann mir keine Gesellschaft mehr leisten. Ich kann die Ansprüche der Gesunden nicht mehr erfüllen. Ich bin Perfektionist. Ich möchte keine Fehler machen. Ich habe Angst, die Blicke der anderen auf mich zu ziehen. Ich schäme mich. Ich bleibe lieber mit Gregor in meinem Zimmer. Wir gehen an den Wänden entlang und unter der Decke spazieren. Ich werde Akrobat. Fitnessjunkie. Hier fühle ich mich sicher. In meinem Käfig. Den verlasse ich nicht mehr. Ich habe doch keine Meise! Ich trage keine Haube! Ich bin doch nicht blau! Ich habe keinen an der Klatsche! Applaus, verehrtes Publikum im Käferzoo!

Nachdem ich alle Ärzte und Häuser der Kranken konsultiert und meinen Körper und Geist von allen medizintechnischen Geräten habe durchleuchten lassen, und nachdem ich alle Medikamente und Therapien bis zur Bewusstlosigkeit geschluckt habe, riet mir ein in der Schmerztherapie tätiger homöopathischer Veterinär mit Bullengesicht, aus dessen Nasenlöchern Dampf austrat, mir einen Hund zu kaufen, weil vernünftige Haustiere durch ihren emotionalen Umgang mit den unvernünftigen, unsensiblen Menschen deren Schmerzsymptome lindern könnten. Allein ihre Freundschaft führe bereits zur Ausschüttung des Kuschelhormons Oxytocin, reduziere Stress, verstärke die mütterliche Liebe zu sich selbst und verstärke die Lust zur Paarbindung. Mein Hund und ich ein Paar.

Ich bin doch kein *Damm*kopf! Warum bin ich nicht selber auf diese geniale Idee gekommen? Die Milch schießt mir schon in die Brustwarzen. Ich bin doch kein Grünfink mehr hinter den Ohren, habe keine Meise und blau bin ich ebenfalls nicht. Nein, wie eine Turteltaube möchte ich meinen Hund streicheln, wenn wir gemeinsam mit der Smaragdschabe durch den Wald dackeln, bis das Oxytocin mir aus den Ohren läuft und sich mit meinem Speichel zu einer schmerzfreien Ursuppe vermischt, die ich in einer Wohlfühloase des vegetativen Nervensystems wie eine Seelenmassage genieße.

Die Weltenharmonie wird wieder hergestellt. Ich brauche einen treuen vierbeinigen Gefährten als Mentalcoach, Tröster und Helfer, als Stresspuffer und Krafttankstelle, um mich und meine muskulären Gedanken zu entspannen, um gelassener und achtsamer zu werden. Ich brauche den hypnotischen Anblick eines tiefentspannten Gegenübers. Biophilie. Ich muss meine Liebe zum Leben und zu allem Lebendigen wiederentdecken. Zurück zur Natur! Zurück auf die Bäume! Zurück zu Hühnern und Hasen! Ich schenke allen Tieren Warnwesten, damit sie auf der Straße nicht von einem wilden Auto überfahren werden.

Ich benötige keine Antidepressiva mehr. Ich spanne mich wieder selber vor den Pflug und jage mit den Katzen Mäuse. Endlich werde ich wieder wie der Hund ein vollwertiges Familienmitglied mit höhenverstellbarem Fressnapf aus Keramik und Diamantencollier. Nur lebensverlängernde Maßnahmen möchte ich für meinem Hund und mich nicht. Wir haben bereits beide eine Patientenverfügung unterschrieben. Auf das Auspendeln des Futters und der Leckerli durch einen Heilpraktiker verzichten wir ebenfalls beide im Einvernehmen, und gegen die Schmerzen nehmen wir nur noch gluten- und laktosefreie Globuli. Gefühlt ist mein Schmerz bereits unter null, und der Temperaturunterschied wird durch einen Hundemantel ausgeglichen.

Ich fordere, dass alle Hunde wegen ihrer schmerzreduzierenden Wesenhaftigkeit auf die grüne Liste der alternativmedizinischen Verhaltenstherapeuten gesetzt werden und auf Rezept als Antidepressivum mit den Krankenkassen abgerechnet werden dürfen, weil sie als seelische Müllkippe durch ihr stoisches Zuhören einen unersetzlichen Beitrag zur mentalen Gesundheit unserer überreizten Gesellschaft leisten. Bei einem Waldspaziergang, während dessen wir beide an einen Baum pinkeln und uns dabei tief in die Augen schauen, spüre und erkenne ich, wie sich durch das fröhliche Wedeln mit dem Schwanz meine Anspannungen und Ängste lösen und mein Weltschmerz verkümmert, um wieder optimistischer in eine schmerzfreie Zukunft zu schauen.

Mein Hund als Verhaltenstherapeut. Die tierisch-menschliche Bilanz dieses inklusiven Humanismus ist für alle positiv, *wau-wow*, während das Mastschwein als höchsten Akt der Freiheit Selbstmord begeht. Quiek! Schweinerei! Mein Hund und ich fordern einen schmerzfreien Veggy-Day als Gedenktag für die gefallenen Tiere.

Wann würde mein Weg durch die Wüste endlich zu Ende gehen? Es dürstet mich nach Schmerzfreiheit. Mein Hund Moses hechelt mit mir und teilt meinen Schmerz während des Exodus aus Ägypten. Ich brauche keinen neuen Knochen, sondern göttliches Manna, *weiß wie Koriandersamen* und im Geschmack wie *Honigkuchen*, um meinen Schmerz zu stillen, aber am Morgen finde ich nur Würmer und Maden, weil mein Hund entgegen der Weisung des Herrchens versucht hat, das Manna aufzubewahren und mein Vertrauen missbraucht hat.

Das Leben ist zu schön und zu einmalig für Schmerzen. Deshalb muss ich das chronische Dauerfeuer an den Narben meines Gefühlslebens unterbrechen. Mein Ökosystem des Schmerzes ist durch die pharmakologische Monokultur der synthetischen Chemie in Schieflage geraten. Ich brauche Schlammpackungen und wohlriechende Öle, Streichelneurone, wohltuende Aromen und Quark. Alles Quark. Lasst die vegane Ernährung meine neue Medizin sein. Alles Omega, denn sauer macht nicht lustig. Kneipen in der Badewanne statt in der Bar im Rotlichtviertel. Meine selbstheilenden Ressourcen anzapfen, statt einer Ökologie der Verschwendung. Weg von der akutmedizinischen Hochleistungsmedizin mit ihrer Schmerzspirale beim Griff zur Tablettenbestrahlung.

Ich muss meine erneuerbaren körpereigenen Regulationsmechanismen und Ressourcen wieder durch ein Feuerwerk der Sinnesreize ankurbeln. Heiße Packungen und Höschen, warme Psychowickel, Blutegelkraulen, Nadelkissen, Kirschkernkissen als Wärmflasche zum Kichern, Weidenrinde zum Einwickeln statt Aspirin, kurzum Bioprinzipien statt synthetischer Chemie. Ich möchte nicht von meinen 12 Millionen deutschen Freunden mit Dauermedikamentierung eingeladen werden, um mit ihnen drei Milliarden Pillen zu teilen, wenn ich durch eine gesundheitspsychologische

Anti-Stress-Naturheilkunde-Medizin meine Gesundheit selber stärken kann, um meine Schmerzen wieder zu ertragen.

Damit werden Sie wohl leben müssen! Nicht mit mir! Damit das klar ist! Damit werden Sie wohl leben müssen! Ich bekomme noch einen Hörsturz! Nicht mit mir! *Ich bin dann mal weg.* Lieber auf dem Jakobsweg nach Santiago de Compostela als auf dem Holzweg, spirituelle Erfahrungen und Glaubensbekenntnisse aller Art inbegriffen. *Ich bin dann mal weg.* Ich ziehe mich mit Boccaccio zurück aufs Land. Die Konjunktion der Planeten ist ungünstig. Es stimmt etwas nicht mit der Erde. Die Welt ist durcheinander. Der Kirchturm wackelt. Die Luft ist giftig. Der Pesthauch Gottes, sein Zeigefinder. Mildernde Umstände? Fehlanzeige. Begnadigung? Abgelehnt. *Ich bin dann mal weg.* Ich ziehe mich mit Boccaccio zurück aufs Land. Mit sieben Frauen. In eine Villa. Wir erzählen uns Geschichten bis es vorbei ist. Der Schmerz. Das Böse. Die Strafe Gottes. Ich lasse mich exkommunizieren. *Ich bin dann mal weg.* Raum und Zeit. Brodelnde Plasmasuppe. Chaos. Schwarze Löcher. Materieschwaden. Sterne, Gasnebel, Sonnen, Galaxien. Schöpfungsmythen. Urknall. Ich fange wieder von vorne an. Die Ordnung des Unbegreiflichen.

Ich habe Weltschmerz

Die Mäuse und Ratten benagen den feucht gewordenen, angeschimmelten Buchdeckel, unter dem die vergilbten Blätter meines Lebens mit Wasserflecken schwarze Pestbeulen ausprägen und ums Überleben kämpfen.

Die Kanonenkugeln, auf der lachende Menschen durch die Luft fliegen, zerstören die Zinnsoldaten der spielenden Kinder im freudigen Spektakel der Explosion. Feuerwerkskörper werden von Drohnen getragen und erhellen die dunkle Nacht durch ihren feurigen Schweif. Zielgenau steuern sie an die freudigen Wände des Todes, der grinsend über die Dummheit der sich siegreich wähnenden Menschen lacht.

Aus dem Himmel fallen Bomben und entflammen die Erde, um sie von der Vernunft des Brotes eines betrunkenen Gottes zu befreien.

Hier und jetzt, nicht gestern, nicht morgen, entscheidet sich die Schlacht des Lebens. Der Sturz der Menschheit. Schachvergiftung. Dürrenmatt. Katastrophenszenarien.

Springen Sie aus der Gruft, bevor sie zugeschaufelt wird! Steigen Sie aus, bevor es zu spät ist! Die Weltgeschichte und der Weltschmerz sind noch nicht zu Ende und der Albtraum auch nicht!

Wachen Sie auf! Wechseln Sie die Spur! Oder fahren Sie mit dem Zug, der nach dem Tunnel in die Tiefe stürzt, direkt auf Gott zu! Nichts. Steigen Sie aus, bevor es zu spät ist! Gehen Sie lieber zu Fuß! Gehen Sie lieber langsam! Aber gehen Sie in die richtige Richtung! Verhalten Sie sich nicht wie Joseph K, müde vor dem Gesetz wartend und den Türhüter um Einlass bittend, denn Sie wissen bereits, was er sagen wird: *Ich bin mächtig. Und ich bin nur der unterste Türhüter. Von Saal zu Saal stehn aber Türhüter, einer mächtiger als der andere. Schon den Anblick des dritten kann nicht einmal ich mehr ertragen.*

Also gehen Sie in die richtige Richtung! In welche? Dorthin, wo der Felsen auf Sie wartet!

Und wenn die Wirklichkeit nur ihr verzerrtes Gesicht offenbart, begeben Sie sich in die Welt des Konjunktivs und wählen eine andere der möglichen Welten. Die beste aller möglichen Welten.

Ich will die Nische des Schmerzes, die Höhle mit ihren verzerrten Schattengestalten, die sich anmaßen, die eigentliche Wirklichkeit abzubilden, verlassen, um wieder in die Sonne zu schauen und in die offene Welt einzutreten.

Seit drei Jahren sitze ich im Schmerzbunker.

Schmerz haben bedeutet, der Tyrannei ausgesetzt zu sein. Die Demokratie ist abgeschafft. Es herrscht ein permanenter Ausnahmezustand. Gewaltenteilung, Machtbalance, Achtung der Persönlichkeit, Schutz der Freiheit, Recht auf Widerspruch und ein faires Gerichtsverfahren sind unbekannt. Der Richter ist zugleich der Henker. Der Schmerz ist der Souverän. Der Leviathan. *Hopb*bes, und du hast nichts mehr zu sagen. Auch der Gesellschaftsvertrag ist gekündigt. Du bist wieder allein und lebst damit in Furcht und Schrecken. Es gilt wieder das Recht des Stärkeren, und du findest keine Verbündeten mehr. Schmerz unter den schmerzfreien Wölfen.

Rousseau hat zwar Mitleid mit dir, läuft aber selber wieder auf allen vieren. Der Mensch hat ein Recht auf Freiheit, körperliche Unversehrtheit, Würde und Glaubensfreiheit. Unglaublich. Lächerlich. Der Schmerz ist rechtsfrei. Anarchisch. Du kannst nicht mehr wählen. Die freien Wahlen sind abgeschafft. Toleranzlos. Kein Widerspruch. Gehorsam vor und ohne Gott. Der Souverän. Schmerz. Infamie. *Ecrasez l'infâme.* Aber Voltaire ist tot. Er wurde mit Calas gerädert. Ihr habt doch wohl ein Rad ab.

Schmerz. Der Europäische Gerichtshof der Menschenrechte. Schmerz. Verbrechen gegen die Menschlichkeit. Den Haag. Schmerz. Ich habe ein Recht, sterben zu dürfen. Das oberste Verwaltungsgericht. Warum hilft mir denn niemand! Auch das Leben nicht. Gott, warum hast du mich verlassen und glaubst nicht mehr an dich? Soll ich das Kreuz womöglich selber tragen? Die Dornenkrone lasse ich versteigern. Sie ist das Original. Welches ist das Angebot? Die Zehn Gebote auf dem Berg Sinai. Und Sisyphus rollt den Felsen hinauf. Und dann geht es nur noch bergab. Der Dekalog und die Steintafeln. Alles erlogen.

Du sollst den Schmerz nicht töten und dich nicht in der Ehe verbrechen. Du sollst den Schmerz nicht stehlen deinem Nächsten und falsch zeugen mit deines Nachbarn Frau. Und der Esel im Büßerhemd bist du. Schmerz. Sieben Tage hat der Herr geruht, nicht einen einzigen aber du. Schmerz. Wir fordern Lockerungen in der Pandemie. Wer steckt hinter der Maske? Gott? Hat das Erdbeben von Lissabon nicht gereicht, um dich zu töten? Was bist du bloß für ein Mensch? Völkermord. Schmerz. Camus' Mutter. Kein Terrorismus. Keine Revolte. Kein Sinn. Das Absurde. Glück. *Trotzdem* – Schirach. Warum? Stille.

George Floyd, ich möchte nicht, dass man mir 16-mal die Luft abdrückt. In Amerika brennen die Städte, in Brasilien der Regenwald und mir brennt der Damm ab, weil sich auf dem leeren Logenplatz der Prostata Ereignisse abspielen, mit denen der Urologe nicht gerechnet hat und ich noch weniger. Keiner weiß, was hier wirklich vor sich geht. Alle tappen im Dunkeln. Ignoranz. Eine schlechte Vernarbung. Ein Operationsfehler. Man kann nichts ausschließen, aber eine positive Diagnose gibt es nicht. Den lieben Gott kann ich ebenfalls nicht fragen, denn er glaubt nicht an mich. Also weitermachen. Das Unakzeptierbare akzeptieren. Akzeptanz nennen das die Verhaltenstherapeuten.

Hätten sie Camus gelesen, würden sie es das Absurde nennen. Die Akzeptanz des Absurden. Man muss sich Sisyphus glücklich vorstellen. Gut. Einverstanden. Den Felsen möchte ich gerne jeden Tag mit Mühe und Aufwand den Berg hinaufrollen, selbst wenn der Mount Everest nach neuesten Vermessungen wächst. Mittlerweile ist die Heilige Mutter an der Spitze des Himmels oder der Hölle 8848,86 Meter hoch. Die letzten Zentimeter und Millimeter sind besonders schwierig zu erklimmen, insbesondere mit dem Felsen im Rucksack und ohne Prostata. Aber warum zu allem Überfluss bei der Bergwanderung noch Schmerzen haben?

Warum soll ich im Purgatorium auf dem spiralförmigen Weg ins Paradies für die sieben Todsünden büßen, die ich nicht begangen habe, um nachher trotzdem mit Dante in Begleitung von Vergil im Inferno zu landen? Warum soll ich, ohne jemals hochmütig gewesen zu sein, in Demut schwere Lasten tragen? Ohne jemals neidisch gewesen zu sein, als blinder Bettler ein Bußgewand tragen? Ohne jemals geizig gewesen zu sein, bis ans Lebensende auf dem Bauch liegend das irdische Treiben beobachten müssen, während der Berg bebt? Ohne jemals ein gieriger Schlimmer gewesen zu sein, abgemagert und in aller Ewigkeit nach den Früchten eines zu hohen Baumes greifen? Ohne jemals wollüstig gewesen zu sein, um die Befreiung aus dem Feuer betteln? Und zornig und träge war ich auch nicht.

Ich bin der Eisbär auf der Scholle, welcher im feurigen Wasser zu ertrinken droht. Die Fichte, an welcher der Borkenkäfer nagt. Oh Tannenbaum, oh Tannenbaum. Weihnachten ist vorbei. Das Jesuskind will den Weltschmerz nicht mehr auf sich nehmen, will die Dornenkrone nicht mehr tragen. Und ich auch nicht!

Ist jeder chronische Schmerzpatient ein Märtyrer des Lebens, wenn er sich nicht umbringt? In eine Felsspalte springt? Im Gletschereis tiefgefriert? Nur nicht wieder auftauen. Nur nicht retten. Woher kommt diese Lebenskraft, die mich antreibt, über die neun Himmelssphären zu den Seelen der Geretteten ins Empyreum aufsteigen zu wollen, um im Angesicht Gottes die Freuden der ewigen Seligkeit zu genießen – die Schmerzfreiheit? Ist es die Stärke des Ungläubigen, den kein Paradies erwartet, wenn er vorzeitig aus dem Leben aussteigt? Nein, sich lieber noch jeden Tag von einem Adler ein Stück Fleisch aus der Leber herauspicken lassen als zu sterben oder erst beim Eintritt durch die Pforte ins Paradies zu bemerken, dass dieses leer ist. Alles Lügengeschichten, die den Menschen bei Laune halten sollen. Der Himmel, eine Farce. Molière.

Eine Komödie. Gott ver*dammt* noch mal! Und die Hölle? Auch sie ist leer. Wir sind auf uns alleine gestellt.

Aber der Mensch ist ein Krieger. Er möchte leben. Deshalb will er den Schmerz besiegen und greift selber nach dem Pfeil, um den Adler zu erlegen. Jedoch trifft er ihn nicht wie Herakles und wird von Zeus nicht begnadigt. Er bleibt weiterhin im Gebirge festgeschmiedet, obwohl er lieber den Felsen hinaufrollen würde. Aber im Glauben an das Absurde haben wir nichts zu verlieren. *Credo, quia absurdum.* Die Vernunft hat versagt. Der Leichnam ist auferstanden, weil es unmöglich ist. Tertullian und Paulus.

Dumm gelaufen. Aber das wird nicht mehr vorkommen. Es gibt glücklicherweise kein zweites Leben. Es gibt keinen zweiten Versuch. Deshalb machen wir weiter, reißen uns vom Gebirge los und rollen den Felsen freiwillig den Berg hinauf. Im Tal angekommen, schreiben wir alles auf, was wir erlebt haben, bevor wir den Felsen wieder den Berg hinaufrollen. Wir schreiben alles auf. Wirklich alles. Das ist unser Leben. Wir beschreiben die Blumen des Bösen. Die Ästhetik des Hässlichen. Das Textoversum ist unendlich, unsterblich und unverständlich.

Akzeptanz. Weniger Hochmut. Bescheidenheit. Kaufen Sie Bücher oder verschreiben Sie sich ihnen. Sie sind der Arzt Ihres Lebens und müssen sich selber heilen. Schauen Sie nach den Sternen. Dante. Danke. Das höllische Inferno verbrennt, und es bleibt die Asche. Aber das Feuer ist kalt. Der Schmerz hat sich selber konsumiert.

Wie könnte ich dem Schmerz als Vorhof zur Hölle entkommen? Wo fände ich den Ariadnefaden, um dem Labyrinth des Schmerzes zu entkommen, ohne vorher wie Theseus den Minotauros besiegen zu müssen? Ich hatte so viele MRT-CDs, dass ich damit hätte Karten spielen können, aber ich wollte meinen Mitspielern in Weiß nicht ihren Glauben nehmen. Trotzdem beobachtete ich lieber die Hintergrundstrahlung des Textoversums, mit welcher ich mir in der Mikrowelle meine Textmahlzeiten aufwärmte. Ich wollte endlich diejenigen Dinge erledigen, die im Leben wirklich zählen, nämlich Zähneputzen und Duschen.

Wer leben will, muss leiden. Schmerz gut, alles gut. Nichts ist gut! Verdammt noch mal! Ich habe gerade Weltschmerz und werde ihn nicht mehr los. Mensch Paul, Jean! Was soll dieser romantische Unsinn? Ich werde meine Bücher über den Weltschmerz und das Leid verbrennen. Die Welt als irrationales Prinzip und Wille, der die Pflanze wachsen lässt und die Magnetnadel zum Nordpol lenkt. Im Prinzip will das doch keiner glauben. Und wer gießt die Blumen? Und warum sollen wir immer *Von der Nichtigkeit und dem Leiden des Lebens* sprechen, von einem Willen, dessen Verlangen und Begehren niemals Befriedigung finden wird, von einem bedürftigen Menschen, welcher der Vernunft nicht zugänglich ist, dessen Wollen nicht endet und dessen Leid deshalb unüberwindbar ist?

Ich will hier weg! *Flieh! auf! hinaus ins weite Land!* Wenn ich schon nicht wollen kann, was ich will, dann will ich zumindest tun, was ich wollen muss. Ich werde ein Autodafé veranstalten und die Ketzer des guten Tons in aller Öffentlichkeit auf dem Scheiterhaufen verbrennen: Schopenhauer, Nietzsche und auch Jean Paul, den Freiherr von Eichendorff und Clemens Brentano. *Auf, Kinder des Vaterlandes!/ Allons enfants de la Patrie, / Le jour de gloire est arrivé!*

Trauer, Melancholie und die Unzulänglichkeit der Welt. Ihr seid doch alle verrückt! Ich optimiere den Pessimismus und negiere die Resignation. Ich verhindere die Realitätsflucht und erfülle das Nichts mit dem Sein. Ich habe keine Zeit für Traurigkeit und die Unzulänglichkeit der Welt. Mir *grimmt* es vor Wilhelm. Erzählt mir doch keine Märchen!

Du bist ein Heini, Heinrich! Mannomanm! Mann oh Mann! Thomas, was meinst du mit Lebenswehmut? Leben wir nicht in der besten aller möglichen Welten, Wilhelm? Ist der Leib nichts? Oder in der schlechtesten aller möglichen Welten, Arthur? Haut auf den *Schopen*! Oder meinen Sie auch, lieber Leser, es wäre besser gewesen, wenn die Erde wie der Mond kein Leben hervorgebracht hätte? Keine Pflanzen, keine Tiere und vor allem keine Menschen? Wie Sie und ich? Oder sind Leser keine wirklichen Menschen und Schreiber auch nicht? Gehören wir zu dem höheren Geschlecht der Übermenschen?

Ich habe Weltschmerz, Kopf und Magenschmerzen, bin *ein furchtsam weggekrümmter Wurm* und muss *nietzschen*. Ich möchte nicht, dass sich meine Mutter oder meine Schwester um mich kümmern, aber ich möchte auch nicht, dass jemand einen Ozeandampfer steuert, dessen angeblich supramentales Bewusstsein vorher nur einen Einbaum lenkte.

Raskolnikow in seinen Wünschen gleich, träume ich davon, Napoleon zu werden, ein Meister des Verbrechens, ein kleiner Mann zwar, aber Übermensch der Herrenkaste, der das Parasitische vernichten will. Hier sitze ich und möchte Gott gleich über Gut und Böse entscheiden. Jedoch erkenne ich meine Verwundbarkeit und Erbärmlichkeit. Deshalb versuche ich mit der Welt in Frieden zu leben. Ich, Paul Krieger, ein Freund von Helvetius, *homme supérieur*, sehe nur Untermenschen um mich herum, denn der Übermensch ist in seiner geistigen Unvollkommenheit ein Unmensch.

Ich versuche deshalb durch meine schöpferische Phantasie und Einbildungskraft auf der Klaviatur des menschlichen Denkvermögens höhere Kräfte zu entfalten und neue Werte zu schaffen, indem ich mich selbst überwinde und das Leben trotzdem bejahe. Ich will nicht zu den letzten Menschen gehören, die sich lethargisch, lebensmüde und uninteressiert im Mittelmaß ihrer Komfortzone einrichten und sich mit der direkten Bedürfnisbefriedigung zufriedengeben.

Ich will den Schmerz durch das Lesen überwinden und den Tod überleben, indem ich unaufhörlich schreibe, denn solange wir schreiben, leben wir. Gut, dass Sie in die Schule gegangen sind! Die Lehrer waren unsere Götter. Und ich, Paul Krieger, bin Lehrer geworden, Hochschullehrer auf dem Zauberberg. Wie zauberhaft, Herr Lodovico Settembrini, das Land, wo die Zitronen blühen. In diesen sauren Apfel müssen Sie beißen. Danach kann wieder Frieden auf dem Schlachtfeld eintreten, wo die verstümmelten Körper verwesen und sich Nahrung spendend wieder mit der lebendigen Natur vereinen. Es gibt keinen Tod. Alles ist Wiedergeburt. Ewige Wiederkehr. Ewiger Wandel. Ewige Schöpfung. *Natura naturans*. Freie Schöpfung.

Wenn wir mal ganz ehrlich sind: Ist die Welt gerade nicht wieder ein wenig verrückter und instabiler geworden? Überall in der Welt sind Nationalismus, Populismus, Illiberalismus und Autokratie auf dem Vormarsch. Rumprollen und Krakeelen. Die hungrigen Sinne der Massen müssen gefüttert werden. Das Volk soll wieder in Stimmung gebracht werden. Es soll lieber tanzen als denken. Ideologische Folklore. Die Stimme des Volkes ist der gesunde Menschenverstand, und dieser wird durch die niederen Instinkte der Menschen angesprochen, durch das Schüren von Verlustängsten, Fremdenhass und Neid.

Wir wollen nicht in dem warmen Fluss der Gleichmacherei mitgespülter Atome baden, uns in der Wesenlosigkeit nivellierter Kulturen auflösen und selbst in die Knechtschaft der Unmündigkeit stürzen. Wir wollen nicht wie die *Gemsen* und das *Edelweiß* in Europa als Individuen aussterben und uns dem einförmigen Typus der populistischen Masse unterwerfen, deren Ich mit dem Willen ihrer Führungskader verschmilzt, um ohne Verantwortung, aber mit der Kraft der Titanen die DNA der Gewaltenteilung des Rechtsstaats auszulöschen. Dabei können die Fußballkämpfe die homerischen Schlachten und Kämpfe der Götter nicht ersetzen. *Sapere aude!* Sei dein eigener Prometheus und nutze das Feuer deines eigenen Geistes zur Verwirklichung der kostbarsten aller Ideen: die Freiheit.

Das Denken wird wie morsches Holz als Textmahl mit den Abfällen der übersättigten Menschheit kompostiert, bis wieder neues Leben entsteht, das nicht denkt. Die Eintagsfliege wähnt sich unsterblich und ist glücklich im ewigen Moment des Seins.

Wir existieren, ohne zu wissen, warum, aber die permanente Auflehnung gegen die Ungerechtigkeit ermöglicht es uns, ohne Bitterkeit im Dialog mit dem Absurden ein gewisses Maß an Humanität mit anderen Menschen zu teilen. Wir müssen selber für die Gerechtigkeit und gegen die Unterdrückung des Menschen kämpfen, indem wir schreiben und lesen. Es gibt keine höhere Sinn-Instanz.

Aber überall beobachten wir die Uniformität und *Vereindeutigung* des Denkens statt Multikulturalität. Brodelndes Gebrüll auf

Facebook. Twitter ist zur neuen Inquisitionsbehörde geworden, die zwischen Wahrheit und Lüge unterscheidet. Kommunikativer Wahnsinn. Schwarz-Weiß-Denken und schon wieder wird *der stahlfarbene Kolben des mechanischen Betriebes der modernen Weltmaschine* auf *Stefan*s Zw*eig*en *sichtbar*. Gleichförmigkeit statt Vielfalt. Eindeutigkeit statt Polyvalenz. Die langsam glimmende Zündschnur ist kurz. Ein Reizwort genügt zur Stimulation aggressiver Reflexe, zur Explosion der Extreme, zur Detonation des Bösen.

Diversität bereitet Angst. Das Aushalten der Andersartigkeit, der Mehrdeutigkeit und unterschiedlicher Positionen führt zu Wutausbrüchen. Widersprüchliche Meinungen als Grundpfeiler der Demokratie sind besorgniserregend. Eindeutige Preise. Politische Billigangebote. Ambiguitätstoleranz verunsichert. Die Scheinvielfalt der Lifestylegesellschaft gibt es nur noch im Supermarkt. Der Glaube an eine einzige Wahrheit führt in einer Gesellschaft der *transzendentalen Obdachlosigkeit* – hau den *Lukàcs*, Georg! – durch ein mangelndes Selbstwertgefühl zu Obsessionen und Fanatismus. Kritische Fragen sind nicht erlaubt. Eine andere Meinung falsch. Wir halten Widersprüche nicht mehr aus und fordern die Zensur. In den sozialen Medien gibt es keinen Raum mehr für Untertöne, für Ambiguitäten. Wir verhalten uns wie Kleinkinder und Narzissten, die nur eindeutige Aussagen akzeptieren und evidenzbasierte Fakten durch konstruierte Bilder verlangen. Gut oder böse. Freund oder Feind. Infantile Muster fordern Klarheit, Unmissverständlichkeit. Verunsicherung radikalisiert.

Es müssen doch nur alle anderen denken wie ich. Einfache Botschaften. Bauchgefühl. Trump! Seine Fratze verursacht unerträgliche Übelkeit. Der amerikanische Traum ist zum Albtraum geworden. Trump. Das Land ist gespalten. Die amerikanische Demokratie und die internationalen Beziehungen sind ausgeleiert wie ein paar alte Schuhe. Trump, eine Bananenrepublik. Venezuela. Gier, moralische Verkommenheit und Autokratie. Die Demokratie wird einem pervertierten Raubtierkapitalismus untergeordnet. Trump. Die Wahlen werden gefälscht. Die Presse bedroht und denunziert.

Menschen, die Freiheitsrechte fordern, werden mit polizeistaatlichen Methoden brutal eingeschüchtert. Nicht Lukaschenko, sondern Trump. *America First.* Die Rückkehr der Wahnsinnigen in die Weltpolitik.

Trump *trump*elt wie ein tollpatschiger Tölpel. Sein einziger *Trump*f ist seine Dummheit, die er selber als Klugheit deutet und dabei nicht bemerkt, dass die ganze Welt über ihn lacht. Aber wenn dieses *Trump*eltier als Quersumme des Populismus über das weltweit größte vernichtende Waffenarsenal verfügt, vergeht einem das Lachen und kommen einem die Tränen. Die ganze Welt wartet auf den Erlöser: Joe Biden. Jedoch wer wird an ihn glauben? QAnon, ein *Deep State*, wirkt im Verborgenen und exportiert durch seine *Infodemie* die bösen Mächte der Weltverschwörung. Reisen wir wieder in eine Welt der Verdunkelung, des *Great Reset*, in welcher Bill Gates der Weltbevölkerung heimlich Computerchips einpflanzen lässt? Wo ist noch die Schnittstelle zur Realität klar zu erkennen? Wollen wir wirklich wie Caligula unser Pferd zum Konsul machen?

Müssen sich die politischen Gegner in unserem Land in gleicher Weise bald die Frage stellen, warum sie eigentlich noch am Leben sind? Wann werden wir vergiftet oder zur besseren *Konzentration* in das Lager IK-2 in Pokrow geschickt, Alexej Nawalny? Wann werden wir auf der Nemzow-Brücke vor dem Kreml erschossen? Sind es unsere letzten Stunden, in denen wir noch frei reden können? Sind wir dem Tod bereits näher als dem Leben? Hoffentlich haben Sie keine Stoffwechselprobleme oder zu hohen Blutzucker oder sind bereits im Koma und haben das Bewusstsein verloren. Hoffentlich sind Sie noch transportfähig. Anderenfalls bleiben Sie hier in Russland, in Sibirien, in der Türkei, den *Uneinigen* Staaten, in Brasilien oder einem anderen populistischen *Unland*.

Das habt Ihr nun davon. Oder ist die Opposition sogar eine Inszenierung der Regierungspartei? Ihr solltet lieber im Ausland leben, aber auch dort gibt es keine Sicherheit für Oppositionelle des Regimes. In London stirbt man an Polonium-Vergiftungen, nicht wahr Litwinenko? Und wer den Giftanschlag überlebt, der wird erschossen, nicht wahr Anna Politkowskaja? Aber ist Putin nicht nur ein Scheinriese, wenn wir erfahren, dass sein Bruttoportemonnaie kleiner ist als das von Italien? Müssen wir es trotzdem aushalten, dass er in Belarus den Diktator Alexander Lukaschenko stützt und in Syrien den Kriegsverbrecher Baschar al-Assad, der bereits vor zehn Jahren mit seinen Todesschwadronen die Jagdsaison auf den Menschen eröffnet hat?

Ich verachte den Totalitarismus, Extremismus und Messianismus jeglicher Art. Ich verachte den Utopismus der Götter, die es nicht gibt und sich nicht um uns kümmern. Ich verachte Ideologien, die den Menschen instrumentalisieren. Ich verachte die Suche nach einem metaphysischen Sinn. Ich liebe das Leben trotz seiner Ambivalenz, Zerrissenheit, Sinnlosigkeit und des unaufhebbaren Leidens. Trotz seiner paradoxen Daseinssituation. Der Schmerz ist mein Felsen, meine Kirche, meine Würde. Er zwingt mich zur ständigen Spurensuche, zum Weitermachen und erfüllt mich mit Energie.

Der Globus quietscht und eiert, und die Bücherregale wackeln in allen Bibliotheken der Welt. Aber nur die schwarzen Gestalten können uns noch retten, denn sie allein haben das ewige Leben und die platonischen Ideen geschaut.

Deshalb wollen wir alle gemeinsam in die Bücher zurückkehren und unser Leben im nächsten Kapitel fortsetzen. Nur hier begegnen wir der Unendlichkeit – im Textoversum des lebendigen Seins, jenseits der Vorstellung als seiende Dinge an sich.

Die globale Ordnung zerbröselt. Wir sind jetzt auf uns alleine gestellt, und ich glaube nicht an Gott. Aber er vielleicht an mich? Das ist jedoch sein Problem, nicht meins. Da mische ich mich nicht ein. Ich existiere jedenfalls, glaube ich. Auch ohne ihn. Ich bin Atheist, das allerdings nicht ohne ihn, denn ich muss ihn verneinen. Dafür brauche ich ihn. Dafür ist er gut genug, glaube ich. Wenn er dennoch existiert, ist er böse, denn er hat mich nicht daran gehindert, ihn zu verstoßen. Vollkommenheit. Lächerlich. Absurd. Er ist so unvollkommen, dass es ihn gar nicht gibt. Warum muss ich ihn trotzdem verleugnen? Ich habe ein Problem. Mit ihm, obwohl es ihn nicht gibt.

Die vollkommene Unvollkommenheit. Das Vollkommene Nicht-Sein. Wahrgenommen von einer kleinen Amöbe, die sich täuscht. Sie denkt, sie wäre ein Riese. Gargantua. Er ist so groß, dass er in den Himmel greifen kann. Seine Hände bleiben jedoch leer. Und das Leere schleudert er ins Nichts. Das Nichts ist voll von dem Leeren und stirbt jeden Tag. Solange es stirbt, lebt es und ist nicht tot. Der Tod lebt danach, und er lebt so lange, bis er geboren wird. Dann beginnt er wieder zu sterben. Das Sterben bedeutet Lust. Die Lust am Nichtsein im Prozess der Verwandlung. Das Leben. Veränderung im Stillstand. Vorher und nachher Tod. Und dazwischen viel Nichts. Die Welt ist voll von nichts. Der Mensch. Ohne Gott, der an ihn glaubt. Dunkelheit. Finsternis. Ein Schwarzes Loch. Zurück zum Anfang. Zur Geburt.

Paul wird wiedergeboren. Er kann nicht sterben. Der Schmerz hält ihn am Leben. Er ist omnipräsent. Seine Ubiquität ist reine Existenz, auch ohne den Menschen. Er benutzt ihn nur, um sich in Erscheinung zu setzen. Der Schmerz ist die intensivste Form des Seins. Er kennt keinen Tod, denn wo der Tod ist, ist kein Schmerz mehr. Daher genießt der Schmerz das Leben, und wir müssen uns deshalb allen belebten und auch unbelebten Dingen gegenüber in Demut verhalten und uns bescheiden zeigen.

Ich schreibe, also bin ich. Wir lesen, also sind wir. Wer nicht schreibt oder liest ist nicht. Und das ist natürlich besser so. Nur wenn wir unter uns bleiben, können wir die Welt, die es nicht gibt, aber die wir vorstellen, retten. Stellt Euch das mal vor! So ist es. So existiert es. Und wer nur isst, muss nicht unbedingt sein. Vielleicht wird er nur von einem anderen vorgestellt. Aber davon nimmt er natürlich nicht ab, und wir bekommen den Buchdeckel nicht mehr zu. Und die anderen schwarzen Gestalten beginnen sich zu fürchten. Sie fühlen sich nicht mehr in Sicherheit. Es könnte jetzt jeder in diese Welt hineinmarschieren. Das müssen wir verhüten. Aber mit welcher Pille? Mit welchem Gift? Zurück ins Leben. Zurück in den Weltschmerz. Wer leben will, muss leiden. Schmerz gut, alles gut. Nichts ist gut! Verdammt noch mal!

Verstecken Sie sich nicht hinter den Gittern der Indifferenz. Lassen Sie uns Pioniere auf dem Weg in ein neues Text-Zeitalter sein. Löschen Sie das Irreale, das Digitale, greifen Sie zu Feder und Tinte. Gehen Sie in die Schule des Lebens und lernen das Lesen und Schreiben. Und dann schreiben Sie auf und berichten, wie es Ihnen ergangen ist.

Textuelle Entropie. Assoziationen, freie Verbindungen, lebende Buchstaben steigen auf und verbinden sich wie Wassertropfen zu nebulösen Wolkengestalten, schweben über ruhige Berggipfel hinweg und beobachten, Engeln gleich, das diffuse Treiben der Erdenwürmer. Wie sinnlos sie umherlaufen. Sie suchen nach Wegen, Auswegen, laufen in Mengen zusammen, wieder auseinander, kollidieren, fallen, stehen wieder auf, rennen davon, immer getrieben, auf ein Ziel gerichtet, ohne allerdings zu bemerken, dass jeder einzelne Weg bereits vorgezeichnet ist. Was sie Zufall oder Freiheit nennen, ist nur die Unkenntnis der unabdingbaren Notwendigkeit, welche sie ihrem Schicksal wie auf Schienen entgegenführt. Alles Eulenspiegeleien, alles eine inszenierte Farce. Sie mühen sich ab auf der Suche nach einem Sinn, den es für sie nicht gibt.

Hier, aus den höheren Regionen, kann man dieses sinnlose Treiben beobachten und belächeln. Wir schwarzen Lichtgestalten weinen salzige Regentropfen, aber können den Menschen nicht helfen. Sie haben die Lesebrille bereits abgelegt und erblinden. Sie sehen das Offensichtliche nicht mehr, wenn sie durch die Müllhalden ihrer breiten Gassen schreiten, deren Adern sich durch schmutzige Ablagerungen verengen. Noch merken sie gar nichts, aber bald trifft sie der Schlag und das Gehirn explodiert oder das Herz rebelliert. Selber schuld. Sind sie es doch, die die Berge von Müll, so hoch wie die Alpen, produzieren. Die Welt mutiert zur Plastikinsel, und der Feinstaub ist gar nicht mehr so fein, sondern besetzt die Atemwege aller lebenden Organismen mit klumpigem schwarzem Brei. Wir ersticken bald. Säuglinge kommen mit Sauerstoffmasken auf die Welt. Sie werden in transparenten Plastikfolien eingebettet, um vor der Außenwelt beschützt zu werden. Ihr Zimmer verlassen sie niemals mehr. Die Filteranlagen laufen auf Hochtouren und konsumieren die letzten Energiereserven.

Die bereits erblindeten Menschen hören nichts mehr, weil sie durch das selbstverschuldete irdische Getöse taub geworden sind. Sie fühlen nichts mehr, weil sie nur noch mit Maschinen kopulieren. Sie riechen nichts mehr. Anosmie, verursacht durch die stinkende Blockade der angeschwollenen Nasengänge, einen eitrigen Tumor der misshandelten Geruchsnerven oder eine Kopfverletzung. Da der Kopf nicht mehr gebraucht wird, werden wir an der Nase herumgeführt.

Sie spielen alle in einer Seifenoper. Einige, die noch nicht zum Cyborg mutiert sind und deren Gedanken noch schwache Impulse melden, versuchen in Seifenblasen zu längst erloschenen humanen Lebenssternen aufzusteigen, aber ihr Raumschiff zerplatzt schon nach wenigen Metern, und sie fallen wie fette Fleischklöße auf die Erde zurück, wo ihre donnernden Anschläge Panik auslösen.

Das selbstverschuldete Inferno hat schon lange begonnen, aber niemand will es wahrhaben. Wir wollen morgen anfangen die Welt zu verbessern, aber heute ist es schon seit gestern zu spät. Damit werden wir zu Mördern an Tieren und Pflanzen, an Kindern und Enkeln, und um einer Verurteilung zu entgehen, begehen wir kollektiven Selbstmord. Aber die Bakterie Mensch stirbt nicht so schnell. Sie ist zu klein, um zerquetscht zu werden. Ihre zersetzende Kraft wirkt im Verborgenen, im Inneren der Welt. Deshalb haltet Abstand zu den Menschen, mindestens 1,5 Millionen Lichtjahre.

Oder fangt alles noch mal von vorne an und macht es besser! Zeugt neue Söhne, Sem, Ham, Jafet und nehmt sie mit auf der Flucht vor der Sintflut. Arche *Noah Harari*. Vor 13,5 Milliarden Jahren. Am Anfang war Materie, Energie, Raum und Zeit – Physik. Atome und Moleküle der Chemie. Vor 3,8 Milliarden Jahren. Komplexere Strukturen. Biologie. Das Lebendige. Ursprünglich zwei Teratonnen, inklusive Algen, Goldfische, Eichhörnchen, Menschen-Affen, Pilze, Bakterien und Biomüll zur Zeit der ersten landwirtschaftlichen Revolution. Heute lebt nur noch die Hälfte davon, weil der dumme Affe alles zupflastert und in nutzlose Objekte verwandelt. Aber noch ist sein Gehirn naturnah. Klein und intuitiv.

Australopithecus. Zweieinhalb Millionen Jahre lang kognitiv unterbelichtet mit einem Gehirnvolumen von 400 bis 550 Kubikzentimeter. Danach richtet er sich auf und zieht als Homo erectus durch den eurasischen Raum, wo er in China, auf Java und im Kaukasus Bildungsurlaub macht und einen seiner drei Milliarden chemischen Bausteine im Erbgut austauschen lässt, um als *Mutant* klarer denken zu können. Schließlich verbreitet er sich wie das Coronavirus über den gesamten Planeten und wird zu einer tödlichen Gefahr.

Welcher Menschenaffe war so dumm, sich auf diese Mutation einzulassen, um ein Denkorgan der unvernünftigen Vernunft zu entwickeln? Und zwar in der kurzen Zeitspanne von nur einer Millionen Jahre?

Homo erectus. Sein Darm wurde kürzer. Die für die Verdauung nicht mehr benötigte Energie stieg in seinen Kopf, und das Volumen seines Gehirns verdoppelte sich. Aufgrund des Platzmangels im Schädel faltete das Gehirn sich zusammen. Dumm gelaufen. Da *wieh*ern die Pferde auf dem *Land*e und die *Huttner*-Hühner gackern, während das Max-Planck-Institut für molekulare Zellbiologie und Genetik im Huttner-Futter auf dem Erbhof nach dem Buchstaben C oder G als Ursache für die vermehrte Teilung der Gehirnstammzellen sucht. Die Krone der Schöpfung als Resultat einer im Gehirn wuchernden Krebsgeschwulst.

Die kognitive Revolution des Homo sapiens aus dem Plastikei seines Verpackungsmülls. Vor 70.000 Jahren. Friert ihn wieder ein! Sein Gehirn ist noch zu unreif! Schickt ihn wieder zurück, wo er herkommt. *Amazon*as. Benutzt den Retourenschein! Jedoch der Tumor wuchert. 1.400 Kubikzentimeter Gehirn statt 200 Kubikzentimeter bei seinen Vorfahren. Ist das eine gute oder schlechte Nachricht? Ist die Geschwulst gutartig oder bösartig? Benigne oder maligne, wie sich fachsprachige Primaten auszudrücken pflegen?

Der im Vergleich zum Menschenaffen kürzere Darm verbraucht weniger Energie, die deshalb zum Denken frei wird. 25% statt vorher 8%. Der Turbo wird eingeschaltet. Allerdings ist das Bauchgefühl weg, und schon tickt er nicht mehr ganz richtig. Aber er reißt die Klappe weit auf. Das verschlägt mir die Sprache. Dummes Gerede als Sprachrohr der Unvernunft. Papperlapapp. Fiktionale Geschichten von Mythen und Göttern. Durch den gemeinsamen Glauben schließt er sich zu großen Gemeinschaften zusammen. Soziabilität. Der homo erectus, homo habilis, homo rudolfensis, homo soloensis und homo neanderthalensis treiben Gruppensex mit dem homo sapiens und rauben ihm jeglichen Verstand.

Schluss mit dem Sammeln und Jagen nach den Weibchen. Die landwirtschaftliche Revolution beginnt vor 12.000 Jahren. Der jagende Nomade wird sesshaft und schaut sich die Safari vor der Glotze an. Zu Hunderten hocken sie zusammen, anstatt durch die Prärie zu joggen. Hunger, Seuchen, und Krankheiten brechen aus. Tiere werden zum Wohle des Menschen gezähmt und kastriert. Weizen kommt aus dem Nahen Osten. Maiskolben und Bohnen aus Mittelamerika. Reis aus China. Kartoffeln aus Südamerika. Das große Fressen.

Vor 500 Jahren. Die wissenschaftliche Revolution. Kopernikus, Galilei. Mir wird schwindelig auf der rotierenden Erde. Und jetzt? Biotechnologie, Bioengineering, künstliche Intelligenz. Big-Data Algorithmen berechnen meine Emotionen, Wünsche und Entscheidungen. Maschinelles Lernen. Digitale Diktatur. Ökologischer Kollaps. Dystopien. Nihilistische Desillusionierung. Eine Milliarde Rinder, eine Milliarde Schafe und 25 Milliarden Hühner leben auf unserem fleischfressenden Planeten. Sowie acht Milliarden Rindviecher. Da lachen ja die Hühner! Du Schafskopf! Rindvieh!

Wie sieht es im neuen Erdzeitalter des Anthropozän aus, in dem der Mensch die Umwelt durch seine verschwenderischen Kapriolen in 70 Jahren biologisch, geologisch und atmosphärisch mehr verändert hat als seine Vorfahren in der Zeitspanne von 12.000 Jahren? Werden wir schon in baldiger Zukunft an der atmosphärischen Luftverschmutzung ersticken, auf den verpackten Müllbergen mit Panoramablick auf die *Grünen Punkte* wohnen oder in der mit dem ansteigenden Gletscherwasser aufgeheizten Badewanne der Welt ertrinken? Vielleicht sollten wir Kiemen und Flossen entwickeln, um baldmöglichst unterzutauchen, aber auch die Kohlendioxidspeicher der übersäuerten Ozeane mit ihren Plastikinseln bieten keinen Lebensraum mehr für das einzige unvernünftige Wesen auf dieser Erde, den Menschen.

Der Mensch ist ein *Honigsammler des Geistes* unter der Kapuze des Gelehrten, aber er bindet sich durch seine heuchlerische Arglist selber einen Bären auf. Er bleibt ein doppelzüngiger Komödiant und fällt aus seiner eigenen Rolle.

Der Mensch, ein anthropologisches Mängelwesen, als Krone der Schöpfung ohne Schöpfungsakt? Und warum hat der einzige, allmächtige, allgütige, allwissende vollkommene Gott so viel Leid, Übel und Unvollkommenheit produziert? Ist das kein Widerspruch zu seiner Vollkommenheit? Hat Gott ein Alibi für das Böse? Nach Stendhal ist seine einzig mögliche Entschuldigung die Aussage, dass er nicht existiert, und Voltaire vertritt die Meinung, dass die Menschheit diesem Gott des Zorns und der unschuldigen Erdbebenopfer den Krieg erklären sollte. Oder ist Gott ein Lügner, ein perfekter vollkommener Lügner? Wäre dann sein Widersacher der perfekte Gott oder auch nur *ein Teil von jener Kraft, die stets das Böse will, und stets das Gute schafft*? Ist *denn alles, was entsteht, wert dass es zugrunde geht*? Also *dito* Paul Krieger? Nein, jedenfalls nicht vor dem Ende dieses Romans.

Nicht der Tod an sich ist furchterregend. Er wird es erst, wenn man auf ihn wartet, anstatt das Leben, wie es auch sei, zu leben und zu versuchen, es in seiner Kürze mit Geduld, Zuwendung, Wohlwollen, Güte, Milde und ohne die Umwege der Bitterkeit, Reue, des Anstoßes, der Wut und Missgunst in dem Bewusstsein seiner Einzigartigkeit und gemeinsam mit allen anderen Lebewesen zu genießen. Existieren in der Harmonie des natürlichen Daseins. Genügsamkeit und Demut angesichts der Unendlichkeit und Unverständlichkeit des Textoversum. Das Aushalten der Ambivalenz, der Widersprüchlichkeit, des schönen Schmerzes, der fröhlichen Sinnlosigkeit.

Ich verstehe nichts. Aber ich nehme ihn an, ihn, *den Tag danach.* Denn die Sonne geht trotz allem wieder auf. *Am Tag danach.* Und vielleicht auch morgen noch. Bescheidenheit im Angesicht des Großen. Hinwendung zu der Poesie der kleinen und einfachen Dinge. Einfach nur da sein, horchen, schauen, fühlen, riechen, berühren, lieben. Dasein als *In-der-Welt-sein* bedeutet zugleich *Miteinandersein* mit den vertrauten Anderen, denen wir begegnen, mit denen wir reden, mit denen wir gemeinsam in Sorge die Welt gestalten.

Die Philosophie der kleinen Dinge, des Alltags, ist schon groß genug, um sie nicht zu verstehen. Morgens aufstehen. Es regnet. Wie wunderbar. Die Natur trinkt. Der Baum wächst gegen den Himmel, während der Käfer geschäftig durch das Unterholz läuft und die Maus, die den Wurm frisst vom Fuchs gefressen wird. Eine unendliche Nahrungskette, in welcher sich das Leben fortsetzt.

Gegen unseren Willen geboren werden, leben, und gegen unseren Willen wieder sterben. Nicht mehr und nicht weniger. Das Leben. Und hinter den Wolken immer die Sonne. Das Licht. Die ständige Wiederkehr der verschwenderischen Natur. Des Lebens. Gargantua, der Riese, ist auch nur ein Wurm. Und Gott auch nur ein Suchender. Ein Zweifelnder, der an sich selber nicht glaubt. Nun komm mal runter von da oben! Von deinem hohen Ross! Bescheidenheit! Nicht Vollkommenheit! Das Leben. Das Leben erleben. Das Leben seinen Weg gehen lassen. Mit allen Abzweigungen. Weitergehen. Am Tag danach.

Erst der große, langsame Schmerz, der sich die Zeit nimmt, um uns gleichsam mit grünem Holz zu verbrennen, führt uns in die letzten Tiefen unseres menschlichen Daseins. Sei es, weil wir uns ihm mit Stolz und Willenskraft entgegenstellen, oder sei es, dass wir uns vor ihm in jenes orientalische Nichts zurückziehen, das man Nirwana nennt, ein stummes, starres, taubes Sich-Ergeben, Sich Vergessen, Sich-Auslöschen. Diese gefährliche Übung der Herrschaft des In-uns-Hineinhorchens stärkt unseren Willen und führt uns über uns selber hinaus. Das Vertrauen ins Leben ist dahin, aber wir werden nicht zum Düsterling, sondern der Reiz des Problematischen führt zu einer neuen Freude, die größer, höher und tiefer ist als alles Vorangegangene.

Neue Gedanken werden aus dem Schmerz geboren, und wir geben uns ihnen wie in einer fröhlichen Wissenschaft mit Blut, Herz, Lust, Feuer und Leidenschaft hin. Der Schmerz ist uns nicht mehr entbehrlich, und wir feiern ihn als großen Lehrmeister und letzten Befreier des Geistes, der uns aus den Abgründen des Siechtums neu gebärt.

Kein Gefühl ist so intensiv wie der Schmerz. Selbst die höchste Wollust ist nur ein Moment, dem keine Dauer widerfährt. Deshalb muss man sich den chronischen Schmerz als ständigen Begleiter zum Freunde machen. Um zu leben, zu überleben – Akzeptanz.

Alles endet! Mein Leben, Dein Leben. Ihr Leben, unser Leben. Das Leben. Alles endet irgendwann. Zwangsläufig. Früher als gedacht oder später als erwartet. Oder auch nicht. Je nach Glauben. Notarzt, Rettungsarzt, Krankenwagen, Beatmungsgerät. In der Not atmet der Kranke tief durch, um gerettet zu werden. Warum? Wenn die Stunde schlägt, ist es vorbei. Ende. Aus. Stille. Nichts. Jungfrauen. Je nach Glauben. Seine Augen für immer verschließen, aber aus dem Sarg noch nach dem Leben schielen. Dem Leben ohne Beischlaf entschlafen. Von der Bühne abtreten. Die Komödie ist vorbei. Von der Ewigkeit als Beamter auf Lebenszeit abberufen werden.

Wer vor seinen Richter tritt oder *dürr* und *matt* seinem Henker begegnet, hat es geschafft. Das Leben. Zwischen Sterbehemd und letztem Geleit. Zwischen Geburt und Tod. Nur wer sterben muss, kann auch leben. Und was kommt danach? Das ewige Schweigen. Die Ruhe. Das Nichts. Je nach Glauben. – Jedoch entkommt man der Welt nicht so leicht.

Epilog

Ich meditierte und fragte mich: Werde ich diesem dunklen Ort nach dem Gang durch Dantes Hölle entkommen und ein Wiedersehen mit dem schönen Sternenglanz erleben – *riveder le stelle* (Dante, Inferno: Canto XXXIV, 139)? Werden meine Schmerzen durch die heilende Kraft der Tränen des Phönix Linderung erfahren? Oder wird aus meiner verbrannten Asche des sich selbst konsumierenden Leibes kein neuer Lebenszyklus entstehen? Kein neuer Roman? Kein neuer Lebensweg? Ließ der Schmerz den Tod nur ungeduldig warten?

Wie sieht die Planung zur Verbesserung des Menschen in der neuen post-coronastischen, getunten und upgedateten *Brave New World* 4.0 aus? Kommt es in einer Welt des Schneller, Höher, Weiter, Besser zum totalen Kollaps, oder werden wir göttergleiche Wesen? Werden neuronale Expansionsimplantate im Kopf den alten *Homo sapiens* mit seinem Konservendosen-Gehirn als unvollständige Maschine mit göttlichen Attributen ausstatten, so dass er seine Kräfte mit den in den alten Mythen besungenen Göttern messen kann?

Werden mikroskopisch kleine Nanochips in unserer Kleidung, unter der Haut, in den Blutbahnen und Hirnen, sofern noch vorhanden, direkt mit dem *World Wide Web* interagieren? Werden unsere Sinnesorgane auf Turbo umgestellt? Werden wir mit Brillen und Kontaktlinsen ins Internet gehen und uns mit *Alexa* als Assistentin und Gesellschafterin statt mit unseren Mitmenschen unterhalten? Werden wir das Wissen der Welt direkt auf unsere erweiterte Hirnplatte herunterladen? Werden Touristen in naher Zukunft ihre Navis und Übersetzungsprogramme in der Sonnenbrille tragen, um ihren Weg zum Petersdom im Vatikan zu finden und um bei Bedarf Fremdsprachen synchron zu übersetzten? Werden Sie überhaupt noch nach Rom reisen oder einen virtuellen Trip bevorzugen?

Werden wir uns zur Kommunikation mit anderen Menschen noch im gleichen Raum treffen? Werden audiovisuelle Erlebnisse im *Sensorium* bald durch Geruchs- und Tastempfindungen ergänzt, so dass jeder mit jedem sexuelle Erfahrungen austauschen kann? Was unterscheidet die Cyber-Jungfrau noch von meiner Freundin?

Ist meine Freundin eine reale oder eine simulierte Person, die im selbstfahrenden Auto zu unserem Stelldichein kommt? Wo ist Ishiguros *Klara und die Sonne*, meine Künstliche Freundin, die mir hilft, die Einsamkeit zu besiegen?

Ist die wirkliche Realität tatsächlich realer als die virtuelle? Wird es im *Würgegriff des Fortschritts*, der Nanotechnologie, Biotechnologie und Gentechnik in Zukunft noch Originalsubstrat-Menschen mit Neuronen geben? Oder ist der Mensch in der Evolution nur eine Vor- oder Zwischenstufe, eine Art Geburtshelfer für die Züchtung etwas Höheren auf dem Weg von einer kleinen Intelligenz zum Übermenschen, zum Superhirn, welches durch Gehirn-Computer-Schnittstellen die Gesamtheit des menschlichen Bewusstseins in digitale Speicher hochlädt und vernetzt? Wann gibt der letzte Mensch den Schlüssel des Lebens an seinen Nachfolger ab?

Was wird geschehen, *wenn Mensch und Computer verschmelzen* und die Hightech-Oligarchen in der postbiologischen Zukunft unsere Einzelteile sowie unser gescanntes Bewusstsein nicht mehr benötigen?

Die Mutation des Lebens geht weiter, jeden Tag ein wenig, unmerklich, bis wir erwachen: als Programm, als Chip, als Superintelligenz, als Maschine.

Wird mir in der Neuen Welt zumindest der Schmerz und die Unvernunft als menschliches Relikt erhalten bleiben, so frage ich mich?

Ich bleibe optimistisch, weil es keinen Grund dazu gibt. Wir sehen uns wieder!

Am nächsten Tag las ich in der Ludwigsburger Zeitung:

Tragischer Tod eines Hochschuldozenten:

Der Büchersammler Michel wird durch den Einsturz seiner privaten Bibliothek unter tausenden Büchern begraben. Der Holzboden seines Apartments in der dritten Etage eines alten Gebäudes in der Seestraße hat unter dem enormen Gewicht seiner weit über 5.000 kg wiegenden Bücher, die auf zwei Zimmer und über 100 laufende Regalmeter verteilt waren, nachgegeben, welches dazu führte, dass ein ganzer Raum durch die Decke in das darunter liegende Geschoss abstürzte. Außer dem Vielleser, der unter den Büchermassen wahrscheinlich erstickte, kam niemand zu Schaden. Allerdings verursachte der Einsturz erheblichen Sachschaden, insbesondere unter den teilweise sehr wertvollen Büchern in kunstvollen Einbänden, zu denen einmalige Sammlerexemplare aus verschiedenen Jahrhunderten gehörten: mittelalterliche Prachteinbände, mit den edelsten Materialien verziert, mit Goldblech, Edelsteinen und Perlen verkleidete Holzdeckel, von Malern, Emailleuren und Schnitzern gestaltete Buchhüllen sowie kostbare Bezugsstoffe aus Samt, Brokat oder Seide. Andere Einbände waren aus Pergament, aus Ziegen- oder Schafsleder, Rind- oder Kalbsleder, mit kunstvoll geschnittenen Reliefverzierungen und Ornamenten. Bei Urlaubsreisen schützte der Hochschuldozent seine Lieblinge, indem er sie in künstlerisch verzierten Buchkästen oder Buchschreinen aus Holz oder Metall transportierte. Beim Umblättern der Buchseiten soll er sogar, so berichtete sein bester Kollege, Paul Krieger, immer Seidenhandschuhe getragen haben.

Die Polizei erwischte bei der Bergung des Leichnams einen Rettungssanitäter, der gerade im Begriff war, ein aus dem 15. Jahrhundert stammendes Kettenbuch von unschätzbarem Wert in seinem Notfallrucksack zu verbergen.

Und jetzt sind Sie wieder an der Reihe, lieber Leser! Konsolidieren Sie ihre Regale und verstärken Sie ihre Böden! Das Textoversum wiegt mehr als ein Schwarzes Loch. Zwar stellen wir selber nur einige unbedeutende Buchstaben in dieser Welt dar, aber die textuelle Realität lebt in ihrer Komplexität weiterhin von den Pionieren des Lesens, von Ihnen. Und selbst wenn einige schwarze Gestalten verblassen, Schmerzen empfinden oder versterben, so wird das große Textganze von diesem Hintergrundflimmern nicht affektiert. Es ist unsterblich, unendlich, allwissend und allgegenwärtig. Also lesen Sie weiter, lieber Leser! Sie sind der wahre Schöpfer und Künstler der unendlichen Welten. Hören Sie nicht auf zu lesen, denn anderenfalls werden Sie von anderen Wesen oder Maschinen programmiert, die Sie erschaffen, und Sie werden nicht mehr der Meister Ihrer eigenen Geschichte sein.

Schmerz und *Leben*

Schmerz

Schwarzer Schnee der düsteren Nacht
aus morbiden Augen Flammenräder
grinst grimmig auf dem Blutstrahl der
Zeit hinter dem Trauerschleier eine
Fratze aus morschem Edelholz
geschnitzt im brennenden Sarkophag

Der Jammerschrei ungeweinter
Schmerztränen regnet in blicklosen
Scherbentönen des heiseren
Schweigens auf die unsichtbaren
Blessuren des trüben Schicksals Opfer
zerreißt die materiellen Seelen tastend
nach dem schwindenden Leben des
würgenden Halses Luft

Das vom Wehklagen taube Ohr
liegt gefühllos im kalten Feuer
der seelischen Narben materieller Kot,
blinde Augen ohne Geschmack
stechen aus keuschen Jauchegruben
in eine geruchlose Welt aus stinkendem
Glanz der Körper Abschaum
vermodert im schwarzen Schleim
des aufgeweichten Seins Morast

Dunkle Drachen auf schwarzen Pfaden
wandelnd speien giftiges Feuer
in die Wehen der Wunden des
geschundenen Körpers der chronischen
Sünder im ewigen Weheschlund
der kopulierenden Kreaturen

Das Leben

Ein Kind wird geboren und schreit
zu atmen den Willen des Lebens
und sucht der Gebärerin warme
Brust, die schützende Milch als Nahrung auf dem noch unbekannten
Pfad der Reise in blindem Vertrauen

Es hört ihrer Stimme Gesang
riecht den Duft der Knospe schmeckt
den Nektar der
Kraft des Lebens und
greift verschwommenen
Blicks mit fester Hand nach der sicheren Welt der Mutter
in wiegendem Schoß

Es wächst, beginnt zu schauen,
zu staunen, die Dinge des Seins zu
erkunden steht auf, um Umschau zu
halten, mit spielenden Lauten Worte
zu bilden, die Welt zu entdecken mit
Sprache benennen Gedanken im
unschuldigen Spiel der Vielfalt der
Formen und Arten des pulsierenden
Lebens freudiges Daseins

Es wächst und krabbelt, steht auf
und fällt und steht wieder auf und
läuft und wächst und strebt
zu verwirklichen die immer
wiederkehrende Aufgabe des einmaligen Lebens erblühende Fülle

Grauer Sumpf vor schwarzem Tor
der Schlangen Zunge Grab
blutig, wund und nackt gekleidet
nagt der Wurm am faulen Sarg
der Geißeln Dunst im Eingeweide
der Mumien brauner Schlamm

Qual und Bitternis hängen
so schwarz wie Pech im Paradies
an dunklen Lügenwolken, wo einst
lüstern Priester mit Hoffnungssplittern
lockten fahle Lichter Höllenwirbelwind
in den Abgrund büßender Sünde

Du schlagende Ader des Lebens
pulsierst in der Arterie
dein kochendes Blut zerrinnt im weißen
Sand zerrissener Organe
durch die Explosion
deines glühenden Denkens

Du beißende Wunde und brennende
Fackel der lodernden Kraft
Begleiter jeder Zerstörung
spitze Klinge in der
bohrenden Tiefe des
schäumenden Bewusstseins

Explosion der vibrierenden Kräfte
im Widerstand gegen den Tod
der verwesenden Leichen auf dem
blutigen Schlachtfeld der sterbenden
Glieder der Feuerzungen spalten
das Fleisch mit scharfer Axt

Frieden in der Dunkelheit
des grellen Lichts
Ruhe nach den Stürmen
eines bewegten Lebens
Stille in dem tosenden Lärm
des Alltags ohne Sinn

Sanfter Schlaf der Ewigkeit
ohne Bewusstsein wie ein Stein
ewiger Tod in der mineralen
Unsterblichkeit des schönen Nichts

Aber nie allein in der verflochtenen
Genese der Kulturen geht nichts verloren im Austausch der Kräfte der
schöpfenden Energie im rauschen-
den Strom der sich ständig wandeln-
den Schöpfung

Das Licht des Alls sonniger
Strahlen Blüten erwärmen
schwingendes Treiben der
leuchtenden Falter erwachender
Pollen als Samen des Lebens
in dankbarem Staunen

Verlockende Bergesgipfel des
Meeres Sehnsucht Glück strahlt in
die sandigen Täler zu rufen die
Menschen zum Aufbruch ins Leben
auf vielfältigen Wegen wandelnd am
erhabenen Busen der Mutter Natur

Zauberwesen in anmutigem Gefilde,
Elfen, Feen und Geister
auf lichtdurchfluteten Auen feiern in
zahlreichen Sprachen singend in
bunten Menschengestalten das Fest
der edelmütigen Menschlichkeit

Ein Lächeln und verziehener Zorn
verletzter Gefühle, verflossener
Groll, vergangener Zwist
erscheint als moralische Pflicht
der Sinne schöner Seelen
Harmonie im Geben und Nehmen

Tanzende Greise in
rosafarbenen Ballerinas
tänzeln auf fliegenden Füßen und
umarmen die alternden Frauen wie
ihre nicht vergehende Jugendliebe
und vergessen das Sterben im Traum

Das üppige Leben ergießt sich als
unversiegbare Metamorphose im
Fluss der ewigen Geburt des sich
zeitlos regenerierenden Seins

Iamque opus exegi, quod nec Iovis ira nec ignis/ nec poterit ferrum nec edax abolere vetustas. Und nun hab ich ein Werk vollbracht, das Feuer und Eisen/ Nimmer zerstört noch Jupiters Zorn noch zehrendes Alter.

(Ovid, Metamorphosen, Epilog, 871-872)

Über den Autor

 Manfred Overmann, Studienrat an der Pädagogischen Hochschule in Ludwigsburg für Didaktik, Literatur und Landeskundewissenschaften Französisch, war vier Jahre Lektor für Deutsche Sprache und Literatur an einer Hochschule in Frankreich, vier Jahre abgeordneter Studienrat an der Universität Siegen, jeweils ein Jahr Vertretungsprofessor an den Universitäten Bremen und Göttingen sowie Lehrer an einem bilingualen Gymnasium und einer Gesamtschule.

Zu seinen literarischen Veröffentlichungen gehören neben seinen ersten beiden Romanen *Das Leben eines gescheiterten Lehrers, der dann Professor werden wollte: Irrungen und Wirrungen*, ibidem-Verlag. Stuttgart 2016, und *Vom Zauberberg. Paul Kriegers skurrile Reise von der Schule über die Hochschule in die Welt*, ibidem-Verlag. Stuttgart 2019, der Gedichtband *Dämonologie: eine teuflische Geschichte des Christentums in Versen. Der Mensch im Uhrwerk der Zeit – Kritik und Bekenntnis*, Höpner und Göttert. Siegen 1996.

Wissenschaftlich veröffentlichte Manfred Overmann weit über 100 Aufsätze und sechs Monographien: *Der Ursprung des französischen Materialismus. Die Kontinuität materialistischen Denkens von der Antike bis zur Aufklärung* (1993); *Multimediale Fremdsprachendidaktik. Theorie und Praxis einer multimedialen, prozeduralen Didaktik im Kontext eines aufgaben- und handlungsorientierten Fremdsprachenunterrichts* (2002); *Emotionales, transnationales, hyper-, tele- und multimediales Fremdsprachenlernen* (2005); *Histoire et abécédaire pédagogique du Québec* (2009); *Afrique subsaharienne* (2012) sowie *Le Maghreb* (2014).

Seine Vorträge und Teilnahme an internationalen Kongressen führten ihn in zahlreiche Länder: Frankreich, Österreich, Luxembourg, Niederlande, Belgien, Tschechien, USA (Philadelphia, San Francisco), Kanada (Québec, Montreal), Russland (Moskau), Afrika (Durham), Indien (Chennai), Mauritius und Costa Rica. Seit 2011 ist er *Honorary Member of The American Association of Teachers of French.*

Edition Noëma
Melchiorstr. 15
D-70439 Stuttgart

info@edition-noema.de
www.edition-noema.de
www.autorenbetreuung.de